KB052336

용의 귀를 너에게

龍の耳を君に

용의 귀를 너에게

마루야마
마사키

최은지
옮김

황금가지

용이 어떻게 생겼는지 기억하지?

용에게는 뿔이 있지만 귀는 없지.

용은 뿔로 소리를 감지하니까 귀가 필요 없어서 퇴화해 버렸어.

쓰지 않는 귀는 결국 바다에 떨어져 해마가 되었단다.

그래서 용에게는 귀가 없어.

농聾이라는 글자는 그래서 '용의 귀'라고 쓰지.

싱크대에 쌓아 둔 설거지거리를 전부 끝내고 가볍게 헹군 뒤 물받침 바구니에 엎어 놓았다. 자취할 때 집안일은 언제나 대충이었지만 지금은 설거지 하나를 하더라도 제대로 해서, 조금 기름때가 묻거나 밥알이 붙은 밥그릇은 잠시 뜨거운 물에 담가 두는 요령도 터득했다. 물기를 닦는 일은 외출했다가 돌아오고 나서 하기로 하고 아라이 나오토는 거실로 돌아왔다.

예전에 살던 곳보다 두 배나 넓은 집인데도 답답함을 느끼는 이유는 무엇일까. '물건'이라기보다는 '색'이 넘쳐났다. 카펫은 초록색, 커튼은 연노란색, 테이블은 진한 남색. 선반 밖으로 튀어나온 장난감들은 원색으로 존재감을 뽐냈다. 같이 살기 시작한 지 1년 정도가 된 지금도 이 집에 익숙해졌다는 느낌은 들지 않았다.

전원을 켜 둔 텔레비전에서 뉴스가 흘러나오고 있었다.

"사이타마 현의 다카시나 히데오 현지사가 의회에 제출한 조례를 향한 시민단체의 철회 요구가 잇따르고 있는 가운데, 이에 대해 다카시나 현지사는 비판은 오해 탓이라 주장하며 예정대로 내년 4월 제정을 목표로 한다는 의견을 표명하였습니다. '육아 서포트 조례'라는 명칭의 이 조례안은 올바른 육아 방법을 알지 못하는 젊은 부모를 교육하여 아이의 정상적인 성장을 돕는다는 것이 큰 틀이지만, 그 자세한 내용은……."

아라이는 리모컨을 들어 텔레비전을 껐다. 소리의 근원이 사라지자, 순간 조용해졌다. 맨션 앞 도로에는 차량 통행이 없어서 유치원이나 학교의 등교 시간이 아닌 지금 시간대에는 거의 소리가 없다. 편안한 정적 속에서 나갈 채비를 마치고, 마지막으로 가스불과 창문 잠금장치를 확인한 뒤 현관으로 향했다.

역에 도착하자, 때마침 당역 출발 전차가 들어오고 있는 참이었다. 문 가까이에 있는 자리에 앉은 아라이는 발차 신호와 동시에 가방에서 의뢰서를 꺼내 오늘 할 '일의 내용'을 다시 확인했다. 도내 의료 통역. 외래 진료에 동행하는 일이다. 의뢰인은 올해 65세의 남성. 선천성 실청자. 수화 통역사 파견 센터의 다부치 히로노부가 같이 넣어 준 메모지에는 청력을 나타내는 110데시벨이라는 숫자와 '일본수화 사용'이라는 글이 적혀 있었다. 즉 '농인'이다.

수화 통역을 생업으로 삼으려면 몇 가지 방법이 있는데, 아라이는 후생노동청의 인정을 받은 수화 통역사 자격을 갖고 있다. 시기에 따라 다르겠지만 합격률이 몇 퍼센트밖에 되지 않는 어려운 '수화 통역 기능 인정 시험'을 통과한 후 도쿄 수화 통역사 파견 센터에 이름을 등록한 지 2년이 조금 지났다. 작년에 사이타마 현으로 이사를 하면서 사이타마 현 인정 통역에도 이름을 올렸지만, 빈도는 도쿄의 파견 센터에서 오는 의뢰가 더 많다. 오늘 일도 그렇다.

생업이라고는 해도 파견 통역만으로 생계를 이어 가는 수화 통역사는 적다. 자격을 활용해서 행정 기관이나 교육 기관에 취직하거나 본업을 따로 두고 빈 시간을 활용하여 의뢰를 받는 사람과 봉사 개념으로 활동하는 사람이 대부분이다. 올해로 45세인 아라이처럼 한창 일할 시기의 남자가 통역을 전업으로 하는 경우는 드물었다.

목적지인 병원까지 헤매는 일 없이 도착했다. 대기실은 이미 외래 환자로 자리가 꽉 차 있었다. 사람들의 훈김으로 땀이 날 정도였다. 수화 통역사를 나타내는 배지를 가슴에 차고 주위를 둘러보았지만, 주시하는 사람은 없었다. 의뢰인의 자리를 확보해 둘 생각에 길게 이어진 대기실 의자의 빈 공간에 겨우 걸터앉았다.

몇 개 있는 진료실의 문 위쪽으로는 접수표처럼 번호로 안내하는 시스템이 마련되어 있었다. '좋은 병원이네.' 그런 생각이 들었다가 곧 '아니지.' 하고 생각을 고쳤다. 아마 의뢰인은 이런 시스템이 있기 때문에 이곳을 통원 병원으로 골랐던 것이다.

금융 기관 같은 곳은 일반적으로 '접수번호 표시' 시스템이 있지만, 병원에서는 아직도 대부분 '음성'으로 호출한다. 개인정보 보호를 위해 이름이 아니라 번호로 호출하는 경우도 있지만, 여전히 음성 호출이라는 점은 마찬가지다.

농인에게는 그 호출이 들리지 않는다. 접수할 때 귀가 들리지 않는다고 미리 이야기를 하더라도 잊어버리는 것인지, 귀찮은 것인지 음성으로만 호출해서 결국 농인 환자가 알아차리지 못하고 순서를 놓쳐 버리는 일이 자주 일어난다. 그 때문에 '들리지 않아도 알 수 있는 번호 표시 시스템'은 그들에게 아주 도움이 된다.

이런 생각을 하면서 문득 병원 입구로 시선을 옮겼는데 얇은 점퍼로 여윈 몸을 감싼 노년의 남성이 누군가를 찾는 듯 주위를 둘러보고 있었다. 다부치에게 전해들은 연령대와 비슷했다. 그가 오늘의 의뢰인일 것이다. 아라이는 일어나서, 남성이 알아차릴 수 있도록 손을 들었다.

"그럼 혈압을 내리는 약을 드릴 테니까."

대략적인 진료를 끝낸 의사가 이걸로 끝이라는 듯 몸의 방향을 틀고 진료 기록 카드에 무언가를 써 넣었다. '고령화에 따른 고혈압증' 진단이었는데, 의뢰인 남성은 아직 무언가를 묻고 싶은 듯 손을 움직였다.

가슴 앞에서 쥔 양손을 가슴에 붙인(=조심하다) 후, 눈썹을 치켜세우고 눈을 크게 떠서 검지를 좌우로 흔들었다(=무엇?).

표정을 합치면 〈조심해야 하는 것은 있는가?〉라는 의미가 된다.

아라이는 빠르게 수화를 읽어 내고 '음성일본어'로 의사에게 전했다.

"평소에 주의해야 하는 것이 있습니까?"

의사가 고개를 들어, 의뢰인이 아니라 옆에 있는 아라이를 바라봤다.

"술, 담배 하시죠? 가능하면 안 하시는 게 좋아요. 그리고 염분도 줄이시고."

그 말을 수화로 의뢰인에게 전하고 나서 아라이는 의사에게 물었다.

"염분을 줄이라는 소리는 소금만이 아니라 염분이 많은 조미료, 예를 들면 간장이나 소스 같은 것도 많이 섭취하지 않는 편이 좋다는 말씀이시죠?"

"그렇죠."

의사가 무슨 당연한 걸 묻느냐는 듯한 얼굴로 대답했다. 아라이는 의뢰인을 향해서 손을 움직였다.

〈요리에 소금을 너무 많이 넣지 마세요. 그 외에도 간장이나 소스 등, 짠 조미료는 많이 안 쓰시는 편이 좋습니다.〉

남성은 손바닥으로 가슴 주변을 가볍게 두들기면 대답했다. 〈알았다〉라는 의미의 수화이다. 의사는 약간 고개를 갸우뚱거린 다음 진료 기록 카드에 시선을 돌렸다.

아라이는 남성을 향한 채 위로 펼친 양손을 오므리면서 아래로 내렸다(=이상입니다).

남성이 손가락을 모은 오른손을 세로로 세운 뒤, 왼쪽 손등에 올린 다음 위로 들었다(=고맙네).

진료실을 나와 남성과 함께 수납 창구로 향하면서 의사는 다 똑같다고 아라이는 생각했다.

꽤 오래전에 다른 농인의 의료 통역을 하던 중에 의사가 '부작용'이라는 단어를 사용한 적이 있었다. 아라이는 "약을 먹은 후에 속이 좋지 않거나 습진이 생기거나 하는 것이지요?"라고 확인한 후에 의뢰인에게 전했다. 그때도 의사는 약간 이상하다는 듯 아라이를 바라봤지만, 진료실을 나온 뒤 의뢰인에게 〈조금 전 '부작용'이라는 거, 처음 알았어.〉라고 감사 인사를 받았다. 이전에 동행한 다른 수화 통역사 때는 〈부속적인〉〈작용〉이라는 단어 그대로 통역하느라 무슨 말이지 전혀 알지 못했다고 했다.

〈'반찬'이 어떻게 됐다고 생각했지.〉

남성이 그렇게 해석하고 웃은 건 일본어 단어인 '부·부속적인'에 해당하는 수화에 '반찬'이라는 의미도 있기 때문이었다. 그 통역사의 미숙함도 있었겠지만, 아라이는 '의사도 농인의 특성을 이해하고, 알기 쉽게 돌려 말했으면.' 하고 생각했다. 아니, 이렇게 이해가 부족한 사람은 의사만이 아니다. 들리는 사람, 즉 청인의 농인에 대한 의식은 옛날이나 지금이나 전혀 변하지 않았다고 해도 좋을 정도로 멈춰 있었다.

수화 통역사 파견 센터의 작은 회의실에서 아라이의 이야기를 들은 다부치는 사람 좋은 웃음을 지었다.

"아라이 씨의 마음도 잘 알겠습니다만."

일을 끝내고 업무 보고를 위해 전화를 하자 다부치가 "시간이 있으시면 잠깐 들러 주실 수 있을까요?"라고 해서, 신주쿠 주상복합 빌딩 안에 자리한 센터까지 발을 옮겼다. 작은 창문 너머로 복잡한 거리가 살짝 보였다.

"보통 '들리지 않는 사람'들과 교류가 없는 사람은 농인과 난청인, 중도실청자의 차이 같은 건 잘 모르니까요."

"뭐, 그건 그렇습니다만."

아라이도 청년의 말뜻은 어느 정도 이해했다. 청각장애인이라고 한데 묶어서 생각하는 사람이 많지만, 선천적으로 귀가 들리지 않은 상태에서 수화로 생활을 하는 '농인'과 조금이라도 들리는 '경도난청자', 어느 시점까지는 들렸던 경험이 있는 '중도실청자' 사이에서는 보통 사용하는 '언어'도, 사고방식도 다르다. 그 때문에 음성일본어를 사용하는 사람에게는 당연한 표현이라 해도 '일본수화'를 제1언어로 사용하는 농인에게는 이해하기 힘든 단어가 많다. 음성일본어를 수화로 바꾸는 일뿐 아니라, 오늘처럼 농인이 이해하기 어려운 단어를 확인하거나 표현을 바꾸는 일도 수화 통역사의 중요한 업무 중 하나이다.

"그래도 커뮤니티 통역이 인정되어서 다들 다행이라고 해요. 지금까지는 마스크를 한 채로 말해서 농인들이 '독화'를 전혀 하지 못하거나 필담을 부탁하면 귀찮아하는 사람이 쎄고 쎘었으니까요."

다부치의 말대로 지금처럼 커뮤니티 통역, 즉 병원이나 금융 기관, 관공서, 학교 등 일상생활에 필요한 상황의 수화 통역을 자기부담금 없이 의뢰할 수 있게 되기 전까지는 항상 머리를 숙이고 필담을 부탁하거나, 상대의 입의 움직임을 읽는 대화 방법인 독화로 어떻게든 넘겨 왔다. 그보다 더 전에는 청인인 부모나 교사가 동행해서 대신 업무를 봐 주고, 본인이 알고 싶은 정보를 직접 묻지 못하는 시절이 길었다.

만나는 농인마다 모두 입을 모아 하는 〈옛날에 비하면 지금은 천국이지.)란 말은 진심에서 나온 것이다. 동의를 하면서도 한편으로 '그래도'가 무심코 튀어나온다.

"통역사가 있으면 의사들뿐 아니라 모두가 통역사에게 말합니다. 주체는 어디까지나 농인이라는 점을 전혀 알지 못해요."

"아아, 아라이 씨, 통역하실 때 상대방을 보지도 않는다면서요?"

다부치가 여전히 웃음을 머금은 채 말했다.

"마스오카 씨가 말해 주셨어요, 아라이 씨는 반드시 우리 쪽을 보면서 서 있다고. 상대의 목소리만 듣고 시선은 언제나 이쪽을 보고 있다면서."

"그게 당연한 거 아닌가요?"

그렇다, 통역사의 '위치' 역시 여전히 이해되지 않는다. 강연회처럼 많은 사람 앞에서 하는 통역이야 당연하겠지만, 꼭 그렇게 특별한 경우가 아니라 일상 통역에서도 농인이 보기 쉽도록 그들을 향하는 자리에 서는 것이 정확한 위치이다. 결과적으로 대화 상대인 의사, 관공서 직원, 가게 점원과는 나란히 서는 형태가 되어 버리지만 어쩔 수 없는 일이다.

"그러다 진료실에 들어서자마자 갑자기 의사 옆에 앉으면 이상한 사람으로 보이잖아요."

"별로 신경 쓰지 않습니다."

그러자 다부치는 웃음을 터뜨렸다.

"그쪽에서 신경 쓰잖아요."

다부치의 웃음에 본인이 조금 정색하고 반응했다는 것을 깨달았다.

"다부치 씨에게 불만을 말해도 소용없는 일이네요. 죄송합니다."

"아니, 아니요, 괜찮습니다. 그런데 아라이 씨, 바뀌셨네요. 처음에는 싫은 티 팍팍 내셨는데."

"그런 적 없습니다."

"그랬나요?"

다부치는 재미있다는 듯 아라이의 얼굴을 들여다봤다. 그제야 아라이는 그가 자신을 놀리고 있다는 사실에 알아차렸다. 확실히 진심으로 원했던 직업은 아니었다. 통역은 원하던 정직원 자리를 찾지 못해서 생활비를 조금이라도 보텔 요량으로 시작한 일이었다. 그랬던 것이 어느새인가 '수화 통역사의 마음가짐' 같은 이야기를 입에 올릴 줄이야. 그 시절을 알고 있는 다부치가 웃는 것도 당연했다.

"최근에 뭔가 특별한 일은 없었나요?"

화제를 전환할 마음에 아라이는 일부러 엉성한 질문을 했다. 잡담이라도 할 생각이었지만⋯⋯.

"아, 특별한 일이라면."

다부치의 얼굴에서 웃음기가 사라졌다.

"해마의 집 일은 들으셨나요?"

"해마의 집?"

순간 가슴에 작은 아픔이 지나갔다.

"그곳에 또 무슨……."

사건이라도 있었는지 물으려다 서둘러 삼켰다. 그건 벌써 2년 전의 일이다. 이제 와서 무언가 일어날 리가 없다.

"폐쇄가 확정됐나 봐요."

"아……."

"전부터 소문은 있었는데, 지난달에 정식으로 확정되었대요. 내년 3월까지만 운영한다고 하더라고요."

"아이들은……."

제일 먼저 그 점이 떠올랐다. 예전과 비교하면 인원이 줄었다고 해도 농아시설 해마의 집에는 아직 '들리지 않는 아이들'이 생활하고 있을 터였다.

"아이들을 받아 줄 시설은 정해지지 않았나 봐요. 보호자나 직원들이 새로운 농아시설 설립을 위해 기부금을 모으고 있는 것 같지만……."

"어떻게, 될 것 같나요?"

"모르겠어요." 다부치는 고개를 저었다. "인터넷에도 알리기 시작했다고 하니까 조금은 모이겠지만, 토지부터 뭐 하나 시작하는 게

쉽지 않겠죠."

"그렇죠……."

기부금 모금이 힘들다는 것 정도는 아라이도 알 수 있었다.

"하지만 왜 갑자기."

"사실 갑자기도 아니에요. 알고 계시듯이 '농아시설'은 원래 가난 때문에 부모와 생활할 수 없는 농아들을 위한 입소 시설이었으니까요. 그랬는데 요 몇 년 전부터 지방에서 도쿄 농아학교에 들어가기 위해 아이만 상경시켜서 기숙사 대신이라는 명목으로 입소를 희망하는 부모들이 늘어났어요. 원래 목적과는 완전히 달라진 거죠. 꽤 전부터 문제가 되어 왔다고 하더라고요."

"정말 그뿐입니까?"

아라이의 말투에서 지금까지와는 다른 어조를 느꼈는지, 다부치가 물었다.

"아라이 씨, 혹시 2년 전 사건을 신경 쓰고 계신가요?"

"……뭐."

"그 일은 관계없어요. 그 사건 이후, 입소자가 줄어든 건 사실이지만 그게 폐쇄 이유는 아니에요. 아까 말씀드렸듯이 '빈곤층 지원'이라는 본래 역할이 끝난 게 실질적 폐쇄 원인이에요. 말하자면 시대의 흐름인 셈이죠. 아라이 씨가 신경 쓰실 일은 없습니다."

그렇게 말해도 곧이곧대로 수긍할 수 없었다. 정말 이유가 그것뿐일까. 그 사건으로 해마의 집의 평판은 확실히 악화되었다. 입소 희망자가 줄었을 뿐 아니라, 시설의 존재 의미를 세간이 이해하지 못하게 되었다면.

해마의 집이 없어진다. 그것은 관동 지역의 유일한 농아시설이 사라진다는 것을 의미했다. 그때 자신이 벌인 행동이 농아들에게서 '집'을 뺏은 것은 아닐까…….

"아, 그러고 보니, 펠로십에서 오랜만에 의뢰가 왔는데요."

이번에는 다부치가 화제를 바꿨다.

"아라이 씨, 어떠세요? 구류 중인 농인 접견 통역이에요."

아라이는 대답할 수 없었다.

"……역시 내키지 않으시나요?"

이쪽의 표정을 보고 다부치가 혼자서 수긍했다.

"죄송합니다."

아라이는 살짝 고개를 숙였다.

"아니에요, 괜찮아요." 다부치는 고개를 흔들고 나서 약간 어조를 바꿨다. "저, 지금부터는 업무랑 별개의 일입니다만. 아라이 씨, 그 이후 루미 씨와도 만나지 않으셨다고 하던데요."

루미. 일본 유수의 그룹사인 데즈카 홀딩스 창업자의 양녀이자, 사회적 약자 구제를 목적으로 하는 NPO 법인 '펠로십'의 전 대표, 데즈카 루미이다.

그 이름을 듣는 것도 오랜만이었다. 오늘따라 왜 이러한 화제만 나오는 건지. 아라이는 오랜만에 다부치와 잡담이라도 해 볼까 생각한 것을 후회했다.

"사실은 신도 씨가 부탁했어요, 아라이 씨한테 이야기 좀 전해 달라고."

거짓말을 하지 않는 청년이 결국 화제를 꺼냈다. 이 이야기를 위해 아라이를 일부러 불러들인 것이다.

"한번, 아라이 씨가 루미 씨를 만나 주실 수는 없을지 물었어요. 루미 씨, 펠로십 대표에서도 물러나셨잖아요. 결혼했을 때는 어쩔 수 없었지만 지금은 시간도 있을 테고, 신도 씨도 가타가이 씨도 복귀해 달라고 부탁했다는데 좀처럼 돌아갈 생각을 하지 않으신 다더군요."

아라이는 어떤 대답도 하지 않았지만, 다부치는 개의치 않고 말을 이어 갔다.

"신도 씨가 루미 씨한테도 아라이 씨를 만나고 싶지 않느냐고 물었대요. 그랬더니 아라이 씨에게 더는 민폐를 끼칠 수 없다고 하 더랍니다."

"민폐……." 아라이는 무심코 말을 했다. "저는 그다지 민폐라고 는 생각하지 않습니다."

"그렇죠? 저도 그렇게 말씀드렸고, 신도 씨랑 가타가이 씨도 아라이 씨는 분명 민폐라고 생각하지 않을 테니 걱정 말고 연락해 보라고 루미 씨에게 말했다는데……. 아무래도 루미 씨가 먼저 연락을 하기는 어렵지 않을까 해서요. 네? 아라이 씨가 먼저……."

"제가 먼저 연락을 한다고 해서, 무슨 이야기를 하죠?"

"무슨 이야기든 괜찮지 않을까요? 이미 한동안 만나지 않았으니까, 쌓인 이야기도 있을 테고요. 이혼 소식도 알면서 아무런 말도 없이 있는 것도 냉정해 보이잖아요."

쌓인 이야기라……. 대체 무슨 이야기가 있다는 걸까.

일부러 연락을 하지 않았다고 한들, 그녀의 주위에는 많은 사람이 있다. 펠로십에는 오랫동안 사귄 신도와 고문 변호사 가타가이. 본가로 돌아갔다면 데즈카 소이치로, 미도리 부부가 따뜻하게 맞이해 줄 것이 틀림없다. 친부모인 몬나 데쓰로와 기요미 부부와도 언제든 만날 수 있다. 복역 중인 언니, 사치코의 면회도 갈 수 있을 것이다. 루미가 자신과 이야기하고 싶어 한다고? 신도와 가타가이의 지나친 생각이다.

신주쿠에서는 JR*과 사철** 환승을 이용하여 한 시간 조금 안 되게 가면 집과 가장 가까운 역에 도착한다. 집으로 가기 전에 가까

---

* 나라에서 운영하던 지하철을 분할하여 민영화한 철도를 말한다.
** 민영 회사가 개통·운영하는 철도를 말한다.

운 슈퍼에 향했다. 입구에서 장바구니를 손에 들고 메모를 보면서 오늘 저녁에 쓸 식재료를 골랐다. 청과 식품 코너부터 정육 코너, 생선 코너 순으로 돌고 마지막으로 다 떨어진 일회용품도 몇 가지 바구니에 넣어 계산대로 발을 옮겼다. 오늘 저녁 메뉴는 오징어 무조림에 배추 삼겹살 된장 마요네즈 볶음. 거기에 시금치 두부 된장국이다. 빠진 물건이 없는지 다시 한 번 확인하고는 슈퍼를 나와서 안도 미유키, 미와 모녀와 함께 사는 맨션으로 향했다.

지난 2년간, 아라이에게도 몇 가지 변화가 있었다. 그중 가장 큰 변화는 미유키가 도코로자와 서로 전근을 하고 미와가 초등학교에 입학을 하면서 아라이도 이제까지 살던 도내 아파트를 나와 두 사람과 동거 생활을 하게 되었다는 점이었다.

미유키, 미와 모녀와 살게 된 이후, 장을 보고 저녁 식사를 준비하는 역할은 아라이의 몫이 되었다. 자취 시절에는 요리를 거의 하지 않았지만, 최근에는 레시피를 보지 않고 음식을 만들 정도로 솜씨가 좋아졌다. 퇴근 후 미유키가 귀갓길에 방과 후 교실에 들러 미와와 함께 돌아오면 6시가 조금 넘는다. 그 시간이면 아라이가 준비하는 저녁 식사가 완성된다.

"다녀왔습니다. 아란찌, 오늘 밥은 뭐어야?"

현관 입구부터 책가방을 벗어 던진 미와가 부엌까지 달려왔다. 이전부터 아라이를 따르던 미와는 동거를 시작했을 무렵 아라이를 어떤 호칭으로 불러야 할지 나름대로 고민했던 모양이다. 그러던 어느 날, '아라이 아저씨'를 줄여서 '아란찌'라는 호칭을 찾아낸 뒤에는 주위의 시선도 신경 쓰지 않고 집 안에서든 밖에서든 그렇게 불렀다. 가끔 아라이가 방과 후 교실로 마중을 가면 어느 정도 사정을 알고 있는지, 직원들도 "어머, 오늘은 아란찌가 마중 나왔네? 미와 좋겠다."라며 거리낌 없이 부르게 되었다.

"잘 먹겠습니다아."

6시 30분이면 미와가 좋아하는 만화 방송을 틀어 놓고 세 사람은 식탁에 둘러앉는다. 대화의 중심은 물론 미와다.

"오늘은 있잖아아, 방과 후 교실에서 종이접기 했어. 미와 엄청 잘 만들었다! 나중에 보여 줄게."

"간식은 솜사탕이었어. 축제에서 파는 거, 그거! 솜사탕 만드는 기계도 있었어, 엄청 재밌었어! 근데 입에 넣으면 바로 사라져 버려!"

"미와 이야기는 언제나 방과 후 교실 얘기뿐이네." 미유키가 이야기에 끼어들었다. "학교는 어때?"

"학교는 있지, 으음, 음⋯⋯." 미와가 조금 생각한 뒤 대답했다. "에이치, 오늘도 학교 안 나왔어."

"에이치⋯⋯. 아아." 미유키는 끄덕였다. "그래, 오늘도 쉬는 날이었어?"

에이치는 미와의 동급생 남자아이다. 이른바 '등교 거부 아동'으로 미와의 이야기에서 자주 등장하는 친구라 아라이도 알고 있다.

"내일, 선생님이랑 같이 프린트 가지고 에이치네 집에 미와랑 게이스케랑 가기로 했어."

"어머 미와가? 게이스케는 집이 가까우니까 그렇다 쳐도, 미와는 왜?"

"'또 같이 갈 사람 없나요?'라고 선생님이 물어서 미와가 손 들었어."

"오, 미와가 직접 간다고 말한 거야? 왜?"

"으음, 그냥."

그렇게 대답하고 미와는 머뭇거렸다. 그 모습을 보고 미유키가 "뭐야아, 왜일까."라며 놀리듯 말했다.

"언제나 소극적인 미와가 웬일로 그랬을까아, 왜 그럴까."

"그냥이라고!"

"어머, 왜, 미와 화내는 거야? 이상하네, 왜 그럴까아."

"화 안 났어! 아란찌, 엄마가 이상한 말 해!"

미와가 말을 거는 바람에 아라이가 대답해야 하는 순간이었다.

"그러네, 엄마가 이상하다. 미와가 친절하게 함께 가 주는 건데."

"맞아, 친절! 엄마, 알겠어?"

"네네, 알겠습니다. 하지만 엄마는 미와가 그렇게 친절한지 몰랐네."

"아란찌, 엄마 아직도 이상한 말 해!"

아라이가 타이르듯 미유키를 보자 그녀는 어깨를 으쓱이며 입을 다물었다. 그래도 아직 히죽거리며 이쪽으로 눈짓을 보냈다. 아라이는 알았다며 고개를 끄덕이고 자신이 만든 오징어 무조림에 젓가락을 옮겼다.

잘 모르는 누군가가 봤다면 사이좋은 '가족'처럼 보일 것이다. 그러나 실제로는 아직 정식 가족이 아니다. 맨션 명의는 미유키. 형식상 아라이는 동거인. 이른바 객식구다.

물론 이에 대해서는 동거에 들어가기 전, 미유키와 이야기를 나눴다. 아라이를 배우자로 올리면 가족용 관사에 들어갈 수 있었다. 그렇게 하지 않은 가장 큰 이유는 아라이와 부부로 호적에 오르는 일이 경찰관인 미유키의 입장을 불리하게 할지도 모른다는 우려 때문이었다.

"그런 거 상관없어."

처음 이 이야기를 했을 때 미유키는 단호하게 말했다.

"출세하고 싶다는 생각도 별로 없고, 무슨 일이 생기면 경찰 일을 그만둬도 돼."

그러나 그 말을 액면 그대로 받아들일 수는 없었다. 아라이와 결혼을 강행해서 미유키가 한직으로 좌천되거나 경찰을 그만둔다면 세 사람의 생활은 어떻게 될 것인가. 수화 통역사로서 업무가 조금씩 늘어나고 있다고는 해도, 이렇게 주부主夫의 역할도 할 만큼 아라이의 수입은 미유키보다 훨씬 적다.

"그럼 내가 다른 일을 찾아볼게, 정규직으로."

아라이가 그렇게 말하자 미유키는 "그건 안 돼."라고 대꾸했다.

"지금 일은 당신밖에 할 수 없잖아. 생활비는 내가 일을 계속하면 돼."

그러나 미유키가 경찰로서 오래 근무하려면 아라이와의 결혼은 큰 장해물이 된다. 그 모순에 맞닥뜨리면 그녀도 말이 막혔다.

"우선 지금은 이대로 있을까."

결국, 그것이 '결론'이 되었다.

미와를 재운 미유키가 아이 방에서 거실로 돌아왔다. 테이블 위에 노트북을 들여다보고 있는 아라이를 슬쩍 바라봤다.

"일?"

"아, 뭐 좀 알아보려고."

인터넷에서 해마의 집을 검색해 보았다. 역시 폐쇄는 사실인 듯했고, 시설 홈페이지와는 별개로 '농아 부모회'라는 명칭으로 직원들과 보호자들이 새로운 사이트를 열었다. 시설 폐쇄의 이유와 행정 대응에 대한 불만, 새로운 농아시설 건설을 위한 준비를 진행하고 있다는 기술 아래, '보조금 교부 청원을 위한 서명 운동'과 '기부 요청' 배너가 있었다.

"요전에 미와에게는 말해 뒀어."

소리를 끈 텔레비전 화면에 시선을 고정한 미유키가 툭 하고 말을 건넸다.

"응?"

"미와가 '아란찌랑 빨리 결혼해.'라고 하더라고. 남자애든 여자애든 동생이 갖고 싶다고."

아라이는 노트북을 조작하던 손을 멈췄다. 그러나 미유키 쪽을 바라볼 수 없었다. 그녀도 이쪽을 보지 않은 채 말을 이었다.

"그래서 말해 뒀어. 결혼한다고 반드시 남동생이나 여동생이 태어나는 건 아니라고. 이상한 기대를 갖게 해서도 안 되잖아."

아라이는 노트북을 덮었다. 무언가 대답을 해야겠다고 생각해서 미유키 쪽으로 얼굴을 돌렸다.

"먼저 잘게. 잘 자."

미유키는 대화를 피하듯 침실로 사라졌다.

그녀가 하고 싶어 하는 말은 충분히 알고 있었다.

"언제까지 그렇게 꼬박꼬박 피임할 생각이야?"

함께 살기 시작하고 반년 정도 지난 무렵이었을까. 미와가 잠든 것을 확인하고 침실 불을 껐을 때의 일이었다. 언제나처럼 서랍장 속에 숨겨 둔 피임 기구를 꺼내들려고 하는 아라이의 등에 화난 목소리가 부딪혀 왔다.

"언제까지라니……."

"결혼할 때까지?"

"그야……."

"호적에 관해서 당신이 한 말은 잘 알아. 확실히 지금 당신과 결혼하는 것은 좋은 선택이라고는 말하기 힘들지도 몰라. 그래도 아이는? 아이를 안 만드는 데는 다른 이유가 있는 거 아니야?"

"다른 이유 같은 거 없어. 결혼도 하지 않은 채 아이만 낳을 수는 없잖아."

"그래? 상관없지 않아? 적어도 아이가 생기지 않도록, 생기지 않도록 필사적인 당신을 보면 왠지 내가 바보 같아."

"필사적이라고 할 것까진 없잖아."

웃으려고 해 봤지만, 잘 되지 않았다.

"역시 무서워? 만약 '들리지 않는 아이'가 태어날까 봐?"

"그건……."

"당신은 결국 우리를 믿지 않는 거네."

미유키는 그렇게 내뱉고는 이불을 덮고 등을 돌렸다.

그녀가 무슨 말을 하고 있는지는 알고 있다.

―그렇게 된다고 해도 문제될 게 있어?

예전에 그녀가 그렇게 말해 주었다.

―당신에게 통역해 달라고 부탁하지 않을 거야. 우리가, 나랑 미

30

와가 당신들 언어를 배우면 돼.

'알고 있어.' 아라이는 가슴속에서 그렇게 중얼거렸다. 미유키의 말을 믿지 않는 것은 아니다. 아무리 귀가 들리지 않는 아이가 태어난다고 해도 그녀는 편을 나누지 않을 것이다. 그리고 '수화'를 배워 자신도 같은 언어를 사용할 수 있도록 공부할 것이 틀림없다. 미와는 지금도 틈만 나면 수화를 알려 달라며 졸라 대고, 간단한 회화 정도는 할 수 있었다.

그러나 그렇다고 해도 이내 이런 생각이 들어 버린다. 그 아이가 소외감을 느끼지 않을 것이라고 말할 수 있을까. 일찍이 아라이 자신이 느낀 그 외로움을.

아라이는 거실 선반에 걸린 두 영정 사진을 바라봤다. 두 번째 장례식 이후 미유키가 "사진 정도는 돼."라는 말과 함께 작은 액자를 마련해 두었다. 하나는 삼십 몇 년 전에 돌아가신 아라이의 아버지, 또 다른 하나는 반년 전 요양 시설에서 숨을 거둔 어머니의 사진이었다. 이제 남아 있는 아라이의 혈육은 어머니의 장례식 이후 만난 적 없는 형네 가족뿐이다.

형네 가족은 모두 농인이었다.

코다, Children of Deaf Adults. '들리지 않는 부모에게서 태어난 들리는 아이'. 아라이가 바로 그 코다이다.

청각장애의 유전 구조는 아직 제대로 밝혀지지 않았다. 그러나 부모와 형제 모두 농인인 자신의 아이에게 유전적 요소가 없으리라고 확실하게 단언하지 못한다. 사실 '들리지 않는 아이'의 90퍼센트는 '들리는 부모'에게서 태어난다.

가족이 모두 '들리는' 가운데, 혼자만 '들리지 않는' 아이로 태어나는 경우, 그 아이는 자신과 같은 기분을 느끼지 않을까.

다부치는 '변했다'고 했지만, 아라이는 알고 있다.

자신은 변하지 않았다. 그 시절 그대로다.

어린 시절, 날림공사로 지어진 허름한 집 지붕에 큰비가 세차게 내리꽂히던 날이었다. 가족 모두가 빗소리는 전혀 신경 쓰지 않고 수화로 '담소'를 나누던 가운데 딱 한 사람, 아라이만 그 빗소리를 들었다.

여전히 자신은 가족과 함께 있으면서도 외톨이였던 그 방에 머물러 있었다.

제1장

변호 측 증인

10월의 목소리를 듣던 순간, 그렇게나 심했던 더위가 거짓말이었던 것처럼 시원한 바람이 불어왔다. 얄팍한 재킷만으로는 목 언저리가 서늘했다. 더 두꺼운 옷을 입을걸 하는 후회와 함께 아라이는 역으로 가는 길을 서둘렀다.

오늘은 가전제품 매장에서 할 쇼핑 통역으로, 의뢰인은 30대 남성이었다. 이번 주는 그 외에도 학교에서의 삼자 대담과 전화 통역 등 특이하게 지역에서 온 의뢰가 잇따랐다. 그중 오늘 일까지 해서 두 건 정도 "'일본어대응수화'로 부탁합니다."라는 요청이 있었다.

일본어대응수화란 일본어에 수어를 하나하나 대응한 수화 종류로, 원래는 수화를 배우는 청인을 위해 생겨난 것이다.* 옛날부터 농인이 사용하고 독자적인 문법이 있는 '일본수화**'에 비해 습득이 쉬워서 중도실청자나 경도난청자 중에서 사용하는 사람이 많다.

그러나 "오늘 의뢰인은 선청성 실청자이시네요."라고 묻는 아라이에게 복지과 직원이 대답했다.

"고등학교부터 일반학교 인티 클래스를 다녔고 부모님이 청인이라서 일본수화는 거의 사용하지 않았다고 합니다. 구화도 어느 정도 할 수 있는데, 복잡한 대화는 수화로 하고 싶다고 하셨어요."

"그렇군요, 알겠습니다."

이 정도의 정보면 대략적인 사정은 알 수 있다. '인티'란, 인티그레이션(통합교육)의 약칭이다. 농인학교에서 교육을 받은 학생이 일반 고등학교로 전학하여 다니는 케이스를 인티 클래스라고 말하기도 한다. 그런 경우는 선천성 실청자여도 부모가 농인이거나, 농인 커뮤니티에 참가하지 않는 한 일본수화를 습득하기 어렵다.

《오늘은 천천히 고르면서 사고 싶어서 의뢰했습니다. 잘 부탁드릴게요.》

가전제품 판매점 입구에서 만난 의뢰인의 대응수화는 정중했지만, 점원에게 상품 특성의 차이를 세세하게 묻고 가격 교섭을 할 때면 상당히 번거로운 통역을 요구했다. 그래도 아라이는 어렵지

---

* 한국의 경우도 역시 음성한국어에 대응하는 수화로 수지한국어가 존재한다.

** 한국에서는 독자적인 문법과 의미를 가지는 한국수화가 있다.

않게 해냈다.

《고맙습니다. 다른 통역사님보다 실력이 좋아서 도움이 많이 됐습니다.》

헤어질 때 감사 인사를 받고 겨우 숨을 돌렸다. 시청 소속 담당자도 수화기 너머에서 흡족한 목소리로 말했다.

"아라이 씨는 임기응변에 잘 대응해 주셔서 항상 도움이 많이 받아요. 또 농인 통역은 아라이 씨에게 부탁할 테니, 잘 부탁드립니다."

"저야말로 잘 부탁드립니다."

전화를 끊은 아라이의 뇌리에 문득 여성 한 명이 떠올랐다.

〈그런 사람은 '농인'이라고 부르지 않아.〉

그 사람이라면 분명 그렇게 말하겠지.

이번 케이스처럼 최근에는 선천성 실청자임에도 일본어대응수화를 사용하는 사람의 수가 늘어났다. 그 차이를 그다지 의식하지 않는 사람도 있을 것이다. 이런 현실에 아라이는 자신이 한 줄기 외로움을 느끼고 있음을 깨달았다.

'일본수화는 'Deaf=농인'의 모어이고 농인은 일본수화라는, 일본어와 다른 언어로 말하는 언어적 소수자이다.'

한때 그들이 목 놓아 그렇게 주장했을 때, '외부인'에 지나지 않던 아라이는 그 움직임을 먼발치에서 바라만 봤다. 그랬는데 어느

새인가 일본수화를 사용할 기회가 적어짐을 아쉬워하게 될 줄이야. 자신이 예전과 달라졌는지 대답할 겨를도 없이 느낀 것이었다.

도쿄 수화 통역사 파견 센터의 다부치에게서 의뢰가 온 것은 지역 통역 의뢰가 한층 줄어든 주말이었다.

"이번은 사법 통역입니다."

서론도 없이 다부치가 말했다.

"형사재판 법정 통역입니다. 피고인은 농인이고요. 이 건은 필히 아라이 씨에게 부탁드리고 싶은데, 혹시 일정이 괜찮으실까요?"

우선은 일정을 물었다. 첫 공판일에 다른 스케줄은 없었다.

"괜찮을 것 같습니다. 우선 자료를 보내 주세요."

"감사합니다. 바로 보낼게요. 꼭 부탁드리겠습니다."

다부치는 다시 한 번 확인하고 전화를 끊었다.

사법 통역, 즉 법정 통역이나 취조 통역은 수화 통역을 하는 사람 중에서도 '통역사' 자격을 가진 사람만 할 수 있다. 물론 도쿄 내에 등록된 통역사가 몇백 명 있기 때문에 아라이 외에도 적임자는 있을 터였지만, 다부치가 꼭 부탁한다고 하는 데에는 그 나름의 이유가 있을 것이다.

정식 의뢰 메일은 바로 왔다. 첨부된 자료를 대충 훑어보았다.

하야시베 마나부라는 40대 농인이 피고인인 강도 사건. 변호인은 가타가이였고, 펠로십이 지원하고 있는 사안이었다.

아라이의 사고가 그대로 멈췄다. '역시 그런 이유인가…….' 그러나 생각을 바꿔서, 계속 읽어 나갔다.

죄목은 사후 강도*. 도쿄에 거주 중인 무라마쓰라는 자산가의 집에 빈집털이를 하러 들어갔지만 돈이 있는 곳을 몰라서 허둥대고 있는 사이, 집주인인 무라마쓰가 돌아왔다. 침입자를 보고 놀라 소리친 무라마쓰에게 "조용히 해, 돈 내놔!"라며 칼을 들이대고 금고를 열게 한 후 현금 100만 엔을 빼앗아 달아났다는 것이 고소 내용이었다.

피해자 증언에 따르면 범인은 모자에 마스크를 썼고, 차단기를 내렸는지 전등도 켜지지 않아서 얼굴은 확인할 수 없었다고 했다.

체포 및 기소된 경위는? 현장에서 채취한 지문을 조합한 결과, 빈집털이 전과가 있고 반년 전 전기 배선 공사로 피해자 집에 출입한 적이 있는 하야시베가 피의자로 지목되었다. 피해자가 증언한 범인의 체격과 비슷한 점, 사건 당일 알리바이도 없다는 점, 최근 들어 갑자기 형편이 좋아졌다는 주변의 증언과 더불어 임의 사정 청취 당시 범행을 자백하여 체포 및 기소되었다.

이 시점에서 펠로십이 지원에 나서고, 고문 변호사인 가타가이

---

* 절도범이 도난품을 뺏기지 않거나 체포를 피하려 폭행이나 협박을 하는 일.

가 변호인이 된 것 같았다.

그러자 하야시베는 돌연 기소 사실을 부인했다. 배선 공사 때문에 무라마쓰의 집에 간 사실은 인정하지만, 강도짓 같은 일은 전혀 모르며, 취조 당시 형사와 검사의 유도와 강요에 의해 자백을 하게 되었다고 '억울함'을 주장했다. 공판 전 정리 수속에서도 검찰 측과 변호 측의 의견은 완전히 상반되어 대립했고, 범행 부인 사건으로 재판이 열리게 되었다.

아라이는 잠시 생각한 뒤 다부치에게 전화를 걸었다.

"개요는 이해했습니다. 피고인 면회는 가능한가요? 어떤 수화를 사용하는지 알고 싶습니다. 특히 이번에는."

다부치도 "맞습니다, 이번 쟁점이 그 점이니까요."라고 동조했다.

"하지만 안타깝게도 이번에는 면회가 불가능합니다. 혐의를 부인하고 있는지라 통역도 예단 방지 명목으로 안 된다고 하네요."

"그건 이해하지만……."

그럼 어떻게 한담. 하야시베가 어떤 수화를 사용하는지 가타가이에게 물어보면 알 수 있겠지만, 당연히 피고인을 지원하고 변호를 맡고 있는 사람과는 접촉할 수 없다.

그때 다부치가 그 사람의 이름을 꺼냈다.

"사에지마 씨에게 여쭤 보면……."

"사에지마 씨?"

자신도 모르게 되물어 버렸다. 그 순간 그녀를 떠올린 참이었다.

"네. 사에지마 씨가 피고인을 잘 알고 있는 듯했습니다."

"그렇군요……."

아라이는 끄덕였다.

사에지마 모토코. 일찍이 급진적 농인 그룹인 'D컴'의 대표로서 농인의 권리 확립을 위해 활동하고, 지금도 데프 커뮤니티에 상당한 영향력을 가진 여성. 확실히 그녀라며 알고 있어도 이상하지 않았다.

"알겠습니다. 연락해 볼게요."

"어디까지나 수화에 대해서만이에요. 사건 이야기는 하지 말아주세요."

"당연합니다."

"그럼 이 사건은 아라이 씨에게 맡기겠습니다. 맡으셔도 괜찮으신 거죠?"

마지막으로 다부치는 다시 한 번 확인했다.

망설임이 없었던 것은 아니다. 사에지마 모토코나 펠로십과 다시 엮이는 일에 약간의 주저는 있다. 그러나 이번 사안은 아라이에게도 지나치기 힘든 건이었다.

"네. 제가 맡도록 하겠습니다."

"다행이다. 그럼 자세한 사항은 다시 연락드릴게요."

전화를 끊고 난 뒤, 아라이는 다시 한 번 다부치가 보낸 공소 내용에 집중했다. 혐의 부인이라는 점만 빼면 그다지 특별한 사건은 아니었다.

그러나 아라이는 한 문장이 마음에 걸렸다.

범인은 피해자를 향해 "조용히 해, 돈 내놔!"라며 칼을 들이밀고 현금을 빼앗았다.

즉 검찰은 피고인이 '발화했다'고 말하고 있다.

물론 농인도 발음은 가능하다. 수화를 하면서 때때로 목소리를 내는 농인도 많을 뿐 아니라 '발화'가 가능한 사람도 있다. 실제로 중도실청자이자 현재는 '완전히 들리지 않는' 가타가이도 능숙하게 구화를 구사한다.

그러나 이 하야시베라는 피고인이 정말 '돈 내놔'라고 말할 수 있었을까. 그것은 하야시베가 어떤 식으로 자랐고, 어떤 교육을 받았으며, 현재 어떤 언어를 사용하는지에 달려 있다.

아라이가 피고인이 사용하는 수화를 알고 싶어하는 데는 이런 이유가 있었다.

다음 날, 아라이는 오랜만에 장애인 리허빌리테이션 센터, 통칭

리허센을 방문했다. 오전부터 강한 바람이 부는 탓에 지하철 역에서부터 이어진 가로수 길에는 낙엽이 흩날리고 있었다.

리허센에 병설된 다양한 전문 직원 양성 및 연수 시설인 '학원' 내 수화 통역학과 전임 교수. 그것이 현재 사에지마 모토코의 직함이다. 그녀를 만나는 것도 2년 만이다.

엘리베이터로 수화 통역학과가 있는 3층까지 올라갔다. 사에지마의 교수실에 가는 길에, 열린 창문으로 교실 안이 보였다. 학생 한 명이 서서 손을 움직이고 있었다. 교수처럼 보이는 여성이 곧바로 수화로 응답했다. 여기에서 배우는 학생 대부분은 수화 통역사를 목표로 하는 청인들이다. 아라이의 동료 중에도 학원 출신인 사람이 대부분이었다.

교수실도 다른 교실처럼 문이 열려 있었다. 노크를 할 필요도, '실례합니다'라는 말도 필요 없다. 교수실 안쪽에서 컴퓨터를 마주한 사에지마 모토코의 모습이 보였다. 아라이는 그녀의 시야 안에 들어가기 위해 발을 옮겼다. 사에지마의 옆에 있던 남성이 먼저 알아차리고 이쪽을 향해 고개를 숙이면서 동시에 옆 책상을 콩콩 두들겼다. 진동에 모토코가 얼굴을 들었다. 아라이를 인지한 얼굴에 웃음이 번졌다. 그녀는 펼친 손바닥의 엄지손가락 쪽을 이마 부근에 둔 뒤 앞으로 내밀었다.

〈이야〉 〈안녕.〉

점심인사도, 저녁인사도, 농인의 인사는 이것 하나로 충분하다. 아라이는 손의 움직임은 똑같이 하면서 어깨를 살짝 둥글게 말아 몸을 굽히듯이 하며 대답했다. 같은 〈안녕〉이라도 이 수화로 윗사람에게 경의를 표현한다.

모토코가 자기 앞쪽의 응접 공간을 가리켰다. 아라이가 재차 〈오랜만입……〉이라고 손을 움직이려는데, 그녀는 됐다는 듯이 제지하더니 앉으라고 재촉했다.

〈용건은 재판에 관한 거지? 하야시베 씨의.〉

형사재판인 만큼 진중하게 이야기를 꺼내야 한다고 생각했던 아라이는 사에지마가 그의 이름을 먼저 꺼내자 맥이 빠졌다.

〈알고 계셨나요?〉

〈파견 센터의 다부치 씨가 너한테 법정 통역을 부탁했다고 들어서.〉

그렇군. 그렇다면 이야기는 빠르다.

〈하야시베 씨는 선천성 실청자입니까?〉

아라이의 질문에 모토코는 집게손가락과 엄지손가락을 두 번 붙였다. '긍정'을 나타내는 수화였다.

〈사용하는 건 일본수화군요.〉

〈맞아.〉

모토코는 다시 한 번 같은 수화로 대답한 뒤, 이쪽을 향해 손바닥을 뒤집었다(=그런데).

〈네이티브 사이너Native Signer 정도로 능숙하진 않아.〉

태어나면서부터 실청자였지만 네이티브만큼의 수화는 하지 못한다. 그 의미는 바로 알 수 있었다. 전에 담당했던 의뢰인과 마찬가지로 부모는 청인일 것이다. 유아 시절부터 자연스럽게 익힌 것이 아니라, 성장 과정에서 수화를 습득했다. 여기까지는 같지만, 하야시베는 일본수화로 말한다. 어린 시절에 농인 커뮤니티를 접하고, 그곳에서 배웠을 것이다.

〈재판에서는 어려운 전문 용어도 나오는데, 그런 부분도 괜찮은가요?〉

〈그건 괜찮을 거야. 가타가이 씨도 있을 거고. 네이티브 사이너 정도는 아니라고 했지만, 웬만한 수화 통역사보다는 잘해.〉

그렇게 말하고 모토코는 환하게 웃었다.

아라이는 쓴웃음을 지으며 대답한다.

〈사에지마 씨가 말하면 농담처럼 안 들려요.〉

〈어머, 이런 건 농담이 아니라 빈정댄다고 하지 않나?〉

모토코는 다시 한 번 웃는 얼굴을 보였다. 말은 그렇게 해도 나쁜 사람은 아니다. 오래 알고 지낸 아라이는 안다. 그러나 이런 말투를 좋게 보지 않는 '수화 관계자'도 적지 않다.

〈고맙습니다. 그것만으로도 충분합니다.〉

감사를 표하고 일어서려는 아라이에게 모토코가 기다리라는
듯 손을 내밀었다.

〈바빠?〉

〈아뇨, 저는. 선생님이 바쁘시지 않을까 해서.〉

〈곧 손님이 오는데.〉

〈그럼 더더욱.〉

아라이는 다시 일어나려고 했다.

〈너도 아는 사람이야.〉

그렇게 말한 모토코의 시선이 아라이의 뒤쪽으로 움직였다.

〈왔네.〉

뒤돌아보자 교수실 입구에서 놀란 듯 이쪽을 바라보고 있는 여
성이 보였다. 뒤로 묶은 긴 머리카락은 어깨 근처에서 깔끔하게 정
돈되어 있고, 평소 봤던 활동적인 트레이닝복 차림에서 시크한 롱
스커트로 의상이 달라졌지만, 상대를 정면으로 바라보는 시선에
꼿꼿이 세운 허리는 예전과 같았다.

2년 만에 본 데즈카 루미의 모습이었다.

6시 30분부터 어김없이 만화 방송이 시작했다. 매주 목요일에
방영하는 「용을 다루는 소년」이라는 이 애니메이션이 시작하면
미와는 텔레비전 앞에서 꼼짝도 하지 않는다. 그사이 아라이는 미

유키에게 이야기해야겠다는 생각에 입을 뗐다.

"오늘 일이 있어서 사에지마 씨한테 갔었는데."

"어, 그래? 사에지마 씨, 잘 지내셔?"

"응, 변함없지."

뭔가 눈치를 챈 듯 미유키가 이쪽을 봤다. 역시 그녀는 감이 좋다. 아라이의 미묘한 표현을 알아차렸다. 그는 틈을 두지 않고 말을 이어 갔다.

"거기서 루미 씨도 만났어. 사에지마 씨에게 용건이 있었나 봐."

"……그래?"

미유키는 아라이를 바라보면서 아무렇지 않은 말투로 물었다.

"루미 씨는?"

"응, 뭐 씩씩할 리는 없겠지만."

그러고는 조금 빠른 말투로 덧붙였다.

"달리 변한 것 같지는 않았어. 그다지 이야기를 많이 한 게 아니라 잘 모르겠지만."

"별로 얘기를 안 했어?"

미유키가 다시 물었다.

"응, 그 사람도 다른 용건으로 온 거고, 나도 바빴고."

"그렇구나."

미유키가 엿보는 듯한 눈길로 아라이를 봤다. '진짜?' 그 눈이 그렇게 말하고 있었다.

　반은 진짜였고, 반은 거짓이었다. 두세 마디밖에 대화를 나누지 않은 것은 진실이었지만, 자신이 바빴다는 것은 거짓이었다. 루미와 사에지마의 용건도 그다지 중요하지는 않은 듯했다. '아니, 어쩌면.' 아라이는 생각했다. 루미와의 약속이 사실이라도, 일부러 그 시간에 부른 건 아라이가 오는 시간이기 때문은 아닐까. 혹은 반대로 루미와 한 약속과 같은 일시로 자신과 약속 시간을 정한 것일까. 어느 쪽이든 '우연'은 아니다.

　"루미 씨, 다시 펠로십으로 돌아온 거야?"

　미유키의 질문이 다시 이어졌다.

　"아니, 펠로십에는 손 놓은 상태인 것 같아."

　"그럼 본가로 돌아간 건가?"

　"그런 것 같아. 들은 건 그 정도야."

　이야기는 여기까지라는 뜻으로 식탁에 젓가락을 내려놓았다. 실제로 그 이상은 알지 못했다. 루미가 지금 어떤 생활을 하고 있는지. 왜 이혼을 했는지. 그런 이야기는 일절 말하지 않은 채 서로 안부를 물으며 아라이는 미유키와 미와의, 루미는 데즈카 부부와 몬나 부부의, 그렇게 각 집안의 무사함을 보고했을 뿐 결국 "그럼 나중에 또 뵙죠."라며 헤어졌다.

　미유키도 그 이상은 묻지 않았다. 그녀와 나눈 대화에서 루미가 화제가 된 적은 거의 없었다. 한가이와 이혼한 사실이 주간지 등에 실렸을 때는 '사정을 알고 있는지' 정도를 물었지만 아라이가 아무것도 모른다고 대답하자 그걸로 끝이었다.

원래 미유키는 다른 사람의 가십에는 흥미를 보이지 않는 타입이다. 아예 관심이 없는 것은 아니다. 그러나 묻지 않았다. 지금도 역시 묻고 싶은 마음이 분명 있지만 가슴속에 쌓아 두었을 것이다. 그것을 핑계 삼아 아라이도 많은 이야기를 하지 않았다.

거북한 시간을 보내면서 '왜일까?'라는 생각이 들었다. 왜 루미의 일이라면 자신도 그렇고 미유키도 이렇게 예민해지는 것일까.

딱 한 번 루미가 대화 주제에 오른 적이 있었다. 미유키가 두 사람의 사이를 의심했는지, 서로 연애 감정은 전혀 없다고 확실하게 못박아 두었을 때의 일이다.

"응, 그건 알겠어."

미유키는 아라이의 얼굴을 보지도 않고 말했다.

"하지만…… 으음, 그래서라고 해야 하나. 그래, 그래서 싫은 걸지도 몰라. 연애 감정이 없는데도 뭔가 서로 이해하고 있는 듯해서."

그리고 툭 내뱉었다.

"그거, 아주 특별한 거잖아."

그 이후 미유키가 루미에 대한 말을 꺼낸 적은 없었다. 아마 시시한 질투에 자기혐오를 느꼈을 터였다. 그러나 응어리가 없어진 것은 아니었다. 알 수 있었다.

아주 특별한 것.

그녀의 말이 맞을지도 모른다. 루미와 이야기를 하면 마음의 안정을 느낀다. 아마 루미도. 아마 자신을 가장 잘 이해해 주는 존재가 서로임을 알아서일 것이다.

"아란찌."

목소리의 주인공을 향해 고개를 돌리자, 미와가 텔레비전을 가리키고 있었다. 화면에는 애니메이션 주인공이 다루는 거대한 용이 나오고 있었다. 미와가 오른쪽 집게손가락과 가운뎃손가락 끝을 왼쪽 손바닥에 댄 상태에서 확 떨어뜨렸다. 〈놀라다〉라는 의미의 수화다.

〈뭐에 놀랐어?〉

아라이도 수화로 물었다.

〈저 애 아빠〉 〈용이였대.〉 〈저 애, 용의 아이였어.〉

더듬거리기는 했지만 미와는 아라이에게 직접 배운 일본수화로 이야기를 이어 갔다.

〈그래서〉 〈용을 자유롭게 다루는 거야.〉

〈우와, 그렇구나.〉

〈혹시〉 〈그 애도.〉

"저기, 두 사람만 이야기하지 마."

미유키가 끼어들었다.

미와는 손을 멈추고 "엄마도 수화 배우면 좋은데."라며 입술을 삐죽 내밀고는 다시 텔레비전 앞으로 돌아갔다.

"바빠서 배울 시간이 없는 거, 알고 있잖아."

미유키도 골난 목소리로 대답했다. 미와는 불만 가득한 얼굴로 텔레비전에서 눈을 떼지 않았다.

미와는 매일 틈틈이 아라이와 수화로 이야기하며 조금씩, 그러면서 착실히 자신의 언어로 만들어 갔다. 그러나 미유키와는 그런 시간을 보낸 적이 없었다.

그런 점에 불만이 있지는 않다. 필요하면 배운다, 그걸로 됐다. 아라이가 마음에 걸리는 부분은 수화에 대한 미유키의 다른 생각이 느껴진다는 것이었다.

아무리 수화를 배워도 아라이처럼 구사할 수 없다. 수화가 능숙해지더라도 영원히 그들을 알 수 없다. 자신은 진짜 의미에서 '동료'가 될 수 없다는 생각.

더구나 코다는.

미유키가 루미에게 안고 있는 감정의 근원에는 그것이 있다. 루미는 아라이와 같은 환경 아래에서 태어나 자랐다.

그녀도 역시 코다이다.

하야시베의 첫 번째 공판일이다.

아라이가 도쿄 지방 법원의 소법정에 들어섰을 때 이미 하야시베는 피고인석에 앉아 있었다. 체형은 아라이와 같이 보통 몸집에 보통 키. 머리는 짧은 머리가 살짝 자란 정도로 손질은 하지 않은 모습이었다. 운동 셔츠와 면바지는 새것 같아 보였다. 아마 펠로십이 지원한 물품일 것이다. 긴장한 탓인지 얼굴색은 조금 창백했지만 구류로 인해 야윈 모습은 아니었다.

변호인석에 있는 가타가이와 눈이 마주치자 아라이는 묵례를 나눴다. 원래도 마른 사람이었는데, 더 몸이 가늘어진 듯 보였다. 그러나 그가 겉모습과는 반대로 대식가에 애주가라는 사실을 아라이는 알고 있었다.

아라이는 재판관 자리 대각선 앞에 설치된 통역인석으로 향했다. 검찰관도 이미 착석한 모습을 확인하고 나서 방청석으로 시선을 옮겼다. 가장 앞자리에는 기자처럼 보이는 남녀가 한 명씩. 그 외에 하야시베의 직장 관계자인지, 같은 작업복을 입은 남녀가 몇 명 모여 있었다. 작은 사건이라 방청인도 듬성듬성 있을 뿐이었다.

개정 시간이 되자, 법복을 입은 재판관이 나타났다. 검찰관과 변호인만이 아니라 방청인도 모두 일어나서 맞이했다. 서기관과 나란히 아라이도 일어나서 인사했다. 이번은 강도사건이기 때문에 세 명의 재판관에 의한 합의체로 진행된다. 이것이 '강도치상'이 되면 국민 참여 재판을 한다.

전원이 착석한 것을 확인하고 재판장이 개정을 선언했다.

"피고인은 앞으로."

아라이는 그 음성일본어를 피고인석을 향해 일본수화로 전했다. 하야시베가 수화를 보고 중앙 증언대로 걸어 나갔다. 재판은 인정신문부터 시작했다. 재판장이 하야시베의 주소, 성명, 직업, 생년월일 등을 물었다. 아라이는 수화로 전하고, 마지막으로 〈틀림이 없습니까?〉라고 확인했다.

하야시베의 손이 움직인다.

〈네, 틀림없습니다.〉

매끄러운 일본수화였다. 아라이의 통역을 듣고 재판관이 고개를 끄덕였다.

"그럼 지금부터 검찰관의 기소장을 낭독할 테니 잘 들어 주시기 바랍니다. 그럼 검찰관, 부탁드립니다."

"네."

검찰관이 일어서서 공소사실과 죄명, 형벌을 낭독하기 시작했다.

아라이는 검찰관의 기소장을 동시통역했다. 하야시베는 표정 하나 바뀌지 않고 아라이의 수화를 바라보았다.

내용은 사전에 읽은 자료와 거의 같았다.

피고인은 이전에 배선 공사로 방문한 적이 있어서 구조를 알고 있던 피해자의 집에 빈집털이를 목적으로 침입하여 물색하던 중, 피해자가 집에 돌아오자 '사후 강도'로 돌변하여 칼로 피해자를 위협하였고 현금을 빼앗아 도망쳤다. 죄명, 강도. 형벌, 형법 236조.

"……이상의 공소사실에 대해 심리를 요청합니다."

검찰관이 착석하자 공소사실 기술 내용에 대한 석명이 이어진 뒤, 죄상인부 절차에 들어갔다.

"심리에 들어가기 전, 피고인에게 주의해 둘 점이 있습니다. 피고 인에게는 묵비권이 있어……."

피고인에 대한 '묵비권 등의 권리 고지'. 아라이가 그 내용을 수화로 전달했다. 이전에 담당했던 재판에 이 '묵비권'을 이해하지 못한 농인 피고인이 있어서 재판이 도중에 중지된 적이 있었다. 이번에는 가타가이가 함께하니 일단은 괜찮을 것이라고 생각하면서도 아라이는 진중하게 수화로 표현했다.

〈……반대로 피고인이 이 법정에서 진술하는 것은 유리하게 작용할 수도, 불리하게 작용할 수도 있으며 증거가 됩니다. 이 점을 충분히 주의해서 진술하시기 바랍니다.〉

아라이의 수화를 보고 하야시베가 고개를 작게 끄덕였지만 다시 한 번 확인했다.

〈지금 한 말의 의미를 이해하셨습니까?〉

하야시베는 확실히 〈이해했습니다. 괜찮아요.〉라고 대답했다. 아라이는 재판관을 향해 "이해했습니다.'라고 말했습니다." 하고 전했다. 재판장은 끄덕이고 재판을 이어 갔다.

"그럼 방금 검찰이 진술한 공소사실에 잘못된 사실이나 이의가 있습니까?"

아라이가 통역하자 하야시베는 〈있습니다.〉 하고 대답했다. 그리고 이어서 말했다.

〈저는 강도짓 같은 일은 하지 않았습니다. 사실이 아닙니다.〉

공소사실의 전면 부인.

예상했던 일이라고는 하지만, 그 단호한 수화에 아라이는 몸이 굳는 느낌이었다. 음성일본어로 똑같이 전달했다.

"저는 강도짓 같은 일은 하지 않았습니다. 사실이 아닙니다."

방청석에서 "그래!"라고 작은 목소리가 들렸다. 재판장이 흘금 그쪽을 노려보았다. 작업복을 입은 남자들이 큰일 났다는 표정으로 고개를 숙였다. 앞자리의 기자가 놀란 얼굴로 메모를 하는 게 보였다.

재판장은 엄숙하게 진행을 이어 갔다.

"변호인은 어떻습니까?"

가타가이가 일어서서 손을 움직였다. 중도실청자인 가타가이는 일본어대응수화를 사용한다.

《변호인의 의견도 피고인과 동일합니다.》

"변호인의 의견도 피고인과 동일합니다."

가타가이와 마주 보고 앉아 있던 정장 차림의 남성이 음성일본어로 통역했다. NPO 측에서 준비한 가타가이의 전속 수화 통역사였다. 가타가이는 구화에도 능하지만 법정에서는 역시 신중함을 기해야 하기 때문에 수화를 사용하는 듯했다. 아라이도 하야시베를 향해 같은 말을 일본수화로 전했다.

"……따라서 피고인은 무죄입니다."

검찰관은 통역된 가타가이의 말을 괴로운 얼굴로 듣고 있었다.

"알겠습니다. 피고인은 피고인석으로 돌아가 주세요."

아라이가 수화로 전달하자, 하야시베는 끄덕이고 원래 있던 자리로 돌아갔다. 가타가이가 격려하듯 그 어깨를 툭툭 두드렸다.

"지금부터 증거조사를 진행하겠습니다. 우선 검찰 측 증거를 기초로 주장하고자 하는 사실을 말씀해 주십시오."

"네. 검찰 측이 하야시베 마나부에 대한 피고사건에서 증명하고자 하는 사실은 다음과 같습니다……." 검찰관의 모두진술이 시작되었다. "하야시베 마나부는 나가노 현에서 태어나……."

기소장의 범행 내용에는 피고인의 성장 과정부터 시작하여 빈집털이 전과가 있다는 점, 사건 당일의 행동, 범행에 이르기까지의 경위가 상세하게 기술되어 있었다. 이 모든 이야기를 아라이는 하야시베에게 수화로 전달했다.

사건 흐름의 설명에 따라 구체적인 증거는 번호가 부착되어 표시되었다. 이번에 검찰 측이 신청한 증거는 피해자의 진술서, 피해자 자택에서 채집된 피고인의 지문, 사건 당일 피해자 자택에서 가장 가까운 역에 설치된 방범 카메라에 찍힌 피고인과 흡사한 인물의 영상, 사건 후 피고인 지갑 사정이 갑자기 좋아졌다는 지인의 진술서, 그리고 '피고인이 죄를 인정했다.'는 검경 양측의 진술서 등이었다.

그사이 피고인의 진술서에 관해서는 변호 측이 "검경의 유도 및 강요에 의한 허위 진술로, 증거로서 채용할 수 없다."고 주장하며 부동의 처리가 되었다. 이러한 내용은 공판 전 정리수속 때 이미 이야기된 듯했고, 대신 피의자 신문을 담당할 경찰관의 증인 신청이 이뤄졌다.

이어서 변호 측 모두진술.

《검찰 측이 입증하고자 한 사실에 대해 설명하겠습니다.》

가타가이는 검찰 측 주장을 하나하나 부정했다.

하나, 현장에서 채취된 지문은 피고인이 과거에 배선 공사 업무로 피해자 자택을 방문했을 때 남은 것이다.

하나, 사건 당일 피해자 저택에서 가장 가까운 역에 간 것은 사실이나, 파친코를 하기 위해 갔을(이전에 퇴근길에 들어간 가게에서 크게 딴 경험이 있어서 몇 번 방문한 적이 있다.) 뿐이며 피해자 저택

은커녕 그 근처도 가지 않았다.

하나, 사건이 있던 시간대에는 이미 귀가하여 자택에서 텔레비전을 시청하고 있었다. 보던 프로그램에 '자막이 포함된 사실'을 확실히 기억하고 있고, 이는 의심할 여지가 없다.

하나, 사건 후 지갑 사정이 좋아진 듯 보였던 것은 지인에게 빌려줬던 돈을 돌려받아서 기분 좋게 주변 사람에게 한턱을 쏜 적이 있는 정도이다.

하나, 처음부터 주장했듯 자백은 검경의 유도 및 강요에 의한 것으로 허위에 해당한다. 이에 더하여 청취시 수화 통역사의 기술 부족으로 검경이 말하는 바를 정확하게 이해하지 못했다는 점도 첨언하고 싶다.

《또한 피고인이 무죄인 가장 큰 이유는 검찰관이 모두진술에서 이야기했듯이 피고인이 피해자를 향해 '조용히 해, 돈 내놔!'라고 말했다는 점입니다.》

마지막으로 가타가이는 이렇게 말했다.

《피고인은 농인입니다. 음성일본어를 발성하는 일은 없습니다. 따라서 피고인은 범인이 아닙니다. 이상의 진술에 의해 피고인은 무죄입니다.》

검찰관의 얼굴에 더욱 괴로움이 증가했지만 가타가이는 평온하게 이어 갔다.

《이를 입증하기 위한 증인으로서 피고인의 농인학교 시절 담당 교사인 가사이 노리카즈 씨를 증인으로 신청합니다.》

"이의 있습니다. 본건과는 관계가 없습니다."

검찰관이 일어섰지만 일종의 퍼포먼스일 것이다. 이에 관해서도 공판 전 정리수속 때 이미 이야기가 있었을 터였다. 재판관은 '피고인이 발화를 할 수 있는지 판단하기 위한 중요한 증인이다.'라며 변호 측의 주장을 받아들였다.

"다음 공판은 신청된 증인에 대한 증거조사부터 시작하겠습니다."

마지막으로 재판장이 일주일 정도 뒤에 잡힌 다음 기일을 검찰과 변호인 양측에 확인하는 것으로 제1회 공판은 폐정했다.

오후 3시경에 재판이 끝나서 저녁 식사 준비까지 시간은 충분했다. 평소처럼 역에 있는 슈퍼에 들러 산 식재료로 메뉴를 짰다.

장을 보면서도 아라이는 재판의 향방에 신경이 쓰였다. 아라이가 가장 마음에 걸리는 점은 가타가이가 하야시베의 농인학교 시절 담당 교사를 증인으로 신청한 부분이었다. 의도가 이해되지 않았다.

하야시베의 연령을 생각하면 당시 농인학교는 구화 교육이 주류였을 터였다. 특히 그의 출신지인 나가노 현은 청각구화법에 열을 올렸다고 들었다. 변호 측은 하야시베가 현재 수화밖에 사용하지 못한다는 점을 입증해야 한다. 그가 청각구화법 교육을 받은 사실을 증언하게 되면 오히려 역효과가 나는 것이 아닌가.

아마 검찰 측도 수사 단계에서 이 사실을 확인했음이 틀림없다. 그래서 '증인도 필요 없는 자명한 사실'이라고 판단했을 것이다. 공판 전에 이렇다 할 이의를 하지 않은 것은 그 탓이다. 그런데 왜……?

그러나 일개 통역사인 아라이의 걱정이 재판을 좌지우지하는 일은 없을 것이다. 요리에 몰두하는 중에는 쓸데없는 생각이 나지 않아서 다행이었다.

그날 방과 후 교실에서 돌아온 때부터 두 사람은 이상했다. 돌아오면 바로 부엌으로 달려들어 아라이 주변을 맴돌 미와가 오늘은 곧장 자기 방에 들어간 뒤로 나오지 않았다. 미유키의 태도도 어딘가 날이 서 있었다.

식사 중에도 두 사람의 태도는 여전했다. 보통은 시끄러울 정도로 수다를 떨 미와가 식사 중에도 입을 꾹 다물고 있었고, 미유키도 묵묵히 젓가락만 움직일 뿐이었다.

식사가 끝나고 바로 자기 방에 들어간 미와를 본 뒤 아라이는 부엌에 있는 미유키에게 말을 걸었다.

"무슨 일 있었어?"

"……조금."

"오늘은 내가 할게." 하고 시작한 설거지를 멈추지 않은 채 미유키가 대답했다.

"무슨 일인데?"

"음……."

아라이가 대답을 재촉하지 않고 기다리고 있자 이윽고 그녀는 물을 멈추고 이쪽으로 몸을 돌렸다.

"학교에 가고 싶지 않대."

"학교에……." 과연 그런 것인가. "이유는?"

"물어도 대답하지 않아. '그냥'이래. 가고 싶지 않으니까 가고 싶지 않은 거래. 몇 번을 물어도 똑같아."

"……흐음."

두 사람의 태도에 납득이 갔다. 그렇다고는 해도 원인을 모르면 대처할 방법이 없다.

"짚이는 데는?"

미유키는 고개를 젓고 아라이에게 동의를 구하듯 되물었다.

"어제까지만 해도 이상한 점은 없었잖아?"

"응……."

이상하다고까지는 말할 수 없지만, 미와가 항상 방과 후 교실 이야기만 하고 학교에 관한 이야기는 하지 않는다는 건 안다. 그러나 그 정도는 미유키도 알고 있다.

"일단 보내긴 하겠지만."

당연한 말투로 말하는 미유키에게 아라이는 조심스럽게 입을
열었다.

"음, 하지만…… 일단 좀 지켜보는 방법도 있지 않을까?"

"지켜본다고?"

"내일 하루 정도 쉬게 해서."

"한번 쉬면 버릇 들어. 유치원 때도 그런 적이 있어."

물론 미와에 대해서는 그녀가 더 잘 알고 있다. 자신은 할 수 있
는 것이 없다.

"……그렇지."

발길을 돌리려고 할 때 미유키의 목소리가 들렸다.

"당신이 좀 물어봐 줄래?"

"응?"

돌아본 그곳엔 간절해 보이는 미유키의 얼굴이 있었다.

"가고 싶지 않은 이유. 당신에게라면 말할지도 모르니까."

"글쎄. 내가 묻는다고 해도."

"물어만 봐 봐. 부탁이야."

이렇게까지 부탁하니, 싫다고는 말할 수 없었다.

미와의 방문 앞에서 작게 노크를 했다. 대답이 없어서 하는 수

없이 "아란찌인데."라고 말했다.

잠시 뒤 철컥하고 손잡이가 돌아가는 소리가 들렸다. 문이 아주 조금 열렸고 미와가 아라이의 뒤를 살펴보는 듯했다.

"나만 있어."

미와가 끄덕이더니 아라이를 방에 들여보냈다. 2평 반 남짓한 방은 미와의 취향대로 꾸며져 있었다. 애니메이션 캐릭터가 프린트된 커튼. 침대에도 같은 캐릭터의 이불이 놓여 있고 작은 책상 위에는 마음에 드는 그림책이나 도감이 깨끗하게 정리되어 있었다.

미와는 아무 말 없이 침대에 올라가 구석에서 무릎을 끌어안았다. 아라이는 침대 끝에 살짝 걸터앉았다.

"학교에 가기 싫다고 했다며?"

미와는 아무 말도 하지 않았다.

"가기 싫은 이유도 말하지 않았다던데?"

여전히 입은 다문 채.

"그치만 이유가 있는 거지?"

무언.

"아란찌한테도 알려 주지 않을 거야?"

반응이 없다.

아라이는 잠시 생각을 한 뒤 침대를 톡톡 쳤다. 미와의 시선이 이쪽으로 향하는 것을 확인하고 천천히 손을 움직였다.

미와를 가리킨 다음, 손바닥을 자신의 얼굴로 향한 채 양손의 팔꿈치를 구부린 상태로 한 번, 두 번 가볍게 앞으로 내밀고(=학교), 손바닥을 아래로 하고 수평으로 중앙에서 붙였다(=쉬다). 그리고 입술을 동그랗게 말면서 엄지와 새끼손가락을 피고 엄지를 코에 댔다(=왜?)

일본수화에는 '포', '파', '피'와 같이 수화구형이라는 독특한 입 모양이 있는데, 수화와 함께 표현함으로써 일종의 문법적 기능을 한다.* 눈썹의 위아래 움직임이나 표정의 변화를 동반하면 지금 상황에서는 전체적으로 〈왜 학교에 가고 싶지 않은 거야?〉라는 의미가 된다.

아라이를 지긋이 바라보던 미와는 이윽고 손을 움직였다.

〈선생님이〉 〈싫어.〉

아라이는 엄지와 검지를 펴서 엄지를 턱에, 검지는 몇 번 움직였다(=그렇구나).

〈지금 선생님이〉 〈싫어.〉 〈이전 선생님은〉 〈좋았어.〉

아라이도 수화로 대답한다.

〈2학년이 되면서 선생님이 바뀌었지?〉

미와가 검지와 엄지를 두 번 붙였다(=응).

---

* 한국수화에도 얼굴 표정과 움직임에 따라 의미를 달리하는 비수지신호가 존재한다.

〈1학년 때 선생님이 출산 휴가를 가서서 남자 선생님이 됐지?〉

〈맞아.〉

〈그 선생님 어디가 싫어?〉 〈무슨 일 있었어?〉

미와는 세로로 세운 오른쪽 손바닥의 새끼손가락 부근으로 왼쪽 손바닥 위를 두 번 치고(=설명), 엄지와 검지로 볼을 꼬집는 동작을 했다(=어렵다).

〈그래?〉

잠시 생각을 하더니 미와는 다시 수화로 말했다.

〈명령만 하고〉 〈설명은 안 해.〉 〈그리고〉 〈말하는 것도 무서워.〉

〈그렇구나.〉

〈예전 선생님은〉 〈주의 줄 때〉 〈예를 들어서〉 〈종이 쳤는데 자리에 앉지 않으면〉 〈'모두가 앉아야 수업을 시작할 수 있으니까 자리에 앉아요.'〉 〈라고 말해 줬어.〉

〈응.〉

〈지금 선생님은〉 〈그냥 자리에 앉으라고〉 〈큰 소리로 화만 내.〉

〈응.〉

〈그거 말고도 많이 있지만.〉

아라이는 고개를 끄덕이고 나서 〈무슨 말인지 알겠어.〉라고 말했다.

〈진짜!〉

미와의 얼굴에 처음으로 표정이 비쳤다.

〈응, 알겠어.〉

아마 새로 온 교사는 일방적이고 고압적인 사람일 것이다. 저학년 아동이 이해하도록 하나하나 설명하는 게 어려울지도 모르지만, 예전 담임 교사는 그럼에도 정중하게 아이들을 대했다. 갑작스런 변화에 아이들이 당혹하는 것도 무리는 아니었다.

미와가 다시 손을 움직였다.

〈반 친구 남자애도〉〈그게 싫어서〉〈학교에 안 나오게 됐어.〉

그렇게 말하고 나서 미와는 이쪽을 향한 손가락 전부를 구부렸고 바로 다음 새끼손가락만 세웠다. 그리고 형태를 바꿔서 세운 새끼손가락 외 다른 손가락 끝을 모았다. 지문자指文字이다. 고유명사 등 수화에 없는 말은 이런 지문자로 표현한다. 지금 문자는 순서대로 보면 에·이·치.

에이치. 전에도 들은 적이 있다. 등교 거부 중인 같은 반 남자 아이의 이름이다.

〈그랬구나.〉

미와가 학교에 가기 싫어하는 이유를 알았다.

미와의 방을 나와 아이와 나눈 대화를 미유키에게 전달하면서 "이야기하고 나니까 시원해 보였어, 지금은 더 이상 말을 안 하는 편이 좋아."라고 조언했다. 미유키는 약간 인정하기 싫은 얼굴이었지만 아라이의 조언을 따랐다.

다음 날 아침 일어난 미와는 평소의 명랑함을 되찾았다. 이제 괜찮겠다고 생각은 했지만, 실제로는 미와가 책가방을 메기 전까지 불안했다.

"다녀오겠습니다아."

활기차게 손을 흔드는 미와를 보며 안도하면서 문득 생각했다.

'마치 아빠 같네.'

결코 싫은 느낌은 아니었다.

제2회 공판일이 찾아왔다.

방청석에는 첫 번째 공판보다 사람이 늘었다. 혐의 부인 재판이라고 알려져서 언론사가 기자를 파견했을 것이다.

"그럼 개정하겠습니다. 검찰관, 진술하세요."

이날 공판은 증거조사부터 시작했다. 우선은 검찰 측에서 서면으로 제출한 증거, 피해자 진술서, 피해자 자택에서 채취한 피고인의 지문, 사건 당일 피해자 자택에서 가장 가까운 역에 설치된 방범 카메라에 찍힌 피고인과 유사한 인물, 사건 후 피고인의 지갑 사정이 좋아졌다는 지인의 증언이 법원 직원에 의해 옮겨졌고 검찰관이 설명을 했다.

서면상의 증거조사가 끝나자 증인심문이 이어졌다.

"증인은 증언대 앞으로 오세요."

첫 검찰 측 증인으로는 오기쿠보 서의 형사가 출정했다. 강력계 소속의 베테랑 경부보는 취조 당시 범행 자백은 피고인 스스로 했으며, 유도나 강요는 일절 없었다고 증언했다.

반대신문에 선 가타가이는 우선 진술서의 녹취가 전부 하야시베의 수화를 경찰이 준비한 통역사가 통역하는 형태로 진행되었다는 점, 통역자는 수화가 가능한 경찰 직원이었으나 통역사 자격은 없다는 점을 확인했다. 그런 뒤 진술서 내용에 대해서도 언급했다.

《진술서에 체포 당시 작성된 피의자 신문조서와 크게 다른 점이 있습니다. 조서에는 '피해자가 '누구냐?'고 큰 목소리를 낸 것에 놀라, 자신도 모르게 칼을 내밀었다.'라고 적혀 있는데, 진술서에서는 그 부분이 '인기척을 느끼고 뒤돌아보자 피해자가 서 있어서 놀랐다.'라고 되어 있습니다. 이 정도로 큰 차이가 난 것은 왜입니까?》

예상한 질문이었는지 형사는 별다른 동요를 보이지 않고 대답했다.

"피고인이 진술한 대로 녹취했습니다. 달라진 것은 피고인의 진술이 달라졌기 때문으로 다른 이유는 없습니다."

이에 가타가이는 다시 질문을 했다.

《귀가 들리지 않는 피고인이 '피해자의 목소리가 들렸다.'라고

한 게 이상하다고 생각하지는 않았습니까?》

"처음에는 큰 목소리였으니 들렸을 것이라고, 이상하다고는 생각하지 않았습니다."

《'처음에는'이라는 말은 무슨 의미인가요? 지금은 다르다고 생각하십니까?》

"취조를 하는 과정에서 피고인이 전혀 들을 수 없는 중증 청각 장애인임을 알았습니다."

《즉 피의자 신문조서 작성 당시에 증인은 피고인의 들리는 정도에 대해서, 큰 목소리라면 들을 수 있다고 생각했다. 그러나 진술서 작성시 피고인이 큰 목소리도 들을 수 없다는 것을 알았다는 말이 되는군요.》

"……뭐, 그렇습니다."

결국 피의자 신문조서든 진술서든 피고인 직접 진술이 아닌 취조관의 자의적 '작성'이 아닌가. 가타가이는 그런 느낌을 전달하려는 것이다. 형사가 그것을 대부분 인정하는 모양새가 되었지만 검찰관은 여유가 있는 것인지, 표정의 변화가 없었다. 가타가이는 질문을 바꿨다.

《취조 당시 피고인은 음성일본어, 즉 언어를 발성하였습니까?》

"아니요, 낸 적 없습니다."

《한 번도요?》

"한 번도요."

《이상으로 질문을 마치겠습니다.》

"그럼 변호 측 증인 나와 주세요."

이어서 변호 측의 입증이 시작되었다. 우선 하야시베가 근무하는 전기 공사 회사의 사장이 증언대에 섰다. 재판에서 증언하는 건 당연히 처음일 것이다. 에어컨이 적당한 온도를 유지하고 있을 터였지만 계속 땀을 흘렸다. 그래도 사장은 열심히 질문에 대답했다.

우선 하야시베를 고용한 경위에 대해서 자신의 사촌 형제 중에도 마찬가지로 귀가 들리지 않는 사람이 있는지라 그런 사람들을 조금이나마 돕고자 고용했다고 설명한 뒤, 평소에는 '필담'과 '이쪽에서 천천히 입을 움직이면 그걸 읽는 방법'으로 커뮤니케이션을 취해 왔다고 증언했다. 마지막으로 "최근에는 회사 직원 중에서도 간단한 수화 정도 배워서 수화로 이야기를 하는 경우도 있었습니다."라며 웃어 보였다.

이에 대한 반대신문에 선 검찰관은 "피고인이 정말 한 번도 '말'을 한 적이 없었는지"에 대해 "법정 내 증언에 관해 거짓말을 할 경우 위증죄에 해당한다."며 다시 한 번 확인을 한 뒤 집요하게 물었지만, 증인은 마지막까지 증언을 바꾸지 않았다.

사장이 퇴정하고, 마지막 증인의 차례가 되었다.

"증인은 안으로 들어와서 증언대 앞으로 가십시오."

재판장의 말에 회색 정장을 입은 작은 체구의 남자가 입정했다. 연령은 쉰을 조금 넘겼을까. 하야시베의 농인학교 시절 교사치고는 젊어 보였다. 담임 시절은 교사가 된 지 얼마 되지 않을 시기였을지도 모른다. 직업 탓인지, 가사이 노리카즈는 직전에 섰던 두 증인에 비해 상당히 침착했다.

"선서. 양심에 따라 진실만을 이야기하고, 무엇 하나 숨기지 않고, 거짓을 말하지 않을 것을 선서합니다."

가사이는 잘 들리는 목소리로 낭독한 후 여유로운 표정으로 주위를 둘러보았다.

"그럼 변호인, 질문하세요."

재판장의 말에 가타가이가 일어섰다.

《증인은 30년 전 피고인이 다닌 농인학교 고등부 교사였죠.》

통역사가 하는 말을 듣고 가사이가 "네." 하고 대답했다.

《지금도 같은 학교에 근무를 하고 있습니까?》

"학교는 바뀌었습니다. 그러나 지금도 농인학교에서 교사로 일하고 있습니다."

《농인학교에 다닐 무렵의 피고인은 어느 정도 '들렸습니까'?》

"전농全聾으로 기억합니다."

가사이는 막힘없이 대답했다.

《전농이란 무엇을 뜻하는 것입니까?》

물론 가타가이는 전농이 뭔지 알고 있다. 이는 재판관이나 검찰관을 위한 설명이다.

"전혀 들리지 않는 것을 말합니다. 정확하게는 '완전히'가 아니라, 양쪽 귀의 청력 레벨이 각각 100데시벨 이상인 것을 '양이兩耳전농'이라고 합니다.* 예를 들면 고가도로 아래의 철도 주행음이 희미하게 들릴까 말까 하는 느낌입니다."

《피고인은 선천적으로 들리지 않았습니까?》

"그랬던 것으로 기억합니다. 선천성 실청자요."

말투나 태도도 당당했다. 그 말을 통역하면서 아라이는 하야시베의 표정을 살펴보았다. 특별한 변화는 보이지 않았다.

《피고인은 전혀 들리지 않았다. 그 사실은 잘 알았습니다. 그럼.》 가타가이가 덧붙여 물었다. 《피고인은 '발화'가 가능했습니까?》

"네."

가사이는 틈을 두지 않고 대답했다.

가타가이가 고개를 갸우뚱거렸다.

《피고인은 전혀 귀가 들리지 않았다. 하지만 말을 소리 낼 수 있었다. 이 말인가요?》

"네."

---

* 우리나라에서는 두 귀의 청력 손실이 각각 90데시벨 이상이 가장 높은 장애 등급(2급)이다.

가사이는 무슨 당연한 말을 묻느냐는 듯한 표정으로 대답했다.

《그것이 어떻게 가능한가요?》

"저희들이 청각구화법으로 가르쳤기 때문입니다. 제가 가르친 학생들은 전농이어도 모두가 말을 할 수 있습니다."

시선 끝에 의아한 표정의 검찰관이 보였다. '피고인은 발화할 수 없다.'는 점을 입증해야 하는 변호사가 '피고인이 말할 수 있다.'라는 증언을 이끌어 내고 있었다. 검찰관이 아니라도 이상하게 여기는 것은 당연했다. 세 재판관도 의아한 얼굴이었다.

그러나 가타가이는 평온하게 이어 갔다.

《그 청각구화법이란 무엇입니까?》

통역을 기다렸다가, 가사이가 대답했다.

"농인학교의 교육 방법입니다. 희미하게라도 남아 있는 청각을 사용하고, 입술의 움직임을 읽어 내며 발화 훈련을 해서 음성일본어를 배웁니다."

《알겠습니다.》

그의 대답에 따라 추궁해 갈 듯했던 가타가이가 《질문을 바꾸겠습니다.》 하고 말했다.

《증인은 수화가 가능한가요?》

가사이는 순간 당황한 듯한 얼굴을 했지만 매우 침착하게 대답했다.

"수화는 하지 못합니다."

《수화를 하지 못하는 데도, 농인학교 교사로 근무한 것이네요?》

"문제없습니다."

《당시 피고인이 다니고 있던, 즉 가사이 씨가 근무했던 농인학교에서 수화를 하는 교사는 전체에서 몇 퍼센트였습니까?》

가사이는 조금 생각하는 듯하다가 말했다.

"20퍼센트 안 되는 정도였을까요."

그 대답에 방청석이 술렁거렸다. 그것밖에 안 되는가 하고 놀랐을 것이다.

가사이는 조금 머쓱한 듯 "지금은 조금 있을지도 모르지만 당시에는 그 정도가 보통이라." 하며 변명했지만 재판장이 주의를 내렸다.

"증인은 받은 질문에 대해서만 대답하십시오."

"죄송합니다."

《이상입니다.》

가타가이가 앉았다.

이걸로 끝? 방청인도 그랬겠지만 통역인석에 앉아 있던 아라이도 의심스러웠다. 이 증인심문으로는 아무런 입증도 할 수 없다.

재판장도 어쩐지 석연치 않은 표정으로 말했다.

"그럼 검찰관, 반대신문 하세요."

"네."

검찰관이 서서 가사이에게 물었다.

"농인학교 교사가 되기 위해서는 특별한, 그러니까 보통 교사 자격증과는 다른 자격이 필요합니까?"

가사이가 단어를 고르듯 대답했다.

"농인학교나 맹인학교는 실제로 옛날 말이고, 지금은 '특별지원학교'에 포함되어 있는데 이 학교의 교사가 되려면 원칙상 '특별지원학교 교사 면허증'을 보유해야 합니다. 그렇지만 한편으로 교육교사 면허법에 '당분간' 보유하지 않아도 괜찮다고 나와 있습니다."

"어, 음. 그러니까 간단히 말하면?"

가사이는 쓴웃음을 지으며 대답했다.

"즉, 보통 교사 면허를 가지고 있으면 농인학교 등의 특별지원학교 교사가 될 수 있습니다."

"증인은 그 특별지원학교 교사 면허증이라는 것을 보유하고 계신가요?"

"네. 부임했을 당시에는 갖고 있지 않았지만, 현재는 보유하고 있습니다. 특별지원학교 교사 면허증은 전문 과정을 거쳐 취득하는 것 외에 교원 재직 연수와 이수 과목을 통해서 취득하는 방법이 있습니다. 저는 그 케이스입니다."

"그 특별지원학교 교사 면허증을 취득하는 데는 수화 가능 여부가 조건이 되나요?"

"아니요. 그렇지 않습니다."

"그럼 농인학교 교사가 수화를 하지 못해도 특별히 이상한 것은 아니겠군요."

"네. 저희는 딱히 '수화를 가르치는 것'이 아니기 때문입니다. 필담과 구화로 충분히 교육이 가능합니다."

"이상입니다."

검찰관이 앉았다. 재판장이 잠깐 사이를 두 듯 주위를 둘러보았다.

"그럼 이어서 피고인 질문으로 넘어가겠습니다. 피고인, 증인석으로 이동하세요."

아라이의 수화를 보고 하야시베가 증언대 앞에 섰다.

"그럼 변호인부터 질문하세요."

가타가이가 다시 일어났다.

《조금 전 가사이 증인에게서 당신이 농인학교 시절 청각구화법 교육을 받았다고 들었습니다. 사실인가요?》

전속 통역사가 음성일본어를 함과 동시에 아라이도 하야시베를 향해 일본수화로 전했다.

〈사실입니다.〉

하야시베가 대답했다.

《가사이 증인은 그 교육법에 의해서 당신은 물론 다른 학생도 모두 음성일본어를 말할 수 있게 되었다고 증언했습니다. 사실입니까?》

〈사실이 아닙니다.〉

아라이가 그 말을 음성으로 통역한 순간 방청석에서 큰 헛기침이 들렸다. 증인을 위해 마련된 자리로 돌아간 가사이였다. 하야시베의 말을 인정할 수 없다는 듯한 얼굴이었다.

《질문을 바꾸겠습니다.》

가타가이는 변함없는 표정으로 수화를 이어 갔다.

《그 청각구화법이라는 것은 몇 학년부터 받았습니까?》

〈제가 다닌 농인학교에서는 '유치부' 시절부터 받았습니다.〉

《그 내용을 구체적으로 묻고 싶은데요. 우선 '발화 훈련'에 대해서 묻겠습니다.》

〈네.〉

《그 전에 확인해 두고 싶은 것이 있는데, 전농, 즉 전혀 들리지 않는 상태여도 목소리를 낼 수 있습니까?》

하야시베는 조금 생각한 뒤 손을 움직였다. 아라이는 그 수화가 의미하는 바를 이어받아 음성일본어로 말했다.

"성대의 기능으로써 목소리를 내는 것은 가능합니다."

가타가이는 한 번 끄덕이고 질문을 이어 갔다.

《자신이 내는 목소리는 들리나요?》

〈들리지 않습니다.〉

《그럼 자신이 지금 어떤 목소리를, 어떤 단어를 발성하고 있는지 알지 못한 채 발화 훈련을 받아 왔던 건가요?》

〈그렇습니다.〉

《그 방법을 구체적으로 자세하게 알려 주시기 바랍니다.》

하야시베는 고개를 끄덕이고는 수화로 이야기하기 시작했다. 그 한 마디, 한 구절을 아라이는 통역해 나갔다.

그 내용은 실로 상세하면서도 놀라웠다.

〈구화를 배울 때는 우선 모음 아, 이, 우, 에, 오를 철저하게 훈련합니다. 그것이 잘 안 되면 자음이 더해진 발음 역시 잘 되지 않습니다. 모음은 입 모양을 따라하면 비교적 제대로 나옵니다.〉

〈모음 훈련을 끝내면 다음으로 자음 훈련에 들어갑니다. 자음 훈련은 혀가 어떤 식의 형태를 취하고 어떤 움직임을 보이는가를 선생님이 그림으로 알려 주거나 실제로 자신이 해 보이며, 입 안을 보여 주면서 가르칩니다. 우리는 그것을 보며 '따라 하는' 거죠.〉

〈선생님은 그저 '보여 주기'만 한 게 아니라 음을 낼 때의 진동을 몸소 체험하게 했습니다. 우리 손을 가져다가 선생님의 가슴이나 목에 댔습니다. 그리고 그 진동을 우리에게 재현시키면서 올바른 발음을 익히게 했습니다. 남학생 중에는 여자 선생님의 가슴을 만진다며 좋아하는 놈도 일부 있었지만, 저는 싫었습니다. 여학생도 남자 선생님이 자신을 만지는 것을 싫어했습니다.〉

〈손을 대는 부위는 단어에 따라 달랐습니다. 카 행은 검지로 목을 눌러 확인했습니다. 목의 진동을 느끼면서 입을 처음에 했던 모음의 형태로 만든 다음 차례로 발음해 나가면 '카키쿠케코'를 발음할 수 있는지 알 수 있습니다. 그러나 조금 전에 말했듯이 스스로는 그 말을 들을 수 없습니다. 정확하게 발음을 했는지는 선생님이 판단했습니다. 몇 번 정도 하면서 정확한 발음이 가능했을 때 선생님이 '지금 했던 대로 다시 한 번.'이라고 말했고 그것을 재현하였습니다. 재현하려고 해도 되지 않은 경우도 있었습니다. 몇 번씩 반복해서 정확한 발음을 익혀 나가야 했습니다.〉

〈같은 방법으로 사 행도 진행했습니다. 이번에는 발성할 때 한쪽 손등을 입술에 댑니다. 손등에 닿는 입김으로 사 행을 발음할 수 있는지 확인했습니다. 같은 방법으로 '시스세소'도 훈련합니다. 타 행은 혀 위에 얇고 잘 녹는 과자를 두고 발성 훈련을 합니다. 과자를 입천장에 달라붙게 하면 발성이 가능해집니다. 나 행은 검지를 코에 대고 코에 진동이 올 때까지 반복합니다. 하 행은 세로로 세운 티슈를 2센티미터 정도 자른 다음 그 끝을 입 앞에 두고 입김에 의한 움직임을 이해시키고 나서 훈련에 들어갑니다. 파행일 경우 입술을 파열시키듯이 발성한다고 합니다. 마 행은 볼에 손을 대고 진동이 오는지 확인하면서 반복했습니다. 야 행은 입술의 움직임, 혀의 위치 등을 교사의 입 안을 보면서 따라했어요. 라 행은 입술 움직임을 확인하기 위해 혀끝에 역시 과자를 두고 어디에 닿는지를 확인하는 훈련이었습니다. 와, 오, 응은 입술의 움직임이나 어디가 진동하는지를 손으로 가리키면서 알려 줍니다. 발화가 대략적으로 가능해지면 다음은 단어나 악센트 사용 방법을 배웁니다. 건너는 '다리'와 밥을 먹을 때 사용하는 '젓가락'의* 차이를 배웁니다……〉

법정은 아주 고요했다. 하야시베의 손은 끊임없이 움직였고 이를 통역하는 아라이의 목소리만 울렸다.

〈다음으로 '청취' 훈련에 대해서 말씀드리겠습니다.〉

〈들리지 않는데 청취가 가능한지 궁금하시겠지만, 사람에 따라서는 희미하게 남아 있는 청각을 보청기나 인공와우로 보조해 나가면서 옅게 들리는 음에 의지하여 단어를 맞히는 방법입니다.〉

〈예를 들면 선생님이 칠판에 사과, 귤, 바나나 등을 그림과 문자로 쓰고 입술을 종이로 가려서 무엇을 말하는지 맞히는 연습을 합니다. 틀리면 정답이 나올 때까지 계속합니다. 이것은 얼마나 청

---

* 일본어에서 다리와 젓가락은 '하시'라는 발음으로 동일하다.

각이 남아 있는지에 따라 결정됩니다. 저는 청력 레벨이 100데시벨이라 보청기를 해도 거의 들리지 않기 때문에 입을 가리면 포기했습니다.〉

〈그런 아이는 할 수 없이 종이를 치우고, 선생님의 입 모양을 읽는 훈련을 합니다. '청취'하는 게 아니라 선생님의 입의 움직임을 독해하는 거죠. '독화'라고 합니다. 이는 훈련을 하면 어느 정도 가능해집니다. 모음이 같아 입 모양도 비슷한 '계란'과 '담배'* 같은 단어는 구별하기 어렵습니다. 대화의 전후 맥락으로 이해하는 수밖에 없습니다.〉

《이제 와서 하는 질문이지만.》

가타가이가 끼어들었다.

《이런 교육이나 훈련을 받을 때 수화는 사용되지 않는 것이지요?》

〈네.〉 하야시베가 대답했다. 〈청각구화법 수업 외에 보통 국어나 수학 같은 수업에서도 수화는 일절 사용하지 않습니다. 모든 선생님이 칠판에 쓴 글자와 발성 언어를 독화해서 이해해야 합니다.〉

《수업 외에도 수화는 사용할 수 없었습니까?》

〈제가 다닌 학교는 그랬습니다. 다른 농인학교에서는 친구들이나 선후배끼리 쉬는 시간에 수화로 이야기를 하면서 일본수화를

---

* 일본어의 '계란'과 '담배'는 각각 '타마고', '타바코'로 두 단어의 모음이 같다.

습득하는 사람이 많다고 했지만 제가 있던 학교에서는 그런 환경도 없었습니다.〉

《그래서.》가타가이가 물었다. 《그 결과, 피고인은 말을 할 수 있게 되었습니까? 즉, 음성일본어를 할 수 있게 되었나요?》

하야시베는 주저없이 대답했다.

〈아니요.〉

가타가이가 다시 물었다.

《조금 전 가사이 증인은 학생들이 모두 말을 할 수 있게 되었다고 증언했습니다만, 그것은 틀린 말입니까?》

하야시베는 조금 생각한 뒤 대답했다.

〈'말하다'를 어떻게 정의하는가 하는 사고방식의 차이 아닐까요.〉

그리고 이어서 말했다.

〈확실히 저희들은 일본어의 모음도 자음도 발성할 수 있게 되었습니다. 그 발성을 붙이면 사람이 알아들을 수 있게 어느 정도 단어나 문장도 발화할 수 있을지도 모릅니다. 하지만.〉

하야시베의 얼굴이 약간 일그러졌다. 그의 얼굴에 처음으로 '감정' 같은 것이 떠오른 느낌이었다. 그러나 그것은 금세 사라졌다.

〈그것이 과연 '말'일까요? 스스로 어떤 목소리를, 어떤 음을 내는지도 알지 못한 채 발성한 음의 연속을 '말'이라고 할 수 있을까요. 아니, 그 전에 '말할 수 있다'는 것은 자신의 언어가 상대에게

전해질 때야 비로소 할 수 있는 이야기가 아닐까요.〉

《당신의 말은 상대에게 전해지지 않았나요?》

하야시베는 검지와 엄지 끝을 붙였다(=그렇습니다). 그리고 한 번에 말을 쏟아 냈다.

〈저는 농인학교에서는 우등생이었습니다. 가사이 선생님께도 반에서 1등이라며 항상 칭찬을 받았습니다. 선생님도 기억하고 계실 것입니다.〉

〈하지만 어느 날, 어머니와 장을 보러 간 날이었습니다. 평소에는 청인인 어머니가 점원과 이야기를 했지만 그때 왜인지 저도 '말'로, 음성일본어로 이야기해 보고 싶어졌습니다. 문제없이 대화가 가능할 것이라고 생각했습니다. 자신만만하게 점원에게 말을 걸었습니다.〉

〈지금도 기억하고 있습니다. 간단한 말이었어요. 저는 크게 입을 벌리고 '이 과자 얼마?'라고 물었습니다. 제대로 들리지 않아도 상황만으로 알 수 있는 말이었습니다.〉

〈그때, 점원의 표정이 확실히 변하는 것을 지금도 기억합니다. 처음에는 놀란 얼굴이었고, 그다음에는 곤란한 표정으로 옆에 계신 어머니에게 도움을 요청하는 것처럼 보였습니다. 집에서 항상 '음성으로 말하도록' 가르쳤던 어머니도 부끄러워하는 얼굴로 점원에게 '통역'을 했습니다.〉

하야시베는 잠깐 고개를 숙였다. 그러나 바로 고개를 들고 손을 움직였다.

〈저는 그날 이후 밖에서 목소리를 내지 않게 되었습니다. 학교를 나오고 일본수화를 다시 배운 지금은 일본수화가 저의 '언어'라고 생각합니다. 그로부터 25년 이상 음성일본어를 낸 적은 한 번도 없었습니다.〉

《감사합니다. 변호 측에서는 이상으로 질문을 마치겠습니다.》

가타가이의 수화를 통역사가 음성일본어로 옮기는 것을 듣고 재판장이 정신을 차린 듯 "검찰관 반대심문하세요."라고 촉구했다.

"아, 네."

검찰관은 서두르듯 일어섰다.

그러나 일단 뗀 입은 결국 아무 말도 하지 못한 채 닫혔다.

그리고 "반대심문은 없습니다."라며 자리에 앉았다.

재판장이 헛기침을 한 번 하고 나서 입을 열었다.

"제가 묻고 싶은 것이 있습니다."

아라이가 그 말을 수화로 하야시베에게 전했다.

"학교에서 행해지는 언어 교육에 대해서는 잘 알았습니다. 그러나 그 전, 즉 태어난 지 얼마 안 된 들리지 않는 아이들은 대체 '일본어'를 어떻게 배우나요? 수화로 배웁니까? 들리지 않는 언어를 읽고 쓰며 배우나요? 그 점이 잘 이해가 되지 않습니다."

하야시베는 〈그건 환경에 따라 다릅니다.〉라고 대답했다.

"환경이라고 하시면?"

〈부모도 농인일 경우 농아의 첫 번째 언어는 일본수화가 됩니다. 자연히 습득하는 언어는 수화인 거죠. 서기일본어, 그러니까 손으로 적는 일본어는 수화를 통해 배웁니다. 반대로 부모가 청인인 경우, 언어 환경은 음성일본어가 기준이 됩니다. 그러나 들리지 않는 우리가 그 말을 자연스럽게 습득하기는 어렵습니다. 청인인 부모는 들리지 않는 아이에게 음성일본어와 서기일본어를 동시에 가르치려고 하지요. 제 부모님 역시 그랬습니다.〉

그리고 다시 자신의 경험을 이야기했다.

〈저희 집에서는 모든 것에 단어가 쓰인 종이가 붙어 있었습니다. 벽에는 '벽', 화분에는 '화분', 이런 식으로. 집 안에는 글자가 넘쳐났습니다.〉

〈어머니는 그림일기를 활용한 '일본어 교육'을 해 주셨습니다. 우선 어머니가 '해가 떠 있고, 남자아이가 튜브를 가지고 걷고 있다.'는 상황을 간단한 그림으로 그립니다. 그러면 그 아래 '언제' 괄호, '누가' 괄호, '어디서' 괄호, '무엇을' 괄호, '왜'라고 적었습니다. 거기에 맞춰서 제가 그림에 맞는 답으로 '여름방학', '내가', '수영장', '수영', '갔다'라고 쓰지요. 괄호 안에는 '은', '에'와 같은 조사를 넣어야 했습니다. 지금도 저는 일본어 문장을 읽을 때마다 이 괄호가 떠

오릅니다.〉

〈틀리면 혼이 났고, 다시 처음부터 해야 했습니다. 행동만이 아니라 제 기분도 '즐거웠다', '싫었다', '슬펐다' 등 생각한 다음에 써야 했습니다. 그림과 감정이 일치하지 않으면 다시 썼습니다. '즐거운' 그림에 '재미없었다'라고 쓰면 틀린 답이었습니다. '진짜 기분'을 적는 것이 아니라, '그림에 맞는 일본어'를 써야 정답이었습니다.〉

〈몇 번씩 틀릴 때면 눈물이 나서 더는 하고 싶지 않다, 쓰고 싶지 않다며 소리치고 연필을 던지고 그림일기를 던졌는데…… 어찌되었든 괴로운 기억밖에 남아 있지 않습니다.〉

〈'왜 평범한 애들처럼 말을 제대로 이해하지 못하는 거니?' 어머니는 몇 번이나 그렇게 말했습니다. 무엇이 평범한 건지, 저는 알지 못했습니다. 다만 제가 '평범한 아이'가 아니라는 점. 그 점이 어머니를 상당히 슬프게 했다는 점. 그 사실만큼은 알 수 있었습니다. 어머니를 슬프게 하지 않겠다는 단지 그 이유 하나로 저는 '언어'를 이해할 수 있도록, '음성일본어'를 말할 수 있도록 필사의 노력을 했습니다.〉

하야시베의 수화가 갑자기 멈췄다.

통역하는 아라이의 목소리도 멈추자 법정은 다시 조용해졌다.

"증거조사는 이상입니다."

재판장이 다음 공판 기일을 확인함과 동시에 다음 공판이 마지막이 될 것을 알리는 것으로, 제2회 공판이 폐정했다.

　다음 날, 아라이는 리허센의 사에지마 모토코를 찾았다. 점심시간이 끝나 한산한 카페 룸 한쪽에서 마주 앉은 모토코는 가만히 아라이의 수화를 바라보았다.

　〈이대로는 어렵지 않을 것 같습니다.〉

　아라이는 일부러 주어와 목적어를 빼고 말했다. 다부치가 모토코와는 수화에 대한 것 외에 다른 이야기를 하지 말아 달라고 부탁했기 때문이다.

　〈그들의 의도는 잘 알겠습니다. 그러나 아무리 그의 인성이나 농인 교육의 현실에 대해서 호소한다고 한들 '그럼에도 언어를 발성할 수 있을 터'라는 주위의 심증은 움직이지 못했을 것입니다.〉

　모토코의 손은 움직이지 않았다. 아라이는 그녀가 싫어하는 화제를 굳이 꺼내들었다.

　〈선생님이 농인학교 시절에 아주 우수한 학생이었다고 어머니께 들은 적이 있습니다.〉

　예상대로 모토코의 얼굴은 크게 일그러졌다. 아라이는 개의치 않고 이어 갔다.

　〈누구보다도 구화법에 뛰어나고 우수한 학생에게 주어지는 명예로운 상도 받은 적 있다고.〉

모토코는 언짢은 얼굴로 손을 움직였다.

〈먼 옛날 이야기야.〉

〈하지만 선생님은 지금 음성일본어를 입 밖에 내지 않으세요. 그건 이해할 수 있습니다. 그건 선생님의, D컴의 아이덴티티와 관련된 것이니까요.〉

〈그렇게 거창한 건 아니야.〉 모토코가 고개를 저었다. 〈이야기할 필요 없어. 게다가 이제는 하지도 못하고. 음성일본어를 내는 방법도 잊어버렸어.〉

〈선생님은 괜찮으실지 모르겠지만.〉

스스로가 직업적인 영역을 벗어났다는 걸 알고 있다. 왜 이렇게 화가 난 걸까. 아라이는 자신도 모르는 사이 손을, 표정을 움직이고 있었다.

〈그 사람은 어떨까요? 이대로 간다면 어떻게 될까요? 아마 유죄가 되겠죠. 억울한 죄를 밝히지 못할 것입니다.〉

모토코가 아라이를 바라봤다.

〈그래서? 나보고 어떻게 하라고?〉

〈그분들에게 그렇게 전해 주시면 안 될까요? 그러니까.〉

엄지와 검지를 붙여 만든 원을 목에 댄 뒤 앞으로 내밀고(=목소리로), 손바닥을 아래로 향하게 하고 손가락을 살짝 벌린 상태로 입 근처에서 약간 앞으로 내민(=말하다) 뒤, 이어서 오른손 검지와 중지를 구부리고 중지의 옆면을 왼쪽 손바닥에 부딪쳤다(=해야 한다).

모토코는 고개를 저었다.

〈내가 그들에게 그런 말을 할 순 없어. 우선 나는 그 정도로 그들과 친하지 않아. 알고 있잖아.〉

〈하지만 제가 그분들과 접촉할 수는 없습니다.〉

굳은 표정으로 아라이를 바라보던 모토코의 얼굴이 문득 누그러졌다.

〈적임자가 있을 텐데.〉

어? 아라이는 미간을 찌푸렸다.

〈그 사람들과 친하면서 직접 당사자는 아닌. 너도 잘 아는 사람이. 그 사람에게 전해 보렴.〉

누구를 말하고 있는지 바로 알 수 있었다.

확실히 그녀야말로 '적임자'였다.

그 집을 방문하는 것도 2년 만이었다.

누구나 아는 도쿄 내 고급 주택가. 그 안에서도 유독 눈길이 가는 대저택의 거실을 지나면서 아라이는 처음 그 집을 방문했을 때를 떠올렸다. 많은 손님으로 떠들썩했던 그때의 큰 방이 아니라 오늘은 작은 응접실로 들어갔다. 이곳에서도 잘 손질된 서양식 정원이 보였지만 싱그러운 색을 자랑하며 꽃들이 줄지어 피어 있던 그때와 비교하면 지금 계절의 쑥과 코스모스는 어딘가 부족해 보였다.

"오랜만에 뵙습니다."

가죽 소파에 가볍게 앉으면서 인사를 하자, 데즈카 부부는 "아닙니다. 저희야말로." 하며 고개를 숙였다.

"다른 분들도 잘 지내고 계신지요."

여전히 정정한 소이치로였지만, 2년 사이에 머리가 새하얀 백발이 되어 있었다.

"미와라고 했던가요? 귀여운 따님."

미도리가 웃으면서 눈을 마주쳤다.

"네. 미와는 초등학교 2학년이 되었습니다."

"어머, 벌써 그렇게."

점잖게 대답하는 미도리의 모습에도 나이가 알른거렸다.

"실례합니다."

목소리가 들리더니 홍차를 올려 둔 쟁반을 안고 루미가 모습을 드러냈다. 아라이가 고개를 숙이자 루미도 작게 고개를 숙였다.

그 이후 잠시 네 사람은 별 의미 없이 세상 돌아가는 이야기를 나눴다. 아라이는 수화 통역사로서의 업무를 이야기했고 소이치로와 미도리도 일련의 근황을 이야기했다. 이러한 대화가 한 단락 마무리되자 "그럼 우리는 잠시 실례하겠습니다." 하고 부부가 동시에 일어났다.

"루미, 차 한 잔 더 드리렴."

"네."

"그럼 천천히 얘기하세요."

문이 닫히고 응접실은 조용해졌다.

루미가 소파 위로 몸을 미끄러지듯 움직여서 아라이의 정면으로 자리를 옮겼다. 얼굴을 든 그녀와 눈이 마주쳤다. 루미의 손이 움직였다.

〈용건은 재판에 관한 것이지요?〉

예전과 같이, 깔끔한 일본수화였다.

두 사람만 남아 있기 때문에 다른 사람에게 들릴 일이 없다. 목소리를 내어 대화해도 상관없었지만, 루미는 아무런 망설임 없이 두 사람의 대화 수단으로 수화를 선택했다.

아라이도 수화로 대답했다.

〈자세한 이야기는 할 수 없습니다.〉

루미는 가만히 고개를 끄덕였다.

그렇게 거절한 다음 사에지마에게 했던 이야기를 똑같이 했다.

이야기를 들은 루미는 조금 심각한 표정이 되어 〈아라이 씨가 말씀하신 내용은 잘 알았습니다.〉 하고 대답했다.

〈저도 같은 마음입니다. 아니, 신도 씨나 가타가이 씨도 그렇게 생각하고 있습니다. 몇 번이나 그를 설득했다고 했어요. 하지만 그 분이 완강하게 '발화는 하고 싶지 않다'고 했나 봐요.〉

루미는 그렇게 말하고 정리된 눈썹을 미묘하게 찡그렸다.

발화하고 싶지 않다, 그렇다면.

〈말을 하고 싶지 않다면 괜찮습니다.〉

루미가 이상하다는 듯 아라이를 바라봤다.

〈하지만 아라이 씨는 음성일본어를 내라고.〉

아라이는 크게 기지개를 켰다. 그 기세 그대로 "후아아." 하고 입에서 빠져나오는 소리가 별안간 튀어나왔다. 루미는 놀란 얼굴로 이쪽을 응시했다. 아라이는 손을 움직였다.

〈이건 말인가요?〉

루미의 미간에 작게 주름이 졌다.

최종 공판일이 찾아왔다. 개정 전에 아라이는 서기관에게 오늘 공판 순서가 일부분 변경되었음을 전달받았다.

본래대로라면 지난 공판에서 증거조사가 끝났으니 오늘은 검찰 측 논거부터 시작해야 하지만, 변호 측의 증인 요청이 있었고 검찰 측도 이를 승인하여서 최종 공판은 증인심문부터 진행된다는 것이었다. 아라이는 알겠다고 하고 법정으로 들어섰다.

이미 피고인, 변호인, 검찰관이 각각의 자리에 앉아 있었다. 작은 사건임에도 불구하고 방청인석은 만석이었다. 변호인 자리의 가타가이와 눈이 마주쳤다. 가타가이의 손이 빠르게 움직였다.

어깨 위에서 손을 가볍게 쥐었다 펴는 동작을 두어 번 반복했다. 루미의 이름을 나타내는 수화, 사인네임sign name이다.

이어서 가볍게 구부린 손의 엄지 쪽을 귀에 붙였다(=들었다).

루미와 나눈 이야기를 전해 들었음을 방금의 수화로 알 수 있었다.

재판관이 입정하고 최후 공판이 시작되었다.

"증인은 안으로 들어와서 증언대 앞에 서 주시기 바랍니다."

재판장의 말에 방청석에 있던 인물이 일어나서 앞으로 걸어 나왔다.

이 사건의 피해자인 무라마쓰였다.

예순 전후에 풍채가 좋은 무라마쓰는 누가 봐도 당혹스러운 표정으로 증언대 앞에 섰다. 이번 재판에서 진술서가 증거 채용이 되면서 증인으로 불리진 않으리라는 설명을 들었을 것이다. 설마 이제 와서 증언대 앞에 서리라고는 생각하지 못했음이 틀림없다.

게다가 변호 측 증인으로.

"그럼 변호인, 질문하세요."

재판장의 말에 가타가이가 일어섰다.

《증인에게 묻습니다. 증인은 사건 당일, 범인의 얼굴을 목격했습

니까?》

통역된 음성일본어를 듣고 무라마쓰는 "아니요."라고 고개를 흔들고 난 뒤 대답했다.

"방 안에 누군가가 있는 것을 알아차리고, 놀라서 전등 스위치를 켰지만 불이 들어오지 않았습니다. 방 안에 있던 남자는 손전등을 들고 있었는데 얼굴까지는 잘 보이지 않았습니다. 그저 평범한 모자를 쓰고 있다는 것과 흰 마스크로 입을 가리고 있다는 것만 알 수 있었습니다."

《얼굴은 보지 못했다는 거군요.》

"네."

《그럼 목소리는 들었나요?》

"네."

《범인이 뭐라고 말하던가요?》

"'조용히 해, 돈 내놔!' 그렇게 말했습니다."

《그 말뿐이었나요?》

"네. 다음은 아무 말도 하지 않았습니다. 칼을 내밀고 있는 것을 알았습니다. 그래서 저는."

《그다음은 괜찮습니다. '목소리'만으로요.》

"……네."

《그 목소리를 기억하고 있습니까?》

무라마쓰는 고개를 갸웃했다.

"기억하고 있다고 해야 하나…… 무서웠고, 지금도 귓가에 강렬하게 남아 있습니다만……."

《질문을 바꾸겠습니다. 그 목소리를 다시 한 번 들으면 범인의 목소리인지 알 수 있겠습니까?》

무라마쓰는 바로 대답하지 않았다. 잠시 생각하는 듯 고개를 숙이고, 이윽고 얼굴을 들었다.

"확실히 알 수 있을지, 자신은 없습니다."

《지금도 귀에 강렬하게 남아 있다고 말씀하셨는데, 그래도 모르시나요?》

"……마스크를 끼고 있었고, 그 정도로 특징이 있는 목소리는 아니어서."

《확인해 보겠습니다. 그 정도로 특징이 있는 목소리는 아니어서, 다시 한 번 들어도 알지 못한다. 그 말이군요.》

"네."

검찰관이 크게 끄덕이는 것을 알 수 있었다. 방청석에서도 한숨 같은 목소리가 흘러나왔다. 이 증언이 '다시 한 번 들으면 알 수 있다.'는 대답이었다면 중요한 증언이 된다. 그러나 '특징이 있는 목소리가 아니다.'라면 범인을 특정하기 힘들어진다. 방청인, 그리고 검찰관도 그렇게 생각했을 것이다.

그러나 가타가이는 재판관을 향해서 고했다.

《피고인이 목소리를 내는 것을 허락해 주시기 바랍니다.》

이 말이 음성일본어로 통역되자 방청석에서 웅성거림이 일었다.

지금까지 완고하게 '말할 수 없다.'고 주장하며 목소리를 내는 것을 거부해 온 변호 측에서 설마 이러한 요청을 하리라고는 생각하지 못했을 것이다. 게다가 증인은 "목소리를 들어도 알 수 없다."고 말했음에도 불구하고.

이례적인 요청에 세 재판관은 얼굴을 마주했지만 무슨 일인지 짧게 확인한 뒤, 검찰관을 향해서 말을 던졌다.

"검찰관, 어떠십니까?"

"이의 없습니다."

검찰관이 이의가 있을 리 없었다. 이로써 피고인이 목소리를 낼 수 있으며 말할 수 있다고 증명되기 때문이다.

재판장은 가타가이를 향해서 끄덕였다.

가타가이도 목례로 답한 뒤, 한 장의 종잇조각을 꺼내 피고인에게 보여 주었다.

《이 말을 발성해 주시기 바랍니다.》

가타가이는 이어서 그 종이를 재판관과 검찰관에게도 들어 보였다. 물론 통역인인 아라이에게도.

종이에는 이렇게 쓰여 있었다.

조용히 해 돈 내놔

방청석이 다시 한 번 웅성거렸다.

하야시베의 표정은 변하지 않았다.

《부탁드리겠습니다.》

가타가이가 다시 한 번 말하고, 통역사가 음성일본어로 통역했다. 아라이도 일본수화로 하야시베에게 전했다.

〈이 말을 음성으로 내주시기 바랍니다.〉

하야시베는 끄덕이고 천천히 입을 열었다. 출정하고 처음으로 피고인의 입에서 나온 목소리였다.

조오요웅히 해애 도오온 내애아.

조용해진 법정에 목소리가 울렸다.

증언대에 선 무라마쓰의 얼굴색이 변하고, 방청석이 떠들썩해졌다. 검찰관도 확연히 동요하고 있었다.

《다시 한 번 부탁드립니다.》

하야시베가 다시 입을 열었다.

"조오요웅히 해애 도오온 내애아."

그 목소리, 그 말은 어떻게 들어도 '평범한' 말은 아니었다.

데프 보이스.

농인이 발성하는 명료하지 않는 목소리. 무엇을 말하고 있는지, 분명하지 않은 말.

《다시 한 번……》

"충분합니다."

재판장이 조용히 말했다.

"누가 들어도 알 만한 특징 있는 목소리라는 점을 잘 알았습니다."

반대신문에서 검찰관은 증인이 했던 "확실히 알 수 있는지 자신은 없다."는 증언을 근거로 "지금 목소리가 범인의 목소리가 아니라고 단정할 수는 없지 않습니까?"라는 질문을 했지만 무라마쓰는 단호하게 고개를 저었다.

"저 목소리는 아니었습니다. 그것만큼은 말할 수 있습니다. 범인은 저런 목소리가 아니라……."

검찰관은 다시 피고인이 '목소리를 만들어 냈을 가능성'에 대해서도 언급하고, 녹음과 정밀조사를 요청했지만 거절당했다.

검찰과 변호 측 양쪽의 입증이 끝나고 검찰관이 논고 끝에 구형을 내렸다. 구형은 징역 7년. 초범이 아니라는 점을 더해, 범행을 부인해서 배상은 물론 사죄 및 반성의 기미가 없음을 강조하며 높은 구형을 내렸다.

변호 측의 최후변론에서 가타가이는 당연히 무죄를 주장했다.
그리고 피고인의 최후진술 차례가 되었다.

"피고인은 하실 말씀 있습니까?"

아라이가 재판장의 말을 하야시베에게 전했다.

〈네, 마지막으로 하고 싶은 말이 있습니다.〉

하야시베는 의연한 표정으로 손을 움직였다.

〈음성일본어의 발성을 강요받는 일, 그건 저에게 아주 괴로운 일입니다. 굴욕적이라고 해도 좋을지 모르겠네요. 그것은 저에게 '언어'가 아닙니다. 제가 내는 목소리를 들을 수 없기 때문입니다. 자신이 무슨 말을 하고 있는지조차 스스로 알 수 없으니까요. 그것은 제 언어가 될 수 없습니다. 그래서 저는 이제까지 음성일본어를 내는 것을 거절해 왔습니다. 그러나 어느 분에게 이런 말을 들었습니다. 언어가 아니니까 소리 내도 되지 않느냐고요. 단순히 입을, 입의 주변 근육을 기계적으로 움직일 뿐이지 않느냐고. 예를 들면 양치질을 하는 것처럼. 예를 들어 재채기를 하는 것처럼. 예를 들어 하품을 하는 것처럼. 그것이 과연 언어일까요?' 저는 이 사건과 아무런 관련이 없습니다. 하지만 만약 제가 이 법정에서 한 진술이, '나는 음성일본어를 말할 수 없다.'고 한 말이 '거짓'이라면 저를 벌해 주시기 바랍니다. 제가 조금 전에 냈던 목소리가, 저에게

는 들리지 않는 음의 연속이, 만약 언어라면 제게 벌을 내리셔도 괜찮습니다.〉

하야시베의 손이 멈췄다.

어쩐지 개운한 표정으로 그는 한 번 고개를 끄덕이고는 위로 향해 연 양손을 오므리면서 아래로 내렸다.

아라이는 그 수화를 음성일본어로 통역했다.

"이상입니다."

그리고 판결이 내려졌다.

아침부터 구름 한 점 없는 청명한 하늘이 이어졌다.

따뜻한 햇빛이 내리쬐는 거실에서 아라이는 이제 막 도착한 신문을 펼쳤다. 물론 결과는 알고 있다. 어떻게 보도되었는지 확인하고 싶었다.

사회면의 아주 구석, 극히 작은 부분이었지만 사건은 확실하게 기사가 되었다.

강도사건 무죄 판결, 검찰 항소 단념

도쿄 지방 법원은 25일 강도죄로 체포된 피고 남성(42세)에게 무죄(징역 7년 구형)를 선고했다. 중증 청각장애인인 남성이 피해자의 증언처럼 범행 당시 '돈 내놔'라는 말을 할 수 있는지가 쟁점이 되었다. 이사카 겐자부로 재판장은 "피고인은 명료하게 발화할 수 없으므로 범인이 될 수 없다."라고 판결 이유를 설명했다. 가타가이 도시아키 변호인은 "의미 있는 판결. 검경의 취조 과정은 청각장애인의 커뮤니케이션 수단을 배려하지 않아 허위 자백으로 이어진다."고 말했다. 검찰은 공소를 단념했다.

짧은 기술이었지만 '의미 있는 판결'이라는 말에 어울리지 않게 가슴이 뜨거워지는 것을 느꼈다. 분명 그때 그 기자가 써 준 것일 터였다.

재판이 끝나고 복도를 나온 아라이의 뒤에서 "이봐요."라는 목소리가 들려왔다. 자신에게 하는 말이라고는 생각하지 못한 채 그대로 걸어가려고 하는 순간, 다시 목소리가 들렸다.

"당신 말이에요, 통역사."

뒤돌아보자 방청석에 있었는지, 2회차 공판에서 증언을 한 오기쿠보 서의 형사가 서 있었다.

"……제게 무슨 일이라도?"

"저기, 진짜 저놈이 그런 훌륭한 말을 했습니까?"

무슨 말인지 바로 이해하지 못했다.

"저 건방진 장광설 말입니다. 댁이 날조한 것 아닙니까?"

그제야 법정에서 한 하야시베의 진술을 말하고 있다는 사실을 깨달았다.

"저는 하야시베 씨가 한 말을 그대로 통역했을 뿐입니다."

"믿을 수가 없네." 형사는 코웃음을 쳤다. "저놈이 그렇게 대단한 말을 할 수 있을 거라고. 취조 당시는 제대로 된 일본어도 알아듣지 못해서, 약간 머리가 모자란 거 아닌가 싶었는데."

하고 싶은 말만 하고 형사는 발을 돌렸다.

그 감정은 조금 늦게 찾아왔다. 여태껏 한 번도 경험한 적 없는 뜨거운 덩어리가 뱃속에서부터 올라와 머릿속이 하얘졌다. 아라이 스스로도 알지 못하는 사이 몸이 먼저 움직였다.

"잠깐 기다……."

뒤돌아 있는 형사를 향해 발을 뻗어 나가려던 순간 누군가가 아라이를 저지했다.

"상대하지 않는 편이 좋아요."

냉정한 목소리에 아라이는 제정신으로 돌아왔다. 느슨하게 푼 넥타이에 흐트러진 재킷을 걸친 남성이 서 있었다. 방청을 하던 기자 중 한 사람이었다.

"저런 사람을 상대해도 바보 취급만 당할 뿐이에요."

그러고 나서 그가 말했다.

"쓰겠습니다, 제대로."

조용히, 하지만 결연에 찬 목소리로 반복했다.

"저희가 전할게요."

다시 한 번 손에 든 신문 기사에 시선을 옮겼다. 그 기자는 정말 제대로 써 주었다.

그 옆에는 사이타마 현에서 일어난 살인사건에 관한 기사가 실려 있었다. 지면의 상당 부분을 할애한 기사였다. 피해자는 32세의 NPO 남성 직원. 불필요한 정보는 건너뛰고, 시신이 발견된 아파트 주소에 시선이 멈췄다. 아라이가 사는 마을의 옆 동네였다.

처음부터 다시 읽으려던 찰나, 미유키의 목소리가 날아들었다.

"저기, 아직 준비 안 했어? 이제 나가야 해."

"아, 미안."

신문을 덮고 일어섰다. 오늘은 미유키의 휴일을 맞이해서 오랜만에 미와와 셋이 유원지에 갈 예정이었다.

아라이가 옷을 갈아입고 있는데, 나들이 옷차림을 한 미와가 자신의 방에서 나와서는 트집을 잡았다.

"아란찌, 그 옷, 이상해."

"그럼 뭐가 좋을까, 미와가 골라 줘."

"음……."

곤란한 표정을 지으면서도 아주 싫지는 않은 듯이 미와가 얼마 안 되는 아라이의 외출복을 뒤적이기 시작했다.

"있잖아, 아란찌." 옷을 고르며 미와가 말했다. "엄마한테는 비밀인데."

주위에 엄마가 없는지 확인한 뒤 미와가 덧붙였다.

"다음에 에이치한테 수화를 알려 줘."

"에이치?"

되묻고 나서야 '아, 그 친구.' 하고 생각이 났다. 등교 거부를 하는 학급 친구. 미와가 걱정하는 아이다.

"왜 에이치한테 수화를?"

등교 거부 이유와 무언가 관련이 있는 것일까.

"에이치, 말 못 하거든."

"말을 못 해?" 아라이는 놀라서 물었다. "에이치가 농아였어?"

"그게 아니라." 미와는 고개를 저었다. "귀는 들리는데, 말을 못 해."

그렇다면 청아* 아동인가. 아라이는 지금까지 청아 아동은 물론, '말할 수 없는 사람'과는 만난 적이 없었다.

"말을 전혀 못 해?"

"아아니, 집에서는 조금 말하는 것 같아, 엄마랑은."

그럼 청아 아동은 아닌 건가? 정확한 말뜻을 이해하지 못해서

---

* 聽啞, audimutitas, 발달성 언어장애의 하나로, 언어를 제외한 다른 이상은 보이지 않고 언어 발달만 현저하게 늦다.

더 자세히 물어보았다. 질문을 주고받으면서 알아낸 바로는 '우루시바라 에이치'라는 소년은 어머니와 단둘이 살고 있다. 집 안에서 어머니와 있을 때는 대화를 하는 듯하지만, 밖에 나가면 전혀 말을 할 수 없다. 미와도 학교에서는 에이치의 말을 들은 적이 없다고 한다.

"그런데 만약에 수화라면 말할 수 있을지도 모르잖아. 미와는 그렇게 생각했어."

"그렇구나……."

맞장구를 치면서도 다소 의심스러운 생각이 들었다. 확실히 수화를 배우면 '목소리를 내지 않아도 말할 수 있게' 될지 모른다. 그러나 아무리 수화에 숙달한다고 해도 다른 사람과는 대화를 하지 못하는데, 본인이나 가족이 그것을 원할지 의문이었다.

"기회가 되면 알려 주는 건 상관없어."

우선 그렇게 대답했다.

"물론 에이치랑 에이치 엄마가 좋다고 하면."

"예이!"

애매한 약속임에도 미와는 발을 동동 굴렀다.

"준비 다 했어?"

미유키가 거실로 나오자 미와와 나누던 비밀 이야기도 끝이 났다. 준비를 끝내고 현관으로 향했다.

"미와 말이야, 오늘 호빵맨 해피 스카이 탈거야."

"그거, 엄청 높아서 무섭다고 했잖아."

"응, 근데, 꾹 참고 탈래."

대화를 하면서 신발을 신는 두 사람의 모습을 뒤로하고 아라이는 현관문을 열었다.

"어?"

벨을 누르려던 찰나였는지, 밖에 서 있던 남자가 뒤로 물러섰다.

"뭐야, 나가려던 참인가?"

인사도 없이 무례한 목소리가 날아들었다.

"네, 뭐."

아라이는 반사적으로 그렇게만 대답했다.

그제야 남자는 "오랜만이네." 하며 말했다.

작고 말랐지만 옷 위로도 알 수 있는 튼실한 체격. 무뚝뚝한 말투는 여전했다.

문 앞에 서 있는 사람은 사이타마 현 경찰, 이즈모리 미노루였다.

제2장

바람의 기억

눈앞에 서 있는 남자를 보면서 아라이 나오토는 데자뷔와 같은 감각에 뒤덮였다.

그렇다, 2년 전 그때도 이렇게 갑자기 나타났다. 오래 만나지 않았던 데다 이렇다 할 연락도 하지 않았는데, 문자 그대로 흙 묻은 발로 예고 없이 뛰어들듯 현관 입구에 서 있었다. 그때의 첫 마디를 지금도 기억했다.

'아직 자고 있었나? 무사태평하군.'

그리고 지금도 역시…….

"뭐야, 나가려던 참인가?"

사이타마 서의 형사, 이즈모리 미노루가 무뚝뚝하게 말했다.

그러나 놀라서 상대를 바라보았을 때, 불시의 방문과 안하무인인 말투는 여전해도 2년 만에 보는 얼굴에서 예전의 험상궂음이 사라졌다는 것을 알아차렸다. 지금 아라이를 바라보는 그의 눈에서도, 시선 하나면 어떤 악질 범죄자도 움츠러들며 입을 열게 하던 무서운 날카로움이 느껴지지 않았다.

"다시 사이타마 서로 돌아오신 건가요?"

이즈모리가 아무 말 없이 서 있는 통에, 어쩔 수 없이 이쪽에서 말문을 열었다.

"그래, 지난달에."

이즈모리가 2년 전의 사건 후에 아이치 서로 이동했다는 소문은 들었다. 조직 내에서 여기저기 옮겨 다니는 것은 예전과 마찬가지였지만, 확실히 현을 넘어서 이동하는 경우는 이례적이었다. 아마 그 사건과 관계가 있는 것은 아닌가 하고 슬며시 걱정했었지만, 다시 원래 지역으로 돌아왔다면 다행이었다.

"지금 나가려는 참이었는데…… 무슨 용건이 있으신가요?"

물어볼 것도 없었다. 이즈모리가 '옛정을 새로이' 하자는 목적으로 찾아 왔을 리 없다.

"뭐, 어떤 사건 때문에 자네한테 협력을 부탁할 게 있어서."

"급한가요?"

"그렇긴 해."

아라이는 이미 오늘의 외출을 포기하고 있었다. 뒤돌아보니 미유키가, 그리고 미와까지 눈썹을 찡그리며 이쪽을 노려보고 있었다. 그러나 어쩔 수 없었다.

"미안, 오늘은 둘이서 다녀오면 안 될까?"

"……알았어."

미유키가 작게 말하고 "가자." 하며 미와의 손을 잡았다.

"어? 아란찌 안 가?"

"미안하게 됐어."

두 사람이 나가는 길을 터 주며 물러선 이즈모리가 조용히 고개를 숙였다. 그로서는 최대한의 친절함을 발휘한 것이었지만, 미유키는 눈도 마주치지 않고 지나가 버렸다. 미와는 일부러 뒤돌아서 손가락으로 아래 눈꺼풀을 내리며 혀를 내밀기까지 했다.

"서서 이야기하기 뭐하니, 안으로 들어가시죠."

"아니, 여기서 하는 걸로 충분해."

이즈모리는 현관으로 들어와 문만 닫고 "오늘 온 이유는 수화 통역 의뢰 때문이야."라고 말했다.

"……취조 통역, 입니까?"

"그래."

의외였다. 아니, 자신의 직업을 생각하면 경찰에 협력할 수 있는 일이라고는 그것밖에 없을 것이다. 하지만 설마 이즈모리에게서,

아니, 사이타마 서에서 통역 의뢰가 들어오리라고는.

취조 통역이란 외국인이나 농인이 피의자일 경우, 검경의 청취에 입회해서 통역하는 역할을 말한다. 법정 통역과 마찬가지로 사법 통역에 속하는 통역으로 수화 통역사 업무 중 하나인데, 피고인에 대한 정보 보장으로서 인정되는 전자와 달리 별다른 규정은 없으며 피의자의 변호 측이 붙거나, 경찰 측에서 '수화가 가능한 경찰 직원'을 데리고 진행하는 경우도 있다.

"경찰에도 통역자가 있지 않나요?" 우선 그렇게 말해 봤다. "아니면, 현 센터에 부탁할 수도 있고요."

"그런 절차는 나도 알아."

이즈모리는 낮은 목소리를 냈다.

"그걸로는 부족한 케이스라서 자네한테 부탁한다는 거야."

이즈모리를 상대하는 방법을 떠올렸다. 쓸데없는 말참견은 싫어하는 편이라, 아라이는 조용히 이야기를 듣기로 했다. 이즈모리가 말을 이어 갔다.

"지난달에 쓰루가시마 시에서 공갈, 사기로 잡힌 남자가 있어. 농인이야. 피해자도 마찬가지로 '들리지 않는' 사람들이고. 한두 명이 아니야. 여죄를 포함하면 열 명 정도. 가해자도 집단. 불량배 집단 같은 무리지."

그 사건이라면 조금 알고 있었다. '청각장애인이 청각장애인을 협박'이라는 타이틀로 작게 다루긴 했지만 보도도 된 사건이었다.

"니시이루마 서에서 취조를 받았는데, 이게 까다로운 놈이라."

"인정하지 않던가요?"

"그게 그렇지도 않은 것 같은데……. 일단 통역이 마음에 들지 않는 것 같아. 몇 명이나 바꿔서 해 본 것 같은데 그래도 안 됐대. 그쪽 강력계장이 옛날부터 알던 사이라."

"……그래서 저에게?"

"너라면 어떻게든 해 주지 않을까 해서."

"그런 말씀은 감사하지만……."

통역이 마음에 들지 않는다는 말은 무슨 의미인가. 피의자가 사용하는 수화는 어떤 종류일까. 이즈모리는 '농인'이라고 했지만 어느 정도 들리는 걸까. 이러한 정보를 알지 못한 상황에서는 판단이 서지 않았다.

"접견은 가능합니까?"

"접견이라도 결국 경찰관 동행 아래 이뤄질 거야. 네가 멋대로 이런저런 질문을 하지는 못해. 취조에 입회하는 것과 같아."

역시, 그렇다. 하지만.

"피의자 신문조서나, 그게 아니더라도 이제까지의 진술서를 읽는 것은요."

"그건 불가능해."

"그렇다면 어렵습니다······."

"그렇게 말할 거라고 생각했어."

이즈모리는 주름진 정장 주머니에서 두 번 접힌 종이를 꺼냈다.

"개요를 적어 왔어. 이걸 읽고 나서도 싫으면 거절해도 좋다."

그렇게 말하고 억지로 떠맡기듯 종이를 넘겼다.

"······알겠습니다."

하는 수 없이 받아들었다.

"어쨌든 답은 빠른 시일 내로 해 줘."

이즈모리는 그 말만 남기고 발을 돌렸다. 수년 만에 만난 지인 끼리 근황을 나누는 환담 따위는 전혀 없었다.

거실로 돌아와서 종이를 펼쳤다.

A4 용지에 인쇄된 글자. 정식 문서는 아니었다. 이즈모리가 의뢰 를 위해서 일부러 작성한 것이었다. 사건의 개요와 피의자에 대해 서 간단하게 기재되어 있었다.

피의자 신카이 고지는 31세. 이리마 시에서 태어난 후 일찍이 부모를 잃 고 농아시설 '해마의 집'에서 농인학교에 다녔다. 선청성 실청자가 아니라 다섯 살 무렵 앓던 병으로 인해 청력을 잃었다. 농인학교 고등부를 졸업한 후에는 자동차 제조업체에서 근무했지만 바로 그만두고 질 나쁜 무리와 어울리기 시작했다. 파친코나 유흥업소 등에서 일한 뒤, 무리(전부 농인이나 난청, 중도실청자)와 '드래곤 이어'라는 모임을 결성하여 공갈, 사기, 절도, 매춘 알선 등 폭력단이라고 해도 무색할 정도의 악행을 일삼았다.

다른 불량배나 야쿠자와 다른 특징은 노리는 상대가 전부 청각장애인이라는 점.

여기에는 아라이도 놀라지 않을 수 없었다.

'농인만을 노린 농인 범죄 집단'이라는 말인가.

직접적인 체포 용의는 어느 청각장애인 여성을 협박하여 금융기관에서 현금 100만 엔을 뽑게 한 뒤 갈취한 죄였다.

내용을 읽은 아라이는 한숨을 깊게 토해 냈다. 보통 외부인인 아라이에게 이렇게까지 사건에 대한 자료를 보여 주는 건 있을 수 없는 일이다. 그런 점을 알면서도 이즈모리는 이 종이를 건넸다. 내용을 읽으면 아라이가 거부할 수 없다는 사실을 예상하고.

저녁 늦게 귀가한 미유키와 미와는 보란 듯이 유원지에서 산 선물을 흔들며 "재밌었지.", "또 둘이서 갔다 오자." 하고 아라이를 사이에 두고 대화를 나눴다. 유원지 레스토랑에서 '맛있는 음식'을 먹어서 저녁도 필요 없다고 했다. 아라이는 묵묵히 세 사람 분의 볶음밥을 혼자 처리할 수밖에 없었다.

"이즈모리 씨가 사이타마 현 경찰서로 돌아온 거 알고 있었어?"

아라이는 미와가 잘 시간을 기다렸다가 미유키에게 물었다.

미유키는 "응." 하고 고개를 끄덕인 뒤 "이번에는 본부 근무 같던데." 하고 대답했다.

"이즈모리 씨, 무슨 일로 온 거래?"

"취조 통역 의뢰. 니시이루마 서에서 일어난 강력 범죄 때문에."

의뢰 내용을 간단하게 설명했다. 미유키가 흥미를 보이지 않으며 듣고 있다가 물었다.

"그래서 하기로 했어?"

"응."

그녀는 "하아." 하고 아라이가 내쉰 숨보다 몇 배는 더 큰 한숨을 내뱉었다.

"일이니까."

아라이가 변명을 하듯 말했지만, 미유키는 본부 수사관이 일부러 집까지 찾아와서 이런 의뢰를 하는 경우가 일반적이지 않다는 사실을 알고 있다. 까다로운 일을 떠맡게 되었다는 것을.

"우리 쪽 사건은 아니라 다행이지만."

그 말을 들으니 한 박자 뒤늦게 생각났다. 오늘 아침에 본 신문 기사. 인근에서 일어난 살인사건. 당연히 미유키가 근무하는 도코로자와 서 관할일 터였다.

"수사본부 세워졌어?"

"그렇게 될 것 같아. 서에서 다들 이리 뛰고 저리 뛰고 난리야."

이 근방 관할에서 수사본부가 세워질 정도의 사건은 고작 몇 년에 한 번 꼴로 일어난다. 현 본부 사람이 합류할 정도라면 관할 서 모두가 분명 바쁠 것이다.

"미유키도 팀원으로 뽑히는 거 아니야?"

"글쎄, 가능성이 있긴 하지."

그 말투에 어라, 하고 생각했다. 수사본부가 세워질 정도의 큰 사건이 생기면 인원 확보를 선결하게 된다. 본래 담당하는 형사과 인원만으로 부족하여 다른 과 사람에게 동원 명령이 내려오는 건 흔히 있는 일이다. 예전의 미유키라면 자신의 업무에 지장이 생길 것 같은 사태에 노골적으로 싫은 얼굴을 했겠지만, 이번에는 그렇 지 않은 모양이었다.

"잘 자."

아라이는 거실을 나서려는 미유키의 등을 향해 말을 걸었다.

"오늘 미안했어. 미와한테도 전해 줘."

"……미와한테는 직접 말해."

미유키는 쌀쌀맞게 대답하고 거실을 빠져나갔다.

미와는 괜찮으리라고 아라이는 생각했다. 오늘도 유원지에서 산 기념품을 자랑하며 아라이에게 엉겨 붙어 있던 모습에서 짜증난 기색 따위는 느껴지지 않았다. 문제가 있다면 미유키 쪽이었다.

요즘 그녀와 사이가 원만하지 않다는 것은 둔감한 아라이도 느꼈다. 하야시베 재판을 계기로 사에지마 모토코나 펠로십, 그리고 데즈카 루미와의 교류가 부활했다는 점이 원인인 게 틀림없다. 게다가 이즈모리까지 합세했으니 더더욱 그렇다. 그렇다고는 해도 비위를 맞추기도 어려워서 결국 상황을 살피는 수밖에 없었다.

미유키가 침실로 들어간 뒤 노트북을 열어 인터넷으로 '사이타마 현', '농인', '범죄' 키워드를 넣어 검색했다. 체포 당시 보도에, 확실치 않은 정보까지 포함하여 다양한 결과가 검색됐다.

우선은 신카이가 체포된 사건에 대해서 '수화로 100만 엔을 공갈한 혐의로 청각장애 남성 체포'라는 제목의 기사가 있었다.

사이타마 현 경찰이 귀가 잘 들리지 않는 장애인에게서 현금 100만 엔을 갈취한 공갈 혐의로 사이타마 현 쓰루가시마 시에 거주 중인 무직 신카이 고지 용의자(31세)를 체포했다는 사실이 19일에 알려졌다. 신카이 용의자도 청각장애가 있으며 수화로 협박을 했다고 한다.

조사에서 신카이 용의자는 올해 7월 사이타마 현 쓰루가시마 시 하네오리 초에서 통근 중이던 청각장애인 여성(35세)을 인근 편의점 주차장에서 기다리다가 협박하여 현금 100만 엔을 인출하게 한 뒤 빼앗은 혐의를 받고 있다.

신카이가 엮인 다른 사건의 보도 자료도 있었다.

사이타마 현경은 31일, 사기죄 등으로 기소된 사이타마 현 쓰루가시마 시의 회사원 사지마 겐지(33세, 주소 불문, 무직)와 다무라 다카히사(30세) 두 피고인과, 공갈죄 용의로 체포·구류 중인 같은 현 같은 시의 신카이 고지 용의자(31)를 수화를 사용해 청각장애인에게서 현금을 갈취하려 한 혐의로 재체포했다. 현경에 의하면 세 명 모두 청각장애인이며, 신카이 용의자 외에는 용의를 인정했다. 올해 8월, 청각장애를 가진 같은 현 사야마 시의 여성 회사원(25세)에게 수화로 다무라 용의자가 심장병으로 입원비가 필요하다는 거짓말로 돈을 요구하였으나 여성이 응하지 않자, '돈을 주지 않으면 집에 돌아갈 수 없다.'며 현금 30만 엔을 갈취한 용의이다. 사지마, 다무라 두 용의자는 작년 11월부터 올해 1월까지 경찰관을 사칭하여 같은 현 이루마 시의 40대 여성 청각장애인에게서 금융기관의 체크카드를 빼앗은 뒤 현금 총 35만 엔을 인출한 혐의로 체포·기소되었다.

그 외에도 이런 혐의가 있었다.

• 65세 여성의 집에 몰려가 단순한 과자를 건강식품이라며 고가에 팔았다.

• 70세 청각장애인 남성에게 남성의 아들이 렌터카 운전 중에 일어난

사고 때문에 합의를 해야 한다고 속여 돈을 갈취했다.

• 상대 그룹과의 항쟁에 대비해서 권총과 실탄을 소지했다.

• 그룹을 빠져나가려는 남성을 감금, 폭행하여 상해를 입힌 감금 치사 혐의.

반년 정도 사이에 현내에서 일어난 '청각장애인'이 피해를 입은 사건 전부에 신카이가 관여하고 있는 듯했다.

역시 수법도 다양하고 범죄 수위도 상당히 악질이었다. 그리고 기사에 나와 있듯 '농인만을 노린' 범죄 집단이 틀림없었다. 알면 알수록 기분이 우울해졌지만 아라이는 마음을 굳게 먹고 이즈모리에게 전화를 걸었다.

휴대전화 연결음이 울리자마자 그는 전화를 받았다.

"이즈모리다."

"아라이입니다."

바로 "개요는 다 파악했나?"라는 대답이 날아왔다.

"의뢰를 받아들이는 데 한 가지 조건이 있습니다."

"뭐냐."

아라이가 그렇게 말할 것을 예상했는지 그다지 불쾌한 목소리는 아니었다.

"전임 수화 통역사와 인수인계차 만나게 해 주세요. 어떤 수화를 사용하는지 묻고 싶습니다."

"알았다." 이즈모리는 바로 대답했다. "그것뿐인가?"

"……그것뿐입니다."

"인수인계 일정을 정하고 연락하지. 당분간 시간 좀 비워 놔라."

"아니, 그렇게는……."

전화는 어느새 끊어져 있었다. '이런 이런.' 마음속으로 중얼거리면서도 그렇게까지 나쁜 기분은 들지 않았다. 역시 이즈모리 씨다웠다. 아라이는 어쩐지 자신이 따스함을 느끼고 있다는 사실을 깨달았다.

니시이루마 서는 가와고에 시 옆에 자리한 사카도 시에 있다. 같은 현이라고 해도 몇 개의 노선을 갈아타야 하기 때문에 현을 나가는 것보다 시간이 더 걸렸다.

아라이는 접수처를 지나고 2층의 형사과로 향했다. 여기저기에서 호기심과 비난이 어린 시선이 날아오는 것을 느꼈다. 6~7년도 더 된 일을 직접 아는 사람은 적을 테지만 이미 아라이가 어떤 사람인지는 알고 있으리라. 처음으로 응대했던 안내데스크의 직원도, "이즈모리 씨에게 들었어요."라고 은근히 무례하게 마중 나온 강력계 수사관도, 모두 냉담한 목소리를 냈다.

작은 응접실에서 대면한 전임 수화 통역사는 처음부터 적의를 드러냈다. 마루우치라고 하는 30대가량의 남자는 사이타마 경찰서 직원이었다. 최근 어느 경찰서든 수화를 할 수 있는 직원을 배치해 두고 있고, 그중에는 '지정 수화 통역원'이 될 수 있는 제도까지 마련해 놓은 자치 단체도 있다고 들었다. 마루우치도 그런 직원일 것이다. 지금까지 아무런 문제가 없었는데 갑자기 외부 수화 통역사로 대체한다는 말을 들었으니 반가울 리 없었다.

"아라이라고 합니다. 수고로우시겠지만 피의자의 수화에 대해서 여쭙고 싶습니다."

최대한 겸손하게 말할 생각이었지만, 상대방은 건방진 말투로 쌀쌀맞게 답했다.

"수화라고 해도 아무런 대답이 없어서 이야기할 것도 없네요."

"완전 묵비였나요?"

"적어도 내가 통역으로 들어가고 나서는요."

"당신의 수화는 이해하던가요?"

"글쎄요, 내 쪽은 쳐다도 안 봤으니까."

"필담으로는 응하던가요?"

"그쪽은 그럭저럭 했었죠."

그럭저럭이라면 어느 정도일까. 필담도, 수화에 의한 커뮤니케이션도 잘 되지 않았다고 한다면 피의자가 아니라 '이쪽'에 문제가 있는 것은 아닌가……?

"실례가 되는 질문이지만, 마루우치 씨는 어디서 수화를 익히셨나요?"

"그거야 지역 강습에서요."

"그럼 인정시험에는 합격을……."

"뭡니까." 마루우치는 눈을 흘겼다. "내 수화 실력에 문제라도 있다는 말입니까?"

"아니요, 그런 말이 아니었습니다. 어떤 이유에서 피의자가 반응을 하지 않는 건지 알고 싶었을 뿐입니다."

"수화 문제가 아니에요, 반항적인 태도라고요. 그보다, 사실 들리는 거 아닌가라는 생각까지 했습니다."

"들린다고요?"

"네, 체포 당시는 수화 없이 대화가 됐다고 했으니까요. 처음에는 취조관도 들리는 줄 알았다고 하고."

"그렇습니까."

처음에는 들리는 줄 알았다는 말은 신카이의 독화 능력이 상당하다는 뜻이다. 어쩌면 구화도 가능할지 모른다. 중도실청자로 농인학교 졸업을 했으니 청각구화법에 능숙할 것이다.

"청각장애 있는 척한 거 아니야? 그거."

마루우치는 이런 말을 계속 했다.

"수첩은 가지고 있던가요?"

"네, 3급이지만."

장애인 수첩은 원래 중증 청각장애인에게 지급된다. 3급이라면 약간은 소리가 들리겠지만, 들리는 정도는 90데시벨 이상. '귓가에서 화를 내거나 외치는 목소리라면 들리는' 정도의 상당한 난청에 해당한다.

"그 정도면 있는 척한 것도 아니잖아요."

"아니, 모르지. 예전에 음악가 건도 있었고."

음악가 건. 어떤 사건을 가리키는지 짐작이 갔다.

"대체한다면 그런 부분도 확실하게 해 주세요. 당신이라면 알 수 있지 않아요?"

말투에서 명백하게 비꼬는 느낌이 담겨 있었다.

결국 수확이 전혀 없는 전임자와의 인수인계를 끝내고 아라이는 형사과로 향했다.

이즈모리에게서 의뢰를 받았을 때 이상으로 암담한 기분이었다.

—청각장애 있는 척한 거 아니야?

아마 마루우치의 머릿속에는 최근 주목을 받은 '농인 음악가'인 인기 작곡가에게 사실 고스트라이터가 있었다는 사건이 분명 박혀 있을 것이다.

해당 음악가는 중도실청자로 청각장애가 있으면서 게임 음악이나 교향곡 등을 작곡하여 각광을 받았지만 그 곡들이 고스트라이터가 대작(代作)했다는 사실이 발각됨과 동시에 청각장애의 정도에 대해서도 의심을 받았다. 음악가가 연 사죄 기자회견에는 실로 400명이나 되는 보도진이 달려왔고 텔레비전으로도 생중계되었다. 아라이는 보지 못했지만 나중에 들은 바로는 마치 '인민재판'의 현장과도 같았다고 했다.

음악가가 몇 가지 '거짓'을 말한 것이 확실하기에, 그에 따라 상처를 입은 상대에게는 사죄를 해야만 했다. 그러나 그 사실과 그의 청각장애 레벨이 무슨 관계가 있는지 아라이는 이해할 수 없었다. 모두 장애인이 만든 곡이기 때문에 칭찬을 했던 것인가, 그렇지 않으면 가치는 없어지는 건가. 아니, 분명 그러했다. 역사상의 고명한 음악가에 비유했던 홍보 문구를 보면 알 수 있듯, 모두 그가 '전혀 귀가 들리지 않음에도 불구하고 작곡했다.'는 점에 감탄했다.

그렇다고 해도 기자회견에서 규탄에 가까운 말을 쏟아 내는 기자나 코멘트를 더한 '전문가'들은 청각장애를 어느 만큼 이해하고 있을까. 기자회견장에서는 "왜 보청기를 끼지 않았는가."라든가 "수화 통역이 끝나지 않았는데 대답하는 것이 이상하다."라는 목소리도 날아들었다고 한다. 음악가의 현재 청각 레벨을 두고 장애 수첩 교부 대상이 아니라는 점을 거론하며 부정 취득한 게 아니냐는 의심도 있었다고 했다.

그러나.

일괄적으로 '난청'이라고 해도 원인이나 들리는 정도에 따라 증상은 제각각이다. 사람들이 지적하는 보청기도, 병환 등으로 외이나 중이가 정상적으로 기능하지 않는 '전음성 난청'이라면 몰라도 음악가가 진단받았다고 하는 '감음성 난청'에는 그다지 효과가 없다고 한다. 후자는 내이나 그보다 더 안쪽에 있는 중추신경계에 장애가 있어서 고음역이 극단적으로 작아지거나 누락될 뿐 아니라 음이 왜곡되기도 한다. 보청기를 장착해도 왜곡된 음이 커질 뿐 '제대로 들리지' 않는다.

물론 아라이는 그 음악가가 정말 소리를 들을 수 있는지, 들린다면 어느 정도인지 모른다. 그것은 극단적으로 이야기하면 본인 외에는 아무도 모른다. 그러나 이 사건의 파장은 꽤 컸고 장애인 수첩 교부에 관한 조건이나 청력 검사 내용이 엄격해졌다고 들었다. 청각장애인에 대한 세간의 이미지도 안 좋아졌다.

—사실 들리는 거 아닌가라는 생각까지 했습니다.

마루우치의 말에 그것이 나타났다. 수화 통역사가 입에 올릴 정도라면 취조관들도 모두 같은 의심을 품고 있을 것이다.

"뭔가 알았나?"

취조관인 쓰무라라는 니시이루마 서 강력계 수사관은 돌아온 아라이에게 그렇게 물었다.

"아니요."

아라이가 고개를 젓자, 취조관은 "그럼 그렇지." 하고 입꼬리를 일그러뜨리며 "자, 가지."라는 말과 함께 일어섰다.

쓰무라를 따라 취조실로 들어섰다.

1평 남짓한 작은 방 가운데 오래된 철제 책상이 놓여 있었다. 책상 맞은편에는 수갑은 풀렸으나 허리에 줄이 묶인 피의자가 앉아 있었다.

신카이 고지는 철제 의자 끝에 약간 기울어진 채 걸터앉아서 고개만 살짝 숙인 상태로 자신의 오른쪽 발을 보고 있는 자세였다. 표정은 잘 보이지 않았다. 머리는 조금 길었고 뒤로 넘긴 스타일이었다. 양쪽 귀에 보청기를 끼고 있는 것이 보였다. 앉아 있어서 확실하지는 않지만 키는 아라이보다 꽤 큰 듯했다. 말쑥하지만 근육질이었다.

"잘 잤냐."

쓰무라가 앞에 놓인 의자를 당겨 앉았다. 아라이도 그 옆에 놓인 의자에 앉으면서 상대가 중도실청자라는 점을 고려해 우선은 일본어대응수화로 통역을 해 보았다.

고개를 기울이면서 가볍게 쥔 주먹을 머리 옆에 붙였다가(=자다), 오른손 엄지를 제외한 나머지 손가락 끝을 왼쪽 가슴에 댄 뒤

오른쪽 가슴으로 이동했다(=가능하다). 마지막으로 손바닥을 상대에게 내밀었다(=까?).

전체적으로 《잘 잤습니까?》라는 일본어대응수화 표현이 된다. 그러나 신카이는 고개를 들지 않았다.

"이쪽 안 보냐."

쓰무라가 불쾌한 듯 말했다. 30대 초반처럼 보이는데 취조관으로 임명될 정도면 우수한 수사관일 것이다.

《이쪽을 봐 주세요.》하고 수화로 전해도 신카이의 시선은 움직이지 않았다.

"통역이 불만이라길래 오늘 새로운 통역사를 불렀다."

아라이는 《오늘부터 통역을 맡았습니다. 아라이라고 합니다. 잘 부탁드리겠습니다.》라고 자기소개를 했다. 신카이는 여전히 무시했다.

팍! 갑자기 쓰무라가 책상을 쳤다. 옆에 있던 아라이는 자신도 모르게 놀라 소리를 냈다. 진동이 전해졌는지 신카이가 턱을 조금 움직여서 쓰무라에게 시선을 옮겼다.

"뭐야, 들리는 거야?"

《소리가 들리십니까?》

신카이의 입가가 조금 일그러졌다.

"뭐라도 잘못됐냐?"

《무언가 잘못되었나요?》

아라이는 신카이가 이쪽으로 시선을 향하지 않을지라도 그 시야 끝으로 제 손의 움직임을 파악하고 있다는 것을 느꼈다.

"이봐, 너 건방지게 굴다간 큰코다칠 줄 알아!"

《실례되는 짓을 하면…….》하고 손을 움직이려다가 멈췄다.

돌연 수화를 바꿔 봤다.

아라이는 험한 표정을 짓고, 쥔 양손의 새끼손가락을 붙여서 가슴 앞에 둔 상태에서 한쪽만 세게 앞으로 내밀었다. 이어서 가슴에 손바닥을 붙였다가 앞쪽으로 뒤집었다. 입의 모양은 '핏'이다. 그리고 그 표정 그대로 신카이를 강하게 가리켰다.

〈이봐! 건방지게 굴지 마!〉

신카이의 얼굴에 어라, 하는 표정이 떠오르는 것이 보였다. 역시 보지 않는 척하면서 다 보고 있었던 것이다.

"이제 시작한다. 몇 번이나 들었겠지만 먼저 말해 두지. 당신에게는 묵비권이 있고……."

취조관의 묵비권 고지를 이번에는 일본수화로 통역했다. 신카이는 여전히 뻐딱한 자세로 있으면서 슬쩍슬쩍 아라이를 봤다.

묵비권 고지가 끝나고 청취에 들어갔다. 쓰무라가 체포 용의에 대해서 사건 당일 신카이의 행동을 확인해 갔다.

"피해자 여성을 편의점 앞에서 기다렸다는 부분부터다. 그날, 피해자가 출근 전에 항상 편의점에 들른다는 사실을 알고서……."

아라이는 일본수화로 통역을 했다. 신카이가 손의 움직임을 시야 끝으로 보고 있다는 것을 알 수 있었다.

"그래서 '네가 화가 났다.'는 말이지……."

여기도 보통의 '화나다'라는 수화가 아니라 가슴에 손바닥을 붙였다가 앞쪽으로 뒤집는 수화를 사용했다. 역시 입 모양은 '핏'이다. 그러면 〈열 받다〉라는 표현이 된다.

신카이가 얼굴을 들어 처음으로 아라이를 바라봤다.

손바닥을 자신을 향하게 하고 얼굴 앞에서 내렸다(=헐). 그리고 수화를 이어 갔다.

〈당신, 좀 좋은 수화 쓰네, 어디서 배웠어?〉

표정도 풍부하고 손도 빨랐다. 훌륭한 일본수화다. 아라이는 얼떨결에 대답을 하고 말았다.

〈특별히 배우지 않았어. 그런 환경에서 자랐다.〉

"뭐야, 무슨 말 하고 있는 거야!" 쓰무라가 눈을 흘겼다. "멋대로 대답하지 마, 하나하나 통역하라고!"

"'당신, 좀 좋은 수화 쓰네, 어디서 배웠어?'라고 말했습니다."

"그런 건 상관없어. 당신도 대답 안 해도 돼."

그러나 신카이는 아라이를 향해서 수화를 이어 갔다.

〈당신, 혹시 코다야?〉

〈그래. 하지만 안타깝지만 대화는 할 수 없다.〉

"멋대로 이야기하지 말라고 말했잖아! 뭐라고 말했어!"

"멋대로 이야기할 수 없다고 전했습니다."

"그럼 됐어. 이어 가지. 야, 신카이, 이쪽을 보라고, 말하고 있는 건 나야!"

아라이는 그 말을 통역하려고 했지만 신카이는 무시하고 아라이를 향해서 수화를 계속했다.

〈이전 통역은 심한 놈이었어. 엉터리 수화를 해 가면서.〉

그 말을 음성일본어로 통역하기가 망설여졌다. 그러나 쓰무라가 화난 목소리로 소리쳤다.

"뭐라고 말했어, 하나하나 통역하라고 말했잖아!"

"이전 통역의 수화가 이상했다고 말했습니다. 엉터리 수화였다고."

"수화가 엉터리?" 쓰무라가 그 말에 반응했다. "어이, 그걸 어떻게 알지?"

그가 수상하다는 듯 신카이에게 말을 걸었다.

"야, 너, 우리가 하는 말 알아듣지? 그렇지 않으면 수화가 엉터리인지 어떻게 알아. 야, 너 이쪽 봐. 이쪽 보라고!"

취조관은 다시 책상을 쳤다. 신카이는 슬쩍 시선을 던졌다가 아라이에게 물었다.

〈이 자식은 뭐라고 소리치는 거야?〉

〈네가 사실은 '들리는' 거 아니냐고 묻고 있어. 그렇지 않으면 수화가 잘못되었는지 알 수 없잖냐고.〉

"하!"

신카이는 질렸다는 듯 목소리를 냈다.

"야, 너 말한 거야!?"

쓰무라가 놀란 얼굴이 되었다.

〈당신이 말해 줘. 그놈의 수화가 엉터리인지 아닌지, 잠깐 본 것만으로도 알 수 있다고.〉

아라이는 쓰무라를 향했다.

"수화가 엉터리인지 아닌지는 슬쩍 보는 것만으로도 알 수 있다고 말했습니다."

"뭐라고…… 그래서 당신 수화는 엉터리가 아니라고 하고 있나?"

이건 아라이를 향한 말이지만 수화로 신카이에게도 전한 다음 쓰무라에게 대답했다.

"아마도 제 수화가 그들이 주로 쓰는 말에 가까운 것 아닐까 생각합니다."

"흐음…… 수상한 놈이네……."

취조관은 납득할 수 없는 표정으로 신카이 앞에 얼굴을 들이밀었다.

"너, 진짜 안 들리는 거 맞아? 내가 하는 말 몰라? 원래는 잘 들리지?"

통역하려는 아라이를 쓰무라가 손으로 제지했다.

그러자 신카이가 처음으로 쓰무라를 정면으로 봤다. 그러고는 그가 말하는 것을 가만히 바라보았다. 입의 움직임을 읽고 있었다. 그러나 신카이는 아무런 반응을 하지 않고 쓰무라에서 아라이로 시선을 옮겼다.

아라이는 쓰무라의 제지를 뿌리치고 통역했다.

〈너, 진짜 안 들리는 거 맞아? 내가 하는 말 몰라? 원래는 잘 들리지?〉

신카이는 가만히 어깨를 으쓱했다. 분명 지금까지 몇 번이나 아니 몇십 번이나 들은 말일 것이다.

"봐, 알아듣지? 들리는 거지?"

쓰무라는 책상 위에 있는 자료 파일을 입가에 댔다.

"통역하지 마, 이것도 취조의 일부야."

그렇게 아라이에게 주의를 준 뒤 파일로 입을 가린 채 말했다.

"너, 원래 들리지? 거짓말해도 다 알아, 야, 이쪽을 보라고! 들리잖아, 원래!"

신카이는 이글거리는 눈빛으로 쓰무라를 쏘아봤다.

그가 강하게 분노하고 있다는 것을 알 수 있었다. 분노의 대상은 취조관의 말이 아니다. 취조관의 행동 자체를 향하고 있었다.

신카이는 슥 시선을 바닥으로 떨어뜨리고 다시 몸을 삐딱하게 기울였다.

"야, 뭐야. 정곡을 찔려서 화났냐. 야, 무슨 말이든 해 봐. 이봐, 통역해!"

아라이가 통역을 재개했지만 더는 신카이가 이쪽을 보는 일은 없었다.

피의자는 다시 말이 없어졌다. 이윽고 쓰무라가 끈기에 졌다는 듯 "오늘은 여기까지다." 하고 말했다.

"내일 다시 할 테니까."

아라이가 그 말을 통역했지만 신카이는 한 번도 시선을 움직이지 않았다.

니시이루마 서를 나오는 길에 이즈모리의 휴대전화로 연락했다.

"이즈모리다."

전화 반대편에서는 여러 목소리가 난무했다.

"지금 잠깐 통화 가능합니까? 힘드시면 다시 전화 드리겠습니다."

"짧게 말해."

아라이는 빠르게 머릿속으로 정리해서 방금 끝난 취조의 상황을 간략하게 전했다. 이즈모리는 바로 이해했다.

"그러니까 전임 통역자의 수화 수준과 취조관의 편견 때문에 피의자가 청취에 제대로 응하지 않는다는 말인가?"

"저는 그렇게 생각했습니다."

"피의자가 정말 들리지 않는지에 대한 자네 의견은."

"어디까지나 제 판단입니다만……."

"그러니까 그걸 묻는 거야."

이즈모리가 조금 서둘렀다. 아라이는 내심 쓴웃음을 지으며 대답했다.

"정말로 들리지 않는다고 생각합니다. 다만 독화는 상당히 가능한 것으로 보입니다. 어쩌면 구화도."

"독화라는 게 입 모양을 읽는 거였지. 구화는…… 그러니까 말하는 건가?"

"아마 농인학교 시절에 청각구화법을 엄격하게 받았을 것입니다. 그런 부분이, 청인이 보기에는 '소리가 들리고 말할 수 있다'고 비춰지는 것은 아닐까요?"

"그래도 수화 통역이 필요하다는 점은 변하지 않는다는 건가?"

"네. 독화나 구화는 어디까지나 부차적 수단이니까요. 의사소통이 완전히 이뤄지기에는 무리가 있습니다."

"알았다. 내가 전해 두지."

"저는……."

"계속 이어서 하게."

"취조관의 생각은 좋지 않아 보이던데요."

"그런 거 신경 쓰는 사람 아니잖아."

이번에는 웃음이 얼굴 밖으로 나왔다. 물론 이즈모리에게는 보이지 않지만.

"그거면 됐나? 혼잡한 상황이라서."

확실히 뒤에서 들리는 목소리가 상당히 커졌고 복잡했다.

"바쁘실 텐데 실례했습니다."

전화를 끊고 나서 수사본부에라도 있는 건가 하고 생각했다. 최근 현내에서 일어난 큰 사건이라고 하면……. 미유키가 말했던 '도코로자와 서에 수사본부가 세워진 사건'이 떠올랐다. 어쩌면 이즈모리는 현경본부에서 그쪽으로 파견됐을지도 모른다. 그렇다면 이즈모리가 도코로자와 서에서 미유키와 얼굴을 마주할 가능성도 있다.

아라이는 어떤 일에도 동요하지 않는 이즈모리가 미유키만큼은 불편해한다는 사실을 알고 있다. 게다가 요전날 일도 있었다. 두 사람이 우연히 마주쳤을 때 이즈모리가 보일 불편한 기색을 상상하자 조금 이상한 기분이 들었다.

'그건 그렇고.' 생각을 전환했다. 그로부터 몇 년이나 지나기도 했고, '지정 수화 통역원' 제도도 생겨났으니, 조금은 그들도 이해를 하지 않았을까 아라이는 생각했더랬다.

그러나 본질은 전혀 변하지 않았다.

경찰 수사에서 '청각장애인에 대한 정보 보장' 인식의 부족은 이제까지 몇 번이나 문제시되어 왔다. 얼마 전 하야시베 사건에서도 그것이 '거짓 자백'으로 이어지는 하나의 원인이 되었다고 가타가이가 지적했을 정도였다. 취조시 수화 통역의 준비도 마찬가지다. 어느 지자체든 청각에 장애가 있는 사람이 사고나 사건의 당사자가 되었을 때 피해자·가해자를 따지지 않고 수화 통역사 파견을 해야 하는 제도가 있다고는 하지만, 수사관이 알지 못하거나 혹은 필담으로 충분하고 보청기를 하면 들릴 것이라는 '현장'의 잘못된 판단으로 그 제도를 이용하지 않는 경우가 많았다.

경찰의 체질은 아라이가 사무직원으로 일했을 때와 조금도 변하지 않았다. 당시 경리과에 있던 아라이가 갑작스레 '농인이 저지른 상해치사사건'의 취조 통역을 맡았던 20년도 더 된 그때와…….

취조가 몇 시간이나 걸려 진행되는 경우가 있어서 일정도 그에 맞춰 놨는데 예상보다 빨리 귀가하게 되었다. 미유키의 휴대전화 사서함에 메시지를 남겨 전하자 바로 전화가 왔다.

"그러면 미와 마중 부탁해도 될까?"

전화기 너머로 미유키의 조심스러운 목소리가 들렸다.

"응, 그럼. 저녁도 만들어 둘게."

"아, 내 거는 괜찮아." 그러고는 말 꺼내기 곤란하다는 듯 덧붙였다. "오늘 늦을 거야."

더 이상의 설명은 없었지만 아라이는 사정을 알아차렸다. 통화 소리 뒤로 이즈모리와 통화했을 때처럼 떠들썩한 소리가 들려왔다. 아마 아라이의 걱정이 적중한 듯했다.

방과 후 교실에는 미유키가 미리 연락을 해 두었는지 미와의 마중은 순조로웠다.

"오늘 엄마가 늦는대."

미와는 조금의 불만도 없이, 아라이가 내민 손을 잡았다.

"급한 일이 생겼나 봐. 저녁도 둘이서만 먹으라는데 배달시켜 먹을까?"

"그럼 피자가 좋아!"

그렇게 말할 것이라고 생각했다. 평소에는 주부^{主夫}로서 절약에 힘썼지만 가끔은 괜찮을 것이다. 아라이도 조금은 느긋한 시간을 보내고 싶었다.

집으로 돌아온 뒤 피자를 주문하고 미와와 둘이서 빨래를 갰다. 자취 시절에는 한 번도 한 적 없지만 지금은 티셔츠도 단을 맞춰서 정리하게 되었다. 확실히 미와에게 셔츠는 어렵기 때문에 속옷과 양말을 맡겼다.

"텔레비전 켜도 돼?"

"괜찮은데, 오늘은 만화 안 하잖아."

"응, 그래도 볼래."

엄마의 잔소리 없이 마음대로 텔레비전을 볼 수 있는 것이 기쁜 듯 미와는 리모컨 버튼을 이리저리 눌렀다. 그러나 지금 시간에는 뉴스밖에 하지 않는 듯했다.

"어, 여기, 야오코 슈퍼마켓 아니야?"

미와의 목소리에 아라이는 텔레비전으로 시선을 옮겼다.

확실히 낯익은 장소가 화면에 나오고 있었다. 익숙한 인근 슈퍼와 늘어선 가정집 사이에 리포터 남성이 마이크를 쥐고 서 있었다.

"피해자의 시신이 발견된 곳은 이 아파트입니다. 아직 경찰의 현장 검식이 이어지고 있어서 다가갈 수는 없습니다. 시체가 발견된 것은 3일 전 아침으로……."

'피해자는 30대 NPO 직원인가', '살인사건으로 보고 수사'라는 자막이 나왔다.

틀림없이 이즈모리와 미유키가 수사본부의 일원이 된 사건의 현장 중계였다.

"있잖아, 저기. 에이치네랑 가까운 데야! 왜, 무슨 일이야!"

아라이는 흥분했는지 소리 지르는 미와를 "뭔가 사건이 일어났나 봐, 잠깐만 조용히." 하고 타이른 뒤 볼륨을 높였다.

신문기사보다 자세하게 사건에 대해 해설하고 있었다. 현지 리

포터나 뉴스 자막 해설 등으로 알게 된 점은 이랬다.

30대 남성이 자신이 근무하고 있는 NPO의 관리 아래 있는 한 아파트에서 전원 케이블선 같은 것에 의해 질식사한 채로 사흘 전 아침 발견되었다. 유서는 없었고, 시신의 상태 등으로 봤을 때 경찰은 남성이 이 전날 저녁에 살해당했다고 보고 목격 정보를 모으고 있지만 현재까지 중요한 단서를 찾지 못했다.

이어서 살해당한 남성이 사실 신분을 사칭했고, 당초 피해자 성명으로 발견된 '가미무라 하루오'라는 인물은 작년에 병으로 사망했다는 사실이 밝혀졌다는 속보가 떴다. '진짜 가미무라'는 긴 세월 노숙자 생활을 했고 복지 단체의 지원을 받아 자립을 했지만, 지병인 간경화가 악화되어 사망했으며 그 죽음에 사건성은 없다고 했다. 경찰은 남성과 가미무라의 관계를 조사함과 동시에 피해자의 몽타주를 작성하여 신분 확인을 서두르고 있다고 했다.

뉴스가 그렇게 끝나고 화면은 광고로 바뀌었다.

"뭐야, 사건? 에이치는 괜찮아?"

"에이치라면 저번에 얘기한 '말 안 하는' 남자애야? 저 근처에 살아?"

미와가 응응, 하며 고개를 끄덕였다.

"야오코 슈퍼 근처."

"그래? 그래도 불 난 거 아니니까 괜찮아, 걱정하지 마."

"그래? 다행이다."

그러나 미와는 다시 빨래를 갤 생각은 하지 않고 아라이 쪽으로 다가왔다.

"저기, 아란찌."

"응?"

"에이치네 집에 언제 가?"

"에이치네 집? 언제라니, 무슨 말이야?"

"어어? 잊어버렸어? 에이치한테 수화 알려 주기로 했잖아."

"아, 그거?"

겨우 생각이 났다.

미와의 반 친구 남자애. 단순히 등교를 거부하는 게 아니라 그 아이는 거의 말을 하지 않는다고 했다. 아니, 미와의 말로는 말하지 못한다. 무슨 장애 때문인지는 모르겠지만 바로 요전에 수화라면 말할 수 있을지도 모른다면서 그 아이에게 수화를 가르쳐 주면 안 되냐는 부탁을 받았더랬다.

"가는 건 언제든 상관없는데, 에이치랑 에이치네 엄마가 허락해야지."

"그럼 내일 물어볼게! 에이치네 엄마가 좋다고 하면 되는 거지!"

"에이치 본인도. 그리고 엄마, 미와 엄마한테도 허락받아야 해."

"우리 엄마?" 미와는 잠시 생각에 빠졌다. "으음, 비밀로 하면 안 돼?"

"그건 안 돼."

"으음, 그런가아, 알았어. 그것도 내일 물어볼게."

미와는 진지한 표정으로 그제야 빨래 개기로 돌아갔다. 에이치라는 소년에게 상당히 신경이 쓰이는 모양이다.

아라이는 사건에 신경이 쓰였다. 근처에서 일어난 중대 범죄, 게다가 미유키가 수사에 참여할지도 모른다고 하면 더욱이 그렇다. 한층 더 상세한 사정을 알기 위해 채널을 바꿔 봤지만 뉴스를 보도하는 방송국은 없었다.

다시 원래 채널로 돌렸지만 광고가 끝난 후에는 이미 뉴스 시간이 지나서 '이번 주의 얼굴'이라는 코너를 하고 있었고 멋스러운 반뿔테 안경을 쓴 풍채 좋은 장년 남성이 인터뷰를 받고 있는 모습이 나오고 있었다.

'오늘 주목할 정육학正育學', '가지 히데히코 씨에게 묻다!'라는 자막이 흘러나오고 있었다.

"누구나 아이를 낳는 순간 부모가 될 수 있는 것은 아닙니다. 아이를 바르게 길러 냈을 때 비로소 부모가 됩니다. 그것이 정육학의 생각입니다."

분명한 말씨로 말하는 남성의 상반신을 비춘 화면 아래에는 '가지 히데히코 시노미야 학원 이사장'이라는 직함이 표시되어 있었

138

다. 관심이 딱히 있지는 않았지만 화면을 그대로 흘러가게 두었다.

미와와 나란히 빨래를 개다 보니 굳이 들으려고 하지 않아도 목소리가 귀에 들어왔다.

"육아의 기본은 부모입니다. 부모가 주는 애정의 크기가 아이의 장래를 결정한다고 해도 과언이 아닙니다. 세 살까지는 항상 곁에 있고, 함께 자고, 달래고, 책을 읽어 줘야 합니다. 취학 시기가 되어서도 텔레비전은 보지 않습니다. 물론 게임이나 스마트폰 등은 하지 않게 하고……."

문득 비슷한 이야기를 어딘가에서 들었던 기억이 있다.

화면에 눈을 돌리니 인터뷰어가 질문을 하고 있었다.

"지난번에 사이타마 현지사가 '육아 서포트 조례'라는 것을 의회에 제출했는데요, 그 바탕에 정육학의 사고방식이 있나요?"

"예, 다카시나 지사님은 제 생각을 잘 이해하시며 찬성해 주셨습니다."

남성은 점잖게 고개를 끄덕였다. 질문이 이어졌다.

"조례 안에 '발달장애도 부모의 애정에 따라 예방·개선할 수 있다.'라는 문장이 있는데, 이에 다양한 의견이 모아지고 있습니다만……."

'저거다.' 기억이 떠올랐다. 언젠가 마찬가지로 텔레비전에서 다뤘던 뉴스. 사이타마 현지사가 무슨 조례를 제안해서 시민이 반대했다는 내용이었다. 그 조례의 근거에 저 남성이 제창하는 사고방식이 있는 듯했다.

아라이도 지금 발언이 마음에 걸렸다. 발달장애에 대해 깊이 알지는 못하지만, 확실히 선천적 두뇌 기능장애 비슷한 것이 아니던가. 그것을 '부모의 애정에 따라 예방·개선할 수 있다.'라고 단언해버리다니 상당히 과한 주장으로 느껴졌다.

빨래를 개는 손을 멈추고 관심을 있게 텔레비전을 보려던 찰나 차임벨이 딩동 울렸다.

"피자다!"

미와가 기쁜 목소리로 뛰어올랐다. 자신이 피자를 받으려는 듯 인터폰에 대고 목소리를 높였다.

"네에, 누구신가요오?"

"피자 배달입니다."

"아란찌, 피자 왔어!"

"네네."

텔레비전 인터뷰가 신경 쓰였지만 어쩔 수 없었다. 아라이는 지갑을 가지고 현관으로 향했다.

다음 날도 아침부터 니시이루마 서로 발을 옮겼다. 미유키는 한발 먼저 미와를 등원시키고 출근했다. 그녀는 지난 밤 9시를 넘어서 귀가하고는 "아아, 피곤해."라며 식사도 건너뛴 채 샤워만 하고 서둘러 침실로 사라졌다. 정말 수사본부에 참가하게 되었는지, 그리고 사건에 대해서도 궁금했지만 물어볼 시간이 주어지지 않았다.

"좋은 아침입니다."

형사과 입구에서 나오던 참인 쓰무라에게 인사를 건넸지만 그는 슬쩍 이쪽을 한번 볼 뿐 아무런 말도 없이 취조실로 향했다. 어제보다 더 험상궂은 태도였다. 이즈모리에게 무언가 말을 들었을 것이다. 그렇다면 이쪽도 겸손할 필요 없다.

취조실에 들어서자 신카이는 어제와 완전히 똑같은 자세로 책상 앞에 앉아 있었다. 쓰무라는 소리를 내서 의자를 끌어당겼고 툭 하고 앉았다.

"잘 잤냐."

어제와 같은 대사를 반복했다. 아라이도 통역 업무를 시작했다.

〈잘 잤냐.〉

난폭한 말투는 그대로 난폭한 수화로 옮겼다. '가능한 정확하게'라는 통역의 준수 사항을 따라서.

신카이는 슬쩍 이쪽을 봤다.

"어제는 미안했다. 귀가 들리지 않냐는 의심을 해서."

아라이는 그대로 수화로 전했다. 신카이는 홍, 하고 콧방귀를 뀌었다.

"청각장애인을 잘 몰라서. 너네는……." 쓰무라는 그렇게 말한 다음 고쳐 말했다. "당신들은 입을 읽는다며. 편리하고 좋네."

아라이는 반발심을 억누르고 그 말을 수화로 전했다. 신카이의 자세는 변함없었지만 아라이의 손은 지그시 바라보고 있었다.

"당신이 말하는 것을 들었다는 증언도 있었고 말이야. 그래서 착각했어. 좀 봐 줘."

아라이는 통역을 하면서 신카이를 관찰했다. 지금 쓰무라가 한 말에 감정이 움직인 낌새는 없었다. 손도 표정도 전혀 움직이지 않았다.

"근데, 당신이 진짜 청각장애인이라면 반대로 이해가 안 되는 부분이 있어."

쓰무라의 말을 아라이는 정확하게 통역했다. '청각장애인'이라는 표현도 '농인'(귀와 입을 동시에 손으로 덮는다.)이라고 하지 않고 '청각'(귀를 검지로 누른다.), '장애'(가슴 앞에서 무언가를 접는 동작), '인'(엄지와 새끼손가락을 세워서 양손을 중앙에서 좌우로 떨어뜨린다.)이라는 수화를 일부러 사용했다.

신카이는 크게 뜬 눈으로 아라이의 손을 응시했다.

쓰무라가 말을 이어 갔다.

"왜 청각장애인만 노린 거지? 그게 이해가 안 돼. 동지잖아."

아라이의 수화를 보고 있던 신카이가 마지막의 '동지'(양손을 모아잡고 가볍게 원을 그린다.)라는 수화에서 "하!" 하고 목소리를 냈다.

〈동지?〉

그는 아라이의 수화를 따라하고 일부러 웃었다.

〈똑같다고 하지 마, 그런 덜 떨어진 놈들이랑.〉

아라이는 과격한 수화에 섬뜩함을 느꼈지만 하는 수 없이 그대로 음성일본어로 말했다. 신카이는 아라이의 입 모양을 보고 있었다. 정확하게 통역을 하고 있는지 확인하는 것이다.

"덜 떨어진 놈들이라고? 험하게 말하네."

그렇게 말하면서 쓰무라는 표정이 누그러졌다. 무엇이 어떻든 간에 신카이가 반응했다는 자체에 '됐다.'고 생각한 것 같았다.

"걔네랑 다르다고? 당신은 똑똑하다고 말하는 건가?"

아라이의 통역을 보고 신카이는 고개를 끄덕이면서 검지와 엄지를 두 번 붙였다(=그렇다).

그리고 관자놀이 근처를 검지로 톡톡 쳤다.

〈나는 여기로 올라왔거든. 그놈들처럼 멍청하지가 않아.〉

"머리로 올라왔다? 그래서 폭력단을 결성했다는 건 좀 이상하지 않나."

쓰무라의 말에 신카이가 노려봤다.

〈우리는 폭력단이 아니야.〉

"같은 거잖아."

〈같은 거 아니라고!〉

신카이는 취조관이 아니라 말을 통역하는 아라이에게 분노의 눈빛을 보냈다.

〈네가 뭘 알아!〉

미간을 찡그리고 이쪽을 가리킨 다음, 세운 양손 검지를 이마 앞과 귀에서 조금 높은 곳에 두고 앞과 옆으로 두 번 움직였다(= 너는 결국 대가리가 청인이야!).

말을 이어 갔다.

〈너는 어차피 개야. 개, 일본어로는 그렇게 말하지? 권력의 앞잡이. 간첩. 스파이. 개새끼!〉

신카이는 입을 열어서 "와우와우." 하고 목소리를 냈다. 개가 짖는 소리를 흉내 낸 것이다.

아라이는 그것을 하나하나 음성일본어로 바꿔 쓰무라에게 전했다. 쓰무라 역시 어색한 표정을 지었다.

"그건 내가 한 질문이 아니다. 내 질문에 대답해라. 그러니까, 당신은 청각장애인이면 속이기 쉽다고 생각한 거네. 그다지 지능이 높지 않으니까. 그 말이지?"

신카이는 잠시 눈을 부릅뜨더니 이내 그렇다는 듯 끄덕였다.

"같은 장애를 가진 사람들을 속이거나 협박하고서 죄책감이 들지는 않았냐."

쓰무라의 말에 신카이는 다시 "하!" 하고 목소리를 냈다.

〈죄책감? 왜 그런 걸 느껴야 하지?〉

무시무시한 속도로 손과 얼굴이 움직였다.

〈그놈들한테 받은 돈은 '강의료' 같은 거야. '들리는 세계'에는 나쁜 놈들이 가득하니 조심하라는. 물어봐, 우리 덕분에 걔네들도 나쁜 청인에게 사기를 당하거나 협박을 당하지 않는 거라고. 그걸 그놈들도 알고 있고, 우리에게 고마워해도 모자라.〉

"흠." 쓰무라가 코웃음을 쳤다. "제멋대로 해석하고 있네. 나쁜 짓을 정당화하는 거냐."

〈닥쳐, 우리들 일에 간섭하지 마!〉

신카이는 다시 통역을 하는 아라이에게 격하게 덤벼들었다.

〈알았어? 이건 우리들 문제야, 개새끼가 쓸데없는 간섭을 할 틈이 없다고!〉

신카이의 분노는 명백하게 쓰무라가 아니라 아라이를 향하고 있었다.

보통 통역이라도 대화의 내용에 따라서 농인이 '통역을 하고 있을 뿐'인 자신들에게 감정을 내보이는 경우는 흔하다. 그러나 그것은 무의식중에 혼동하고 있을 뿐이며 본인 안에서 어디까지나 감정은 대화 상대를 향해 있다.

그러나 지금의 신카이는 달랐다.

그의 미움은 취조관인 쓰무라가 아니라 확실히 아라이를 향하고 있었다.

그 감정이 어디서부터 온 것인지, 아라이는 알지 못했다.

취조실을 나오자 아라이는 쓰무라에게 말을 걸었다.

"조금 전 피의자가 한 말 말인데요…… 피해자들은 실제로 무슨 말을 했습니까?"

"뭐? 무슨 말이라니?"

무시할 것이라고 생각했지만 어제와는 달리 진술이 진행되어 기분이 좋았는지 쓰무라의 태도도 부드러워졌다.

"'피해자도 알고 있고, 우리에게 고마워해도 모자라.'라고 말했습니다만."

"아, 시건방지게 말했었지?" 쓰무라는 고개를 끄덕이고 대답했다. "피해 신고를 하지 않은 걸 제멋대로 해석한 거뿐이야."

"피해 신고를 하지 않았습니까?"

의외였다. 그럼 어떻게 사건화가 되었단 말인가.

"그래, 놈들의 보복을 두려워한 거지. 그래서 지금까지 무리의 악행도 드러나지 않았던 거야. 이번 사건은 조사 4과가 다른 공갈 사건에서 압수한 권총을 추적하다가 저놈들까지 찾아내서…… 그랬더니 여죄가 나오고 또 나온 거지."

신카이에 대해서 알아볼 때 '상대 그룹과의 항쟁에 대비하여 권총이나 실탄을 소지했다.'라는 용의가 있던 게 떠올랐다. 적발의 발단이 그것인가.

"4과도 그때까지 전혀 알아채지 못했던 건가요, 그들의 존재를?"

"그랬나 봐. 장애인 사이에 그런 일이 있을 거라곤 아무도 생각하지 못했으니까. 지금까지 같은 집단에서 일어난 일이 표면화된 적이 없었잖아."

그렇게 말하고 쓰무라는 가벼운 발걸음으로 형사과로 돌아갔다.

같은 집단에서 일어난 일……

아무것도 아니라는 식으로 내뱉은 말이었지만, 아라이의 마음을 무겁게 덮어 눌렀다.

확실히 농인 사회의 결합은 단단하다. 좋든 싫든 커뮤니티 내에서 일어난 일이 '외부'로 빠져나가기 힘든 것도 사실이다. 농인만이 아니라 장애인을 둘러싼 문제가, 아니, 존재 그 자체가 사회에 드러나기 힘든 것은 그 때문이기도 하다.

범죄조차 그러하다.

어차피 '같은 집단 안에서의 분쟁'. 우리와는 관계없는 일이라고.

궤도에 오르기 시작한 취조는 연일 점심시간을 빼고 아침부터 밤까지 이어졌다. 미와의 마중과 식사 준비도 있다 보니, 아라이는 교대 요원을 준비해 달라는 요청을 했다. 요청이 받아들여져서 아라이는 오후 2시까지 담당하게 되었다.

"당신 통역이라면 놈도 '잘 말하지만'. 뭐 어쩔 수 없지."

쓰무라는 조금 아쉽다는 듯 말했다.

오후 이른 시각에 일이 끝나니, 오히려 시간이 남았다. 니시이루마 서에서 집까지 가는 시간을 생각해도 미와를 마중할 때까지 두 시간 가까이는 여유가 있다. 그 시간을 효율적으로 이용하기로 했다.

아라이는 메일과 전화로 두 장소에 약속을 잡고 우선은 더 가까운 쪽으로 걸음을 옮겼다.

그녀라면 무언가 알고 있을 터였다.

〈요번 재판 때는 고생했어.〉

리허센 카페 룸에서 마주한 사에지마 모토코는 우선 아라이의 노고를 치하했다.

그녀가 말한 '재판'이란 지난번에 아라이가 법정 통역으로 섰던 '농인 피고인의 강도사건'을 말한다. 일본에서도 몇 안 되는 청각장애인 변호사인 가타가이 군단의 변호와 지원도 있었던 덕에 피고인이던 하야시베는 무죄를 선고받았다.

〈무죄는 당연한 결과였지만, 그가 위증죄 혐의를 받지 않은 게

커. 음성일본어가 우리에게 언어가 아니라고 인정받은 거니까.〉

모토코는 그렇게 말하고 부드러운 표정으로 웃었지만 실제 사정은 조금 달랐다.

재판은 하야시베가 '명확한 음성일본어의 발성이 불가능함'을 인정한 것에 불과했다. 그가 '말할 수 없다'고 한 사실에 대한 진위까지는 판명되지 않았다. 원래 증인과 달리 피고인에게 '위증죄'는 성립하지 않는다. 피고인이 자신의 이익을 위해 한 위증은 이미 재판 전에 끝난다. 피고인만 '선서'를 하지 않는 이유가 여기에 있다.

더욱이 판결은 '농인에게 언어란'이라는 심오한 단계까지 도저히 나아가지 못했다.

그러나 이런 이야기를 지금 모토코에게 말해서 굳이 역정을 살 필요는 없다. 아라이는 〈그렇지요.〉라고 무난한 대답을 택했다.

〈그래서 오늘 용건은?〉

그녀는 잡담을 거의 하지 않는다. 아라이도 단도직입적으로 이야기를 꺼냈다.

〈신카이 고지라는 인물을 알고 계십니까? 농인 공갈·사기 사건으로 체포된 남성입니다.〉

그 순간 모토코의 미간에 주름이 잡혔다.

〈그 아이는 농인이 아니야.〉

모토코가 그렇게 말할 것이라고는 예상했다.

〈그건 그의 성장 배경에 따른 것입니까? 아니면 그의 행동 때문인가요?〉

즉 신카이가 중도실청자로 구화도 사용할 수 있기 때문에 '농인이 아닌 것'일까, 아니면 귀가 들리지 않는 다른 사람들을 먹이로 생각하고 있는 그의 행동을 보고 말하는 것일까.

그러나 그녀는 살짝 고개를 저을 뿐 대답하지 않았다. 아라이는 질문을 바꿨다.

〈그를 알고 계시네요.〉

모토코는 끄덕이고 대답했다.

〈조금은.〉

〈그가 저지른 범죄도.〉

〈응, 들었어.〉

〈이제 와서 사건이 표면화되었다는 부분이 석연치가 않습니다. 왜 이제까지 피해자들은 피해를 밝히지 않았던 건가요?〉

〈그런 건 내가 알 리 없잖아.〉

모토코의 대답은 쌀쌀맞았지만 아라이는 다시 물고 늘어졌다.

〈저는 신카이에 대해서 아무것도 알지 못합니다. 신카이에 관한 기사 정보뿐입니다. 사에지마 선생님이 그를 알고 있다면 무언가 다른 견해가 있지 않은가 해서요.〉

모토코의 표정에 조금의 변화가 있었다. 잠시 아라이를 바라본 뒤 〈이건 어디까지나 내 상상이지만, 그래도 괜찮아?〉라고 말했다.

〈물론입니다.〉

그녀는 끄덕이고는 이야기하기 시작했다.

〈그 아이는 구화가 특기였나 봐. 물론 독화도. 그걸 무기로 농인들에게 다가가서 속이고, 빼앗은 것 아닐까?〉

〈농인에게 말입니까? 청인에게 접근한 게 아니고요?〉

〈당연히 청인과의 사이에 서서 '통역' 같은 걸 했을 거야. 특기인 독화와 구화로. 하지만 거기에 깊이 빠져드는 쪽은 청인들이 아니라 어디까지나 농인들 쪽으로 그게 그 아이의……〉

모토코는 엄지와 검지를 붙인 손끝을 관자놀이 근처에 대고 검지를 올리듯 앞으로 뻗었다. 〈현명하다〉라는 의미의 수화이지만 이 경우는 결코 좋은 의미가 아니다. 〈교활한 점〉이라고 말하고 있는 것이다. 그리고 이어 갔다.

〈피해자들은 나이가 좀 많고, 인티 클래스 출신이 거의 없다는 이야기도 들었어. 음성 커뮤니케이션은 물론 필담도 잘 못하는 사람들이 많았던 것 아닐까. 그런 점을 녀석들은 기회로 삼은 거야.〉

모토코의 이 발언은 일반학교에 다니지 않았기 때문에 일본어를 쓰지 못한다는 의미는 아니다. 농인학교에서 어중간하게 구화만 배워서, 자신들의 언어인 수화로 커뮤니케이션을 할 수 있는 기회를 빼앗긴 결과 문자로서의 일본어 습득도 충분하지 못한 채 끝나 버린 사람이 많다. 모토코는 그런 상황을 말하는 것이었다.

취조 때 쓰무라가 그들을 두고 '그다지 지능이 높지 않아서'라고 했지만, 그 말도 틀렸다. 서기일본어를 충분히 습득하지 않았기 때문에 한자가 어색하거나, 조사나 조동사를 틀리는 일을 청인은 그렇게 오해해 버린다.

한편 신카이는 구화나 독화가 특기인 데에 더해서 풍채도 강해 보이고 겉모습이 좋았다. 취조시 형사를 대하는 태도를 봐도 다른 청인들에게 물러서지 않았을 모습을 쉽게 상상할 수 있었다. 다소 말하는 데에 어려움이 있어도 청인보다 우위에 서는 경우가 많았음에 틀림없었다.

모토코처럼 일본수화를 자신들의 언어로 농인으로서의 자부심을 가진 사람이 있는 한편, 구화를 구사하지 못하거나 일본어가 익숙하지 않은 자신을 '청인에 비해 한 단계 열등한 존재'로 느끼는 농인도 있다. 그런 사람들에게 신카이는 같은 '들리지 않는 자'이면서 일반 사회에 스며들어 간, 청인과 대등, 아니 그보다 높게 상대하는 존재로서 비춰진 것은 아닐까.

〈피해자 중에는 여성이 많았다고도 들었어.〉

모토코가 그렇게 말했다.

〈사회에 나와서 '거의 들리는 듯 행동하는' 신카이 같은 남성은 그 여성들에게 믿음직스럽고, 동경하는 존재였을 거야. 사기 비슷한 일을 당했어도 피해자 의식을 갖기는커녕, 답례로 생각하는 사람도 있을지 몰라. 그런 여성들의 심리를 녀석들은 비열하게 이용한 거야.〉

지금까지 피해 신고를 하지 않은 이유로 수긍할 수 있는 점이었다. 적어도 '보복이 두려워서'라고 단순하게 말할 만한 내용은 아니었다.

아라이에게는 또 하나 마음에 걸리는 일이 있었다.

〈그의 출신에 대해서는 알고 계십니까?〉

〈응, 해마의 집에 있었다고 하지.〉

모토코의 얼굴에 특별한 감정은 보이지 않았다. 그녀가 해마의 집을 그다지 좋게 여기지 않는다는 점을 알고 있다. 그러나 적어도 신카이가 소년 시절을 보냈을 당시, 그들처럼 갈 곳 없는 농인 아동들에게 해마의 집은 꼭 필요한 장소였을 것이다.

〈해마의 집이 폐쇄되었다고 들었습니다만……〉

〈그렇다더군.〉

〈농아의 부모나 직원이 중심이 돼서 새로운 농아시설 설립에 힘쓰고 있다던데요.〉

〈듣긴 했는데.〉

여기에서 아라이는 의아하게 생각했다. 아무리 그렇더라도 너무 무관심한 것 아닌가?

일찍이 해마의 집에 대한 감정은 차치해 두고, '새로운 농아시설' 설립을 모색하고 있는 사람이 있다면 모토코에게 무슨 조언이든 구하지 않았을 것이라고는 생각하기 힘들다. 직원들은 그렇더라도 농아 부모들 중에는 모토코의 지지자가 적지 않을 터다. 아니, 모토코 스스로가 새로운 시설이 어떤 교육 방침을 갖는지에 관심이 없을 리 없다.

〈사에지마 선생님은 그 건에 아무런 관련이 없으신가요?〉

모토코는 아무 말 없이 아라이를 바라봤다. 대답할지 망설이는 표정이었다.

〈적어도.〉 모토코가 주저하며 손을 움직였다. 〈이전의 '청각 능력 훈련' 같은 건 하지 않도록 부탁하고 있어.〉

허를 찔렸다. 아아, 그랬다.

청각 능력 훈련. 그 말이 순간 아라이의 뇌리에 몇 가지 영상을 떠올리게 했다. 결혼식 때 루미의 수화. 백화점 옥상에서 마주한 이즈모리의 표정. 기숙사에서 재회한 몬나 부부. 그리고 접견실 유리 너머로 아라이를 증오하는 눈으로 마주했던 한 명의 소녀. 그 아이의 손동작.

아저씨는 우리 편? 아니면 적?

모든 것은 20년 전에 해마의 집에서 일어난 일부터 시작되었다. 어리석었다. 모토코가 그 것에 대해서 말하지 않은 이유는 자신을 믿지 못해서가 아니다. 반대로 배려하고 있는 것이다.

'당신은 이제 그 일에 관련하지 않는 편이 좋다.'고…….

리허센을 나온 길로 역으로 향한 뒤 상행 전철에 올랐다.

쓸데없이 파고든 덕에 오래된 기억까지 끄집어 내어 기분이 가라앉았지만, 또 하나의 약속 장소로 향해야 했다. 사회적 약자의 구제를 목적으로 활동하는 NPO 법인인 펠로십의 가타가이와 신도는 신카이가 저지른 사건 피해자들의 정보를 가지고 있다.

사무실 주소는 신주쿠지만 도로 정비도 되어 있지 않은 작은 역에서 몇 분 걷다 보면 이제는 발길이 끊긴 상점가가 나오는데, 그곳을 빠져나온 끝에 펠로십 사무실이 있다.

이제까지 몇 번이나 업무 의뢰를 받았지만, 항상 약속 장소는 '현장'이었기 때문에 사무실 방문은 이번이 처음이다. 1층은 NPO 사무실, 2층은 가타가이 변호사의 사무실, 3층은 생활이 어려운 자를 위한 주거 공간이 마련되어 있었다. 원래 데즈카 홀딩스가 소유한 건물이었을 것이다.

1층의 차임벨을 울리자 바로 신도 사나에가 예전과 변함없는 포동포동한 얼굴을 드러냈다.

"아라이 씨, 오랜만이에요."

붙임성이 좋은 천성 덕에 그간의 공백이 느껴지지 않았다.

"들어오세요. 마침 루미 씨도 계세요."

그녀는 아라이를 안으로 들이면서 아무렇지 않은 듯 말했다.

"루미 씨가."

아라이는 발을 멈췄다.

"예, 아쉽게도 바로 가셔야 하지만요."

"루미 씨, 여기 활동으로 복귀하신 건가요?"

"맞아요." 신도는 가벼운 말투로 이어 갔다. "이것도 아라이 씨 덕분이에요!"

"저요?"

"네. 요전에 있었던 하야시베 씨 재판이 자극이 되셨나 봐요. 다시 한 번 해 보겠다고."

"그렇습니까……."

재판에 루미를 끌어들인 사람은 아라이였다. 그러나 그것은 하나의 계기에 불과하지 않은가. 아마 그녀 안에 예전부터 그런 마음이 있었을 터였다. 아라이는 그저 등을 밀었을 뿐이다.

작은 회의실로 들어갔다. 테이블을 가운데 두고 가타가이와 마주 앉아 이야기를 나누고 있던 데즈카 루미가 들어오는 아라이를 보고 일어났다.

"그때는 신세를 졌습니다."

루미는 등을 곧게 세운 자세로 깊게 고개를 숙였다.

아라이도 묵례로 답했다.

"아니, 그날 갑자기 부탁을 드려서 죄송했습니다."

"아라이 씨에게는 정말 감사드리고 있습니다. 감사합니다."

이미 펠로십 대표로서의 말투였다.

"아니 저는, 아무것도……."

'그저 제 일을 했을 뿐입니다.'라고 말을 이어 가려 했지만, 사실 거짓말이다. 자신은 틀림없이 과하게, 직업의 영역을 벗어나서 참견했다.

《하야시베 씨는 지금?》

아라이는 루미의 옆에 있던 가타가이를 향해서 일본어대응수화로 물었다. 하야시베의 변호를 한 사람이 그였다.

《직장에 복귀했습니다. 사건 전에 다니던 직장으로.》

《그렇군요, 다행이네요.》

《그분도 아라이 씨에게 감사해하고 있어요. 정말 직접 감사인사를 하고 싶었다면서.》

《별말씀을요.》

"그럼 우리는 이제 나갈 테니, 남은 이야기는 가타가이 씨와 나누세요."

신도가 말하면서 루미를 재촉했다. 루미도 다시 아라이를 향했다.

"그럼 실례하겠습니다. 다시, 꼭 뵐 수 있기를."

정중하게 인사를 하고 두 사람은 나갔다. 닫히는 문을 보면서 루미가 한 번도 수화를 사용하지 않았다는 점을 생각했다. 물론 들리는 사람끼리이고, 가타가이도 구화를 사용할 수 있기 때문에 부자연스럽지는 않았지만.

하야시베의 건으로 오래간만에 데즈카 가를 방문했을 때, 응접실에 두 사람만 남자 루미는 대화 수단을 일본수화로 바꿨다. 둘 다 귀가 들리는 사람이면서. 그것도 역시 지극히 자연스러운 일이었다. 대화를 나누는 동안 기묘한 안도감을 느끼게 하는 그 감각. 그것은 같은 수화를 사용한 대화여도 농인과 이야기할 때에는 맛볼 수 없는, 이른바 코다끼리의 공감대일까…….

똑똑, 책상을 치는 소리가 났다.

《아쉬우시겠지만, 이쪽도 시작해 볼까요?》

가타가이가 놀리는 듯한 표정으로 이쪽을 바라보고 있었다.

《죄송합니다, 말씀하십시오.》

아라이는 놀림을 알아차리지 못한 척하며 그를 향해 고쳐 앉았다.

《경찰에서는 신카이 고지의 청취가 진행되고 있습니까?》

가타가이가 근처에 놓인 파일을 넘기면서 물었다.

《아주 천천히긴 합니다만…… 그 사람의 변호는 이쪽에서 맡지 않으시는 거죠?》

그렇다고 가타가이가 끄덕였다.

《체포 당시 그쪽에서 국선을 지명했어요. 게다가 저희 입장에서는 피해자 측도 생각해야 하니까.》

《그렇죠.》

이것이 이번 사건의 복잡한 부분이다. 청각장애인이 체포될 경우 통역을 포함하여 펠로십이 지원에 나서는 것은 이상하지 않다. 다만 본건의 경우는 피해자 역시 청각장애인이다.

《그들의 수법은 교묘합니다.》 가타가이가 말했다. 《폭력으로 위협한 케이스는 체포용의 사안 외에는 무리 안에서만 일어난 정도입니다. 나머지는 사기 쳐서 허위 출자나 예금을 가로채는 수법이죠. 연금이나 보험 쪽도 많이 노렸습니다. '들리지 않는 사람' 중에는 장애 기초 연금을 그대로 저축으로 돌리는 경우가 많아요. 자산 운용에 익숙하지 않기 때문에 똑같이 '들리지 않는 사람'이 이야기하는 그럴싸한 말에 넘어가 버리는 거죠.》

충분히 있을 법한 이야기였다. 나이가 많은 사람 중에는 수속이 번거로워서 은행에 그다지 가지 않는 사람도 있다.

《예금을 인출하거나 갈아타는 귀찮은 일은 전부 남김없이 신카이 일행이 해 주기 때문이죠. 보험 회사와의 교섭도. 친절한 사내라고 생각해도 이상할 게 없고, 오히려 든든한 존재로 보일 수 있다고 생각합니다. 무엇보다 자신과 똑같은 '들리지 않는 사람'이라

는 점에서 처음부터 신용했고요.》

이 부분은 모토코가 한 말을 뒷받침한다.

《이제까지 피해 신고가 거의 없었다는 부분도 사실인가요?》

《그렇다고 합니다.》가타가이는 파일을 넘겼다.《저희 쪽도 조사를 해 봤습니다만 지금도 '돈만 돌려받으면 된다.'고 말하는 사람이 많은 것 같아요.》

《그건 그들의 보복을 두려워서입니까?》

《그게 그다지 그런 느낌은 없었습니다. 신카이를 무서워하는 느낌은 없었어요. '그가 나쁜 사람은 아니다.'라는 말도 나왔다고 하니까.》

역시 그런가…….

반대로 가타가이가 질문을 했다.

《취조 중 그의 태도는 어떠했습니까?》

《절대 좋다고는 말할 수 없었습니다.》아라이는 쓴웃음으로 대답했다.《취조관에게는 물론, 저한테까지 험악하게 나왔으니까.》

《허, 아라이 씨에게도요?》

《아니, 오히려.》아라이는 취조 중에 이상하다고 느껴진 신카이의 태도에 대한 이야기를 꺼냈다.《저에게 화를 내고 미움을 드러내는 느낌이었습니다. '너는 이 녀석들의 개다.'라고까지 하던걸요.》

《흐음.》가타가이는 조금 의외라는 얼굴을 한 뒤 물었다.《신카

이는 아라이 씨가 코다라는 것을 알고 있습니까?》

《예, 물어보기에 대답했습니다.》

《역시 그랬군요.》

가타가이는 잠시 생각하는 동작을 하고는 아라이를 바라봤다.

《신카이가 아라이 씨를 증오의 눈으로 바라본 이유를 어쩐지 알 것 같습니다.》

《무슨 말씀이신지요?》

《동경과 증오는 겉과 속이니까.》

납득이 가지 않는 표정의 아라이에게 가타가이는 말을 이어 갔다.

《피해자 여성들이 독화나 구화를 잘하는 신카이를 동경했듯, 신카이에게 코다인 아라이 씨는 동경의 존재임과 동시에 그가 갖지 못한 것을 갖고 있는 질투와 증오의 대상인 거죠.》

《갖지 못한 것?》

《들리는 것 말입니다.》

그렇게 대답한 뒤 가타가이는《저는 아주 잘 압니다.》하고 덧붙였다.

《신카이는 사실 '청인이 되고 싶은 것'이죠.》

청인이 되고 싶다. '청인처럼'이 아니라 청인 그 자체. '들리는 사람'으로……

그 생각은 신카이처럼 중도실청자이자, 구화도 수화도 훌륭하게 사용하는 가타가이도 마찬가지일까. 그들의 입장에서 보면 청인이면서 농문화를 익히고, 일본수화를 능숙하게 구사하는 코다는 자유롭게 양쪽을 왔다 갔다 할 수 있는 특별한, 부러워할 만한 존재로 비춰지는 것인가……

그러나 가타가이는 더 이야기를 잇지 않고《신카이에 대해서 더 알고 싶으시다면 그를 잘 알고 있는 남자를 소개해 드리지요.》하고 화제를 바꿨다.

《후카미 신야라는 사람입니다. 신카이와 농인학교 동급생으로 친했다고 합니다. 실은 그도 신카이에 대해서 아주 신경을 쓰고 있어서. 물론 통역인 비밀 유지 의무는 알고 계시니까, 그 범위 내라면 괜찮으니, 한번 만나 보시는 게 어떠신가요?》

마지막에 말을 꺼내기 곤란하다는 듯 덧붙였다.

《그 사람도 해마의 집 출신입니다.》

그날 밤도 미유키의 귀가는 늦었다. 저녁은 필요 없다고 말했지만 혹시 몰라 전자레인지로 데워 먹을 수 있도록 접시 두 개에 각각 삼겹살과 양배추 찜, 새우와 두부가 들어간 마파두부풍 요리를 준비해 두었는데, 미유키는 두 요리 모두 손대지 않고 캔 맥주만 하나 비웠다.

"수사는 어때?"

10시를 넘겼지만 아라이도 캔 맥주를 들고 그녀가 앉은 식탁 맞은편에 앉았다.

"응, 그럭저럭."

미유키는 작게 대답하고 맥주를 고개까지 젖히며 단숨에 들이켰다.

"이즈모리 씨도 같이?"

"응." 끄덕인 다음, 변명하듯 덧붙였다. "그렇기는 한데 우린 인원수를 맞출 뿐이라."

오늘 다시 루미와 만난 일을 전해야 하는지, 아라이는 망설였다. 사에지마나 가타가이, 신도 일행은 앞으로도 만나게 될 것이다. 이런 이야기를 하면 이제 그 사람들과 만나지 말라고 할까? 지금 미유키의 상태를 보면 쓸데없는 말로 귀찮게 하는 것이 미안하기도 했다. 망설이고 있자, 미유키가 먼저 입을 열었다.

"미와가 '친구'에게 수화를 가르쳐 주고 싶다더라?"

예상하지 못했던 화제에 아라이는 순간 당황했다.

미와의 친구 에이치를 떠올렸다.

"아아, 그런 것 같아. 그쪽 어머니와 미유키가 좋다고 하면 나는 괜찮다고 말했어."

"에이치 어머니는 부탁한다고 했다더라. 뭐, 미와가 한 말이지만."

"그렇군."

"저쪽이 좋다고 했으니, 내가 안 된다고 하는 것도 이상하고."

"응."

"성은 '우루시바라'라는 것 같더라. 전화번호 물어봐서 내일이라도 연락해 볼게."

"알았어."

"아마 나는 못 갈 테니까. 둘이서 다녀와."

"……그래?"

"잘 마셨어. 밥, 생각해서 만들어 줬는데, 미안."

미유키는 맥주 캔을 찌그러뜨리고는 부엌으로 들어갔다.

그리고 나와서 "잘 자." 하고 작게 말한 뒤 침실로 사라졌다.

다음 날 아침도 미유키는 미와와 함께 일찍부터 집을 나섰고, 아라이는 조금 늦게 니시이루마 서로 향했다.

취조 통역을 임하기 전에 어제 저녁에 작성된 조서가 있다면 보여 달라고 부탁했지만, 조서 작성까지 가지도 않았다는 답변을 받았다.

"아무래도 당신 말고는 말하고 싶지 않은가 봐."

쓰무라는 마뜩찮은 듯했다.

취조실에 들어서자, 신카이가 여느 때와 같은 자세로 의자에 앉아 있었다. 이쪽을 보고 가볍게 손을 들었다. 그 얼굴에는 지난번에 보여 준 격렬한 표정은 보이지 않았다.

아라이도 〈안녕하세요.〉 하고 인사의 수화로 응했다. 쓰무라는 그 모습을 재미없다는 듯 바라봤다.

"그럼 오늘은 좀 진행해 볼까."

쓰무라는 손에 든 파일을 난폭하게 책상 위에 던지고 의자에 털썩 앉았다.

〈그럼 취조를 진행하겠습니다.〉

통역하는 아라이의 수화를 보면서 신카이가 흠, 하고 콧소리를 냈다.

"다른 건에 대해서다. 이거는 임의지만."

'임의'라는 단어는 눕힌 검지를 턱 주변에서 비틀면서 옆으로 움직인 뒤(=강제), 목을 흔들고(=아니다), 뻗은 양손 검지와 엄지를 입 앞에서 내밀고(=대답은), 손가락을 구부린 손을 자신의 어깨 부근부터 상대방을 향해 손목을 돌리면서 펼치는(=맡기다) 수화로 전했다. 신카이가 다시 코웃음을 쳤다.

쓰무라가 이어 갔다.

"지금까지 들은 두 건의 피해자 여성을 이전부터 알고 있었다는 점은 알겠는데, 다른 건은 어떻게 타깃으로 삼은 거냐. 주소라든가 연락처는 어떻게 알았고."

그 말을 아라이가 통역하자 신카이는 아주 짧게 대답했다.

〈명부.〉

"명부? 뭐야, 명부라는 게."

쓰무라의 질문에 신카이는 귀찮다는 듯 고개를 흔들었다.

아마 지역별로 있는 청각장애인 협회 가입자 명부를 가리키는 것이다. 아무나 볼 수 있지는 않지만, 같은 청각장애인이라면 손에 넣기는 가능하다. 커뮤니티에 따라서 각종 서클 등도 있다. 다만 통역인 입장에서 그런 '해석'을 할 수는 없다.

"뭐, 됐어. 명부로 알고 노렸다, 이 말이지."

신카이는 대답하지 않았지만, 쓰무라가 손에 있는 서류에 무언가를 적어 내려갔다.

"올해 2월 10일."

쓰무라가 파일을 보면서 말했다.

"쓰루가시마 시에 사는 65세 여성의 집에 몰려가서, 소위 건강식품을 강매하려 했지. 그 여성도 명부에서 알았냐."

신카이는 고개를 갸우뚱했다. 〈소위 건강식품?〉 아라이에게 되물었다.

〈당신이 건강식품이라고 거짓말을 해서 판 거.〉

그렇게 돌려 말하자 신카이는 알았다는 듯이 끄덕이고는 〈그 할머니를 어디서 알았냐고? 게이트볼 대회였나.〉라고 대답했다.

"게이트볼 대회?" 쓰무라가 의외라는 목소리로 물었다. "그런 데도 가냐."

〈나 말고 동료가.〉

"게이트볼 대회에서 여성을 알고 건강식품 얘기를 꺼낸 거야?"

〈주소를 물어보고 집에 갔지.〉

"약속도 안 하고 갑자기?"

〈응.〉

"상대가 이상하게 생각 안 하디?"

신카이가 말없이 고개를 저었다. 쓰무라는 "도무지 모르겠네."라고 작게 중얼거렸다.

아라이는 이해했다. '들리지 않는 사람들'은 전화를 사용하지 못한다. 젊은 사람이야 메시지를 사용하지만 연배가 있는 사람은 용건이 있을 때 직접 방문하는 경우가 보통이다. 따라서 잘 모르는 사람이 갑자기 찾아오는 일을 수상하게 여기지 않는다. 농문화를 신카이 일행이 악용한 것이다.

석연치 않은 얼굴로 쓰무라는 청취를 이어 갔다.

"3월 9일. 사야마 시 70세 남성의 집. 남성의 아들이 렌터카 운전 중에 일어난 사고에 대해 합의해 준다는 명목으로 돈을 갈취."

아라이의 수화를 보고 신카이는 고개를 저었다.

〈갈취가 아니야. 사례금이다.〉

"사례금? 무슨 소리야. 사고 배상금으로 30만 엔, 속여서 뺏었잖아. 원래 배상금은 렌터카 회사가 계약한 보험 회사에서 지급한 다고."

〈렌터카 회사나 보험 회사와 절충하는 일도 전부 내가 했어. 그 돈은 그에 대한 사례로 받은 거야.〉

"그런 변명이 통할 거라고 생각하나? 실제로 피해자가 속았다고, 돈을 뺏겼다고 했어."

〈그때는 그렇게 말하지 않았어. 나한테 고맙다고 말했다고. 감사 하다고.〉

"그러니까, 그게 속인 거잖아!"

아라이의 수화를 본 신카이는 험악한 표정으로 몸을 앞으로 내밀고는 가슴에 손바닥을 붙였다가 앞으로 뒤집었다. 입 모양은 '핏'이었다. 그리고 그 표정 그대로 아라이를 강하게 가리켰다(=웃 기지 마!).

그리고 그 기세 그대로 이어 갔다.

〈그걸 '속였다'고 하면 그 녀석들은 앞으로 사회에서 계속 사기 를 당하게 되는 거야. 간단하게 사람을 믿는 게 아니라고. 간단히 사람에게 기대지 말라고. 나는 그걸 알려 줬어. 청인을 상대하면 이걸로 끝나지 않아. 우리들이 훨씬 낫다고!〉

아라이는 한 박자 쉬고 나서 그 말을 음성일본어로 통역했다. 쓰무라는 어처구니없다는 얼굴로 "전혀 반성의 기미가 없네."라고 중얼거렸다.

조금 진행되다가 정체되는 일을 반복되면서 그날 아라이가 담당한 취조 시간을 끝냈다. 취조실을 나와서 휴대전화의 전원을 켜자, 미유키의 메시지가 와 있었다.

'에이치 일로 연락했어. 꼭 부탁하고 싶대. 당신이 전화해서 일정 정해.'

메시지 마지막 줄에 우루시바라 마키코라는 이름과 휴대전화 번호로 보이는 숫자가 적혀 있었다. 어떻게 시간을 내서 연락을 해준 듯했다. 에이치의 이름은 한자로 '英知'로 쓰는 모양이었다. 좋은 이름이라고* 아라이는 생각했다.

니시이루마 서를 나와서 사카도 역으로 향했다. 이제 가타가이에게 소개받은 후카미라는 남자와 잡은 약속이 있다. 어제, 가타가이에게서 받은 메일 주소로 메시지를 보내자 내일이면 휴일이라서 만날 수 있다는 답장이 돌아왔다. 마지막으로 '신카이는 저도 걱정이 됩니다. 지금 상황을 알려 주세요.'라는 말도 덧붙어 있었다.

약속 장소는 후카미의 집에서 가장 가까운 곳이라는 이루마 역 개찰구였다. 아라이가 사는 동네와도 근거리여서 다행이었다. 플랫

---

* 훌륭한 지혜, 깊은 지성이라는 뜻.

폼에서 개찰구로 가기 위해 올라가자 누군가를 기다리는 듯한 남자의 모습이 바로 보였다. 30세 전후. 카키색 점퍼에 청바지 차림으로 서 있었다. 그 외에도 비슷한 또래의 남성이 보였는데, 특별히 외모에 대해서 물은 적은 없었으나 아라이는 바로 그를 알아봤다.

수화 통역사가 된 뒤 농인과의 첫 만남이 많아지면서 알아차린 사실인데, 아라이는 집단 안에 있어도 한눈에 농인을 찾아낸다.

눈의 움직임이 청인과는 어딘가 다르다. 들리지 않는 만큼 시각 정보에 기대는 경향은 당연히 있다. 그러나 단순히 '두리번거리는 느낌'과는 다르다. 농인 특유의 '눈의 움직임'이 있다. 상징적으로 상대의 눈을 보고 이야기하는 점을 꼽을 수는 있지만 지금처럼 무료하게 서 있어도 눈의 움직임이 역시 청인과 다르다.

아라이가 다가서자 상대방도 알아챘는지 작게 고개를 숙였다. 남성 근처까지 간 뒤 〈처음 뵙겠습니다. 아라이라고 합니다.〉 하고 수화로 전했다. 남자는 안도한 듯 〈처음 뵙겠습니다. 후카미입니다.〉 하고 같은 일본수화로 대답했다.

역 계단을 내려와서 바로 근처에 있는 카페로 이동한 뒤 물었다.

〈후카미 씨는 해마의 집에서도, 농인학교에서도 신카이와 함께였죠?〉

〈네.〉

직업은 자동차 업계에서 대기업에 해당하는 회사의 기술직이라고 들었다. 농인학교를 졸업한 다음 직업 훈련으로 기술을 익혔는지 물었다.

〈아니요.〉 후카미는 고개를 저었다. 〈농인학교를 졸업한 뒤는 일반 대학에 진학했습니다.〉

〈그렇습니까?〉

대학까지 갔다는 것은 의외였다.

농인학교 중에 고등부 위로 2년제 전문 과정을 갖춘 곳도 있지만, 그 이상 진학하고자 하면 일반학교로 진학하는 길밖에 없다. 그러나 그러기에는 단순히 본인의 학력 문제만으로 그치지 않는, 많은 장벽이 있었다.

우선 농인학교는 수업 진행이 일반학교에 비해 느린 경우가 많다. 몇 개월 정도 늦으면 다행인 편이고 심한 곳은 1년 이상 늦는 학교도 있다고 들었다. 이것도 청각구화법 위주 교육의 폐해로, 예를 들면 국어 외 교과에서도 문항의 청취·독해나 발화 훈련을 우선시했다. 그래서 중요한 내용의 공부가 늦어져 버린다. 이에 더해서 수험에 관한 지도 내용이 정리되어 있지 않거나, 정보가 없는 탓에 큰 진학 학원에 다닐 수 없다거나…… 대학 합격에 도달하기까지 들어가는 노력은 보통이 아니다.

그러한 연유로 처음부터 대학 진학을 희망하는 농아 부모들은 중학교와 고등학교 단계에서 일반학교로 진학하는 경우가 많다. 그러나 그 방법도 다시 '들리지 않는다'는 큰 핸디캡이 있다. 해마의 집 출신은 경제적으로 문제가 있거나 혹은 가정환경에 무언가 문제를 안고 있는 가정이 대부분이다. 앞서 '의외'라고 느낀 점이 바로 이런 이유였다. 해마의 집 출신자가 대학까지 진학할 수 있을 것이라고는 생각하지 못했다. 아라이는 자신이 품었던 편견에 부끄러움을 느꼈다.

마음을 다잡고 다시 오늘 본론으로 들어갔다.

〈신카이는 어떤 학생이었습니까?〉

〈뭐, 한마디로 말하자면.〉

후카미는 '대단한 사람'을 표현하는 엄지를 세워 드는 수화에 입 모양으로 '두목'이라고 덧붙였다.

〈아이 시절부터 싸움에 강했어요. 초등학교 시절부터 유명했으니까 중등부, 고등부로 올라가서도 선배들까지도 상대하려고 드는 놈은 없었습니다. 하는 수 없이 밖으로 나가서 다른 학교 놈들과 싸웠습니다.〉

후카미는 재밌다는 듯 웃은 다음 〈하지만.〉 하고 말했다.

〈싸움이 하고 싶은 것은 아니었습니다. 우리 농인학교 학생은 가까운 일반학교 학생들에게 놀림을 받거나 괴롭힘을 받는 일이 많았습니다. 특히 여학생들은 다른 학교 남학생들이 수화 흉내를

내며 괴롭히는 대상이 되거나, 들리지 않는다며 눈앞에서 노골적으로 바보 취급을 당하기도 했죠.〉

후카미는 크게 눈과 입을 벌린 표정으로 양손으로 귀를 막거나, 험하게 손을 움직이기도 했다.

시간이 지나도 여전했다.

장애를 가지고 있지 않은 자는 장애를 가진 사람을 바보 취급할 때 반드시 그 신체적 특징을 모방한다. 뇌성마비를 앓는 사람, 하지에 장애가 있는 사람, 지적장애가 있는 사람. 그 동작과 표정을 과장스럽게 흉내 내는 것이다. 농인의 경우는 '수화'가 그 대상이 된다. 아라이의 어린 시절에는 '원숭이 흉내'를 내는 사람이 많았다. 그들은 농인의 빠른 손동작이나 때때로 발성하는 목소리가 원숭이와 비슷하다고 여겼다. 얼굴까지 원숭이의 흉내를 내며 바보 취급하는 사람도 있었다. 가까운 곳까지 와서 노골적으로. 어차피 저들은 모른다며.

모를 리 없다.

흉내를 당하는 사람, 바보 취급을 받은 사람이 알아차리지 못할 리 없다. 자신을 깔보고 있다는 사실을 알고 큰 상처를 받아서 생긴 분한 감정이 그대로 가슴에 새겨진다. 그렇게 살아간다.

똑똑, 후카미가 테이블을 쳤다. 아라이가 쳐다보자 그는 가볍게 손가락을 구부린 양손을 위 아래로 가슴에 댄 후(=걱정), '푸'라는 입 모양을 만들면서 겨드랑이 주변에 댄 양손을 털어내듯 앞으로 내밀었다(=필요 없다).

그리고 이야기를 이어 갔다.

〈그럴 때면 신카이가 달려왔습니다. 다른 무리를 데리고 오는 법도 없이, 우리를 바보 취급한 상대에게 혼자 뛰어들어서 말할 필요 없이 때려 눕혔습니다.〉

후카미의 얼굴이 다시 밝아졌다.

〈통쾌했습니다. 신카이를 불량하다고 무서워하는 아이들도 그중에는 있었지만, 대개는 녀석을 다른 학교 불량아들에게서 자신들을 지켜 주는 강한 아군이라고 생각하지 않았을까요?〉

〈……그렇습니까.〉

가타가이가 했던 말이 생각났다.

《'그가 나쁜 사람은 아니다.'라는 말도 나왔다고 하니까요.》

믿음직스럽게 '보이는 것'만이 아니었을지도 모른다는 생각이 들었다. 범행을 저지르기 전, 농인과 청인 사이에 서서 문젯거리로부터 농인을 지켜 주기도 했던 것은 아닐까?

〈게다가 어떤 의미에서는 신카이도 우수했습니다.〉 후카미가 말을 이어 갔다. 〈공부는 그다지 잘하지 못했지만 독화나 구화가 특기였으니까요. 아마 반에서 가장 잘하지 않았나 싶어요.〉

〈역시 청각구화법을 혹독하게 가르쳤나요?〉

〈물론 청각구화법 수업도 있었습니다만 신카이의 경우는 다섯 살까지 들렸던 경험이 컸습니다. '소리의 기억'이 있으니까요.〉

소리의 기억…….

그 말을 했을 때 후카미의 얼굴에는 어딘가 부러운 표정이 서려 있었다.

〈저는 선천성 실청자라 전혀 알지 못하는 세계이지만 신카이는 그쪽 세계를 조금은 알고 있잖아요. 그 녀석은 '바람의 소리'를 기억하고 있다고 말했어요.〉

〈바람의 소리?〉

자신도 모르게 되물었다. 이상한 표현이었다.

〈예, 다른 소리의 기억도 있을 텐데, 이상하게도 그 녀석이 이따금 말하는 건 '바람의 소리'였습니다.〉

후카미는 당시를 떠올리듯 천천히 이야기를 이어 갔다.

〈바람이 강하게 부는 날에 밖에 나가면 귓가를 지나가는 공기의 흐름과 함께 그 공기를 찢는 듯한 소리가 들렸다더군요. 학창시절에도 바람이 강하게 부는 날이면 쉬는 시간 내내 밖으로 나가 바람 속에 서 있었어요. 그럴 때 그 녀석은 평소의 강한 모습과 달리 조금 쓸쓸해 보였달까, 어딘가 작아 보였던 것을 기억합니다.〉

휘몰아치는 바람 속에 홀로 선 열네다섯 살 소년의 모습이 떠올랐다.

'바람의 기억'을 그리워하고 있던 것일까, 아니면 이제는 전혀 들리지 않는 '바람의 소리'를 어떻게든 잡아 보려고 한 것일까…….

다시 가타가이의 수화가 되살아났다.

《신카이는 사실 '청인이 되고 싶은 것'입니다.》

지금도 신카이는 홀로 바람 속에 서서 그 소리를 잡으려는 것일까.

후카미와 헤어지고 나서 동네로 돌아와, 방과 후 교실로 미와를 데리러 갔다. 미와에게 미유키에게서 받은 답을 서둘러 전하자 "야호!" 하고 방방 뛰었다.

"에이치네 언제 가? 오늘 가?"

"갑자기는 안 되지. 제대로 약속을 정한 다음에. ……에이치는 언제가 좋을까? 역시 일요일이 좋으려나."

"언제든 좋은 거 같아. 내일로 할까? 있잖아, 에이치네 엄마한테 전화해 보자!"

언제든 좋을 리 없다고 생각하면서도 아라이는 집에 들어온 뒤 미유키가 남겨 준 번호로 전화를 걸었다.

"네, 우루시바라입니다."

수화기 너머에서 여성의 가느다란 목소리가 흘러나왔다.

"갑자기 죄송합니다. 저는 아라이라고 합니다. 에이치의 반 친구 안자이 미와의……."

어떻게 관계를 설명해야 할지 고민하면서 말하는 사이, "네, 어머니인 미유키 씨에게 들었습니다."라고 조금 목소리 톤이 올라갔다. 아마 설명은 이미 끝난 뒤인 것 같다. 다시 한 번 '에이치의 수화 교육을 정말 희망하는지' 확인했다.

"네, 부탁드릴 수만 있다면 저희로는 아주 감사한 일이죠."

우루시바라 마키코는 정중한 말투로 대답했다.

"아이도 싫지는 않은 듯해요. 물론 수화에 대해서 어디까지 이해하고 있는지는 잘 모르겠지만요……. 사실 아이는 시각 우위 경향이 있어서, 예전부터 조금씩 생각하고는 있었습니다."

'시각 우위'라는 말의 의미가 이해가 되지 않았지만 "생각하고 있었다는 말은 수화를 배우는 것을 의미하나요?"라고 일단 물었다.

"네, 어쩌면 좋은 커뮤니케이션 수단일지도 모른다고…… 자세한 이야기는 만났을 때 말씀드려도 괜찮을까요? 전화로는 이야기가 길어질 것 같아서……."

"알겠습니다. 그럼 편하신 날이 언제인지……."

미와의 말대로 "저희는 언제든 괜찮습니다."라는 대답이 돌아왔다. 마키코는 파트타임으로 청소나 가정 도우미 일을 하고 있는데, 에이치가 등교 거부를 시작한 뒤로는 거의 집에 있는 것 같았다. 이쪽은 미와의 학교가 끝난 다음이면 평일이라도 상관없다고 전하자 "그럼 내일이라도 괜찮으시다면."이라는 대답이 돌아왔다.

다음 날 방과 후 교실을 쉬겠다고 연락하고 초등학교 교문 앞에서 미와와 만나, 우루시바라 마키코와 에이치 모자가 사는 동네로 향했다. 학교에서는 도보로 10분 정도 떨어진 곳이다.

'그것'을 생각해 낸 건 마키코와 통화로 일정을 정하고, 마지막으로 주소를 확인하면서였다. 사건을 전하는 텔레비전 뉴스를 보던 때 미와가 몹시 흥분해서 '에이치네 근처'라며 소란을 떨었으면서도 완전히 잊고 있었다. 그들의 집은 NPO 직원이 살해당했다는 '사건 현장' 부근이었다.

2층짜리 목조 건물 아파트. 건물 이름을 들었을 때 알아차렸지만, 두 사람이 살고 있는 곳은 오래전부터 있던 공영주택이다. 모자 가정이나 고령자, 생활 보호를 받고 있는 세대가 우선적으로 입주할 수 있도록 한 곳이 아니던가? 이 일대는 예전부터 자리 잡고 있는 한 채짜리 건물이나 30년 전 한창 개발을 하던 시기보다 훨씬 더 오래전에 세워진 아파트가 많다. 가로등도 적고 위험하다는 소문은 아라이도 들은 적이 있었다. 요즈음 많이 보급되고 있는 방범 카메라도 거의 없다. 사건 수사가 난항을 겪고 있다면 아마 이런 점도 한몫을 하고 있을지도 모른다.

외부 계단을 올라, 2층 구석 문 앞에 섰다. 벨을 누르지 말라고 들었기 때문에 나무 현관문을 강하게 노크했다. 바로 "네." 하고 목소리가 들리더니 문이 열렸다.

"기다리고 있었어요."

갸름한 얼굴 윤곽에 이목구비가 수려한 여성이었다. 조금 지친 듯한 표정이 인상을 어둡게 했다. 우루시바라 마키코의 연령은 듣지 않았지만 30세 전후로 보였다. 그녀의 뒤로는 칸막이 커튼이 쳐져 있어서 안은 보이지 않았다. 현관에는 여성용 구두와 함께 작은 운동화가 나란히 놓여 있었다.

"들어오세요. 집이 좁아서 어쩌죠."

마키코의 말에 "그럼 실례하겠습니다." 하고 구두를 벗었다. "실례합니다아." 하고 미와도 인사했다.

커튼을 열자 바로 작은 다이닝 키친이 나왔고, 그 안으로 4평 남짓한 다다미방이 있었다.

"앉으세요. 금방 차 내올게요. 미와는 주스면 되지?"

"아니요, 신경 쓰지 않으셔도 됩니다." "네에."

두 사람이 동시에 말하자 마키코가 웃으며 부엌으로 향했다.

아라이는 식탁 앞에 늘어서 있는 가지런하지 않은 의자 하나에 걸터앉았다.

"어? 에이치는?"

미와가 어슬렁거리며 주변을 둘러보았다. 아라이도 집으로 들어올 때부터 에이치의 모습이 보이지 않는 것이 마음에 걸렸다. 지금 있는 다이닝룸과 안쪽 다다미가 아마 생활공간의 전부일 것이다.

다다미방 벽을 따라 늘어서 있는 정리 상자에는 각각 종이가 붙어 있었고, 색깔별로 구분된 매직으로 '장난감'이나 '에이치 옷'이라고 그림과 문자가 그려져 있었다. 방 한편에는 낮은 접이식 테이블이 놓여 있었고, 그 앞쪽 벽에는 역시 깨끗하게 색깔별로 구분한 스케줄 표가 붙어 있었다.

"아, 에이치는 '자기 방'에."

마키코는 그렇게 말하고 안쪽으로 시선을 보냈다.

"에이치, 밖으로 나오렴."

아라이는 마키코의 시선을 따랐다. 물론 '방'은 없었다. 그녀의 시선 끝에 있던 것은…… 벽장이었다.

벽장의 문이 조용히 열리고 빛바랜 트레이닝복 차림의 남자아이가 나타났다. 신장은 미와보다 조금 작은 정도일까, 얼굴은 야위었고 표정은 잘 보이지 않았다.

"아, 에이치다!"

미와가 기쁜 목소리로 소리쳤다.

"오해하지 마세요." 마키코가 변명하듯 말했다. "제가 들어가라고 한 게 아니에요. 저곳이 아이가 가장 마음 편해 하는 장소예요. 자기가 좋아하는 물건만 가지고 들어가서. 안에 조명도 달아 놓았어요."

"그렇군요."

"에이치, 안녕!"

미와가 씩씩한 목소리로 말을 걸었지만 에이치는 아라이와 미와에게 시선을 주지 않으려고 했다. 마키코가 집에서 직접 이발을 하고 있는지, 눈썹 위로 잘린 머리카락 끝은 어쩐지 정돈되어 있지 않았다.

"에이치도 여기에 앉으렴."

마키코가 미와가 앉아 있는 것과 같은 아이용 의자를 톡톡 쳤다. 에이치는 조용히 다가와서 거기에 앉았다. '들리는 것'은 틀림없었다. 아라이는 무리하게 말을 걸지 않았다. 아라이가 그러지 않아도 미와가 "오늘 학교에서 말이야, 진짜 이상했어. 무라니시 알지? 걔가 말이야." 하고 주눅 들지도 않고 말을 걸었다. 에이치의 시선은 사선 아래로 향해 있었지만, 가끔 맞장구를 치듯 고개를 작게 움직이는 것을 보니 귀가 들린다는 사실은 확실한 듯했다.

끄덕일 때마다 남자아이치고는 긴 앞머리가 함께 흔들렸다.

"드세요."

차를 가지고 온 마키코도 테이블에 앉았다.

"전화로 자세한 이야기를 알려드리지 못해서 죄송해요." 그녀는 그렇게 사과를 한 후 말했다. "에이치의 증상은 심인성 '선택적 함묵증'이라고 진단받았습니다. 함묵증에 대해서는 알고 계신가요?"

"아니요."

어디선가 들은 적은 있었지만, 전혀 모르는 수준과 같다. 마키코는 작게 끄덕이고 이야기하기 시작했다.

"함묵증은 말을 하거나 이해하는 능력은 정상인데도 특정 상황에서는 이야기를 할 수 없는 증상을 말해요. 전혀 말을 할 수 없는 걸 '완전 함묵증'이라고 하는데, '선택적 함묵증'은 집 안에서나 가족과는 이야기할 수 있지만 학교에 가면 목소리가 나오지 않는 증상을 말합니다. 집에서는 말을 할 수 있어서 아이의 증상을 '거짓말'이라고 하거나, '노력'으로 고칠 수 있다고 오해하기도 하죠……."

확실히 그렇게 생각하는 사람이 있을지도 모른다. 특히 자세한 부분까지 이해하기 힘든 아이라면 무분별한 말을 쏟아 내는 일도 있을 법하다.

"그런데 에이치는 최근 들어 집에서도 전혀 말을 하지 않아서…… 지금은 완전 함묵증에 가까운 상태가 되었습니다."

마키코는 그렇게 덧붙였다. 악화되고 있는 걸까. 부모 입장에서는 분명 걱정이 될 터였다.

"원인은……."

그렇게 묻자 마키코는 고개를 저었다.

"이렇다 할 원인은 몰라요. 더 어릴 때는 말수는 적었지만 말을 하기도 했고…… 심인성이라고는 하지만 특별히 결정적인 트라우마가 생긴 것 같지는 않아요."

"그렇습니까……."

어디까지 이해했는지는 모르겠지만 미와도 흥미롭다는 듯 마키코의 이야기를 듣고 있었다.

"에이치의 경우는 발달장애도 있어서 그 부분이 연관이 있다고 생각해요."

"아아, 발달장애……."

바로 최근 이것에 관한 뉴스를 본 적이 있다.

"네, 함묵증 아이가 발달장애를 함께 갖고 있는 케이스는 꽤 있다고 하더라고요. 인과관계는 확실하지 않지만요……."

"조금 전 선택적 함묵증은 심인성이라고 하셨는데, 발달장애도 그러한가요?"

"아니요. 발달장애는 선천성이에요. 뇌 기능장애의 일종이라고 해요. 하지만 정신장애와는 달라요. 지적장애와도…… 아, 그렇다고 해도 명확한 구별은 짓기 힘들어요."

이런 질문을 몇 번이나 들은 걸까. 마키코는 알아듣기 쉽도록 설명했다.

"지적장애가 동반하는 경우를 옛날에는 카너 증후군Kanner's Syndrome이라고 구별했지만, 최근에는 자폐 스펙트럼Autism Spectrum Disorder이라고 해서 지적장애가 없는 증상도 포함해 하나로 연계하여 보는 학자도 있으니까요."

이해한듯 아라이는 끄덕였다.

"죄송해요, 아무리해도 설명이 어려워져서."

쓴웃음을 지으면서도 마키코는 이어 갔다.

"발달장애도 과잉행동이나 주의력 결핍 같은 증상이 특징인 ADHDAttention Deficit Hyperaicitivty Disorder부터 LDLearning Disability라는 학습장애 등으로 다양해요. 에이치의 경우는 커뮤니케이션 방법이 다른 아이들과 조금 다른 데다 흥미나 관심을 가지는 분야가 정해져 있고, 청각과민이나 접촉과민이라는 특성이 있어요. 전에는 아스퍼거 증후군Asperger's syndrome과 가까웠는데, 최근에는 ASD라고 하더군요. 조금 전에 이야기했던 자폐 스펙트럼의 약칭이에요."

설명이 어려워서 지겨워졌는지 미와는 다시 에이치에게 학교에서 일어난 일을 이야기하고 있었다. 에이치는 가끔 고개를 끄덕이며 반응했다.

"초등학교에 입학하기 전부터 알고 있어서, 특별지원학교도 생각은 했지만 최근에는 일반학교에서도 이해해 준다고 들어서 지금 학교에 들어갔던 것인데……."

에이치가 다시 벽장 쪽으로 향하는 것이 보였다. 미와도 그 뒤를 따라갔다. 그 모습을 눈으로 좇으면서 마키코는 말을 이었다.

"1학년 때는 괜찮았어요. 담임 선생님이 발달장애에 이해심이 넓은 분이어서. 에이치의 특성을 잘 알고 아이가 혼란스럽지 않도록 지도를 해 주셨어요. 그 무렵은 아직 집에서는 느리지만 조금씩 말도 했고요……. 2학년이 되고 담임 선생님이 바뀐 뒤로는 학교생활이 잘 흘러가지는 못해서……."

그녀는 말을 흐렸지만 미와에게 들은 이야기가 있어서 대략적인 상황은 알아차렸다. 새롭게 담임을 맡은 남자 교사의 이해심 없는 지도 때문에 학교가 싫어졌던 것이다.

"청각과민이란 건 그렇게 크지 않은 소리도 시끄럽다고 느끼거나 다른 사람이라면 신경 쓰지 않을 잡음을 느끼는 등의 증상을 말해요. 그래서 밖에 나갈 때는 이어머프 같은 소음방지 귀마개를 하고 나가지만, 그것도 잘 되지 않더라고요. 음악을 듣는 헤드폰과 비슷한 모양이라서 오해를 받는 것도 이해는 하지만…… 지난번 선생님은 그런 특성을 이해해 주셔서 중요한 내용은 말뿐 아니라 문자나 그림으로도 전해 주었어요."

아라이는 다시 방 안을 둘러보았다. 상자에 붙여진 종이나 그림, 문자. 색깔별로 구분된 스케줄표 등은 모두 '에이치가 쉽게 이해하도록' 고민한 끝에 나온 아이디어이다. 통화할 때 마키코가 한 시각 우위라는 말의 의미를 이해하게 되었다.

확실히 수화에 적합할지도 모른다.

두 사람은 무얼 하고 있나 돌아보니 에이치가 벽장에서 무언가를 꺼내 카펫 위에 늘어놓고 있었다. 색색이 미니카였다.

"우와, 멋있다, 이렇게나 많이 갖고 있었어?"

미와가 감탄의 목소리를 높였다. 아라이는 흐뭇하게 바라보면서 다시 시선을 옮겼다.

아이도 꺼내기 쉽도록 낮은 위치에 설치된 책장은 깔끔하게 정돈되어 있었다. 아동 그림책 외에 발달장애나 함묵증에 대한 참고도서도 있었다. 책을 바라보고 있는데 진열 방법에 일정한 법칙이 있다는 것을 알아차렸다. 책은 저자명 순서대로 진열되어 있었다. 아마 에이치가 알기 쉽게 하기 위한 배려일 것이다.

문득 그중 한 권에 시선이 멈췄다.

『정육학—올바른 육아로 아이의 문제를 미연에 방지한다』, 가지 히데히코 지음.

제목과 저자의 이름을 어디선가 들은 기억이, 봤던 기분이 들었다.

"있잖아, 아란찌. 이리 와 봐. 대단해, 에이치!"

미와가 부르는 소리에 아라이는 고개를 돌렸다.

미와가 스케치북을 손에 들고 흥분하며 손짓했다.

"왜?"

"이리 와 봐!"

다시 부르는 통에 하는 수 없이 일어나서 두 사람이 있는 쪽으로 다가갔다.

미와가 손에 든 스케치북을 내밀고는 펼쳤다.

"에이치, 미니카 이름이랑 붙어 있는 번호, 다 외우고 있어!"

양면용 종이에는 몇십 대의 차 그림이 그려져 있었다. 그 밑에는 스바루 임프레자 구마가야 332사78××. 닛산 푸가 가스가베354 미45××. 도요타 렉서스IS 도코로자와328누29×× 등 차종과 차량 번호처럼 보이는 숫자가 적혀 있었다.

그림은 잘 그렸다고 하기는 힘들었지만 세부까지 정교하게 표현하려고 한 노력이 전해졌다. 자동차에 대한 지식도 관심도 없는 아라이가 알고 있는 차종은 고급차로 유명한 은색 도요타 렉서스 정도밖에 없어서, 모든 차가 실제로 존재하는지 알지 못했다. 하물며 차량 번호는 더더욱 판단할 방법이 없었다.

"차량은 물론 그 번호도 실제로 존재해요."

마키코가 어색하게 웃어 보이며 말했다.

"가끔 밖을 나갈 때 자기가 갖고 있는 미니카랑 같은 차종을 발견하면 집에 와서 차량 번호를 써 넣어요. 원래는 다른 사람의 차량 번호를 외우면 안 되겠지만……."

"번호는 하나하나 메모를 하나요?"

"아니요, 보기만 하면 외워 버려요. 이 아이는 그런 걸 잘해요. 숫자라든가 기호라든가."

그러고 보니 예전에 영화에서 본 적이 있다. 놀랄 정도로 기억력이 좋은 인물이 등장해서 바닥에 떨어진 이쑤시개의 숫자를 한순간에 외우거나 카드 순서를 모조리 암기해서 카지노에서 거금을 받는 경우…….

그 이야기를 하자 마키코가 대답했다.

"영화나 드라마에서 다룬 건 서번트 증후군Savant Syndrome이라고 해서 극단적으로 좋은 기억력과 빠른 암산 능력을 가진 사람을 말해요. ASD의 경우는 그렇게까지는 하지 못해요. 하지만 보통 아이들에 비해 문자나 숫자, 기호, 도표를 기억하는 경향이 강하죠. 의미와 상관없이요."

그렇구나 하고 생각을 하면서 다시 에이치의 쪽으로 눈길을 돌리다가 옆에 있는 미와와 눈이 마주쳤다.

미와가 손을 움직이기 시작했다. 손가락을 폈다가 가볍게 구부린 손을 관자놀이 부근에서 비틀었다(=대단하다).

아라이도 〈대단하네.〉라고 수화로 대답했다.

〈이런 거 나〉 〈전혀 못 외워.〉

〈나도 그래. 어른보다 더 기억력이 좋아.〉

〈반 친구들이〉 〈알면〉 〈놀랄 거야.〉

에이치가 그런 두 사람의 손동작을 번갈아 보고 있었다.

사실은 적당한 타이밍을 가늠해서 수화로 이야기하자고 미와와 말을 맞춰 놨다. 에이치가 흥미를 갖는지 확인해 보자는 의미에서.

아라이는 미와와 수화로 대화를 이어 갔다.

〈미와가 에이치의 능력을 반 친구들한테 알려 주면 되지.〉

〈맞아.〉〈선생님한테도 알려 줘야지.〉〈선생님, 분명〉〈놀랄 거야.〉

두 사람의 대화를 뚫어지게 보던 에이치의 손이 느릿느릿 움직였다. 움직임 자체는 작았지만 두 사람의 수화를 흉내 내려는 것을 알 수 있었다.

아라이는 마키코를 보고 말했다.

"흥미가 있는 것 같습니다."

"그러게요."

마키코도 기쁜 듯이 대답했다.

에이치의 모습을 보고 상당히 희망적이라 아라이는 확신했다. 마키코와 더 상담을 한 뒤 정기적으로 미와와 함께 에이치에게 수화를 가르치기로 했다.

〈신카이의 죗값은 어느 정도가 될까요?〉

전과 같은 카페에서 마주한 후카미는 걱정스러운 얼굴로 바라봤다. 다시 한 번 만나고 싶다는 연락을 한 쪽은 아라이였지만 후카미도 취조 방향이 걱정된 모양이었다.

통역사에게는 비밀 보장 의무가 있어서 신카이에게 기소 여부

조차 말할 수 없다. 〈일반적인 이야기이지만.〉이라고 양해를 구한 뒤 통상 공갈죄 형량에 대해서 알려 주었다. 초범은 집행유예를 선고받는 경우가 많지만 여죄가 있는 경우는 실형에 죄가 가산된다는 사실도.

〈그렇습니까……?〉

후카미의 얼굴이 역시나 어두워졌다.

〈합의가 성립되거나 본인이 반성하고 피해자에게 사죄를 하면 정상참작으로 다소 형량이 가벼워질 수 있다고는 생각합니다.〉

후카미를 위로할 생각으로 한 말이었지만 아라이 자신도 걱정스러웠다. 신카이는 이제까지 자신이 범한 죄에 대해서 전혀 반성의 기색이 없고, 피해자에게 사죄 역시 한 번도 하지 않았다. 물론 합의도 진행되지 않았다. 이대로는 정상참작의 여지는 없다. 검찰이 내린 구형에 가까운 판결이 내려지는 건 틀림없는 일이었다.

그러나 지난번에 후카미에게서 농인학교 시절의 이야기를 들은 아라이는 신카이가 경찰에서 말한 정도의 악질이라는 생각은 들지 않았다. 물론 그가 저지른 죄는 무겁다. 적어도 그 죄의 무게를 자각시킬 수는 없을까. 그런 생각을 했다.

〈그런데.〉

아라이는 화제를 바꿨다. 다시 한 번 후카미와 만나고 싶었던 이유로 신카이 건과는 별도로 또 하나 묻고 싶은 것이 있기 때문이다.

〈후카미 씨나 신카이가 있던 해마의 집에 대해서 여쭤고 싶은데요.〉

〈네, 무엇인가요?〉

후카미는 조금 의아하다는 얼굴로 대답했다.

〈최근 폐쇄된다는 이야기를 들었습니다.〉

〈네, 그렇습니다.〉

후카미는 다시 걱정스런 얼굴로 돌아왔다. 자신이 자란 장소가 없어진다고 하니 당연한 일이다.

〈새로운 농아시설을 설립하려는 움직임이 있다는 이야기도.〉

〈네, 잘 알고 계시네요.〉

〈기부금도 모으고 있다고. 재건 방향은 어떻게 되어 가고 있습니까?〉

그곳 출신이니 사정을 조금 알고 있지 않을까 하는 정도의 기대였지만 후카미는 심각한 표정을 지었다.

〈사실 조금 복잡한 상황이 돼 버렸어요.〉

〈복잡한 상황이란 게?〉

〈그게 말이죠.〉 후카미는 고개를 끄덕인 뒤 말했다. 〈사실 저도 재건 실행위원 멤버입니다.〉

이번에는 아라이가 놀랄 차례였다. 설마 후카미가 그렇게까지 해마의 집에 깊게 연관되어 있을 거라고는 생각하지 못했다.

후카미는 이야기를 이어 나갔다.

〈재건 운동을 시작한 건 작년 말부터인데 최근엔 전혀 기부금도 모이지 않고 대부분 무리라며 포기하고 있었습니다. 그게 올해 4월부터였을까요? 실행위원 중 한 사람이 거액의 기부금을 내줄 것 같은 사람을 데려와서 겨우 움직이기 시작했어요.〉

〈호오, 그건 잘됐네요.〉

세간의 주목을 받기 어려운 농아시설 설립에 거액을 기부할 정도라면 복지 사업에 상당한 이해심이 있는 실업가일 것이다.

아라이의 뇌리에 한 사람이 떠올랐다. 데즈카 소이치로, 설마 그 사람이?

〈그 사람은 실업가입니까?〉

〈아니요. 교육자입니다. 학교 경영자라고 말하는 편이 정확하려나. 이미 중학교부터 대학교까지 계열이 있는 사립학원 이사장을 맡고 있는 사람입니다.〉

〈아, 그렇습니까.〉

소이치로는 아니었다. 아라이는 일말의 낙담을 느끼는 한편으로 흥미가 끓어올랐다. 농아시설 설립에 협력하겠다는 의미는 꽤 뜻이 있는 교육자임을 가리킨다.

그러나 이야기하는 후카미의 표정이 밝지 않은 것이 마음에 걸렸다.

〈무언가 문제가 있습니까?〉

〈네. 농아시설 설립에 기부하는 것만이라면 괜찮지만, 그런 단순한 이야기는 아니라서.〉

후카미는 신중하게 단어를 선택하면서 이야기했다.

〈원래 그분은 특별지원학교 설립에 의욕이 있었다고 합니다. 그것도 일반 특별지원학교가 아니라 청각장애 교육 부문과 지적장애 부문을 병설한 학교를 만들고 싶다고. 이미 현내에 그를 위한 토지도 취득을 끝내 놓았고 인가도 떨어졌다고 했습니다. 지방에서 입교를 희망하는 아이들을 위해 기숙사도 지을 예정인데, 그곳에 본교 학생 외에 농아도 받아 준다는 조건도 내걸었습니다.〉

〈그건 결국……〉

결국 '신생 해마의 집' 설립에 돈을 내는 것이 아니라, 자신이 세울 특별지원학교 기숙사에 갈 곳 없는 농아들을 받아들이겠다는 말이 아닌가.

〈이야기가 상당히 다르네요.〉

〈그렇죠? 아니, 그것뿐이면 다행이에요. 어떤 형태든 간에 농아들이 살 곳이 확보된다면 해마의 집에 집착할 필요는 없습니다.〉

후카미가 하는 이야기의 중요한 부분은 지금부터였다.

〈문제는 그 인물이 설립하려고 하는 사립 특별지원학교인데, 그

학교 교육 방침이 우리가 생각하는 것과는 전혀 다른, 아니, 다른
게 아니고 정반대더라고요.〉

〈정반대라고 하면?〉

〈실은 우리가 있던 시절의 해마의 집은 직원 중 수화를 알고 있
는 사람도 적었고, 쓴다고 해도 대부분 일본어대응수화였습니다.
예전에는 농인학교를 마치고 난 다음의 시간에 '청각 능력 훈련'이
라고 해서 청각구화법을 더 혹독하게 만든 말하기 훈련을 시켰다
고 하더라고요.〉

눈앞에 앉은 남자가 그와 관련된 사정을 잘 알고 있다는 생각
은 하지 못한 채 후카미는 이야기를 이어 갔다.

〈최근에는 그런 것도 없어져서 수화를 쓸 줄 아는 직원도 늘고,
입소자끼리 자유롭게 수화로 대화할 수 있게 되었다고는 하지만,
아무래도 직원의 반 이상이 청인이라 일본수화를 쓸 줄 아는 사
람은 거의 없습니다. 그래서 신생 해마의 집에서는 구화법을 배제
하는 것은 물론, 직원도 일본수화를 쓸 줄 아는 사람을 채용하는
것이 전제였습니다. 그런데.〉

후카미의 표정이 살짝 험해졌다.

〈일부 임원이 그에 대해서 신생 해마의 집 입소자들이 사회에
나와서 곤란하지 않도록 구화법을 배워야 한다고 주장했습니다.
수는 적었지만, 재건 운동에서 중심적인 역할을 담당했던 사람들

이 상당히 강경하게 주장을 해서……. 앞서 말했던 인물은 그중 한 임원이 데려온 사람이었어요.〉

〈그렇다면 그 새롭게 설립하는 사립 특별지원학교라는 것도.〉

〈그들이 제창하는 건 청각구화법, 아니, 청각 능력 훈련의 부활입니다.〉

후카미는 더욱 험악한 표정이 되어 이어 갔다.

〈생각지도 못한 곳에서 망령이 되살아난 거죠.〉

구류 만기일이 다가오고 있었다. 사실 관계는 신카이도 거의 인정을 했고 쓰무라에 의한 사법 경찰원 입회 조서는 상당 부분 완성되어 있었다.

"그럼 지금까지 틀린 부분이 없는지 조서를 읽어 주지."

쓰무라는 아라이에게 통역을 요청하고 노트북으로 인쇄한 조서를 읽어 나갔다.

"나는 7월 12일 오전 8시 20분경, 사이타마 현 하네오리 초 2초메 10번 편의점 주차장에서 지인인 회사원 여성을 기다렸다가, 나타난 여성을 차 안으로 밀어 넣고 근처 금융기관에서 현금 100만엔을 뽑게 한 뒤 빼앗은 혐의로 조사를 받았습니다. 금일은 사건 발생 당시 상황에 대해서 이야기했습니다……."

아라이는 쓰무라가 불러 주는 말을 일본수화로 하나하나 통역했다. 여전히 이해하기 어려운 표현이 많아서 통역하기 어려운 문장이었지만 불만을 말하지는 않았다. 도중에 놓친 부분이나 의미가 알 수 없는 구간에 대해서만 아무리 쓰무라가 불쾌한 얼굴로 쳐다봐도 철저하게 다시 물어서 최대한 정확하게 통역하려고 애썼다.

"이상에 대해서 뭔가 틀린 데가 있나?"

아라이가 통역하는 말에 신카이는 귀찮다는 듯 고개를 저었다. 그래서 다시 한 번 〈정말 이걸로 틀림없습니까?〉라고 거듭 확인했다.

신카이는 조금 의외라는 듯 아라이를 바라보았지만 집게손가락과 엄지손가락을 두 번 맞대었다(=어, 틀린 데 없어).

"틀린 곳은 없는 듯합니다."

"좋아. 그럼 거기에 서명, 지문."

쓰무라는 조서를 신카이 쪽으로 향하게 돌리고 아라이에게 "당신도 서명, 날인해야 해." 하고 말했다.

"네."

쓰무라가 펜을 꺼내자 신카이가 아주 힘든 일인 양 천천히 몸을 일으켰다.

"드디어 끝났네." 쓰무라가 크게 기지개를 켰다. "하여튼 고생시킨다니까."

아라이의 가슴에 초조한 감정이 끓어올랐다. 정말 이대로 끝나도 괜찮을 걸까…….

펜을 손에 쥔 신카이를 보면서 쓰무라가 혼잣말처럼 말했다.

"그런데 너도 참 완고한 놈이다. 네가 한 일은 인정했으면서 반성도 사죄도 하지 않다니. 동료는 다들 조금이나마 정상참작해 달라고 반성하고, 미안하다고 하는데. 게다가 나쁜 짓은 전부 네가 꼬드겨서 했다고 말했어."

아라이는 그 말을 신카이를 향해 수화로 전했다.

"이봐, 일일이 통역하지 마. 혼잣말 같은 거야."

"네."

그렇게 대답할 때는 이미 통역을 끝낸 뒤였다.

신카이는 서명하려고 든 펜을 내려놓고 아라이를 향해서 도발적인 표정으로 손을 움직였다.

〈왜 내가 사과를 해야 되지? 나는 아무런 잘못을 하지 않았어. 내가 속였다고 하면 속은 놈이 잘못이라고.〉

아라이가 그 말을 음성일본어로 전하자 쓰무라가 혐오감을 드러냈다.

"아주 정말 질긴 놈이다. 피해자도 너랑 같은 청각장애인이니까 믿은 걸 텐데, 그 믿음을 악용해 놓고 그게 할 말이냐."

지금밖에 없다. 아라이는 그 말을 조금 의역했다.

〈피해자는 상대가 당신이기 때문에 속은 것 아닐까? 당신을 믿

었으니까.〉

"하!"

신카이는 다시 목소리를 냈다. 아라이는 수화로 이어 갔다.

〈그리고 지금도 믿고 있는 것 아닌가, 당신을.〉

신카이가 이상하다는 표정을 지었다. 슬쩍 쓰무라를 봤다. 그런 말을 이놈이 말했다고? 그런 얼굴을 하고 있었다. 아라이는 아무렇지 않게 이어 갔다.

〈당신 공범들은 어때? 당신에게 전부 죄를 전가하고 있어. 어느 쪽이 진짜 '동료'라고 생각하지?〉

쓰무라가 의심의 눈을 향해 왔다.

"이봐, 뭔가 통역이 길지 않아? 무슨 이야기를 하고 있는 거야."

"조금 전에 한 공범에 관한 이야기를 하고 있었습니다."

"그러니까 일일이 전부 통역하지 말라고 말했잖아."

"네."

신카이가 탁자를 툭툭 쳤다. 돌아보자 이쪽을 향해 험상궂은 표정을 짓고 있었다.

〈쓸데없는 말하지 마! 너는 그냥 통역이잖아!〉

아라이도 말투를 바꿨다.

〈맞아, 단지 조금 너를 알고 있어.〉

〈나를? 나에 대해서 뭐?〉

"이봐, 무슨 말하는 거야."

"공범에 관해서 그런 건 상관없다고 말하고 있습니다."

"그러니까, 그건 이제 말 안 해도 돼. 빨리 서명이나 하라고."

"서명하라고 전하겠습니다."

아라이는 신카이를 향해 다시 섰다. 이미 완전히 통역 업무를 이탈했다는 것을 알고 있다. 이미 일을 저질러 버렸으니 이제 자신에게는 수화 통역사 자격이 없다. 알고 있으면서도 말을 멈추지 않았다.

〈학생 시절 너는 농인학교 친구들을 다른 학교 학생들로부터, 청인들로부터 지키려 하지 않았나. 그런데 지금 너는 뭐지? 청인은 이길 수 없다며 입장이 약한 농인들에게 빼앗으려고 하는 건가? 언제부터 넌 그런 비열한 놈이 된 거지?〉

신카이의 혈색이 바뀌었다.

〈뭐라고!〉

〈청인도 되지 못하고, 농인을 바보 취급하고, 그렇게 해서 고고한 체할 생각인가? 언제까지고 바람 속에서 혼자 서 있을 생각이로군.〉

신카이가 눈썹을 찡그렸다.

〈바람 속?〉

"이봐, 서명하라고 말하라고. 제대로 전달하고 있는 거 맞아?"

"죄송합니다. 무언가 말하고 싶은 것 같습니다. 나중에 정리해서 통역하겠습니다."

신카이의 손이 움직였다.

〈야, 바람 속이라니 무슨 말이야.〉

아라이도 대답했다.

〈이제 바람의 소리는 들리지 않아. 들릴 리가 없잖아. 바람은 이제 불지 않아. 만약에 들린다고 하더라도 그건 네 안에서 들리는 소리야. 바람은 네 안에서 불고 있어.〉

신카이의 눈이 커졌다.

"당신, 대체 무슨 말을 하고 있는 거야!"

쓰무라가 아라이의 어깨를 틀어쥐었다.

"잠시만 기다려 주세요. 이 사람이 무언가 얘기하려고 합니다!"

확실히 신카이의 모습에 변화가 있었다. 아라이를 향해 화를 내던 그 눈에서 문득 힘이 없어지고 표정에서도 험악함이 사라져 갔다.

신카이가 고개를 들었다.

마치 어떤 소리가 들리는 듯이.

1초, 2초, 공중을 떠다니는 듯한 그 시선이 돌아오더니 아라이를 정면으로 바라봤다.

아라이를 바라본 채 신카이의 손이 천천히 움직였다.

〈……바람은 내 안에서 불고 있다……?〉

아라이는 그 눈을 바라보면서 엄지와 검지를 두 번 마주했다(=
그렇다).

〈이제 바람의 소리는 들리지 않는다. 들릴 리가 없다고⋯⋯?〉

〈그래.〉

〈네가 나에 대해서 뭘 안다고⋯⋯.〉

〈알아. 나도 같으니까. 농인과 청인 사이에서 계속 혼자 서 있었
어. 나도 계속 혼자⋯⋯.〉

"이봐!" 쓰무라가 주먹 쥔 손으로 아라이의 어깨를 흔들었다.
"놈이 뭐라고 하는 거야? 빨리 통역해!"

아라이는 쓰무라를 향해 대답했다.

"반성하는 듯한 말을 하고 있습니다."

"뭐라고?"

"다시 한 번 확인하게 해 주세요. 피해자에게 사죄하고 싶은 기
색을 보이고 있습니다."

"뭐야, 진짜야?"

신카이는 멍하니 이쪽을 바라보고 있었다. 아라이가 쓰무라에
게 무슨 말을 하고 있는지 알고 있을 터였다. 그러나 부정도 반론
도 하지 않았다.

"좋아, 다시 한 번 묻지. 정말 반성하고 있냐? 피해자에게 사죄
할 마음이 있는 거냐고."

아라이는 신카이를 향해 몸을 돌렸다. 그리고 손을 움직였다.

〈자신이 한 일이 잘못되었다고 생각합니까?〉

신카이는 잠시 아라이를 바라봤다. 그리고 천천히 끄덕였다.

〈피해자에게 사과하고 싶습니까?〉

잠깐 시간을 둔 뒤 신카이는 끄덕였다.

그리고 한쪽 손의 엄지손가락만을 세우고 이쪽을 향해 구부린 뒤 편 엄지와 검지를 턱 아래 두고 내리면서 손가락을 접었다.

아라이는 쓰무라에게 이렇게 통역했다.

"사과하고 싶다고 말했습니다."

'진술인 눈앞에서 상기의 기술대로 녹취해서 통역인을 대동하여 수화 통역으로 읽게 하자 다음과 같은 추가 및 정정을 신청……'

신카이의 반성과 사죄의 말은 조서에 덧붙여졌다. 거기에 신카이가 서명과 지문을 찍고 아라이도 통역인 란에 '오른쪽에 기술된 대로 수화, 필담, 구화에 의해 녹취되었다는 점, 틀리지 않은 점을 확인했다.'라는 곳에 서명과 날인을 했다.

기소 전에 다시 한 번 검사 취조가 있을 터였지만, 검사 취조는 그 사법 경찰원 입회 조서를 기초로 해서 형식대로 진행한다. 기소되면 실형 판결은 면할지 못할지도 모르지만, '반성과 사죄'의 언질이 있는 것은 무의미하지 않을 터였다.

쓰무라가 취조 종료를 알리자 형무관이 신카이를 데리고 가기 위해 들어왔다. 수갑을 채우려는 형무관을 신카이가 손으로 저지하고 아라이를 향했다.

〈신세를 졌다. 또 보지.〉

그 표정은 지금까지와는 달리 온화했다.

그러나 아라이는 신카이와 같이 〈또 보지.〉라는 수화로는 답하지 않았다.

신카이가 실망하는 표정을 지었다.

〈재판도 당신이 통역해 주는 거지?〉

아라이는 대답할 수 없었다.

"아직 뭔가를 말하고 있는 건가?"

쓰무라가 지겹다는 듯 물었다.

"재판 때도 통역을 해 줄 거냐고."

"아, 그거야?" 쓰무라의 입가에 살짝 웃음이 떠올랐다. "아쉽지만, 이 통역사와는 여기서 이별이야. 재판은 다른 통역이 담당할 거고."

그 입을 읽은 신카이의 표정이 바뀌었다. 아라이를 쳐다보았다.

아라이는 쓰무라의 말을 통역했다.

〈내가 통역을 맡는 건 여기까지. 재판은 다른 통역이 담당합니다.〉

신카이가 입 끝을 올리고 말했다.

〈이 자식이 거짓말하는 거지? 날 괴롭히려고 하는 거잖아. 원래는 재판도 당신이 담당해 줄 거잖아?〉

아라이는 고개를 저을 수밖에 없었다.

〈규칙이라, 그건 불가능해.〉

예단을 배제하기 위해 취조와 재판 통역은 다른 사람이 맡아야 한다. 그렇게 정해져 있다.

신카이의 눈이 커졌다. 손이 움직였다.

〈거짓말이지?〉

〈미안하다.〉

신카이의 얼굴이 심하게 일그러졌다. 무언가를 호소하려는 표정으로 손을 움직이려다가…… 문득 손을 멈췄다. 이윽고 손을 내린 그의 얼굴에는 일그러진 미소가 떠올랐다.

다시 그 손이 움직임을 시작했다.

아라이를 가리킨 다음, 손바닥을 어깨에서 가슴을 따라 기세 좋게 내렸다.

〈너하고는 여기까지다.〉

"이봐, 가자."

형무관의 재촉에 신카이는 방을 나갔다. 그 뒷모습에 말을 걸려고 하다가 깨달았다. 말을 걸어도 그에게는 들리지 않는다.

아직 전하지 않은 것이 있다. 그러나 불러 세우고 싶어도 목소리는 가 닿지 않는다.

'돌아봐.' 아라이는 빌었다.

그러나 신카이는 돌아보는 일 없이 방을 나갔다.

신카이는 기소되었고 얼마 뒤 첫 번째 공판이 열렸다. 재판을 방청할지 마지막까지 고민했지만, 결국 가지 않았다.

그 뒤로 수화 통역 의뢰는 계속 거절했다. 지역 센터 쪽에서는 별다른 이야기가 없었지만, 오랜 시간 알고 지낸 다부치는 역시 이상하다고 느낀 것 같았다.

"어디 몸이 안 좋으신가요?"

조심스럽게 묻는 그에게는 "집안 사정도 있고, 잠시 쉬게 해 주세요."라고 답했다.

이런 애매한 변명을 계속 이어 가지는 못하리란 것은 알았다. 그러나 '수화 통역사를 그만둔다고는' 도저히 말을 꺼낼 수 없었다. 아니, 꺼내지 않았다. 아라이 자신이 아직 그만둘 결심이 서지 않았다.

한편으로 '자신에게는 이미 수화 통역사를 할 자격은 없다.'는 생각도 변하지 않았다. 취조 통역 자리에서 사적인 감정을 섞어서 상대에게 의견을 내는 등, 명백하게 논리 규정에 반하는 행동을 했다. 언젠가 다부치에게 전부 말한 뒤 자격 반환 신청을 해야 한다. 그럴 각오는 이미 해 두었다.

신카이 재판에 대해서는 결과만, 방청을 간 가타가이에게 들었다.

집행유예 없이 실형 판결. 공갈 1건과 사기 2건의 경합범으로, 구형 2년 6개월에 판결은 2년. 검찰 측과 변호 측도 항소는 하지 않았다고 한다.

《판결은 타당했죠.》

가타가이의 말에 긍정하면서도 아라이는 생각했다. 법정 통역사는 신카이의 말을 정확하게 전달해 주었을까. 그가 안고 있는 복잡한 생각을…….

가타가이의 말에 의하면 마지막에 법정을 나올 때 신카이는 방청석을 향해 깊게 고개를 숙였다고 한다.

방청석에는 피해를 입은 농인들이 다수 앉아 있었다.

그는 사죄할 수 있었다.

칼이 도마를 두들기는 소리를 들으면서 미와와 수다를 떨고 있었다.

〈에이치〉 〈수화 엄청 빠르지.〉

〈맞아. 원래 소질이 있었나 봐.〉

미유키는 요즘 퇴근이 이른 날이면 아라이 대신 부엌에 섰다. 직접 듣지는 않았지만 아마 사건일로부터 시일이 흘러 수사본부

가 축소되자 지원 직원은 원래 업무로 돌아간 것이 아닐까. 신문이
나 텔레비전 뉴스를 전부 체크해 봐도 그 사건에 대해서는 최근에
거의 다루지 않았다.

〈이제 완전히〉 〈나 앞질렀어.〉

〈지금은. 거의 비슷한 정도가 아닐까. 조금 있으면 추월당하겠
지만.〉

〈나도 힘낼 거야!〉

"오래 기다렸어."

미유키가 요리를 가득 담은 접시를 쟁반에 올려서 거실로 왔다.
미와는 알아차리지 못하고 대화를 이어 갔다.

〈이번에〉 〈에이치가 학교에 오면〉 〈둘이서 수화해서〉 〈다른 애들
놀라게 해야지.〉

"미와, 테이블 위에 있는 책 치워."

〈엄마.〉 미와가 미유키 쪽을 향해서 손을 움직였다. 〈아란찌 있
잖아.〉 〈에이치한테는 착한데〉 〈나한테는 엄격해.〉

〈그렇지 않아.〉

〈그런 적〉 〈있어.〉 〈그치, 엄마.〉

"책 치우라고 말했잖아!"

갑작스런 큰 소리에 미와가 놀란 얼굴로 굳어 버렸다.

"미유키……."

제지하려고 했지만 미유키가 한 번에 강한 어조로 말을 쏟아 냈다.

"내가 있는데도 왜 두 사람은 수화로 말하는 거야! 내가 모른다는 걸 알면서 나만 따돌리는 거야?"

"따돌리는 게 아니야……"

미와가 얼굴을 찡그리고는 필사적으로 목소리를 짜냈다.

"엄마도 수화로 말하면 되는데……"

"엄마는 못 해! 미와처럼 잘 못 한다고. 기억을 못 해, 알잖아!"

"미유키!"

아라이의 큰 소리에 겨우 정신을 차린 듯 격한 말이 멈췄다.

"죄송해요……" 울먹이는 목소리에 미와의 눈에는 이미 눈물이 가득했다. "엄마 화내지 마……"

"……미안해, 엄마가 말이 심했어."

"엄마, 화내지 마……"

울면서 양손을 내미는 미와를 미유키는 끌어안았다.

"미안해, 엄마가 잘못했어. 미와는 잘못 없어. 엄마가 피곤해서 화가 났나 봐, 미안해."

"화 내는 거 싫어……"

똑같은 말만 반복하는 미와를 안으면서 미유키는 아라이를 향해서도 미안하다고 시선을 보냈다.

고개를 젓고 "그럼, 밥 먹을까." 하고 가벼운 말투로 말했다.

"그렇지, 밥, 밥. 오랜만에 만든 반찬이 다 식어 버리겠네."

미유키는 아직 우물쭈물 말하는 미와를 테이블에 앉혔다. 미와
는 흐느끼면서도 가만히 말을 들었다.

이제 괜찮을 것이다. 그렇게 안도하면서도 아라이는 미유키가
화가 난 이유를 생각했다.

미와의 탓이 아니다. 자신의 탓이다.

알고 있다. 알고는 있어도 어떻게 해야 하는지. 답이 나오지 않
은 채 멈춰 있었다.

돌아오는 일요일, 미유키와 미와를 데리고 에이치의 집으로 향
했다.

나도 인사하고 싶기도 하고. 그렇게 미유키가 말을 꺼냈다. 마
키코에게 연락을 하자, "저희야말로 인사가 늦어서 죄송합니다. 다
같이 와 주세요."라는 대답이 돌아왔다.

옆 동네에 들어선 뒤 에이치가 사는 아파트 근처에서 발을 멈추
더니 미유키가 물었다.

"여기야?"

"아, 사건 현장에서 가깝지?"

"가까운 정도가 아니라, 완전 맞은편이야."

"뭐?"

미유키의 시선 끝을 따라갔다. 에이치가 사는 공영주택과 공터를 사이에 둔 건너편에는 마찬가지로 오래된 아파트가 있었다.

"저기야. 저 아파트 2층."

"그랬구나……."

아라이도 놀랐다. 사건 현장의 자세한 주소까지는 알지 못해도 대략적으로 근처라고는 생각했는데, 설마 이렇게 맞은편일 줄은 상상도 하지 못했다. 현장 검증은 이미 끝났는지, 최근 방문했을 때부터 규제선인 노란 테이프와 파란 시트는 물론이고 경찰관 출입도 없었다. 마키코와 나누던 대화 중에도 사건 화제는 나오지 않았다.

"당신도 이 근처 왔었어?"

"아니, 나는 탐문 수사팀이 아니니까 현장에는…… 아마 마키코 씨도 주변 탐문 조사를 받았을 거야."

그렇군. 고개를 끄덕였다. 이렇게까지 가까우면 당연히 수사관의 탐문 수사 대상이 된다. 이제까지 마키코가 그런 내색을 조금도 비치지 않았다는 점이 오히려 이상했다. 에이치로 인해 상관없는 부분까지 질문을 받아서 좋지 못한 경험을 했던 것은 아니었는지. 그런 생각을 하면서 노크를 했다.

첫 만남이었지만 미유키와 마키코는 금세 친해졌다. 미유키가 처음부터 존칭을 쓰지 않은 것이 두 사람 사이를 가깝게 한 듯했다.

에이치와 미와는 나란히 텔레비전 앞에 달라붙어 앉아 있었다. 미와가 좋아하는 「용을 다루는 소년」의 재방송이 하는 시간이었다. 아무래도 에이치 역시 그 애니메이션의 팬인 것 같다. 시작한 애니메이션을 보면서 둘이 신나게 수화로 대화하고 있었다.

미와가 질투하는 것도 무리는 아니었다. 에이치의 수화 습득 능력은 눈부실 정도였다. 가르치기 시작한 지 한 달도 채 되지 않았는데, 이미 초심자 영역을 넘어섰다. 미와에게는 농담인 척 말했지만 '소질이 있는 것'은 틀림없었다.

미유키는 마키코에게 사건에 대해 물었다.

"네." 마키코는 끄덕였다. "소식을 들었을 때는 정말 놀랐어요……."

"경찰이 탐문 수사를 했지."

"네, 몇 번인가."

"끈질겼지, 미안해."

이미 경찰관이라는 사실을 소개한 뒤였다.

"아니요, 이렇게 가까우니, 어쩔 수 없죠. 최근에는 오지 않아서…… 하지만 아직 해결된 건 아니죠?"

"응. 피해자 신원조차 모를 정도니. 요전에 몽타주가 공개되고, 몇 번인가 문의는 있었다고 하지만……."

드물게 미유키의 입도 거침이 없었다. 그녀의 입에서 사건 이야기가 나온 것은 처음일지도 모른다.

"마키코 씨는 피해 남성과 만난 적이 있어?"

마키코는 고개를 저었다.

"본 적도 없었어요. 거기에 살던 사람도 아니라고 하고."

현장이 된 집은 피해자의 직장인 NPO가 관리하던 건물로 피해자도 출입은 했지만 거주한 것은 아니라고 들었다.

"사진은 봤어?"

마키코는 끄덕였다.

"봤다고 해도 얼굴이 확실하게 나온 것도 아니었고."

"아아, 그러네."

미유키가 약간 얼굴을 찡그렸다.

"그래?"

아라이가 묻자 미유키는 대답했다.

"응, 휴대전화 카메라로 찍은 걸 프린트해서 화질이 안 좋거든. 그것도 많은 사람들이 찍힌 사진 가운데 정말 끝에 있던 옆모습뿐이라. 그걸로 판단하기는 무리야."

요즘 시대에 그런 사진밖에 남아 있지 않다는 점은 이상했다. 위장된 신분이라면 의식적으로 사진에 찍히지 않으려고 했을지도 모른다.

"아, 맞다." 미유키가 생각났다는 듯 입을 열었다. "최근 몽타주가 공개됐는데. 아직 못 봤어?"

"못 봤어요."

"또 그거 들고 물어보러 올지도 모르지만…… 지금 봐 볼래? 사실 가방에 있어."

미유키가 마키코의 대답을 기다리지 않고 가방에서 몽타주를 꺼내러 갔다. 애니메이션이 끝났는지 미유키에게서 바통을 넘겨받 듯 미와가 이쪽으로 왔다.

"에이치가 텔레비전에 나오는 사람, 알고 있대."

테이블 위에 놓인 과자를 집으면서 미와가 말했다.

"텔레비전에 나오는 사람?" 아라이는 대답하면서 텔레비전 쪽으 로 고개를 돌렸다. "개그맨?"

미와가 고개를 흔들었다.

"아닌 것 같아. 지금 나오는 사람. 본 적 있대."

에이치가 열심히 텔레비전을 보고 있었다. 화면에는 장년의 남 성이 나오고 있었다. 어딘가 본 적이 있는 얼굴이었다. 미와가 말 한 것처럼 연예인은 아니었다. 보기에는 정치가 느낌인데, 저 사람 은 아마…….

"봤다는 건 텔레비전에서지?"

아라이도 저 사람을 텔레비전에서 본 적이 있었다.

미와가 고개를 흔들었다.

"집에서 가까웠대."

"집 가까이?"

"그렇지? 에이치!"

돌아본 에이치에게 미와가 수화로 물었다.

〈저 아저씨〉〈어디서〉〈봤어?〉

에이치의 손이 움직였다.

〈집〉〈앞.〉

집 앞?

〈집 앞에서〉〈뭐하고 있었어?〉

에이치가 잠시 생각한 뒤 양손 검지를 부딪치며 교차시켰다(=
싸움).

〈싸움?〉

아라이가 수화를 반복했다.

에이치가 끄덕였다.

〈누구랑?〉

에이치는 엄지를 세웠다(=남자).

"에이치, 이쪽에 과자 있어."

이제 이 이야기에 흥미가 없어졌는지, 미와가 에이치를 불렀다.

고개를 끄덕인 에이치는 텔레비전에서 떨어져 이쪽으로 걸어왔다.

방금 한 이야기에 대해서 아라이가 다시 물어보려던 그때, "이건데." 하고 미유키가 종이 한 장을 가지고 돌아왔다.

"피해자 몽타주. 본 적 없어?"

그러면서 내키지 않은 모습의 마키코에게 내밀었다. 하는 수 없이 마키코도 종이에 눈을 향했다. 미와도, 덩달아 에이치도 함께 종이를 들여다봤다.

몽타주 담당 경찰 직원이 작업했을 남성의 얼굴이 상세하게 그려져 있었다. 30대 중반 정도일까. 귀를 덮을 정도의 머리 길이에 조금 갸름한 얼굴. 눈썹은 짙고 눈도 큰 편이었다. 안경이나 수염 같은 특징은 없었다.

"어때?"

마키코가 미유키의 물음에 대답하기도 전에 이미 에이치의 손이 빠르게 움직였다.

〈이 사람!〉

그 얼굴이 상기되어 있었다.

〈저 아저씨랑〉 〈싸움하던〉 〈남자.〉

이 사람, 즉 '살해당한 피해자'와 텔레비전에 나온 남성이 건너편 집에서 싸움을 했다. 에이치는 그렇게 말하고 있었다.

아라이는 다시 텔레비전으로 시선을 돌렸다. 그때는 이미 이름도 떠올랐다.

정육학을 제창하던 교육자.

가지 히데히코라는 인물이었다.

제3장

용의 귀를 너에게

1

에이치의 수화에 어색한 부분은 있었지만 의미는 확실했다. 표정에도 망설임이 없었다. 오히려 이제까지의 부족한 반응에 비하면 오히려 감정을 더 드러내고 있음을 알 수 있었다. 에이치는 자신감 있게 수화로 이렇게 표현했다.

〈몽타주 아저씨랑 텔레비전에 나오는 사람이 싸우는 거 봤어.〉

옆에서 '뭐라는 거야?'라는 눈빛으로 미유키가 물음을 던졌다.

"아……."

아라이가 설명하려고 할 때, 미와가 소리쳤다.

"에이치, 이 그림에 있는 사람 안대! 지금 텔레비전에 나오는 아저씨랑 싸운 거 봤대!"

"뭐?" 미유키의 표정이 변했다. 아라이를 바라보았다 "진짜야?"

"응, 확실히 그렇게 말했어."

"뭐야, 미와가 말했잖아!"

미와가 불만 가득한 얼굴을 내밀었다.

"텔레비전에 나오는 사람이라니?"

미유키는 텔레비전에 시선을 던졌지만 이미 다른 방송으로 바뀌었다. 그래서 다시 아라이에게 "누군지 알아?" 하고 물었다.

"알긴 하는데, 그 전에 다시 한 번 에이치한테 확인해 보자."

슬쩍 마키코를 보자, 어리둥절한 얼굴이었다. 무슨 이야기를 하고 있는지 이해할 수 없을 것이다.

"에이치가 이 몽타주의 남자를 본 적이 있다고 말했습니다. 잠시 확인해 봐도 될까요?"

마키코의 대답은 없었지만, 아라이는 에이치 쪽을 향해 고쳐 앉았다.

"다시 한 번 묻는데, 에이치는 이 그림에 있는 남자를 본 적이 있어?"

에이치는 아무 말 없이 끄덕였다.

"어디서?"

에이치는 창문 밖을 가리켰다. 그 끝에는 반대편 아파트가 있었다. 즉 사건 현장이다. 전부터 피해자가 출입했다는 사실 정황을 생각하면 그 자체는 이상하지 않다.

"조금 전에 텔레비전에 나온 남자도 봤어?"

에이치는 다시 끄덕였다.

"그림에 있는 남자랑 텔레비전에 나오는 남자가 같이 있었어?"

에이치가 끄덕였다.

"그게 언제야?"

에이치는 잠시 고개를 기울이더니 손을 움직이려고 했지만 체념한 듯 손을 멈췄다. 아직 날짜를 표현하는 수화는 알려 주지 않았다. 질문을 바꿨다.

"그림에 있는 남자랑 텔레비전에 나오는 남자가 싸운 걸 봤어?"

마지막 부분만큼은 수화로도 말했다. 조금 전 에이치가 했듯이 양손 검지를 부딪치며 교차시킨 다음(=싸움), 에이치를 가리키고 (=당신), 엄지와 검지로 만든 원을 눈가에 둔 다음 피면서 내렸다 (=보다). 동시에 표정으로 '의문'을 나타냈다.

에이치는 끄덕이면서 엄지와 검지를 두 번 마주쳤다(=응).

아라이는 미유키 쪽을 돌아봤다.

"그렇대."

"'텔레비전에 나오는 사람'이 누구야?"

"가지 히데히코라는 사람이야. 교육자, 아니, 학교 경영자라고 해야 되나. 현내에서 큰 사립학원을 경영하고 있나 봐."

아라이는 그렇게 알려 준 뒤 최근 그 인물에 대해서 들은 적이 있다는 사실을 깨달았다. 텔레비전이 아니라…….

"유명한 사람이야?"

"글쎄, 텔레비전에 나올 정도니까 교육 방법이 화제가 됐을지도 몰라."

"흐음."

미유키가 걱정스러운 얼굴이 되었다. 만약 에이치가 한 말이 사실이라면 사건 피해자와 가지 히데히코라는 인물은 면식 있는 사이가 된다. 피해자 신분 특정에 연관될 가능성도 있다.

"수사본부에 전하게?"

"그래야겠지……."

"지금 이야기를 경찰에 보고하는 건가요?"

처음으로 마키코가 입을 열었다.

"지금 생각하고는 있는데……."

애매한 말로 미유키가 대답했다.

"그거, 안 하시면 안 될까요?"

강하고 간곡한 말투에 아라이는 엉겁결에 마키코의 얼굴을 살폈다. 표정도 목소리와 같을 정도로 필사적이었다.

"에이치에 대한 보고는 하지 말아 주세요."

"……그건, 왜?"

"지금 일을 보고하면 경찰이 다시 탐문하러 오잖아요. 그러면 에이치에게 이것저것 물을 텐데."

"……그럴지도 모르지만."

"사실 아까는 말하지 않았지만, 사건 직후 몇 번이나 형사들이 찾아왔어요. 저는 괜찮지만, 아이에게도 '무언가 본 것이 있는지', '알고 있는 게 있는지' 끈질기게 물어서."

그렇게까지 말한 뒤 마키코는 미안하다며 미유키에게 사과한 뒤 "몇 번이나 물었고." 하고 말을 정정했다.

"그래서 아이가 완전히 겁에 질려서는. 한동안 '자기 방'에서 나오려고 하지 않았어요."

"그랬구나……." 이번에는 미유키가 미안한 표정으로 말했다. "미안해."

역시 마키코는 경찰의 집요한 탐문 수사를 받았던 모양이다. 에이치의 함묵 증상이 얼마 전부터 악화된 이유가 그 때문이었는지도 모른다.

"아니, 그건 괜찮아요. 사실 그것만이 아니라." 마키코의 표정이 어두워졌다. "경찰한테는 예전에 안 좋은 기억이 있어서……."

에이치가 초등학교에 들어갔을 무렵의 일이었다고 한다. 하굣길에 길에 붙어 있던 선거 포스터를 에이치가 갈기갈기 찢어서 돌아온 적이 있었다. 후보자는 아이의 짓이라고는 생각하지 못하고 '선

거 방해'라며 경찰을 불렀고, 에이치가 저지른 게 밝혀지자 경찰
관에게 상당히 모욕적인 말을 들었다고 마키코가 이야기했다.

"물론 경찰 모두가 그런 사람들이라고는 생각하지 않지만……."

"그랬구나……."

구체적으로는 말하지 않았지만, 어지간히 심한 말을 들었던 것
같다.

미유키와 눈이 마주쳤다. 그녀는 작게 끄덕이고, 마키코에게 다
시 시선을 보냈다.

"알았어. 에이치에 대해서는 말하지 않을게. 그 가지 히데히코라
는 사람에 대해서는 조금 알아봐야 할지도 모르지만, 이쪽에 민폐
가 되는 일은 없을 거야."

"……고마워요."

마키코는 깊게 깊게 고개를 숙였다.

그리고 조금 뒤에 아파트를 나왔다. 2층 통로에 서서 배웅하는
모자의 모습이 보이지 않게 된 지점에서 아라이는 미유키에게 물
었다.

"수사본부에 보고 안 한다는 거 진짜야?"

"말한다고 한들 어차피 제대로 상대 안 하겠지."

"그렇지……."

그녀가 한 말은 당연했다. 에이치의 연령에 함묵증이나 발달장

애라는 특성을 알면 경찰은 아마 편견을 가질 것이다.

에이치의 증언 자체에도 애매한 부분은 남아 있다. 〈싸웠다〉라는 수화 표현을 썼지만, 에이치는 아직 단순한 언쟁과 싸움의 구별은 할 수 없다. 더욱이 텔레비전에서 한 번 봤을 뿐인 인물을 정말 그 남성이라고 단언할 수 있을까. 만약 그렇다고 하더라도 같은 현내 교육자와 NPO 직원이 만났다면 업무상의 용건이라고 생각할 수 있다. 특별히 다툴 정도는 아닐지도 모른다.

"에이치가 말한 거, 보고 안 할 거야?"

두 사람의 대화를 들은 미와가 불만이라는 듯 입을 삐죽거렸다.

"또 막 시시콜콜 캐물어서 안 좋은 기억을 주면 안 되니까."

미유키가 타이르듯 대답했다.

"시시콜콜?"

"끈질기게 이것저것 묻는 거. 미와도 무섭게 생긴 아저씨들이 막 이것저것 계속 물어보면 싫잖아?"

"으음. 싫어도, 에이치가 '봤다'고 했으니까……."

미와는 다시 입술을 삐죽였지만, 이번 일은 아라이도 미유키의 판단에 찬성이었다. 그럼에도 어딘가 석연치 않은 이유는 오늘 나눈 대화 중에 마음에 걸리는 것이 있었기 때문이다.

의외의 인물에게서 연락이 온 것은 며칠이 지난 후의 일이었다.

'수화 통역, 쉬고 있다고? 부탁하고 싶은 일이 있으니 연락 주게. 마스오카.'

친숙한 노인의 얼굴이 떠오르자 웃음이 흘러나왔다. 예전에 직접 연락했을 때는 팩스를 썼는데, 드디어 메시지를 사용하게 된 듯하다. 한 글자 한 글자, 열심히 쳤을 모습이 눈에 선했다.

그 뒤로 몇 번인가 메시지를 주고받았다. 개인적으로 쇼핑 통역을 부탁하고 싶다, 어차피 공공 비용 파견 대상이 아니라서 자비로 해도 상관없다고.

통역 업무는 하지 않을 생각이었지만 개인적인 부탁이라면 받아도 상관없다는 마음이었다. 물론 통역 비용도 필요 없었다. 하지만 그래서는 마스오카가 싫어할 것이다. 아니, 용납하지 않을 것이다.

그때 에이치가 머릿속에 떠올랐다. 나쁘지 않은 생각 같았다. 마스오카는 거절하지 않을 것 같아서, 먼저 마키코의 양해를 구하기로 했다.

"'농인의 수화'를 아는 좋은 기회가 아닐까 생각했습니다. 물론 에이치가 모르는 사람과 만나기 싫다고 하면 무리하게는 말하지 않겠습니다. 미와도 데려가겠습니다."

마키코는 아이에게 물어보겠다고 하고 전화를 끊었다. 그리고 바로 전화를 하더니 "에이치는 가고 싶다고 하네요. 괜찮으시다면 데리고 가 주세요." 하고 말했다.

"'엄마 없어도 괜찮아?'라고 물었더니 괜찮다고 했어요. 아라이 씨에게 수화를 배우게 된 후로 확실히 아이가 바뀌고 있는 것 같아요."

재빨리 마스오카에게 취지를 전했다. 쇼핑을 함께 하겠다. 통역비는 필요 없으니, 대신 청인 아이들에게 수화를 가르쳐 주지 않겠는가 하고. 예상대로 마스오카는 기뻐했다. 쇼핑도 친척인 작은 남자아이에게 줄 선물 때문에 하는 거라서 또래 아이의 의견을 들을 수 있다면 바랄 바가 없다고 했다.

마스오카와 일정을 정하고 나서 다시 마키코에게 연락을 했다. 아이를 부탁한다는 말을 한 뒤, 마키코는 약간 조심스럽게 "그날 저도 외출을 해도 될까요?"라고 말을 꺼냈다. 물론 상관없었다.

"마키코 씨가 돌아올 시간에 맞춰서 에이치를 데리고 갈 테니 느긋이 다녀오세요."

"감사해요. 그렇게 늦지는 않을 거지만…… 오랜만에 옛 친구를 만날까 해서요. 정말 고맙습니다."

보통은 에이치를 생각해서 마음 편히 외출도 하지 못했을 것이다. 갑자기 떠오른 생각으로 시작한 이번 일이었지만 마키코에게도 의미가 있다면 기쁜 일이었다.

주말이라 거리는 사람들로 넘쳐났다. 아라이는 에이치와 미와를 데리고 마스오카와 약속한 장소인 햄버거 가게로 향하고 있었다. 에이치는 귀에 헤드폰처럼 생긴 귀마개를 썼다. 지난번에 마키코가 말한 소음 방지용 귀마개였다.

길에서 벗어나지 않도록 미와는 손을 잡고 있었지만, 에이치의 손은 잡지 않았다. 에이치의 특성 중에서 청각과민 외에 촉감과민도 있다고 들었기 때문이다.

"더 어릴 때는 가슴줄을 사용한 적도 있었지만요……."

촉감과민에 대해 들었을 때 가슴줄을 모르는 아라이에게 마키코가 알려 주었다. 달리 말해 '미아 방지 줄'이라고도 하는데, 줄이 달린 옷이나 배낭을 아이에게 입히고 줄 끝을 잡고 도로로 뛰어나가지 않도록 하는 것이라고 한다.

"하지만 다른 사람이 보기에는 '강아지 산책'처럼 보이는 모양인지, 한번은 지나가는 부인에게 이건 학대라며 몹시 무서운 얼굴로 혼난 다음부터는 쓰지 않았어요."

겉보기에는 오해를 살 만한 모습이라 이해가 안 가는 것도 아니다. 하지만 손을 잡을 수 없으면 사람들 틈 속에서 한시도 떨어지지 않도록 온 신경을 곤두서야 한다. 도로로 뛰어들지는 않을지 걱정이 되기 때문에 마음을 놓을 수 없었을 것이다.

"안는 것도 안 되죠?"

혹시 모를 확인을 하자 마키코는 조금 슬픈 얼굴로 끄덕였다.

"전 저 아이를 꽉 껴안은 적이 없어요. 알고 있어도 무심코 안으려고 했다가 애가 손을 뿌리친 적도 있었어요. 절 미워해서 그런 건 아니라고 알고는 있지만……."

마키코의 기분을 뼈저리게 알 수 있었다. 미움을 받을 리 없다고는 알고 있어도 서운한 마음. 그리고 서운한 마음이 드는 자신을 책망한다. 그렇게 계속 반복해 왔을 것이다.

그런 엄마의 마음이 통한 건지, 손을 잡고 있어도 이쪽저쪽으로 가려는 미와와는 대조적으로 에이치는 이곳에 올 때까지 아라이의 옆에 딱 붙어서 떨어지지 않았다. 지금도 햄버거 가게 입구에서 있는 아라이의 옆에서 한 발자국도 움직이지 않았다.

"할아버지 있어?"

미와는 빨리 안으로 들어가고 싶어서 가만히 있질 못했다.

"지금 찾고 있으니까."

마스오카는 바로 찾았다. 가족 손님으로 시끌벅적한 테이블 한편에 오도카니 음료를 앞에 두고 등을 둥글게 말고 있는 마스오카의 모습은 한층 더 작게 보였다. 가까이 가자 돌아본 얼굴이 환하게 빛났다.

〈이야.〉

〈오랜만이에요. 건강해 보이시네요.〉

〈그래, 오랜만이네. 자네도 건강해 보이는군.〉

미와와 에이치를 소개했다. 조금 전까지의 활발함은 어디로 갔는지 미와는 우물쭈물하며 제대로 인사도 하지 않았다. 한편 에이치는 시선조차 마주치지 않았지만 제대로 수화를 써서 인사했다.

〈오호, 수화 할 줄 아는구나.〉

마스오카가 기쁘게 수화로 응했다.

에이치는 엄지 끝으로 검지 끝을 튕겼다(=조금).

〈아니야, 아주 잘해.〉

마스오카의 수화를 알아들었는지 에이치의 얼굴에 기쁜 표정이 떠올랐다.

쇼핑을 가기 전, 미리 식사를 하기로 해서 각자 먹을 걸 묻고 주문했다. 에이치는 돼지고기와 소고기는 못 먹고, 감자튀김도 가는 건 잘 먹지 못한다고 들었기 때문에 주문은 생선버거와 샐러드로 했다. 마스오카는 식사를 하고 왔다며 고개를 저었다.

〈1년 만인가요.〉 다시 마스오카와 마주했다. 〈최근은 통역 의뢰도 하지 않으셨죠.〉

아라이가 다른 일이 있어서 지명을 받지 못한 적도 있었지만, 적어도 반년 이상 센터 의뢰는 없었다.

〈몸이 좀 안 좋았기도 했고. 외출할 일도 없었어.〉

그 말을 듣고 보니 기분 탓으로 작게 보인 게 아니라, 실제로 조금 마른 듯 보였다.

〈지금은?〉

〈지금은 괜찮아. 보는 대로. 그래서 오랜만에 쇼핑이라도 갈까 하는 마음이 생겼지. 자네도 만나고 싶었고.〉

마스오카는 아라이를 가리킨 다음 아이들 쪽을 언뜻 봤다.

〈그랬더니 이렇게 멋진 덤이 따라왔지. 연락은 해 봐야 하는 거라니까.〉

"할아버지, 뭐라고 한 거야?"

옆에서 미와가 작은 목소리를 냈다. 아직 두 사람의 대화까지는 따라가지 못할 것이다.

"미와와 에이치가 같이 있어서 기쁘시대."

그렇게 전하자 미와는 〈저도〉 〈즐거워요.〉라고 수화로 응했다. 좋아하는 햄버거를 먹어서인지 기분이 좋아진 것 같았다.

〈에이치도〉 〈즐겁지?〉

미와가 에이치에게도 수화로 말을 걸었다.

약간 고개를 숙이고 있던 에이치지만 양 손바닥을 작게 가슴 앞에서 교차로 움직였다(=즐겁다).

두 아이의 모습을 바라보는 마스오카의 눈에 웃음기가 어렸다.

〈어린아이가 옆에 있다는 건 좋은 거야.〉

마스오카는 7년 정도 전에 부인과 사별했다. 두 사람 사이에 아이는 없었다.

〈안 생겼거든⋯⋯. 그보다 만들 수 없었지.〉

언제였는지, 눈앞의 노인이 쓸쓸하게 한 말이 떠올랐다. 사별한 부인도 농인이었는데, '청각장애는 유전'이라고 생각한 부모에 의해 젊은 시절 불임 수술을 받고 말았다. 반세기 이상이나 전의 이야기라고 해도, 그런 어리석은 생각이 버젓이 깔려 있었다는 사실에 분노를 느낀다.

그때 문득 미유키의 차가운 목소리가 스쳐 지나갔다.

—역시 무서워? '들리지 않는 아이'가 태어날까 봐?

가슴 한쪽에서 괴로움이 끓어올랐다. 그 감정을 뿌리치기 위해 마스오카와의 대화로 돌아갔다.

〈오늘 뭘 사실지 생각하셨나요?〉

〈아니, 실제로 보고 정할까 해서⋯⋯ 요즘 아이들은 어떤 걸 좋아하려나.〉

〈글쎄요.〉

그런 종류는 아라이도 알지 못한다. 미와에게 지금 무엇이 유행하고 있는지 물었다.

"여자애들 사이에서는 말이야."

미와는 마법 소녀가 주인공인 만화영화 이름을 꺼냈다. 아라이가 통역했지만 마스오카는 확 와 닿지 않은 듯했다.

〈남자아이는 또 다른가 보네.〉

그가 수화로 에이치에게 물었다.

〈너는 뭐를 좋아하니?〉

에이치가 바로 대답했다.

〈자동차랑〉〈만화.〉

간단한 단어라고 해도 술술 나오는 점에 감탄했다. 마스오카가 천천히 표현해 주는 것도 있지만, '보고 이해하는 능력'도 완벽하다.

〈만화는 어떤 거?〉

에이치가 곤란한 듯 아라이를 봤다. 아마 미와도 좋아하는 「용을 다루는 소년」 애니메이션일 것이다. 아닌 게 아니라 '용'이라는 단어를 수화로 아직 배우지 않았다. 아라이가 대신 마스오카에게 전했다.

〈호오, '용을 다루는'구나.〉 마스오카가 의외라는 표정으로 말했다. 〈그거 좋은데. 그치?〉

마지막 말은 아라이를 향한 것이었다.

〈그러네요.〉

아라이는 어색한 웃음으로 대답했다. 그가 어느 부분을 '좋다'고 말하는지는 알고 있었다.

아니나 다를까, 마스오카는 필담용으로 가지고 다니는 메모장과 펜을 꺼내서 노트에 무언가를 적었다. 크게 적은 그 글자를 에이치와 미와에게 보여 주었다.

農聾.

어리둥절한 얼굴의 두 아이에게 마스오카가 설명했다.

〈어려운 한자라서 아직 배우지 않았겠지만, 이건 농이라고 읽는다. 농인의 농.〉

입을 헤 벌리고 글자를 보고 있던 미와가 "아앗." 하고 소리쳤다.

"이거 '용'이다!"

아이가 농이라는 글자 윗부분을 가리켰다. 용이라는 글자도 아직 학교에서 배우지 않았을 테지만 만화영화 타이틀에 나오는지 그 한자를 알고 있었다.

〈맞아, 잘 알고 있구나.〉

〈응! 밑에는 '귀'야.〉

이번에는 수화로 대답했다.

〈호오, 그것도 알고 있느냐. 대단하구나.〉

'귀'는 이미 배웠으니까 알고 있는 것이 당연하지만, 칭찬을 받아서 미와는 뿌듯해했다.

마스오카가 천천히 수화로 말했다.

〈만화에서 나오면 용이 어떻게 생겼는지 기억하지? 어디 한번 그려 보겠니?〉

마스오카는 노트 한 장을 찢어서 자신의 펜과 함께 두 사람 앞에 내밀었다. 아라이도 가지고 있는 펜을 에이치에게 건넸다.

두 사람은 활기차게 용 그림을 그렸다. 잘 그렸다고는 말할 수 없지만 매일 봐 온 덕에 일단 형태는 그럴듯했다. 양쪽 그림 모두 몸은 뱀처럼 길었고 입은 쩍 벌리고 있었다. 등에는 톱니 같은 것이 삐죽삐죽 돋아 있었고, 코에서 구불거리는 수염, 머리에는 뿔이라는 용의 특성이 잘 드러나게 그렸다.

〈그래, 두 사람 다 아주 잘 그렸구나. 여기 이 머리 위 부분, 너희가 그린 그림에는 뿔이 있지? 귀가 아니고.〉

미와와 에이치는 당연하다는 듯 끄덕였다.

〈그렇단다. 용에게는 뿔은 있지만 귀는 없지. 용은 뿔로 소리를 감지하니까 귀가 필요 없어서 퇴화해 버렸어. 쓰지 않는 귀는 결국 바다에 떨어져 해마가 되었단다. 그래서 용에게는 귀가 없어. 농이라는 글자는 그래서 '용의 귀'라고 쓰지.〉

설명이 어려워져서 아라이가 이해하기 쉽도록 통역을 했다. 농이라는 글자 모양에 대해서는 사실 여러 가지 설이 있지만 굳이 말하지 않았다. 두 아이는 감탄하듯 마스오카의 설명을 들었다.

햄버거를 다 먹고 옆에 있는 장난감 전문점으로 이동했다. 아까 말한 마법 소녀 피규어를 봤다고 미와가 말했지만 오늘의 목적은 그쪽이 아니라고 타이른 뒤 남자아이가 좋아할 만한 코너를 중심으로 돌아보았다.

결국 산 선물은 에이치와 미와가 둘이서 추천한 '용의 등에 탄

소년' 피규어였다. 사이즈가 몇 가지 있었고 주머니에 들어갈 정도
의 작은 타입은 그렇게까지 비싸지 않았기 때문에 마스오카는 에
이치에게 사 주겠다고 했지만 아라이가 거절했다.

〈정말 고맙네. 우리 꼬맹이들도 고마웠어.〉

헤어질 때 마스오카는 몇 번이나 고맙다고 했다. 미와도 에이치
도 쑥스러워했지만 아쉬운 얼굴이었다.

〈꼬마 아가씨도, 꼬마 도련님도 수화로 더 많이 얘기할 수 있게
되면 좋겠구나.〉

헤어질 때 마스오카가 말했다.

〈그러면 두 사람 다 '용의 귀'를 갖게 되는 거야. 멋지지?〉

마스오카의 말에 미와와 에이치는 크게 끄덕였다.

마지막으로 펼친 검지와 중지를 모아서 얼굴 앞에서 슉 내리고
(=또), 세운 오른손 검지와 마찬가지로 왼손 검지를 양쪽으로 가
슴 앞에서 모았다(=만나자).

영어로는 'See you again'과 같은 의미의 수화를 남기고 마스오
카는 떠났다.

마스오카와 헤어지고 난 뒤 에이치의 집으로 향했다. 마키코가
돌아오지 않았으면 어딘가에서 시간을 보낼 생각이었는데, 그녀는
이미 집에 돌아와 있었다. 막 돌아온 참이었는지, 아직 외출복 차

림에 화장도 지우지 않았다. 흰 블라우스에 검은 스커트 차림이라 장례식장이라도 갔었는지 의아했지만 묻지는 않았다.

"정말 고맙습니다."

감사 인사를 하는 그녀에게 아라이는 "아니요, 선물을 골라 줘서 오히려 그분이 좋아하셨어요."라고 대답했다.

"그랬나요? 에이치, 오늘 재밌었어?"

엄마의 말에 에이치는 양 손바닥을 작게 가슴 앞에서 교대로 움직였다. 오늘 몇 번이나 했던 〈즐겁다〉라는 수화였다. 마키코도 이해한 듯했고, 어딘가 지쳐 보이는 그 얼굴이 조금은 누그러졌다.

에이치네를 나와서 집으로 돌아왔다. 저녁 준비를 하면서 기다리던 미유키에게 미와는 서둘러 오늘 있던 일을 보고했다. 그중에 '농'이라는 글자가 만들어진 배경이 인상에 많이 남았는지 "그래서 '농'이라는 글자는 '용의 귀'라고 쓰는 거래." 하고 자랑스러운 듯 말했다.

"와, 그렇구나."

미유키도 관심이 있다는 듯 들었다.

"아란찌, 다음에 그 피규어 사 줘."

식사를 끝내고 미와의 방으로 향하면서 미와는 다시 한 번 확인을 잊지 않았다. 아무래도 마법 소녀보다 마스오카가 샀던 '용의 등에 탄 소년' 피규어가 마음에 든 모양이었다.

"아, 알겠어, 알겠어."

침대에 들어가자 미와는 바로 잠들었다. 많이 걸었던 탓도 있고 처음 농인과 만난 긴장감도 한몫했을 것이다. 오늘 밤은 푹 잠들 것이 틀림없다. 용꿈이라도 꾸는 것은 아닐까? 어쩌면 에이치도.

처음으로 농인과 만나서 수화로 대화를 나누었다. 그것이 어린 두 아이에게 어떤 경험이 되었을까. 성장한 두 사람은 오늘이라는 날을 어떤 식으로 기억할 것인가. 엷은 미소를 띤 듯한 미와의 잠든 얼굴을 바라보면서 아라이는 그런 생각을 했다.

2

그날 밤 잠시 수화 통역 업무를 쉬기로 한 일을 미유키에게 전했다. 아르바이트를 찾겠지만 한동안 수입이 중단되는 만큼 집안 일을 전부 맡겠다고 말하자, "언젠가 한 이야기와는 관계없는 거네?" 하고 살피는 표정으로 미유키가 물었다.

예전에 이야기한 '결혼 시기'를 가리키는 것이다. 아라이와 교제하는 것을 이유로 미유키가 경찰 일을 그만둬야 한다면 수화 통역 업무를 그만두고 정규직에 취직하겠다고 말했었다.

"그 일이랑은 관계없어. 내 멋대로 정한 일이야. 미안해."

"……알았어."

이쪽을 보는 그녀의 얼굴에는 억지로 지은 미소가 떠올라 있었다.

"다시 바빠질 것 같은데, 잘됐네."

이유도, 앞으로 어떻게 할 생각인지도 묻지 않았다. 이번에도 그녀의 자존심에 기대 버렸다. 자각을 하면서도 이 일에 대해 더는 생각하지 않기로 했다. 지금은 아르바이트가 먼저였다.

그렇다고는 해도 실제로 일자리를 찾기란 상상 이상으로 힘든 과정이다. 뭐든 하겠다는 마음이지만 막상 일할 곳을 찾으면 역시 조건이 많아진다. 집안일 외에도 미와의 등하교 마중도 있어서 시간이 제한된다. 예전에 했던 경비원 업무를 다시 하는 걸 가장 먼저 생각했지만 주로 야간 시간대가 많았고, 희망하는 시간과 맞는 자리에 이력서를 넣어 봐도 서류 심사에서 떨어졌다. 우선 캐셔라도 해야겠다는 마음에 가까운 슈퍼나 편의점에 전화를 걸어 봤지만, '미경험자 40대 남성'이란 이유만으로 전부 거절당했다.

수년 전, 고용 지원 센터에 그렇게 다녔지만 희망하는 직업을 찾지 못하고, 궁여지책으로 수화 통역사 시험을 봤을 때를 잊을 리 없었다. 자격도 없고, 경험도 부족한 중년 남자를 원하는 직장은 없다는 사실을 다시금 깨달았다.

한편으로 에이치의 집에 갈 기회는 늘어났다.

마키코가 "아이도 기대하고 있어요."라고 말하기도 하지만, 아라이도 에이치와 지내는 시간이 좋은 기분 전환이 됐다. 고용 지원 센터에서 갔다가 나오는 길이나 미와가 학교에 가 있을 시간에 혼자서 간 적도 있었다.

'수업'은 미와와 함께할 때보다 훨씬 진행되었다. '목소리를 낼 수 없는' 에이치의 상황이 성과로 이어졌다. 아라이도 음성일본어를 쓰지 않았고, 일본수화만으로 가르치는 이런 자연스러운 접근 방법이 습득 속도를 높였다.

처음에는 옆에서 두 사람을 바라보던 마키코였지만 수업이 장시간 이어지자 아라이에게 양해를 구하고 장을 보러 나가기도 했다.

수업을 끝내고 시간이 남을 때면 마키코는 홍차를 내왔고, 차와 함께 과자를 앞에 두고 자신의 처지에 대한 이야기를 조금씩 풀기 시작했다.

"예전에는 큰 병원에서 일했어요. 이제는 8년이나 지났지만……."

에이치가 태어나기 전에는 사이타마 현의 다른 시에서 보조 간호사로 일했다고 한다. 그러나 정식 간호사 자격을 따기 전에 임신 사실을 알았고, 출산 때문에 일을 그만둘 수밖에 없었다. 그 뒤로는 청소나 가사 도우미 일로 생계를 꾸려 나갔다.

"한부모 가정 지원 제도는 이용하고 계시지요?"

혹시 몰라서 물어보니 "네, 아동 부양 수당은 당연히 받고 있어요." 하고 끄덕였다.

"하지만 이혼이나 사별로 한부모 가정이 된 경우랑, 저 같은 케이스는 사실 조금 차이가 있어요."

저 같은 케이스? 소리 내어 묻지 않았지만 아라이의 의문을 알았는지 그녀가 대답했다.

"저는 미혼모예요."

"그러셨군요, 죄송합니다. 쓸데없는 참견을……."

마키코는 "아니요, 괜찮습니다." 하고 고개를 저었다.

"그다지 부끄러워할 일이라고는 생각하지 않아요, 하지만……."

같은 모자가정이라도 제도에 차이가 있다고 그녀는 설명했다.

미혼이나 비혼인 싱글맘에게는 세제 혜택인 '과부寡婦 공제'가 적용되지 않는다. 공제가 적어 분납금이 높아질 뿐 아니라 세금을 기초로 산출되는 '보육료', '방과 후 교실 요금'도 다른 모자 가정에 비해 높아지는 경우가 많다. 사별했을 때 받는 유족연금이나, 이혼 후 받는 위자료나 양육비는 당연히 없다. 마키코는 학생 시절에 양친을 잃었다고 했다. 기댈 만한 친척도 없었다니 생활은 많이 힘들었을 것이다.

"하지만 가장 힘든 건 사람들의 눈이었죠."

마키코는 옅게 웃었다.

미혼모에 대한 세간의 편견. 미유키도 "모자가정이라는 말은 절대 꺼내지 마." 하고 귀가 아플 정도로 못을 박았었다. 비교적 이해를 얻기 쉬운 이혼 여성도 그러한데, 미혼모에 대한 주위의 시선은 가히 짐작할 만하다.

하물며 아이가 무언가 문제를 안고 있는 경우 '역시 아빠가 없어서'라는 시선도 틀림없이 있었을 것이다. 그런 세간의 오해와 편견에 맞서 그녀는 매일 필사적으로 싸우고 있다. 그런데도 최근 그런 오해를 조장시키는 말이 자주 나오고 있어서……

문득 어떤 것에 생각이 다다랐다. 그러고 보니…….

표정에 드러났을 것이다. 마키코가 의문을 띤 얼굴로 마주했다.

"왜 그러세요?"

"아니요, 아무것도 아닙니다."

자신의 탓이라고 생각했는지 "죄송해요, 재미없는 이야기만 해서." 하고 마키코가 일어섰다. 그러고는 테이블 위에 놓인 컵을 부엌으로 가지고 갔다.

그녀가 부엌으로 사라진 것을 확인하고 아라이는 의자에서 일어났다. 지난번 에이치가 '몽타주의 남자를 본 적이 있다.'고 했을 때 마음에 걸리는 점이 있었다.

육아에 대해서 오해를 조장시키는 말. 가지 히데히코. 언젠가 텔레비전에서 봤을 때, 가지 히데히코는 "발달장애는 부모의 애정에 따라 예방 및 개선할 수 있다."는 말을 했다. 그 가지 히데히코의 책을 처음 이 집을 방문한 날에 봤다.

아라이는 책이 진열된 선반으로 다가갔다. '정육학.' 그가 제창하는 교육 이름이 제목 그 자체인 책이다. 텔레비전만이 아니다. 여기에서도 그 이름을 봤다.

그러나 서적은 선반에 없었다. 그때 확실히 봤음에도 지금은 보이지 않는다. 선반은 결코 크지 않다. 책의 권수도 한정되어 있다. 그러나 아무리 찾아도 없었다.

저자명 순서대로 책들이 진열되어 있는 가운데 '오'로 시작하는 이름과 '기'로 시작하는 이름 사이에 한 권의 공간이 비어 있다. 여기에 있었다. '가'로 시작하는 저자, 가지 히데히코의 책이.

마키코가 옮긴 걸까. 그보다 왜 마키코는 이 책을 갖고 있는 걸까. 자신들에 대한 오해를 조장하는 책을. '적'의 생각을 알기 위해 읽었던 것일까? 의문이 더해 갔다.

왜 이를 마키코는 자신들에게 말하지 않았을까?

에이치가 '증언'했을 때, 아라이는 확실히 가지 히데히코의 이름을 꺼냈다. 마키코도 확실히 들었다. 그런데도 말하지 않았다. 자신이 그 인물을 알고 있다는 사실을. 그의 저서까지 갖고 있음을.

마키코는 전부터 가지 히데히코를 알고 있었다. 가지 히데히코는 건너편 아파트에서 사건 피해자와 만났다. 그것은 정말 우연일까. 우연이었다면 숨길 필요가 없다. 숨겼다는 사실에 무언가 의미가 있는 것은 아닐까. 특별한 일은 아닐지 모르지만, 마키코에게 직접 물어보기가 꺼려졌다.

　에이치의 집을 나와 귀가하는 길에 슈퍼 안에 있는 서적 코너에
들렀다. 가지 히데히코의 『정육학』을 찾아볼 생각이었다. 직원에게
물을 필요도 없이 책은 가장 눈에 띄는 곳에 진열되어 있었다. '지
금 텔레비전에서 화제!'라는 홍보 POP가 걸려 있고, 절대 저렴하
다고는 말할 수 없는 가격임에도 꽤 팔리고 있는 듯했다. 아라이는
그 책과 함께 함묵증과 발달장애에 관한 서적을 몇 권인가 샀다.
지출이 컸지만 어쩔 수 없었다.

　이어서 저녁 식사를 위한 장 보기도 마치고 집으로 돌아왔다.
미와를 데리러 가기에는 시간이 아직 남았다. 식탁에 앉아 우선은
『정육학』부터 펼쳤다. 커버 안쪽에 실린 저자의 최근 사진에 세련
된 반 뿔테 안경을 쓴 풍채 좋은 장년 남성의 모습이 있었다. 텔레
비전에서 본 인물이 틀림없었다. 가지 히데히코라는 이름과 함께
'가지 병원 이사장', '시노미야 학원 이사장'이라는 직함이 쓰여 있
었다. 학교 외에 병원도 경영하고 있다니 의외였다. 판권을 보니 초
판 발행은 8년이나 전이었다. 아마 방송 출연을 계기로 중쇄에 들
어갔을 것이다.

　'시작하며' 페이지를 펼쳤다.

히키코모리, 등교 거부, 가정 폭력, 정서 장애. 아동기가 되어 나타나는 아이의 문제 행동의 근본 원인은 영유아 시기의 애착 형성 부족에 있습니다. 아이의 심신이 건강하게 자라려면 우선 부모가 올바른 육아 방법을 알고 애정을 갖고 아이를 접하는 것이 중요합니다. 영유아 시기에는 항상 부모가 옆에 있으면서 언어와 신체 접촉으로써 아이에게 다가가야 합니다. 육아의 중심을 담당하는 쪽은 엄마이지만 부모 모두의 애정이 중요합니다. 최근 '폭발하는 아이'라는 말이 있는데, 이는 감정 컨트롤이 되지 않는 아이들을 일컫습니다. 이런 아이 중에는 부모에게 애정을 듬뿍 받고 자라지 못한 케이스가 눈에 띕니다.

여기까지 읽은 뒤 책을 덮었다. 언뜻 정론처럼 보일지도 모르지만 모든 부모가 항상 아이 옆에 붙어 있는 것이 가능할 리 없다. 하물며 부모가 두 사람 모두 있지 않으면 올바른 육아가 불가능하다는 식의 논리는 난폭한 주장에 가깝다. 더는 읽어 나가기 힘들어져서 먼저 함묵증에 관한 책을 읽기로 했다.

선택적 함묵증에 대한 설명은 마키코에게 들은 이야기와 거의 같았지만, 비슷한 증상이 몇 가지 있고 제대로 구별하지 않으면 잘못된 대응을 하는 일이 일어난다고 기술되어 있었다. 말할 수 없는 자리나 정도도 사람에 따라서 다르다고 하는데, 패턴은 일정하다고 한다. 예를 들면 가정에서는 누구와도 자연스럽게 대화를 할 수 있지만 학교 교문을 들어선 순간 선생님이나 친구들과 이야기할 수 없는 아이. 혹은 유치원이나 학교에서 친구들과는 조금씩 이야기를 할 수 있지만 선생님이 있는 경우에는 전혀 말할 수 없는 경우. 그중에는 몸을 생각처럼 움직일 수 없는 '함동緘動' 상태에 빠지는 아이도 있다고 한다.

메커니즘에 대해서는 아직 알려지지 못한 부분이 많지만 최근에는 '불안증이나 공포증의 일종'이라고 인식되고 있는 듯하다. 즉 불안이나 긴장으로 인해 진짜 힘을 다른 사람 앞에서 발휘할 수 없어지는 상태. 그런 아이는 공통적으로 '말하는 것이 무서운' 게 아니라 '자신이 말하는 것을 다른 사람이 듣거나 보는 것에 두려움을 느낀다.'고 한다.

에이치는 이런 케이스와는 조금 다른 듯하다. 증상에 따라 그룹이 나눠지는데 '복합 선택적 함묵증(발달 문제나 심리 문제의 병합)'에 속하는 것 같다. 발달장애와 함묵증의 연관성도 아직 완전히 밝혀지지 않은 듯하지만 선택적 함묵아 가운데 상당한 비율로 발달장애가 함께 발생하는 것은 틀림없는 듯했다.

선택적 함묵증과 발달장애 모두 증상 개선이나 2차적 문제 예방을 위해서는 주위 사람들의 이해와 협력이 중요함에도 불구하고 쉽게 얻기 어렵다는 점이 공통된다. 가정환경이나 학대, 예절,

과보호 등과는 관계가 없음에도 그것을 원인으로 치부하는 경우가 많다고 한다.

즉 부모가 아이를 대하는 방식, 교육 방식의 탓이라고.

점점 알 수 없었다. 왜 마키코는 가지 히데히코의 저서를 가지고 있는 것인가. 그리고 왜 그것을 우리들 눈에서 감추었는가.

귀가를 하니, 아라이 앞으로 소포가 도착해 있었다. 파견 통역 의뢰 외에 아라이에게 우편물이 오는 일 자체가 드물었다. 보내는 사람에는 마스오카 다다시라고 서툰 글씨로 쓰여 있었다.

안에 들어 있던 것은 이전에 마스오카와 함께 산 '용의 등에 탄 소년' 피규어였다. 편지는 없었지만 바로 메일이 왔다.

'미안하네, 이거 전에 만난 그 남자아이에게 전해 주지 않겠나? 거의 새 제품이니까 받아 주면 나도 좋을 것 같네.'

무슨 일인지 알 것 같았다. 선물한 상대 아이가 생각보다 기뻐하지 않은 것은 아닐까. 아니면 필요 없다고 했거나 부모의 반응이 좋지 못했는지도 모른다.

'알겠습니다. 에이치 어머니에게도 그렇게 전해서 아이에게 전달할게요.'

다음 수업 날, 마키코에게 사정을 이야기해서 허락을 얻은 다음 에이치에게 피규어를 전했다. 에이치는 표정에서 확연한 기쁨은

드러나지 않았지만 수화로 〈고마워요.〉라고 전하며 피규어를 소중하게 안아서 '자기 방'으로 들어갔다.

"'마음에 드는 것' 자리에 장식할 건가 봐요. 저 아이가 물건 배치를 바꾸는 일은 아주 드물어요."

마키코가 기쁜 듯 말했다.

에이치가 물건 배치에도 집착한다는 점은 아라이도 이미 알고 있었다. 배치만이 아니라 변화를 싫어하고 정해진 습관이나 같은 행동 패턴을 좋아하는 경향이 강했다.

또 좋아하는 것에는 열중하지만 흥미의 범위는 정해져 있었다. 수화에 강한 흥미를 보이는 점은 다행이었다. 아라이가 읽은 책 내용에는 발달장애아 중에 눈 마주침이나 표정, 몸짓 등으로 의사를 전달하는 것을 어려워하는 아이도 많다고 했지만, 에이치는 해당되지 않았다.

특기는 숫자나 기호 암기였다. 수화를 가르치는 시간을 끝낸 다음 카드놀이를 한 적이 있었는데, 둘이서 겨루는 게임은 대체로 에이치가 승리했다. 그중에서도 잘하는 게임은 '짝 맞추기*'로 아라이가 이긴 적이 한 번도 없었다.

두 사람이 보낸 시간이 길어져도 문제가 없음을 확인한 아라이는 마키코에게 제안을 했다.

---

* 카드를 모두 뒤집어 놓은 상태에서 한 사람씩 똑같은 한 쌍을 찾아내는 게임.

"저는 반나절 정도는 있어도 상관없으니, 괜찮으시면 그사이 일 다녀오세요."

"아니요, 아무리 그래도 그건……."

예상대로 사양하는 마키코였지만, 매일도 아니고 자신도 취직 면접이 없는 날은 미와를 데리러 가기까지 할 일이 없다고 반복했다.

"에이치와 제가 둘만 남아서 불안하신 거라면 어쩔 수 없지만요."

그렇게 덧붙이자 "그럴 리가요."라고 마키코는 고개를 흔들었다.

"저도 놀랄 정도로 아라이 씨와 함께 있는 시간에는 아이가 침착하게 있어요."

"그렇다면 정말 사양하지 않으셔도 됩니다."

마지막에는 마키코도 "정말 진심으로 감사해요. 그럼 부탁드리겠습니다." 하고 제안을 받아들였다.

아라이가 오는 날을 미리 정하면 그사이 마키코는 파트타임으로 청소 일을 하러 나가기로 했다.

그날도 두 사람만의 수업이 끝나고 카드놀이도 한판 한 다음이었다. 마키코가 일을 끝내고 돌아와서 "과일 깎을 테니 먹고 가세요." 하고 말했다. 아라이는 사양하지 않고 감사한 마음으로 식탁에 앉았다.

에이치는 '자기 방'에는 들어가지 않고 책상 앞에 앉아서 스케치북을 펼쳤다. 그러고는 옆에 있는 상자에서 크레용을 꺼냈다.

에이치가 즐겨 그리는 그림은 자동차였다. 가까이서 들여다보니 열심히 그리고 있는 지금 그림도 자동차였다. 모델이 된 미니카는 근처에 보이지 않았지만, 몇 번이나 위에서부터 덧그리면서 세세한 부분까지 재현하려고 했다.

"눈앞에 없는데도 잘 그리네요."

다이닝룸으로 돌아와서 마키코에게 말하자 그녀가 대답했다.

"확실히 상상만으로는 그리기 힘드니까 집 근처에서 본 것이 아닐까요. 자기한테 없는 차를 발견하면 반드시 그리거든요."

"그런가요? 그렇다고 해도 안 보고 그린다니 대단한 거죠."

이것도 타고난 기억력, 시각에 의한 인지력 덕이다.

열심히 그림을 그리던 손이 갑자기 멈췄다.

웅얼거리는 소리를 내더니 마키코 쪽으로 고개를 돌렸다. 무언가를 호소하는 표정에 "왜 그래?" 하고 마키코가 물었다.

에이치가 손을 움직였다. 오므린 양 손끝을 맞대어 비튼 다음, 머리카락에 손을 갖다댔다. 그리고 글을 쓰는 동작을 한 다음 양손을 쥐면서 교차시켰다.

"색…… 검정…… 쓰는 거……가, 없어졌다? ……아, 검은 크레용이 없다고."

마키코도 이 정도 수화는 알아보게 되었다.

"검은 크레용은 없어졌으니까 새로 사 왔어. 거기에 들어 있잖아."

마키코가 부드럽게 타일렀지만 에이치는 격하게 고개를 흔들었다.

⟨이거 아니야!⟩ ⟨내 크레용이 아니야!⟩

"응, 같은 제품이 없어서 그래. 다른 제품으로 사 온 거야. 하지만 같은 검정색 크레용이니까. 이걸로 괜찮아."

⟨달라!⟩ ⟨내 거랑 달라!⟩

"하지만 봐 봐, 그려 봐." 마키코는 에이치에게 걸어가서 상자 안에서 새로운 크레용을 꺼내어 내밀었다. "봐, 같은 색이잖아."

⟨달라!⟩ ⟨달라!⟩

에이치는 크레용을 잡고 온 힘을 다해 던졌다. 크레용은 가까운 벽에 부딪혀서 떨어졌고, 벽에는 검은 크레용 자국이 남겨졌다. 에이치는 그대로 얼어붙듯 굳고 말았다.

마키코는 아무 말 없이 일어서서 크레용을 줍고 상자에 넣었다. 그리고 천천히 에이치 앞으로 돌아갔다. 화를 내지도 탄식을 하지도 않고 평소와 다름없는 시선으로 아들을 바라봤다.

문득 에이치가 일어섰다.

벽에 늘어선 정리 박스 쪽으로 가서 그중 하나에 손을 넣고, 한 장의 쪽지를 꺼내서 돌아왔다. 그 쪽지를 마키코에게 건넸다. 마키코는 "응, 알겠어." 하고 끄덕였다. 에이치는 그대로 '자기 방'으로 걸어갔다. 벽장 문을 열고 안에 불을 켠 뒤 들어갔다.

벽장 문이 닫히자, 마키코가 쪽지를 아라이 쪽으로 보여 줬다.

쪽지에는 에이치의 글씨로 '지금은 곤란합니다. 안정이 될 때까지 혼자 있겠습니다.'라고 쓰여 있었다.

마키코는 아라이를 바라보고 조용히 말했다.

"이래도 '발달장애 아이는 자신의 감정을 컨트롤할 수 없다.'고 하는 걸까요……?"

그날 밤, 식사를 끝내고 테이블 위를 정리하고 있는데 텔레비전 화면에 잘 아는 인물이 나오고 있었다.

정시 뉴스 시간이었다. 중의원 예산 위원 회의가 한창인 가운데 야당 국회의원인 한가이 마사토가 질문을 위해 서 있었다.

"……학원 건설 예정지가 인접한 토지보다 10분의 1 이하의 가격으로 매각되었습니다. 국유지가 부당하게 낮은 가격으로 매각된 것은 아닌지 의문이 있습니다만, 이에 대한 생각을 말씀해 주십시오."

질문에 대해 머리를 단정하게 빗은 정장 차림의 남자가 표정 하나 변하지 않고 답변했다.

"법령에 기초하여 적절한 절차로 진행되었다고 알고 있습니다."

다시 한가이가 일어섰다.

"인가 과정에 대해서도 이해할 수 없는 점이 있습니다. 보류 결정이 내려졌음에도 불구하고 바로 한 달 뒤에 학원에 추가로 상황 보고를 시킨다는 조건부로 단번에 '인가 적당'이라는 답신을 했습니다. 이 과정에 현지사로부터 이례적인 지시가 있지는 않았습니까?"

공무원이 정중하게 대답했다.

"통상적인 인가 절차를 거쳤다는 보고를 받았습니다."

다시 한가이가 일어섰지만, 그때 화면이 스튜디오로 전환되었다.

"사이타마 현에 설립이 예정되어 있는 사립 초등학교를 둘러싸고 한가이 의원이 한 질문입니다만, 왜 이 건을 국회 심의에서 다루는 걸까요?"

아나운서의 질문에 해설위원이라는 직함을 단 남자가 대답했다.

"지적을 받은 학원 경영자가 사이타마 현지사와 각별한 사이일 뿐 아니라 수상도 그 인물의 교육 이념에 공조하고 찬동한다는 과거 보도를 문제 삼고 있는 것이지요. 즉 현지사가 수상의 '의향'을 방패로 인가 절차 과정에서 공정하지 않은 지시를 내린 것은 아닌가 의문을 가지는 거죠."

"그렇군요. 이 문제가 앞으로 어떻게 전개될지 주목해야겠습니다."

멘트만큼의 열의는 담겨 있지 않은 말투였다. 곧 다른 뉴스로 바뀌었다.

"지금 좀 괜찮아?"

미와를 재우러 갔던 미유키가 웬일인지 욕실로 가지 않고 말을 걸었다.

"다시 바빠질 것 같으니까."라는 그녀의 말처럼 미유키는 최근 집에 오는 시간이 자정에 가까웠다. 집에 오면 아라이가 준비해 둔 먹거리를 맥주와 함께 넘기고 금세 목욕을 끝낸 뒤 "내일도 일찍 나가야 돼서."라며 서둘러 침실로 사라지는 패턴이 이어졌다. 졸린 눈을 비비면서 기다린 미와는 물론, 아라이와도 대화를 나눌 시간이 거의 없었다.

"괜찮아. 왜?"

리모컨을 들어서 텔레비전을 껐다. 미유키가 테이블 맞은편에 앉았다.

"요전에, 미와랑 같이 에이치를 데리고 외출했던 날 있잖아?"

"마스오카 씨를 만난 날?"

"응."

"그날 왜?"

이제 와서 무언가 혼날 일이 있는가 싶어 당황했지만 그녀가 꺼낸 말은 전혀 다른 것이었다.

"그때, 마키코 씨는 집에 계속 있었어?"

"마키코 씨? ……아니, 외출한다고 했었어."

"어디?"

"어, 음. 친구와 만난다고 했나."

"어떤 친구?"

"어떤 친구라…… 그때 확실히 옛 친구랑 오랜만에 만난다고 했

252

는데, 왜 그걸 물어?"

갑자기 그것을 신경 쓰는 이유를 알 수 없었다.

"응……. 사실 그날 밖에서 마키코 씨를 본 것 같아서."

"그래? 어디서?"

질문에 대답하지 않고 미유키는 재차 물었다.

"마키코 씨, 어떤 차림이었는지 기억해?"

"으음…… 그때 아마……."

그날 에이치를 데리고 갔을 때, 아직 마키코가 외출복에 화장을 지우지 않은 채였다는 것을 떠올렸다.

"흰 블라우스에 검은 스커트……."

"그래? 알았어."

자기가 질문해 놓고 매정한 태도로 미유키가 대답했다.

"어디서 봤는데?"

"아니야, 다른 사람이었나 봐."

미유키가 고개를 저었지만 아라이는 신경이 쓰였다. 확실히 부자연스러운 태도였다.

그렇다고 해도 이 이상 추궁할 수도 없다. 이야기가 끝이 났나 싶어서 일어나려는 그때, 미유키가 말했다.

"앞으로도 마키코 씨와 만나는 거지?"

"으응…… 에이치에게 수화를 가르치러."

"······그래."

"왜?"

"아니야, 아무것도. 대신 미와는 이제 그만 데리고 가 줄래?"

"어?"

무심코 미유키의 얼굴을 살폈다. 그녀는 시선을 피했다.

"왜?"

"어찌됐든."

"이유를 말해 줘야······."

"미안한데." 시선을 아래로 떨어뜨렸지만 이유를 묻지 말라는 말투였다. "미와 일은 내 말대로 해 줘."

뭐라고 대꾸할 말이 없었다.

확실히 자신은 그저 동거인일 뿐이다. 그러나 얼굴을 마주하고 그런 말을 들을 거라고는 생각하지 못했다.

언제였던가, 미와가 학교에 가기 싫다는 말을 꺼낸 적이 있었다. 무리해서라도 등교를 시키려는 미유키와 하루 정도 쉬게 해 주자는 아라이 사이에 약간의 대립이 있었다. 결정하는 사람은 미유키이기 때문에 뜻을 굽히려던 차에 그녀가 먼저 "왜 가기 싫은지 당신이 물어봐 줄래?"라는 말을 꺼냈더랬다.

그때, 아주 조금이지만 인정을 받았다고 생각했다. 미와의 아빠 대타로. 하지만 지금 떼어 버리는 듯한 이 말투는 그런 안일한 생각에 물을 끼얹는 것이었다.

"알았어."

아라이는 아무렇지 않은 듯 일어섰다. 언쟁을 할 생각은 없었다. 미와의 엄마는 미유키니까.

"미와한테는 내가 말해 둘 테니까."

"그래 주면 고맙고."

미유키는 아무 말 없이 욕실로 향했다.

그녀의 급격한 태도 변화가 당혹스러웠다. 설마 에이치의 장애가 미와에게 무언가 영향을 끼칠지 걱정하는 것일까. 아니다, 미유키가 그런 식으로 생각할 리 없다. 그럼 역시 마키코인가. 자신이 만나는 것은 괜찮다고 했으니 질투 때문은 아닐 것이다. 그럼 무엇인가? 미유키가 마키코를 향해 품은 감정이 어떤 종류인지 감이 잡히질 않았다.

3

고용 지원 센터에서 나오자 차가운 바람이 볼을 스쳤다. 요 며칠 온화한 초겨울 날씨가 이어졌지만 오늘 갑자기 추워진 날씨에 밖을 나오는 순간 근육이 움츠러드는 느낌이었다.

구직 활동은 이날도 헛수고로 끝났다. 정규직 취직 전에 할 수 있는 아르바이트라도 좋다고 조건을 낮췄지만 그래도 딱 맞는 일이 없었다. 일을 찾아야 한다는 초조함이 있긴 했지만 약속을 했으니 돌아가는 길에 에이치의 집으로 향했다.

미와를 데려가지 말라는 미유키의 말은 당연히 마키코에게는 전하지 않았다. 최근 아라이가 혼자 가는 것이 당연해졌기 때문에 이상하다는 생각도 들 리 없었다.

파트타임에 나가는 마키코를 보내고 평소처럼 수업을 시작하려다가, 에이치 책상 위에 그림 한 장이 걸려 있는 것을 알아차렸다.

지난번에 열심히 그린 그림일 것이다. 역시 자동차 그림이었다. 전체적으로 균형이 그리 좋지는 않았지만 검은 세단이라는 것은 확실히 알 수 있었다. 아래쪽에는 '도요타 아리온'이라는 차 이름과 차량 번호 같은 숫자가 쓰여 있었다.

―차종은 물론 그 번호도 실제로 존재해요.

이 숫자도 실제로 본 차의 번호일 것이다. 그런 생각을 하면서 다시 한 번 그림을 바라봤다. 자세히 보니, 뒤쪽 창문 근처에 가느다란 봉 같은 것이 붙어 있었다. 안테나인가?

혹시나 하는 마음에 창가로 걸어갔다. 레이스 커튼을 조금 열어 아래를 내려다보았다.

반대편 아파트를 사이에 두고 차를 몇 대 세울 정도 공간이 있는데, 그곳에 검은 세단이 주차되어 있었다. 미등을 낮춘 뒤쪽의 창문 바로 윗부분에 무선 수신용 안테나가 보였다.

아라이가 근무하던 시절과 안테나의 종류는 바뀌었지만, 수사용 잠복 차량이 아닌가.

"이 그림의 차, 항상 밖에 서 있어?"

에이치에게 묻자 아이는 잠시 생각하다가 조용히 끄덕였다.

잠복이다. 사건 현장 출입을 감시하고 있는 것일 터였다. 지금까지 본 적이 없었는데, 수사에 무언가 진전이 있는 것일까. 범인은 현장에 다시 돌아온다는 말이 예전부터 있기는 했지만……. 마키코에게 말해 봤자, 쓸데없이 불안하게 만들 뿐이다. 그래서 아라이는 밤에 미유키에게 물어보기로 하고 그날은 아무 말도 하지 않고 넘어갔다.

에이치의 집을 나올 때까지도 아직 검은 세단은 주차되어 있었다. 멀리서 보기에는 운전석에 사람의 모습은 보이지 않았다. 그러나 사람이 있는 것을 알아차리지 못하도록 시트를 눕히는 경우도 자주 있었다.

가까이 가면서 차 번호를 확인했다. 역시 에이치가 써 놓은 숫자와 같았다. 근처를 지나가려는 순간, 운전석에서 남자가 벌떡 일어났다.

남자가 번득이는 눈으로 이쪽을 바라봤다. 표정에 변화는 없었다. 놀란 쪽은 오히려 아라이였다. 남자는 가라고 말하는 듯한 눈으로 신호를 보냈다. 아라이는 고개만 살짝 끄덕이고 빠른 걸음으로 지나갔다.

조금 더 갔더니 휴대전화가 울렸다. 예상하고 있던 전화라 아라이는 바로 통화 버튼을 눌렀다.

"감시에 대해서 저 모자에게 말하지 마."

언제나처럼 인사도 없이 본론이 귀에 날아들었다.

수사 차량에 타고 있는 사람은 이즈모리였다.

"무슨 일입니까?"

묻고 나서야 깨달았다. 사건 현장을 지켜보는 게 아니었다. 감시 대상은 우루시바라 마키코와 에이치 모자가 사는 아파트였다.

"캐물어 봤자 소용없다. 어쨌든 말하지 마. 그리고."

이즈모리는 낮은 목소리로 이어 갔다.

"가능하면 저 집에 드나들지 마."

그리고 전화는 끊겼다. 여전히 문답무용. 그러나 확실하게 알게 되었다.

우루시바라 마키코는 경찰의 감시를 받고 있었다. 미행 대상이었다. '왜?'라는 질문을 떠올리면 이유는 하나밖에 없었다. 살인사건의 용의선상에 올라와 있는 것이다.

그날 밤, 미와가 잠드는 것을 지켜보고 이번에는 아라이가 먼저 말을 걸었다.

"묻고 싶은 게 있어."

미유키는 예상했다는 듯이 고개를 끄덕이며 식탁 앞에 앉았다. 지친 표정이었다.

"이즈모리 씨와 만났다고 들었어."

그녀가 먼저 말을 꺼내서 아라이는 놀랐다.

"알고 있었어?"

이즈모라와의 만남을 가리키는 것이 아니다.

"그 모자가 미행 대상이 된 걸."

그녀는 가만히 고개를 끄덕였다.

"마키코 씨가 의심을 받고 있는 거야?"

미유키는 고개를 저었다.

"말할 수 없어. 알고 있잖아."

"나한테도?"

순간 그녀가 이쪽을 봤다. 그리고 바로 눈을 피했다.

"……당신이니까."

그건 동거하는 연인이기 때문이라는 의미인가. 아니면 피의자와 친한 '관계자'이기 때문이라는 의미인가.

"마키코 씨는 전부터 피해자를 알고 있었어? 증거가 나온 거야?"

미유키는 고개를 흔들었다.

"말할 수 없어."

"그 사람이 의심받고 있는데도 내가 그 집을 드나드는 것을 말리지 않은 건, 나에게서 무언가 정보를 빼내려고?"

미유키는 말없이 고개만 저었다. 아니라는 의미일까? 혹은 말할 수 없다고 이야기하고 있는 것인지 알 수가 없었다.

어느 쪽이라도 수사본부가 마키코를 의심하고 있다는 것은 틀림없었다. 임의로 사정청취를 하지 않는 이유는 확실한 증거를 잡기 전까지 자유롭게 다니게 하는 것이다.

마키코가 피해자와 면식이 있다는 것은 충분히 있을 법한 일이다. 자신이 사는 아파트 건너편에 드나든 남자이니까. 그 사실을 숨긴 행동이 의심을 불러왔다는 것도 예상할 수 있다. 하지만 그것만으로 수사본부가 그녀를 의심하기에는 부족하다.

"마키코 씨에게 이 일은 비밀로 해 줘."

미유키의 말에 이번에는 아라이가 고개를 저었다.

"당신에게서 억지로 수사 정보를 들을 수 없는 것과 마찬가지로, 당신도 내 행동을 제한할 수는 없어."

미유키가 눈을 크게 떴다.

"내 입장, 알고 있잖아?"

"입장?" 자신도 모르게 되물었다. "당신은 교통과 직원이잖아?

언제부터 수사관이 된 거지?"

미유키는 가만히 아라이의 얼굴을 바라봤다.

그 표정을 보고 깨달았다. 경솔했다. 지금까지 깨닫지 못한 것은……

"혹시, 형사과 배속 희망하고 있는 거야?"

미유키는 아무 말도 없이 고개를 숙였다. 그리고 작은 목소리로 대답했다.

"전속 희망서는 이미 훨씬 전부터 냈어."

그랬군…….

이번에 수사본부로 배속된 건 인원수를 맞추기 위함이 아니었다. 그녀의 희망이었다. 형사 적성이 있는지 아닌지를 알아보기 위해 기용된, 이른바 '시험'이다. 만약 여기서 무언가 업적을 올리면 형사과로 전속을 인정받는다. 그렇게 된 것인가.

'당신은 형사가 되기 위해 지인을, 딸 친구의 엄마를 팔 셈인가?'

아라이는 튀어나오려는 말을 삼켰다. 그런 안일한 말이 통할 리가 없다. 만약 마키코가 정말 피의자라면 지인이든, 친구든 상관없다.

그러나 아라이는 도저히 믿을 수 없었다. 마키코를 신뢰한다는 의미가 아니다. 죄를 저지른 결과로 경찰에 체포된다면 에이치는 혼자 남게 된다. 그런 어리석은 짓을 그녀가 할 리가 없다.

아무 말이 없는 아라이를 대신해 미유키가 입을 열었다.

"이제 거기에 가지 마. 그 사람을 만나지 마."

그리고 짧게 덧붙였다.

"이건 개인적인 부탁이야."

오늘 처음으로 그녀 자신의 목소리를 들은 기분이었다.

미유키가 욕실로 들어갔다. 아라이는 혼자 식탁에 남아서 그녀가 한 말의 의미를 생각했다.

미유키가 형사과로 전속 희망서를 냈다는 것.

물론 그 자체는 아무런 문제가 없다. 그녀가 경찰 내에서 어떤 부서를 희망하는지는 자유다. 다만 한 가지 확실한 사실은 교통과나 그 외 내근 부서라면 몰라도 형사과로 전속하는 일이 아라이와의 결혼, 아니, 교제에 큰 장벽이 된다는 것이다.

경찰관이 결혼을 할 때, 회계 직종이나 기동대, 외근 경찰 등 공안과, 그리고 형사과 가운데서도 특히 지능범이나 사기를 대상으로 하는 수사2과, 폭력단을 중심으로 한 수사4과는 조직적으로 샅샅이 조사를 한다고 알려져 있다. 교제를 보고받는 동시에 경찰 조직은 상대의 신변을 철저하게 조사한다. 왜냐하면 이 과에 소속된 경찰관의 교제 상대가 만일 폭력단을 비롯해 반사회적 조직이나 극우, 혹은 컬트적 종교 단체의 사람인 경우 경찰 조직에 상당히 까다로운 존재가 되기 때문이다.

그 외의 부서에서도 결혼은 말할 것도 없고, 교제 단계에서 보고서를 제출하지 않으면 안 되는데, 물론 미유키는 아라이와의 관계를 보고하지 않았다. 그리고 2년 전 사건으로 두 사람의 교제를 모두가 알게 된 걸 역으로 이용하여 관사를 나와 당당하게 아라이와 동거하기 시작했다.

이에 대해서 윗선에서는 조용히 바라보는 입장을 취해 왔다. 아마 괜히 들춰 내어 귀찮은 일을 만들고 싶지 않았을 것이다. 그러나 미유키의 형사과 근무가 확정되면 그저 바라보기만 하는 입장을 취하지는 않을 것이다.

전국 경찰 조직 30만 명을 적으로 돌린 남자.

그런 남자와의 교제를 방관하는 일은 있을 수 없다. 윗선에서는 미유키에게 선택을 요구할 것이다. 아라이와 헤어질 것인지, 경찰을 그만둘 것인지, 어느 쪽을 선택하라고.

그걸 알고도 미유키는 형사과로 전속 희망서를 냈고, 나아가 수사본부 보조 수사관에 자진해서 이름을 올렸다. 그녀는 이미 결론을 내린 것이 아닐까.

욕실 문이 열리는 소리가 나고 미유키가 나왔다. 식탁에 앉아 있는 아라이를 보고 깜짝 놀란 듯 발을 멈췄다.

"아직 있었어?"

"묻고 싶은 게 아직 있어."

"……대답 못 할 거야."

미유키는 쌀쌀맞게 대답하고 지나가려고 했다.

"대답할 수 있는 범위에서 해 줘도 괜찮아."

그런 얘기를 할 생각은 없었는데도 멋대로 말이 나갔다.

"알려 주면 나도 말할게."

미유키가 말을 멈췄다.

"……뭘?"

"내가 알고 있는 걸."

잠시 정적이 흐른 뒤 미유키가 몸을 틀어 식탁 맞은편에 앉았다.

"알았어. 이야기할 수 있는 범위에서 말할게. 뭐가 궁금해?"

이렇게까지 자신에게서 정보를 빼내고 싶은 것일까. 그렇다면 이쪽도 알고 싶은 것을 끌어내는 데 집중하기로 했다.

"피해자 신원은 아직 알아내지 못한 거야?"

대답까지 시간이 걸렸다. 어디까지 이야기해도 좋은지 생각하고 있는 것이리라. 이윽고 미유키가 "응."이라고 입을 열었다.

"행방불명자 리스트에는 해당자가 없고, 지문 조회도 치열 조회도 허탕. 몽타주가 공개된 다음 문의나 확인을 위해 방문한 경우가 몇 건 있었지만 어느 것도 맞지 않았어."

"근무했던 NPO에 오기까지의 경위는? 이력서나 신분증명서는."

"보험증은 죽은 가미무라 하루오 씨의 것을 사용했어."

병으로 죽은 홈리스의 이름이었다. 단순히 이름을 빌렸을 뿐 아니라 신분증까지 사용했다. 즉 '호적을 산 것'인가.

"주민표*도?"

미유키는 고개를 저었다.

"그런 서류는 제출하지 않았어. 보험증만."

"고용하면서 너무 허술한 거 아니야? 아무리 NPO라고 해도."

"피해자도 홈리스였어."

"어?"

"홈리스인 피해자도 원래 그 NPO의 지원을 받았어. 주거를 제공받아 사회복귀 지원을 받는 과정에서 직원으로 채용된 거야."

과연 그렇게 된 것인가. 원래 주거가 불분명한 데다, 다른 사람의 신분증을 사용했다면 경찰이라고 해도 신원을 밝히는 데 고충을 겪을 것이다.

"피해자가 사건 당일, 현장에 온 이유는? 집 보수 관리를 위해서?"

"피해자가 그 집에 온 것은 아주 드문 일은 아니었나 봐. 대부분 거기에 살았다고 하니까."

"살았다고? 하지만 뉴스에서 그 집은 NPO가 관리한다고……."

---

* 관할 구역 내에 살고 있는 주민임을 증명하는 서류.

"그건 맞아. 피해자의 주거지는 다른 곳에 있어. 무사시후지사와에 아파트를 빌렸어. 그런데도 자기 짐을 가져다가 업무가 없는 날 대부분의 시간을 그 집에서 보냈나 봐."

"왜 그런 일을."

"몰라."

신원 이전에 피해자의 행동에는 이상한 점이 많았다. 그 점이 수사가 난항을 겪는 요인의 하나이기도 할 것이다. 피해자와 마키코에 어떤 연결고리가 있는 것인가.

"전에 내가 미와랑 에이치를 데리고 마스오카 씨와 만난 날을 물은 적이 있지?"

미유키의 표정이 살짝 굳어진 듯이 느껴졌다.

"왜 그걸 물었어? 마키코 씨를 봤다고 한 건 거짓말이지?"

잠시 틈을 둔 다음 미유키는 대답했다.

"같은 날 시신 보관실로 피해자의 얼굴을 확인하러 온 여성이 있었어."

"……시신이 아직 보관되고 있어?"

보통 신원불명의 시신은 경찰이 한동안 보관한 후 발견지 관할 지자체로 옮겨져 무연고 사망자로 화장된다. 사망하고 한 달 이상 지났음에도 아직 이장되지 않았다면 보다 확실하게 신원 특정을 하기 위한 것이리라.

"그 '여성'이라는 사람이 마키코 씨였어?"

미유키는 고개를 흔들었다.

"마키코 씨는 아니었어. 동년배의 다른 여자. 결과적으로는 찾고 있는 사람과는 다른 사람이었다는 결론이었지만, 시신에 정중하게 손을 모으고 눈물을 흘리길래 같이 들어갔던 수사관이 이상해서 차 번호를 기록했대."

"조회했어?"

미유키는 끄덕였다.

"마키코 씨랑은 관계가?"

"조사해 보니까 그 여성이 예전에 근무했던 곳에서 마키코 씨도 근무했었어. 이미 8년 전이기는 하지만 같은 시기였어. 그러니까 예전 동료."

마키코가 이전에 근무했던 직장이라고 하면…….

"현내 병원. 두 사람 모두 간호사였어. 마키코 씨 쪽은 정확하게 는 보조 간호사였지. 근무하면서 정규 간호사 자격을 딸 생각이었 던 것 같지만, 거기까지는 못 가고 그만뒀나 봐."

그 이야기는 들었다. 현내 큰 병원에서 근무했었다고. 하지만 에 이치를 낳기 위해서 병원을 그만둘 수밖에 없었다.

"이해가 안 되네……."

아라이는 무심코 중얼거렸다. 사실, 무엇이 어떻게 이어지는지 전혀 이해가 되지 않았다.

"수사본부에서는 그 여성이 피해자를 알고 있다는 전제를 깔고 있는 거야? 찾고 있는 사람과 다른 사람이었다는 건 거짓말이고, 사실은 아는 사람이라고?"

미유키는 대답하지 않았다.

"아무리 그렇다고 하더라도 그것이 마키코 씨와 어떤 연결고리가 있는 거지?"

"그날 마키코 씨도 외출했다고 했잖아. 흰 블라우스에 검은 스커트. 마치 장례식에 참석하는 듯한 복장으로. 마키코 씨는 수사관에게 얼굴이 알려졌으니까 확인하러 갈 수 없었겠지. 그래서 대신 피해자를 아는 친구에게 다녀와 주길 부탁한 거야. 시신을 확인한 여성은 손을 모으고 눈물을 흘렸어. 그건 두 사람에게는 '장례식'이었던 거지."

그날 장례식에 다녀온 듯한 마키코의 복장. 피곤해 보이던 표정.

확실히 말은 된다. 그러나 납득이 가지 않았다.

마키코가 피해자와 아는 사이에다가 그 정도로 가까이 살고 있다면 그다지 이상한 일도 아니지 않은가. 그 사실을 숨긴 행동이 의심스럽다고는 해도.

아니, 잠깐만. 이야기가 어딘가 이상하다. 앞뒤가 맞는 듯하면서 맞지 않는다. 어딘가 모순이 있다. 사고가 혼란스러워서 어디가 모순인지는 모르겠다.

'어찌되었든.' 생각을 바로잡았다. 미유키는 아직 손 안에 쥔 무언가를 드러내지 않고 있다. 무언가 중요한 포인트를 감추고 있다. 그것은 무엇인가…….

"나는 얘기했어. 당신도 말해."

미유키가 도전하는 말투로 말했다.

어쩔 수 없다. 아라이는 '그' 이야기를 꺼냈다.

"가지 히데히코라는 인물을 기억해?"

아마 기억하지 못할 것이라고 생각해서 설명하려던 그때, 미유키가 대답했다.

"기억해."

"그래? 그때 마키코 씨는 그 이름에 전혀 반응하지 않았지만……."

가지 히데히코의 책을 그 집에서 발견한 것, 그 책이 어느새인가 사라졌다는 것, 마키코가 그것을 감춘 게 아닌가 하는 의심을 이야기했다.

대단한 '증거'는 아니라고 생각하고는 있었지만 역시 미유키는 "그렇구나." 하고 냉담한 반응을 보였다.

"다른 건?"

"……그것뿐이야."

"그것뿐? 정말로?"

"응."

"사건이나 피해자에 대해서는 아무것도?"

미유키가 집요하게 물었다.

"그 이후로 화제가 된 적이 없었어."

"에둘러 물어봐 줄 수는 없을까? 의심받지 않을 정도로."

"……아까는 이제 가지 말라고 했잖아."

"철회할게. 정보가 필요해."

아라이는 숨을 삼켰다.

"나더러 스파이 짓을 하라는 말이야?"

"그런 말은 안 했어. 수사에 협조해 주지 않겠냐고 부탁하는 거야."

"있지." 자신도 모르게 굵은 목소리가 나왔다. "이건 개인적인 부탁이야, 아니면 수사본부에서 하는 거야?"

본부의 의뢰일 리가 없다. 본부의 의뢰라면 이즈모리가 나설 일이다. 이것은 미유키의 부탁이다.

문득 멍멍 하며 개 짖는 소리를 흉내 내던 목소리가 귀에서 되살아났다.

취조 통역 당시에 신카이가 낸 목소리. 그리고 그의 수화.

〈너는 어차피 개야. 개, 일본어로는 그렇게 말하지? 권력의 앞잡이. 간첩. 스파이. 개새끼!〉

당연했다. 미유키는 경찰관이다. 이제 어엿한 수사본부의 일원이다. 아라이는 그렇게 생각하면서도 눈앞에 있는 미유키가, 너무 잘 알고 있는 그녀가 갑자기 전혀 모르는 여자처럼 느껴졌다.

"……하나만 알려 줘."

미유키는 무감정한 시선으로 마주했다.

"당신은 어떻게 생각해? 마키코 씨를 의심하고 있어?"

미유키는 바로 대답하지는 않았다. 일단 시선을 아래로 향하고는 잠시 뒤 얼굴을 들고 "에이치의 '증언'을 보고 하지 말아 달라고 그 사람이 부탁했을 때."라고 입을 뗐다.

"사건 후에 경찰이 에이치에게 '끈질기게 물었다'고 말했잖아."

"아, 응."

"그런 일 없었어. 수사관은 에이치와 만나지 않았어. 마키코 씨는 우리에게 거짓말을 한 거야."

심증은 진범이라는 것인가. 그러나 미유키도 알고 있지 않은가. 아이를 이런 일에 끌어들이고 싶지 않은 엄마의 마음을.

아라이는 조금 전 미유키가 한 부탁에 대한 대답을 꺼냈다.

"스파이 같은 행동은 할 수 없어. 아무리 당신 부탁이라도."

"……알았어."

미유키는 쓱 등을 돌리고 침실로 사라졌다.

4

그날 밤은 거실에서 담요를 덮고 잤다. 옅게 잠든 탓에 아직 밖이 어두울 무렵 일어났다. 집은 완전히 찬바람이 돌았다. 올해 처음으로 난방을 켰다.

커피를 내리기 위해 물을 끓이면서 앞으로의 일을 생각했다. 아라이는 자기 나름대로 마키코와 사건의 관계를 조사하기로 결심했다. 마키코를 의심하는 것은 아니다. 미유키에게 협력을 하는 것도 아니었다. 다만 진실을 알고 싶었다.

왜 이렇게 화가 났는지 스스로도 알지 못했다. 마키코에게 연애 감정이 있는 것이 아니다. 동정도 아니다. 다만 이대로 두면 마키코와 에이치의 생활이 위험해질 게 뻔했다. 미혼모로 아이를 낳고 기댈 곳도 없이 여자 혼자의 힘으로 기르던 중에 아이의 장애를 알게 되었으니, 이제까지 얼마나 많은 고통을 겪었는지 충분히 짐작할 수 있다. 그녀가 지금 무언가를 감추고 거짓말을 하고 있다면, 무엇을 지키기 위해서인지는 명백했다.

마키코가 지키려는 것.

그것은 아라이가 지키고 싶은 것이었다.

주전자에서 증기가 쉭쉭 올라왔다. 슬슬 미유키도 일어날 시간이다. 적어도 아침 인사는 제대로 하려는 생각에 가스불을 껐다.

어색한 아침 식사 시간을 보내고 두 사람을 배웅했다. 평소와 다른 분위기를 느꼈는지, 미와는 엄마의 손을 잡고 현관을 나온 뒤에도 몇 번이나 이쪽을 뒤돌아보며 "다녀오겠습니다아." 하고 손을 흔들었다. 엄마는 당연히 한 번도 돌아보지 않았다.

집 안으로 들어오자, 펠로십의 신도에게서 전화가 왔다. 그녀에게서 연락이 온 건 신카이의 일로 방문했을 때 이후 처음이었다.

신도는 인사도 대충 넘기고 이야기를 꺼냈다.

"다부치 씨에게 들었어요. 파견 통역 그만두셨다고요."

"네, 뭐."

"다부치 씨가 이유를 모른다고 걱정하셨는데……."

"……뭐 이런저런 일이 있어서."

설명하기가 어려웠다. 말을 흐리는 수밖에 없었다.

"지금 다른 일을 하고 계시나요?"

"아니요, 아직. 찾고 있습니다."

"그러면 한번 사무실에 오시지 않을래요? 혹시 괜찮으시면 통역 말고도 아라이 씨께 도움을 요청하고 싶은 건이 있어서요."

사회적 약자 지원을 중심으로 활동하고 있는 NPO에서 통역 외에 자신이 할 수 있는 일이 있다고는 생각하기 어려웠다. 그러나 '일'로 이어진다면 지금은 가릴 처지가 아니었다. 망설였지만 가 보기로 했다.

펠로십 사무실 방문은 두 번째였다. 밖까지 마중 나온 신도가 "다들 나가고 없어서." 하고 죄송하다는 듯 말했다. 사무실에 걸린 화이트보드에도 빼곡히 글자가 적혀 있었다. 실제로 바쁜 것 같았다.

회의실로 들어서고 짧게 안부를 나눈 뒤 신도가 "협력해 주셨으면 하는 건." 하고 시작한 이야기는 예상외의 일이었다.

"해마의 집이 폐쇄되는 건 알고 계시죠?"

"……네."

얼마 전까지 걱정하던 사안을 완전히 잊고 지냈다는 생각에 창피한 마음이 끓어올랐다.

"지금, 재건 운동이 일어나고 있는 것도요?"

"네."

"사실은 저희 NPO가 신생 해마의 집에 대한 법적 수속이나 농아 케어 등, 전면적 지원을 맡게 되었습니다. 가타가이 씨가 고문 변호사로 내정되었고요. 그런데 요즘 들어 재건의 형세가 심상치가 않아서……."

"그 이야기라면 조금 들었습니다."

아라이는 이전에 후카미에게 들었던 이야기를 했다. 실행위원 한 사람이 대량의 기부금을 내줄 것 같은 이로 데리고 온 학원 경영자가, 해마의 집 농아들을 본인이 설립하려는 사립 특별지원학교 기숙사에 받아들이겠다고 한 조건을.

"거기까지 알고 계셨어요?"

신도는 눈을 동그랗게 떴다.

"네, 재건 실행위원 중 한 사람을 알고 있습니다."

"어떤 분이세요?"

"후카미 씨라는 분입니다."

"아아, 후카미 씨, 잘 알고 있어요." 신도는 크게 끄덕이고 말을 이었다. "그러면 이야기가 빠르겠네요. 부탁드리고 싶다는 내용이 그거예요."

신도는 안도한 듯 이야기를 이어 갔다.

"그 학원은 시노미야 학원이라는 곳인데요, 거기 이사장과 이번에 미팅을 하기로 했습니다. 교육 방침이라든가 경영 이념 등을 다시 묻고 그것을 바탕으로 이쪽에서도 최종 판단을 하려고요."

"그러니까, 저쪽의 제안을 받아들일지 아닐지요?"

"네."

"받아들이지 않을 경우, 그러니까 큰 기부금을 낼 협력자를 잃어도 새로운 시설의 전망은 괜찮은가요?"

"그건……."

신도의 표정이 흐려졌다. 기부금이 생각한 것만큼 모이지 않았을 것이다.

"기숙사 입소만이라면 괜찮지 않느냐는 의견이 강합니다. 하지만 그 의견은 저쪽이 신설하려는 특수지원학교 교육 방침과 분리해서 생각한다는 전제가 깔려 있습니다. 특히 기숙사에서 사용되는 수화에 대해서는."

후카미의 말이 떠올랐다.

〈그들이 제창하는 건 청각구화법, 아니, 청각 능력 훈련의 부활입니다.〉

〈생각지도 못한 곳에서 망령이 되살아난 거죠.〉

후카미뿐 아니라, 해마의 집을 재건하고자 하는 위원의 대다수는 시설 안에서 일본수화를 사용할 수 있게 하고 싶다는 바람이 있다.

"이야기의 취지는 잘 알았습니다."

아라이의 말에 신도가 몸을 앞으로 내밀었다.

"그럼 도와주실 건가요?"

"가능한 것이 있다면 말이지요. 구체적으로 제가 무엇을 하면 될까요?"

"우선은 곧 열린 저쪽과 할 미팅에 참석해 주셨으면 해요. 미팅 내용에 따라서 시급히 대책을 마련하지 않으면 안 되고, 그렇게 되면 재건위원 회의에도 참가하게 되겠지요. 공교롭게 가타가이 씨가 바빠서. 물론 법적 절차가 필요하면 그때마다 대응하겠습니다만, 저도 다른 복잡한 안건을 안고 있어서 계속 같이 진행하기는 힘들 것 같아요."

"잠깐만요." 빠르게 진행되는 신도의 이야기에 불안감을 느꼈다.
"그렇게 되면 제 입장은 펠로십을 대표하게 되나요? 그건 아무래도."

"아, 그건 걱정하지 않으셔도 됩니다."

왜인지 신도의 얼굴에 웃음이 떠올랐다.

"미팅에는 저희 NPO 대표님도 출석합니다. 아라이 씨는 이른바
대표 보좌 역이고요."

"대표님이라면."

"물론 루미 씨입니다."

신도는 이제 와서 새삼스럽다는 표정이었다.

"루미 씨도 이 건을 아주 속상하게 생각하고 있습니다. 알고 계
시듯이 해마의 집에는 각별한 마음을 가지고 계시니까."

말할 필요도 없었다. 루미 본인이 해마의 집 출신은 아니었지만
언니인 사치코가 한동안 입소해 있었다. 20년이나 지난 일이다. 그
곳에서 사건이 일어났다. 그녀가 무관심하게 있을 리가 없다.

"강단은 있지만 과도하게 감정적이 되어 버리지는 않을지 걱정
이었어요. 그때 다부치 씨에게 아라이 씨가 수화 통역사 일을 그
만두었다는 소식을 듣고……. 실례되는 말이지만, 저희에게는 가
는 날이 장날인 기분이었습니다. 사무 능력도 뛰어나시고, 농인 사
회에 대해서는 저희보다 잘 아시고. 무엇보다 루미 씨가 누구보다

도 신뢰하는 분에게 보좌 일을 부탁한다면. 이 이상의 적임자는 없죠."

신도는 만면에 웃음을 띠었다. 처음부터 그럴 생각이었으리라. 속아 넘어간 모양새가 되었지만 이제 와서 거절할 수도 없었다. 아라이는 이것은 '일'이라고 자기 자신에게 다짐하듯 말했다.

"시노미야 학원과 가지 이사장에 대한 자료를 드릴게요. 한번 훑어보시면 도움이 될 거예요."

알겠다고 대답하려다 아라이가 신도를 바라봤다.

"지금, 뭐라고 하셨나요?"

"네?"

"시노미야 학원 이사장의 이름 말입니다."

"가지 이사장. 가지 히데히코라는 분이에요. 시노미야는 이사장의 옛날 성이에요."

아라이의 표정에 눈치를 챘는지, 신도가 "알고 계셨나요, 가지 씨를?" 하고 의아한 얼굴을 했다.

"네, 조금……."

조금이 아니다. 설마 이런 곳에서 다시 가지 히데히코의 이름을 들을 것이라고는.

아니, 생각해 보면 현내에서 다각적으로 사립학원을 운영하고 있는 법인은 그렇게 많지 않다. 가지 히데히코 저서에 기입된 직함에도 학원 이름이 있을 터였다. 조금 더 빨리 알아차렸어야 했다.

"그럼 이 특별지원학교의 교육 방침이란 건……."

"맞아요." 신도는 눈썹을 찡그렸다. "신설된 특별지원학교의 교육 방침은 시노미야 학원과 마찬가지로 『정육학』을 기본으로 해요. 게다가 청각장애 교육 부분은 '일반 사회에 통용되도록 청각 주도 교육'으로 정해져 있습니다."

후카미의 말이 다시 되살아났다.

설마 망령이 이렇게 가까이에 숨어 있을 것이라곤.

집으로 돌아오는 동안, 신도에게서 받은 시노미야 학원 및 가지 히데히코에 대한 자료에 시선을 고정했다.

가지 히데히코는 예전 성이 시노미야로, 쇼와 32년에 사이타마 현 이와쓰키 시(지금으로 치면 사이타마 시 이와쓰키 구)에서 태어났다. 현내 가장 우수한 학교를 졸업한 후 도쿄 대학으로 진학하여 문부성에 취직했다. 그러나 전부터 품은 학교 경영의 꿈을 실현하고자 4년 만에 퇴직. 지금으로부터 30여 년 전, 한노 시에 사설 시노미야 학교를 설립했다. 그 후, 같은 시에서 대대로 이어져 온 종합병원인 가지 병원의 장녀이자 소아과 의사인 교코와 결혼하여 데릴사위로 들어가, 처가의 인맥과 경제력을 배경으로 학교 경영을 확대했다. 시노미야 학교를 시노미야 학원으로 새로 고치며 10년에 걸쳐 사립 중학교에서부터 대학교까지 이어진 사학 재단을 형성하였다.

장애아 교육에도 이전부터 관심이 있어서, 그 일환으로 현내에 아직 부족한 사립 특별지원학교 설립에 열의를 불태우고 있는 것이었다.

"하나 이상한 점은, 가지 이사장이 설립하려는 새로운 학교는 왜 이렇게 쉽게 진행되는가 하는 거예요."

이야기가 끝나갈 무렵 신도는 그렇게 말하고 고개를 갸웃거렸다.

"특별지원학교 말고 초등학교도 지으려고 하는 것 같아요. 토지 하나만 해도 큰돈이고, 인가 자체에도 엄격한 조건이 있어요. 사이타마와 도쿄의 차이는 있겠지만 '게이세이 학원' 설립 당시에도 아주 힘들었다고 하니까요."

게이세이 학원이란 도쿄에 있는 유일한 사립 농인학교로 '바이링구얼 바이컬처'를 기본 이념으로 내걸고 있다. 두 가지 언어와 두 가지 문화, 바꿔 말하면 서기일본어에 더해서 농인의 언어인 일본수화, 청문화 외에 농문화에 의한 교육을 하는 것이다.

그 이념대로 게이세이 학원에서는 일괄적으로 일본수화로 수업이 진행된다. 음성일본어는 물론 일본어대응수화도 사용할 수 없다. 그런 의미에서 도쿄에서 유일한, 아니, 현재 일본에서 유일한 존재이다.

"그런데도 이상하게 시노미야 학원의 경우는 항상 금방 인가가 나요."

신도는 납득이 가지 않는 얼굴로 말했다.

"이번에 특별지원학교를 설립하고자 하는 토지는 원래 현 소유의 고등 교육 시설 용지였어요. 그걸 무상으로 양도받았고, 인가도 금방 내려졌고……."

어디선가 같은 이야기를 들은 기억이 있다.

그렇다, 한가이다. 언젠가 뉴스에서 한가이가 공무원을 상대로 같은 건을 질문했다. 학교 이름은 흘려들었지만, 시노미야 학원 이야기가 아니었을까?

그 후 신문이나 텔레비전 뉴스에서 이 건이 다뤄진 것을 본 적이 없었다. 추궁은 그렇게 끝나 버린 것일까.

한가이에게 확인해 볼 필요가 있었다. 아라이는 역 플랫폼에 내려서 휴대전화를 꺼내, 한가이의 비서인 고니시의 번호를 찾았다.

다음 날 아침, 아라이는 혼자 한노 시로 향하는 전철에 올라탔다. 가지 히데히코가 이사장으로 근무하는 시설을 자신의 눈으로 확인해 보기 위해서였다. 한노 시는 오래전부터 목공업으로 번영한 도시지만 최근 상업 시설이나 대학, 전문학교 등 교육 시설도 늘어나서 수도권 근교 주택지가 되었다. 다행히 아라이가 사는 도

시와는 사철로 한 번에 이어져 있었다.

역을 나와 버스에 올랐다. 이름이 '시노미야 학원행'이라는 버스가 있었지만 학원 안으로는 들어가지 않을 것이라고 생각해 도중에 있는 '가지 병원 앞' 정류장에서 하차했다.

시청이나 대형 슈퍼가 밀집된 시의 중심지에 본관·신관으로 나뉘진 두 개의 건물이 우뚝 솟아 있었다. 외래동인 본관에 들어서 병원 안내표를 보니 진료과가 14과나 되었다. 안내표에 병원 이사장으로 가지 히데히코, 원장 겸 소아과 국장으로 가지 교코, 내과 국장으로 가지 가즈토라는 이름이 나란히 기재되어 있었다. 흔히 볼 수 있는 가족 병원이었다. 아들인 가즈토에게 병원을 물려 줄 생각으로 히데히코 본인은 학원 경영에 전념하고 있는 것이다.

오전의 외래 대기실은 진료를 기다리는 환자로 넘쳐났다. 진료 스케줄을 보니 내과에 가지 가즈토의 이름은 있었지만 소아과에 교코의 이름은 없고, 게시판에 '원장 선생님은 병가로 잠시 휴진합니다.'라는 종이가 붙어 있었다.

접수처에 놓여 있는 병원 안내 소책자를 꺼내 길게 이어진 의자의 빈자리에 앉아 펼쳐 봤지만 그다지 눈에 띄는 새로운 정보는 없었다. 책자를 정장 안주머니에 넣고 대기실을 돌아보았다.

자, 어떻게 할까.

학교보다는 출입이 쉬울 것 같아서 오긴 했는데, 더 이상 조사할 것이 없었다. 직원을 붙잡고 이사장이 어떤 사람인지 물을 수도 없는 일이었다.

하는 일 없이 무료하게 외래 환자들의 모습을 바라보고 있자니, 한 여성 노인의 모습이 눈에 들어왔다. 노인은 병원에 익숙한 모습으로 들어와서 종종걸음으로 대기실 의자에 앉았다.

처음에는 작년에 돌아가신 어머니와 비슷한 연배이려나 하는 생각에 지켜봤다. 아니, 연배뿐 아니라 어딘가 분위기도 닮았다. 손에 든 접수표와 정면의 디지털 게시판을 번갈아 바라보고 주위를 둘러보고 있었다. 그 '눈의 움직임'.

순간 농인이라고 알아차렸다. 수화도 사용하지 않고 보청기도 보이지 않았지만 틀림없었다.

조용히 다가가는 아라이를 노인은 재빨리 알아차렸다. 아라이가 말을 걸기도 전에 이쪽을 응시하고 있었다.

〈안녕하세요.〉

허리를 낮추고 존댓말로 인사를 건넸다.

〈네, 안녕하세요.〉

노인은 아무런 경계심도 없이 인사를 받았다.

〈무언가 도와 드릴까요?〉

〈아니, 괜찮아. 익숙하니까.〉 그녀는 조금 불안한 얼굴이 되었다. 〈자네 청인인가.〉

〈네.〉

〈수화가 아주 훌륭하네.〉

〈가족이 모두 농인이어서요.〉

〈아, 그런 거군.〉

이해한 얼굴이었다.

〈이 병원에서 항상 진찰을 받으시나요?〉

〈그래, 벌써 40년이나 됐지.〉

〈와, 엄청 오래됐네요!〉

놀란 얼굴을 하자 노인은 자랑스러운 표정을 지었다.

〈환자 중에서도 가장 고참일걸?〉 이야기하는 걸 좋아하는지 노인은 묻지도 않았는데 말을 이어 갔다. 〈선대 시절부터니까. 자네는 처음인가?〉

〈그렇습니다. 그다지 알아보지 않고 와서 병원 정보를 듣고 싶었어요.〉

〈어디가 안 좋은데.〉

〈그게 말이죠.〉 병명을 미리 생각해 두지 않아서 약간 당황했다. 〈위가 좀.〉

〈내과? 여기 내과는 그다지 신용할 수 없어.〉

〈그런가요?〉 쓴웃음을 지으면서 물었다. 〈역시 소아과가 유명한가요?〉

원장의 담당 과목을 말하자, 무성의한 대답이 돌아왔다.

〈뭐 옛날에는. 지금은 다른 데랑 똑같아.〉

〈그런가요?〉

〈아들이 병원에 근무하기 시작하면서 진료를 그다지 열심히 안 해. 남편이랑 이쪽저쪽으로 돌아다니고. 완전히 문화인인 체 굴고 있어.〉

〈아, 남편인 이사장이 유명한 분이시죠.〉

〈유명이라. 글쎄.〉

노인은 흥, 하고 콧소리를 냈다.

〈확실히 수완가긴 하지만. 병원보다 학교 경영을 우선하지.〉

〈학교도 영역을 넓혀 가고 있다고 하죠?〉

농인이면 알고 있을 거라고 생각해서 그 화제를 꺼내 봤다.

〈이번은 청각 교육 부분도 있는 특별지원학교를 만들려고 한 다던데요.〉

〈아니, 자네 그런 것도 알고 있어?〉 노인이 의외라는 표정을 지었다. 〈조금 전에는 그다지 조사해 보지 않았다고 했으면서.〉

〈아니요, 학교 쪽 지인한테서 병원도 있다고 들었습니다. 병원에 대해서는 그다지 알지 못해요.〉

〈그런가. 하지만 내과라면 다른 병원에 가는 게 좋지 않겠어?〉

노인은 진심인지 일부러 빈정대는 것인지 알 수 없는 표정으로 말했다.

〈하지만 내과에 계신 가지 가즈토 선생님은 병원을 이어받을 사람이잖아요. 이사장과 원장님의 아들이니까요.〉

〈젊은 선생 쪽? 그다지 됨됨이가 좋다고는 말하기 힘들어. 차남에다가 오냐오냐 자라서.〉

〈차남?〉 의외의 말이 나왔다. 〈자식이 또 한 명 더 있습니까? 장남이?〉

〈응.〉

〈그분이 병원을 물려받는 건 아니군요. 그럼 학교 쪽인가요?〉

〈아니.〉 노인은 고개를 저었다. 〈그쪽도 관련이 없어. 일단 해외 유학 중이라고는 하는데. 지금도 거기서 살고 있다고……〉

〈'일단'이라면 사실은 다르다는 말씀인가요?〉

〈뭐, 글쎄.〉

그녀가 왜인지 말을 흐렸다.

질문을 바꿨다.

〈장남은 이름이 어떻게 되나요?〉

노인이 고개를 갸웃거렸다.

〈기억 못 하지. 아마 도모……〉 거기까지 지문자로 표현하다가 쓴웃음을 지었다. 〈모르겠네.〉

이건 어쩔 수 없는 일이다. 주로 사인네임을 사용하는 농인은 그다지 본명을 기억하려고 하지 않는다.

〈해외 유학을 갔다가 그대로 거기에 눌러앉은 건가요?〉

〈아니, 잘 몰라.〉

〈사실은 그렇지 않다는 말씀이신지요?〉

〈글쎄, 이러쿵저러쿵 말하는 사람도 있어. 젊은 시절에 병으로 죽었다든가.〉

〈죽어요?〉 더욱 놀랐다. 〈하지만 돌아가셨으면 소식이 알려졌을 것 아닙니까.〉

〈신세가 별 볼 일 없어져서 해외로 간 채 돌아오지 않고 있나, 하는 사람도 있고. 어찌되었든 7~8년 동안 아무도 본 사람이 없으니까.〉

〈그렇습니까……. 젊어서 돌아가셨다면 병 때문일까요. 지병이라도 있었으려나.〉

〈지병이라는 말은 들어 보지 못했는데…… 만약 병으로 죽었다면 신경 쪽 문제가 아닐까?〉

〈신경 쪽……?〉

〈응, 그 아이는 어릴 적부터 섬세한 아이였어. 도를 넘을 정도로 고지식했다고 해야 할지, 융통성이 좀 없었지. 어른이 된 다음에 그게.〉

그녀의 숨이 갑자기 멈췄다.

앞에서 흰 옷을 입은 젊은 남성이 걸어오는 참이었다. 명찰에는 '가지(가즈)'라는 글자가 있었다. 지나치는 환자들이 인사를 하는 데도 냉담해 보이는 태도로 응했다. 비쩍 마른 몸에 메탈 소재의 안경을 쓴 신경질적인 얼굴의 남자였다.

그 모습을 보면서 그녀가 손을 움직였다.

〈그래도 다정한 아이였지. 그 아이가 계속 있었으면 젊은 선생보다 훨씬 좋은 의사가 됐을 텐데……〉

노인의 진료 순서가 되어 버려서 그 이상은 들을 수 없었다. 진료가 끝날 때까지 기다리면 아무래도 수상해 보일 것이다. 아라이는 외래동을 나온 뒤 자료에 나와 있는 병원 근처 이사장 부부의 자택을 보러 가기로 했다.

바로 뒤에 높은 울타리가 쳐진 멋진 2층 건물이었다. 문 옆에 세워진 벽에는 '가지 히데히코·교코', '가지 가즈토·나쓰미'라는 두 개의 명패가 나란히 달려 있었다.

문에서부터 길게 이어진 길의 왼쪽에는 화단이, 오른쪽에는 주차 공간이 있었고 앞에는 흰색 경차, 안에는 은빛으로 빛나는 세단이 정차되어 있었다. 차에 대해 잘 모르는 아라이도 아는 도요타 클래식이었다. 일본에서 생산되는 차로는 최고급으로 분류될 것이다. 차만 그리던 에이치의 스케치북에도 있었다.

그때 현관이 열리고 코트를 입은 여성이 나왔다. 연령으로 어림 잡으면 가즈토의 부인 나쓰미일까. 경차 쪽으로 걸어가려는 그녀가 아라이를 알아차리고는 수상한 낌새로 걸음을 멈췄다.

"……저희 집에 무슨 볼 일이 있으신가요?"

"아, 아니요, 아무것도 아닙니다."

서둘러 그 자리를 벗어났다. 조금 걷다가 뒤돌아보자, 여성은 아직 탐색하는 듯한 시선을 보내고 있었다. 빠른 걸음으로 걸어서 버스 정류장으로 돌아왔다.

역까지 가는 흔들리는 버스 안에서 가지 집안에 대한 자료를 다시 펼쳤다. 가지 히데히코, 교코 부부의 아들로는 가즈토라는 남자의 이름만 기입되어 있었다.

학원과 병원 모두 근무 실적이 없다면 관련 서류에 이름이 누락된 것은 당연하지만, 부양 가족에 관한 자료에도 장남의 이름이 없는 것은 이해가 되지 않았다. 해외 유학, 그리고 지금도 해외 거주 중이라면 이름 정도는 기재되어 있어도 상관없을 터였다. 아니면 그 노인의 기억이 잘못된 것일까? 아니, '도모'라는 이름까지도 기억하고 있었다면 틀림없을 것이다.

왜 그 이름이 가지 집안에서 사라졌는가. 후계자를 둘러싸고 가족 간에 문제라도 있었던 것인가.

〈그 아이는 어릴 적부터 섬세한 아이였어. 도를 넘을 정도로 고

지식했다고 해야 할지, 융통성이 좀 없었지…….〉

아마 지금은 서른을 넘겼을 가지 집안의 장남은 지금, 어디서 무엇을 하고 있을까.

5

집으로 돌아가기 전에 리허센으로 발길을 돌렸다. 사전에 약속을 잡지 않은 탓에 만나지 못하는 것은 아닌가 했지만, 가던 길에 보낸 메시지에 '점심시간에 식당에서 밥을 먹을 예정이라 그때도 괜찮다면.'이라는 답장이 왔다.

리허센 식당에 들어서자 혼잡한 테이블 자리 한편에 사에지마 모토코의 모습이 있었다. 이미 식사를 끝냈는지 여유롭게 차를 마시고 있었다. 멀리서 인사를 나누고 아라이도 차만 떠서 모토코 앞에 앉았다.

그녀와 이야기하는 데 일상 대화는 불필요했다. 시간이 부족하다면 더더욱 그러했다. 단도직입적으로 이야기를 꺼냈다.

〈여쭈고 싶은 것은 게이세이 학원 설립 경위에 대해서입니다.〉

메일로 이미 용건을 전해 두었다. 게이세이 학원이 내건 '바이링구얼, 바이컬처'는 일찍이 모토코를 위시한 D컴 멤버가 제창한 생각과 일치했다. 모토코도 게이세이 학원과는 설립부터 연관되어 있고, 당초에 학원 이사도 맡았었다.

〈뭘 묻고 싶니?〉

새삼스런 질문에도 모토코는 특별히 의심하는 느낌 없이 대답했다.

〈설립까지 상당히 힘들었다고 들었습니다.〉

〈그랬지.〉 당시를 회상하는지, 모토코는 감개무량한 표정을 지었다. 〈시작하고 나서 실제로 개원하기까지 8년 정도 걸렸으니까.〉

〈그렇게나 오래 걸렸습니까.〉

8년이나 걸릴 줄이야. 확실히 놀랄 정도였다.

〈원래 사립학교를 세우는 조건이 이래저래 엄격해.〉 모토코는 태연하게 대답했다. 〈필요 시설이나 설비가 갖추어져 있는지, 경영을 유지할 만큼의 자금과 재산이 있는지, 그 외에도 기부 내용이 법령에 위반되지는 않는지를 심사하고, 거기에 사립학교 심의회의 의견에 강하게 좌우되니까.〉

〈그런 심사에 8년이나?〉

〈8년은커녕 구조 개혁 특구 제도가 없었다면 설립되지 못했을지도 몰라.〉

구조 개혁 특구. 확실히 8년 전이라면, 지역 활성화를 위해 실정에 맞지 않게 된 국가 규제를 지역 한정으로 개혁하는 움직임이 시작되고 얼마 되지 않았을 무렵이다.

〈그 구조 개혁 특구에 응모한 건가요?〉

〈응. 교육 쪽은 우리 외에도 '초등학교 1학년부터 6학년까지 6년에 걸쳐 영어 활동을 신설한다.'든가 '독자적인 국제 학교를 설립한다.'는 응모가 있었어. 우리는 농아를 둘러싼 교육 환경의 문제점을 밝히고 수화로 배우는 학교의 필요성과 실현 방법을 제안했지.〉

당연히 있어야 하는 기관이었지만 그때까지 존재하지 않았던 '일본수화로 배울 수 있는 학교'. 획기적인 제안이었을 터였다.

〈그런데도 정부는 쉽게 수락해 주지 않았어. 합리적 이유가 부족하다, 경제적 효과가 입증되지 않았다, 이런 과제가 차례차례 나왔고, 그것을 하나하나 해결해 나가는 작업을 반복해서…… 겨우 여섯 번 만에 적합하게 된 거지.〉

여섯 번의 제안. 그래서 8년이 걸린 것인가.

〈그렇게 겨우 인가가 되었군요.〉

모토코는 고개를 저었다.

〈그때부터가 다시 힘든 일의 시작이었지. 겨우 국가에 보낸 제안이 통했다고 생각했더니, 다음은 도쿄 도에 제안을 해야 했어. 몇번이나 제안서를 내밀어서 겨우 교육 특구 신청을 할 수 있었고. 더불어 많은 사람들이 지원을 해 준 덕에 들리지 않는 아이들이 일본수화를 배우고, 일본수화로 배우는 일본의 첫 번째이자 유일

한 사립 농학교가 설립된 거야.〉

게이세이 학원이 탄생하기까지 그런 고난이 있었으리라고는 생각하지 못했다. 그만큼의 장벽을 뛰어 넘더라도 그들은 '일본수화를 배우고', '일본수화로 배우는' 농학교를 만들고 싶었던 것이다.

그 마음을 아라이는 알 수 있었다. '수화는 언어다.'라는 생각이 조금씩 세간에 투영되고, 수화 통역 공공 파견 제도와 같이 농인이 '외부'에 나와 수화를 사용할 수 있는 장소도 늘어나고 있다. 한편으로 '투영된 수화'는 자신들이 사용하는 언어가 아니라는 생각이 그들 안에 존재한다. 얼마 전 일본 최초로 어느 지자체에서 수화 언어에 관한 조례가 생겼다는 뉴스가 보도되었는데, 제정을 발표하는 소개 영상은 음성일본어를 발성하면서 수화 단어로 직역하는 것에 불과했다.

교육 현장에서조차 비슷한 상황이다. 예전과 비교하면 수화를 도입하는 농인학교가 늘어나고 있다고 해도, 교사에게 수화와 더불어 발성 지도를 하게 하는 곳이 아직 많다. 배우는 아이들도 마찬가지이다. 이런 방법으로는 아무리 '수화는 언어다.'라는 생각에 대한 이해가 깊어졌다고 한들 중요한 일본수화가 사라지게 된다. '자신들의 언어'가. 그런 풍조에 초조함과 비슷한 감정을 안고 있다.

그럼에도 시노미야 학원이 원하는 특별지원학교는 지적 장애 교육 부문을 병설한다는 새로움은 있지만 청각구화법이 변함없이,

아니, 마치 격세유전처럼 청각 능력 훈련과 가까운 교육법이 실천되고 있다. 이런 방침을 가진 학교가 설립되는데 '어째서 간단하게 인가가 내려지는가?'라는 신도의 의문도 이해가 간다.

〈네가 정말 알고 싶은 건 시노미야 학원에 대해서잖아.〉

모토코가 먼저 그 이름을 꺼냈다. 용건을 말했을 때부터 이미 아라이가 해마의 집 재건에 관련되기 시작했다는 것은 알아차렸을 것이다. 농아들을 받아들이겠다는 시노미야 학원에 대해서도. 지난번에는 얼버무렸지만, 그녀는 처음부터 신생 해마의 집과 깊이 관여되어 있었다.

〈게이세이 학원 때와는 다른 제도를 이용하고 있어서 단순하게 비교할 수는 없지만.〉

모토코는 그렇게 전제를 깔아 두고 〈시노미야 학원이 다른 학교에 비해서 상당히 우대받고 있는 점은 확실해.〉라고 말했다.

〈시노미야 학원이 만들려고 하는 특별지원학교는 '공사 협력 방식'이란 제도를 이용하고 있어. 학교 설립 용지는 현의 소유지를 무상으로 양도받았고. '확실한 유익함이 인정된다.'고 의회에서 승인해 주기는 했지만, 주도는 현지사가 했어. 매해 운영비도 상당 부분을 현이 부담하게 되어 있고. 보통은 상당한 시간이 걸리는 심사도 어렵지 않게 패스하고, 가장 빠르다고 해도 인가에 2년은 걸리는데, 신청한 지 불과 1년도 안 되어서 났거든.〉

아무리 다른 제도라고는 해도, 게이세이 학원이 8년 걸린 것을 얻는 데 1년도 채 걸리지 않았다니. 이례적이라고 할 만한 속도였다.

다음 날, 신도에게서 메시지가 왔다.

'가지 이사장과의 미팅이 조금 뒤로 연기되었습니다. 몸이 좋지 않은 듯해서 학원 일도 쉬고 있다고 합니다. 일정이 정해지면 연락드릴게요.'

며칠 전 텔레비전에서 위풍당당한 모습을 보였는데, 오래전에 녹화된 영상이었던 걸까. 가지 교코도 병원 진료를 쉬고 있다는 게 문득 떠올랐다.

그때 휴대전화가 다시 울렸다. 이번에는 전화였다. 한가이 마사토의 비서 고니시였다. 한가이와 만날 수 있는지 연락을 했었는데, 그에 대한 답변이었다.

"갑작스럽게 연락드려 죄송합니다만 내일이면 시간이 날 것 같습니다. 저녁 7시에 요쓰야에서 어떠신가요."

당연히 가야 했다. 미유키에게는 메시지로 '내일 저녁 일이 생겨서 6시 전에 나가야 할 것 같아. 내일만 일찍 와 주면 안 될까.' 하고 물었다. 몇 시간 뒤 '알았어.'라는 짤막한 대답만 돌아왔다.

다음 날, 미유키는 답장대로 6시 전에 귀가했다. 나가려는 아라이에게 무슨 용건인지도, 귀가 시간도 묻지 않았다. 미와만 혼자서 현관까지 배웅해 주었다.

"아란찌, 뭐 잘못한 게 있으면 사과하는 게 좋아, 사과하면 엄마가 용서해 줄 테니까."

미와가 작은 목소리로 속삭이듯 말했다.

"싸운 거 아니야."

그렇게 대답하자, 미와가 불안한 얼굴로 중얼거렸다.

"……싸운 게 아니면 화해할 수가 없잖아."

이케부쿠로로 나와 JR로 갈아타서 요쓰야 역에서 내렸다. 신주쿠 방면으로 번화가를 조금 걸어갔다. 길모퉁이에서 술집이 있는 거리로 방향을 꺾자, 잘 모르면 놓쳐 버릴 것 같이 깊숙한 장소에 '다쿠미'라는 오래된 간판이 보였다. 꼭 숨겨진 집 같은 느낌의 작은 요릿집이었다. 가게 앞에 검은 정장을 입은 고니시가 서 있었다.

"기다리고 있었습니다."

대체 언제부터 서 있었는지, 젊은 의원의 충실한 비서는 태연한 얼굴로 가볍게 인사했다.

"늦어서 죄송합니다." 실제로는 약속한 시간보다 5분은 일찍 도착했지만 그렇게 사과했다. "한가이 씨는 벌써 안에 들어가셨나요?"

"네. 아라이 씨와의 만남을 기대하고 계십니다."

미닫이문을 열자 요릿집 안주인처럼 보이는 기모노 차림의 여성이 "어서 오세요." 하고 허리를 숙여 맞이했다. 그러고는 누구인지 묻지도 않고 "들어오세요."라며 안쪽으로 안내했다. 카운터는 정장 차림의 장년 남성들로 꽉 차 있었다. 그 뒤를 지나, 발로 칸막이가 쳐진 3평 남짓한 다다미방 자리가 있었다. 겉옷을 벗고 넥타이를 느슨하게 푼 모습의 한가이가 기다리고 있었다.

"늦어서 죄송합니다."

"아닙니다. 저희가 너무 빨리 왔습니다."

오랜만에 만난 한가이는 얼굴이 조금 탄 탓인지 예전보다 늠름해 보였다. 아니, 보다 정치가다운 분위기가 몸에 뱄다고 해야 맞을까.

"연락 주셔서 기뻤습니다."

한가이는 틀림없이 모두에게 좋은 인상을 주는, 어두운 구석이 전혀 없는 웃음을 보인 뒤 긴장된 표정으로 확 바뀌었다.

"원래는 면목이 없어 나올 입장이 아니지만요."

어떤 의미인지 알 수 있었다.

"아닙니다. 그 이야기는 넘어가죠."

"네."

인사를 한 한가이는 "맥주 괜찮으신가요?"라며 목소리 톤을 바꿨다. 아라이가 끄덕이자 "사장님." 하고 목소리를 높였다. 얼굴을 비춘 여주인에게 "맥주 추가."라고 전했다. "네."라는 대답과 함께 여주인은 물러났다.

"특별히 못 드시는 음식은 없으셨죠? 여기는 생선이 맛있습니다. 오늘은 우럭찜이 있는 것 같은데, 괜찮으시면 그걸로 할까요?"

"예, 좋습니다."

"여기요."

준비해 둔 잔을 건네고 맥주를 따랐다. 한가이는 자신의 잔에도 맥주를 채우고 낮게 들었다.

"오래간만입니다."

"네, 오래간만입니다."

한 번에 반 정도 마신 잔을 내려 두고 한가이는 살짝 머리를 숙였다.

"처음부터 죄송합니다. 그다지 시간이 없습니다. 제게 묻고 싶은 것이 있다고 들었습니다만."

"네." 이쪽도 잡담을 나눌 생각은 없었다. "사실 지난번에 한가이 씨가 국회 심의 자리에서 질문을 하시는 모습을 텔레비전에서 봤습니다. 사이타마 현내에 설립되는 초등학교 토지 구입 건에 대해서."

"아, 보셨습니까, 창피하군요." 한가이는 쓴웃음을 지었다. "조금 더 추궁할 수 있다고 생각했는데, 상대가 뺀질거리면서 도망치지 뭡니까."

"단편적으로 봤을 뿐이어서 상세한 건 알지 못합니다만……."

"그 건은 말이죠." 의원은 차분한 표정이 되어 이야기를 이어 갔다. "사이타마 현 한노 시에 사립학원 건설을 진행하고 있는 시노미야 학원이라는 곳이 있습니다. 그곳의 토지 구입 과정에 아무래도 이상한 점이 있어서요."

"이상……하다면."

"작년에 초등학교를 설립하면서 지금 학원 부지와는 다른 토지를 구입했는데, 거기가 원래 국유지였습니다. 국유지인 그 자리가 인근 토지의 10분의 1 정도밖에 되지 않는 가격으로 매각되었죠. 국유지가 부당하게 매각된 것은 아닌가 추궁했지만, 준비가 부족했죠. 하지만 이걸로 포기할 생각은 없습니다. 어떻게 해서든 꼬리를 잡을 겁니다. 제 목표는 현지사라는 작은 놈이 아니니까요."

"그렇다면?"

한가이는 잔을 입으로 가져가고 나서 아라이의 잔에도 맥주를 따랐다.

"아라이 씨는 왜 그 건에 흥미를 가지셨나요?"

반대로 질문이 날아들었다. 어디까지 이야기해야 하는지 정해두지 않았다. 우선 첫머리부터 이야기했다.

"역시 시노미야 학원에 대한 관심 때문이었습니다. 실은 지금 시노미야 학원은 초등학교 건과는 별도로 현내에 특별지원학교를 설립하려 하고 있습니다."

"특별지원학교를……?"

한가이가 의외라는 표정을 했다.

"예, 지적장애와 청각장애 교육 부문을 병설한다고 합니다. 그건 좋지만, 설립 경위에 아무래도 부자연스러운 부분이 있어서…… 비슷한 일을 한가이 씨가 국회에서 추궁하는 모습이 생각났습니다."

"부자연스러운 부분이란 건."

"보통 사립학교를 설립하려고 해도 그렇게 간단하게 인가가 내려지진 않습니다."

"네, 그렇죠."

야당이라고는 해도 교문 위원을 역임하고 있는 한가이는 그쪽 방면으로 밝다.

"공자 앞에서 문자를 쓰는 격이라 죄송하지만……."

아라이는 사에지마 모토코에게 들은 게이세이 학원에 설립 경위를 이야기한 뒤 시노미야 학원이 설립하려는 특별지원학교의 인가 결정까지의 경위를 이야기했다.

"그렇군요……, 확실히 드문 경우네요." 한가이는 그렇게 끄덕인 뒤 물었다. "토지 구입에 대해서는?"

"현 소유지를 무상으로 양도받았다고 합니다."

"호오, 그건 몰랐습니다."

한가이의 눈매가 예리해졌다.

"아라이 씨는 왜 그 점을?"

말투에도 변화가 보였다. 이미 옛 인연을 돈독히 하려는 당초의 기세는 없어졌다.

"지금 일로 관련되어 있는 농아시설이 그 시노미야 학원과 관계가 생길 것 같아서, 어떤 곳인지 조사하고 있습니다."

"그렇습니까……."

잠시 생각에 빠진 한가이는 얼굴을 들고 "이 건, 제가 맡게 해 주십시오. 저도 조사해 보겠습니다." 하고 말했다. 표정은 원래의 온화한 모습으로 돌아왔다.

"실례합니다."

여주인이 들어왔다. "오래 기다리셨습니다." 하고 몇 개의 접시를 내려놓고 갔다. 음식에 대해 잘 모르는 아라이의 눈으로도 모두 손이 많이 가는 고급 요리임을 알 수 있었다.

"드세요."

한가이의 제안에 "잘 먹겠습니다." 하고 젓가락을 들었다.

요리에 이어서 맥주로 다시 목을 촉촉하게 한 뒤 한가이가 중얼거리듯 말했다.

"지금 하셨던 이야기, 어쩌면 큰 돌파구가 될지도 모르겠습니다."

"그렇습니까……."

무슨 돌파구인지는 묻지 않았다.

"아라이 씨는 시노미야 학원의 가지 이사장의 교육관에 대해서는 알고 계십니까?"

"……정육학 말씀이시죠?"

한가이가 고개를 크게 끄덕였다.

"원래 제가 이번 건을 추궁하려고 했던 건 가지 씨의 교육관에 위험을 느꼈기 때문입니다. 사이타마 현에서 '육아 서포트 조례'가 현지사의 주도로 제안되고 있는 사항은요?"

"알고 있습니다."

그것이 모든 일의 시작이었다. 올해 9월 즈음이었을까. 흘러나오는 뉴스를 들었다.

"명칭은 그럴듯하지만, 내용은 각각의 가정마다 다른 육아관에 행정이 개입하여 '올바른 육아'로 만들겠다는 겁니다."

"그 제안이 아직 살아 있는 건가요?" 의외라고 생각해서 물었다. "확실히 조례문 중에 '발달장애는 부모의 애정 부족이 원인'이라는 문장이 있어서 문제가 된다고……."

"예, 그 말대로입니다. '발달장애는 유아기의 애착 형성 부족이 원인이며, 사전에 육아에 의해 예방할 수 있다.'와 비슷한 말을 하고 있죠."

"시민들로부터 반대 목소리가 높아지고 있다고 들었습니다만."

"네. 하지만 지사는 들으려 하지 않고 조례 통과를 밀어붙이려 하고 있습니다. 의회는 여당이 과반수를 점하고 있어서 폐안을 끌어내기는 아주 힘들 거예요."

"그렇습니까……."

시민의 반대로 폐안이 되는 결말은 나지 않았던 모양이다.

"문제는 이것만으로 그치지 않습니다." 한가이는 목소리를 작게 죽였다. "사실 국회에서도 같은 법안이 준비되고 있습니다."

"국회에서요?"

무심코 되묻고 말았다.

"예. 이쪽은 '가족 교육 기본법'이라는 명칭입니다만, 역시 정육학을 기초로 하고 있어요. 보도되지 않아서 일반 사람들은 잘 모르지만 정육학은 전통적 가치관을 가진 사람들과 상성이 맞고, 지금도 보수파 정치가들이 한 목소리로 지지하고 있어요. '정육학 의원 연맹'도 있습니다. 사실 수상이 그 중심이에요."

"수상이……."

언젠가 본 뉴스 해설이 생각났다. 그러고 보니 그때 방송에서 이렇게 말했었다.

—현지사와 각별한 사이일 뿐 아니라 수상도 그 인물의 교육 이념에 공조하고 찬동한다는 과거 보도를 문제 삼고…….

조금 전에 한가이가 한 '돌파구'라는 말의 의미를 알았다.

"이 법안이 통과되면 육아 서포트 조례와는 비교도 되지 않을 영향력을 끼칠 겁니다. 가족의 올바른 형태를 국가가 규범으로 정해 놓고 가정 교육에 개입하는 말도 안 되는 법안이니까요."

"그 사실이 거론되지는 않고 있나요?"

한가이는 고개를 저었다.

"일부 주간지가 다루긴 했지만 신문이나 텔레비전은 확신이 없는 태도를 취하고 있습니다. 지금이야 카리스마라고도 할 정도의 힘을 가진 수상을 자극하고 싶지 않을 거예요. 우리 당의 분과회에 의제로 올려서 어느 부분을 추궁할 수 있는지 생각하던 차에 시노미야 학원 토지 구입에 관한 의혹이 떠올랐습니다."

"그랬군요……."

"포기하지 않았다고는 했지만, 지난번 추궁은 솔직히 그다지 기대하지 않았습니다. 하지만 오늘 들은 이야기에는 가능성이 있을 것 같습니다."

그렇게 말하고 한가이는 황금빛 액체가 반 정도 남아 있는 유리잔을 다시 비웠다. 요리가 담겨 있던 접시도 대체로 바닥을 드러내고 있었다. 타이밍을 기다렸다는 듯 문밖 너머로 고니시의 목소리가 들렸다.

"의원님, 슬슬 일어나셔야 할 것 같습니다."

"벌써 시간이." 한가이는 손목시계를 슬쩍 본 뒤 말했다. "오랜만에 즐거운 시간을 보냈습니다."

그러면서 웃음을 지었지만 이번 미소는 조금 생기가 없었다.

"무언가 알게 되면 연락드리겠습니다."

일어서다가 이쪽을 보는 한가이와 눈이 마주쳤다. 순간 무언가 할 말이 있는 것 같은 표정이 떠올랐다.

아라이는 말했다.

"지난번에 루미 씨와 만났습니다."

한가이의 시선이 조금 흔들렸다.

"……그렇습니까."

"최근에 다시 펠로십 활동에 복귀하셨습니다."

"그랬나요? 잘됐네요."

시노미야 학원 건에는 펠로십, 아니, 루미가 관계되어 있다. 그렇게 전해야 하는지 망설이고 있자 "아라이 씨." 하고 한가이가 불렀다.

오늘 처음으로 들은 힘이 없는 목소리였다.

"왜 그렇게 되어 버렸는지…… 저도 잘 모르겠습니다."

옅게 미소 짓는 얼굴은 인생에서 갈피를 잡지 못하는, 흔히 볼 수 있는 서른 살 남성의 그것이었다.

6

한가이와 헤어지고 역까지 걸어갔다. 시노미야 학원에 대한 정
보를 얻을 생각이었는데, 반대로 정보를 제공하는 모양새가 되어
버렸다. 정치에 이용될 의도도, 정치의 힘을 빌릴 의도도 원래 전
혀 없었다. 그나마 펠로십의 이름을 꺼내지 않았다는 부분은 칭찬
할 만했다.

JR에서 사철로 갈아타고 곧 가장 가까운 역에 도착할 무렵이었
다. 휴대전화의 착신음이 울렸다. 문자 메시지였다. 심장이 두근거
리는 게 느껴졌다. 휴대전화를 열자 '임의동행'이라는 글자가 눈에
날아들었다. 마키코에게서 온 것이었다.

진정하기 위해 심호흡을 하고 머리로 메시지를 읽었다.

'갑작스럽게 죄송합니다. 경찰의 임의동행 요구를 받았습니다.
죄송하지만 에이치를 맡아 주실 수 없을까요.'

아주 급한 상황이라 최소한의 사실만을 전하려는 티가 났다.

'알겠습니다. 바로 그쪽으로 가지요. 에이치는 걱정하지 마세요.'

그렇게 답하고 전철에서 내렸다.

다행히 택시는 바로 잡을 수 있었다. 전화로 상세하게 묻고 싶었
지만 아마 눈앞에 수사관이 있을 것이다. 쓸데없는 말은 할 수 없
는 상황이 틀림없었다. 망설이면서도 가타가이에게 메일을 보냈다.

긴급 사태이니, 힘을 빌려 달라고 하는 수밖에 없었다. 사정을 간단하게 정리해서 보냈다.

아파트 앞에서 정차된 경찰 차량이 보였다. 남자가 한 명, 차에 다가가려고 하고 있었다. 본 적 없는 얼굴이었다.

택시에서 내리자 남자가 이쪽을 응시했다. 무시하고 마키코의 집으로 향하려고 하자 남자가 "이봐." 하고 불러 세웠다.

"당신이 아라이 씨요?"

"……그렇습니다만."

"빨리 준비시키시오. 쓸데없이 머리 굴리지 말고."

아무 말 없이 지나칠 때 차 안이 보였다. 운전석에 있는 사람도 모르는 남자였다. 이즈모리도, 미유키도 아니라는 사실에 조금 안도했다.

방금 형사가 한 말에서 마키코가 아라이의 도착을 기다렸다가 동행하겠다고 대답했음을 알 수 있었다. 임의동행이라면 거절할 수도 있다. 그러나 결백하다면 동행해서 제대로 자신의 결백을 주장하는 편이 좋을지도 모른다. 가타가이에게서 답장은 아직 없었다.

현관을 노크하자 바로 문이 열렸다. 마키코의 얼굴은 역시 새파랗게 질려 있었다.

"괜찮으신가요?"

마키코는 살짝 고개를 끄덕이고 눈짓으로 안쪽을 가리켰다. 다이닝룸에 회색 바지 정장 차림의 여성이 앉아 있었다. 수사관일 것이다. 마키코가 도망치거나 증거를 감추려 하지 않는지 지켜보고 있다.

"에이치를 부탁드릴게요."

마키코가 매달리는 듯한 목소리로 말했다.

"지금 어디에 있습니까?"

"자기 방에 들어가 있습니다."

"상황은요?"

"알지 못하는 것 같아요. 들어오세요."

고개를 끄덕이고 집 안으로 들어갔다. 여성 수사관의 시선을 느끼면서 마키코의 뒤를 따랐다. 마키코는 닫혀 있는 벽장 앞으로 가서 허리를 구부렸다.

"에이치."

말을 걸었지만 물론 대답은 없었다.

"엄마 잠깐 나갔다 올게. 갑자기 미안해. 그래도 아라이 아저씨가 와 줬으니까. 잠깐 둘이서 있어."

대답하는 목소리는 없었다.

보통 아이라면 엄마에게 매달려서 헤어지려고 하지 않을 상황이었다. 그러나 에이치는 이런 의사 표현밖에 할 수 없다. 에이치의 무언의 행동에서 마음속 아우성이 들리는 듯했다.

마키코는 아라이 쪽을 돌아보았다.

"정말 죄송합니다."

"괜찮습니다."

마키코는 다시 머리를 숙이고 작은 가방을 들어 여성 수사관 쪽으로 고개를 끄덕였다. 수사관이 마키코의 등을 가볍게 밀듯 건드리며 함께 현관으로 향했다.

"마키코 씨."

마키코가 움직임을 멈췄다.

"아무런 걱정도 하지 마시고, 진실만을 말하고 오세요."

마키코는 작게 끄덕였다.

"에이치, 잘 부탁드리겠습니다."

그렇게 말하고 문 밖으로 사라졌다.

방으로 돌아와 창문으로 밖을 내려다보자 수사관의 재촉으로 경찰차에 올라타는 마키코의 모습이 보였다. 난폭한 취급을 당하고 있지는 않는 것 같아 안도하고 커튼을 닫았다.

방 안을 다시 둘러보고 벽장으로 시선을 보냈다. 어떻게 하면 좋을까.

우선 닫힌 '자기 방' 앞에 앉았다. 에이치는 지금 상상도 할 수 없을 정도의 불안함을 안고 있을 것이다. 그렇지 않아도 에이치는 돌발적인 사태에 대처가 미흡하다. 모르는 사람들이 갑자기 찾아와서 엄마를 어딘가로 데려가려고 했으니 패닉에 빠져도 이상하지 않았다. 아니, 지금 바로 패닉에 빠져서 어찌할 도리가 없이 '자기 방'에 틀어박혔을 것이다.

'무슨 말이든 하자.' 그렇게 생각했다. 에이치가 조금이라도 안심할 수 있게. 자신이 할 수 있는 것이라곤 말을 붙이는 일밖에 없다.

"……우리 둘이서 집을 지켜야겠네."

아라이는 머릿속에 떠오른 말 그대로 뱉었다.

"아저씨도 있지, 어렸을 때 자주 집을 지켰어. 그 시절, 아저씨 아빠와 엄마는 두 분이서 가게를 하셨어. 그래서 집을 지키는 일이 많았지."

왜 그런 이야기를 시작했는지는 모르겠다. 뭐라도 좋다. 어찌되었든 에이치를 안심시키기 위해 계속 말을 이어 갔다.

"아저씨는 형이 있어서 혼자는 아니었지만. 그래도 아저씨 형은 귀가 들리지 않았거든. 아, 아저씨 아빠와 엄마도 귀가 들리지 않았어. 가족 중에서 아저씨만 들렸지. 전에 만난 마스오카 할아버지, 기억하지? 농인이라고 해. 귀가 들리지 않는 사람. 아저씨네 아빠도, 엄마도, 형도, 모두 농인이었어. 아저씨만 달랐어. 아저씨만 '들리는 아이'였어."

대답은 기대하지 않았다. 옆에 있다는 사실만 전하면 된다고 생각했다.

"그날도 형과 둘이서 집에 있었어. 그때 전화가 울렸어. 전화기가 있긴 했지만 울리는 일은 별로 없었지. 가족 모두 귀가 들리지 않았으니까. 그때는 팩스도 없었어. 전화 소리를 알아차린 사람은 아저씨뿐이었지. 그래서 전화가 울리면 항상 아저씨가 받았어. 어린 시절부터. 모르는 사람이 걸어오는, 모르는 전화를 어린 아저씨가 받아서 용건을 듣고 그걸 수화로 아빠나 엄마한테 전했어. 무슨 일인지 모른 채 들은 말을 그대로. 그리고 아빠나 엄마의 수화를 이번에는 목소리로 전화한 사람한테 전했지. 그중에는 사정을 모르는지 '장난치지 말고 아버지 바꿔!' 하고 화내는 어른도 있었어. 아저씨는 울면서 전화를 받았어."

그 시절을 떠올렸다. 지금도 또렷이 기억하고 있다. 수화기를 들었을 때 느낀 그 우울한 감정. 돈에 관한 이야기도 있었다. 장사에 대한 건도 전했다. 아무것도 모른 채 가족과 세상의 사이를 통역했다. 어린 시절부터 계속, 계속 그래 왔다.

"미안, 집을 지키고 있을 때 전화가 왔다는 이야기였지. 그날도 아저씨가 받았어. 형도 옆에 있었지만 알아차리지 못하고 만화를 읽고 있었지. 다시 모르는 사람의 모르는 전화이겠거니, 하고 싫어했지만 중요한 전화면 곤란하니까 받았지. 그랬더니."

문득 귀에 살아났다. 수화기 너머에서 들려온 그 목소리.

"전화기에서 '나아아, 오오, 토오오.'라는 목소리가 들려왔어. 아저씨는 바로 알았지. 엄마였어. 엄마가 나를 불렀어. '나오토.' 엄마는 그렇게 말했어. 아저씨 이름이야. 엄마는 귀가 들리지 않지만, 목소리를 낼 수는 있었어. 다른 사람은 무슨 말인지 모르지. 하지만 아저씨는 알아. 세상에서 단 한 명만, 아저씨만 엄마가 무슨 말을 하는지 알 수 있었지. 엄마는 계속 목소리를 냈어. 아저씨가 정말 듣고 있는지 아닌지 알지도 못하면서 엄마는 말했어."

'도시락 잊었어. 가지고 와.'

어머니는 그때, 그렇게 말했다.

"도시락을 잊어버렸다. 가지고 와, 나오토. 엄마는 그렇게 말했어. 아빠 것까지 두 개, 아침에 힘들게 만든 도시락을 집에 두고 왔던 거야. 아저씨는 그걸 가지고 엄마가 하는 가게로 전해 주러 갔어. 그랬더니."

문득 벽장 문이 열렸다.

눈앞에 에이치의 얼굴이 있었다. 손을 보니 무언가를 꽉 쥐고 있었다. 마스오카에게서 받은 '용의 등에 탄 소년' 피규어였다. 가만히 이쪽을 바라보고 있었다. 우는 얼굴도 아닌, 안에서 억누른 불안과 쓸쓸함을 어떻게 전해야 좋을지 모르는, 그런 얼굴이었다.

피규어를 놓고 에이치는 천천히 손을 움직였다.

〈아저씨 거는〉〈없었어?〉

에이치가 무슨 말을 하고 있는지 순간 이해하지 못했다. 그러나 곧 알아차리고 마찬가지로 수화로 대답했다.

〈도시락? 없었는데, 가지고 갔더니 엄마가 자기 걸 나눠줬어. 형한테는 비밀로 하고 세 명이서 먹었어.〉

아라이는 그렇게 말하고 살짝 웃었다. 자연스럽게 나온 미소였다. 이전에도 이후에도, 그때 세 사람이서 먹은 도시락만큼 맛있는 음식은 없었다.

〈우리 엄마도.〉 에이치가 수화로 이어 갔다. 〈도시락 만들어 줘.〉

〈그래?〉

〈응.〉 〈엄마가 만들어 준〉 〈도시락을 가지고〉 〈소풍 갔어.〉

'언제 이렇게 수화가 능숙해진 걸까?'

〈그래? 재밌었어?〉

〈응.〉 〈재밌었어.〉

기분 탓이지 에이치의 표정이 부드러워진 듯 보였다.

〈그런 이야기 하니까 배고파졌다. 밥 먹었어?〉

아라이가 묻자 에이치는 고개를 저었다. 식사를 하려고 했을 때 경찰이 찾아왔을지도 모른다.

〈근데.〉 〈엄마가〉 〈만들어 줬어.〉 〈냉장고에 있어.〉

〈그래? 먹을까?〉

에이치가 고개를 저었다.

〈엄마가〉 〈오면〉 〈같이〉 〈먹을래.〉

〈알았어. 그렇게 하자.〉

에이치의 손이 움직였다.

〈엄마는〉〈언제〉〈와?〉

대답하려고 든 아라이의 양손이 어떤 형태도 만들지 못한 채 얼굴 앞에서 방황했다.

마키코는 오늘 밤 돌아올 수 있을 것인가.

그때 휴대전화 착신음이 울렸다. 하늘이 도왔다는 마음으로 휴대전화를 들었다.

가타가이였다.

'메일 읽었습니다. 지금 도코로자와 서로 향하고 있습니다. 상황을 파악하는 대로 연락하겠습니다.'

짧은 메시지였지만 깊은 안도감이 들었다. 에이치를 향해 다시 시선을 옮겼다.

〈엄마는 이제 조금만 있으면 돌아올 거야.〉

에이치는 곤혹스러운 얼굴이 되었다. '조금만'이라는 애매한 말은 에이치에게는 금물이었다.

〈앞으로 한 시간 정도일까.〉

희망적인 관측도 섞어서 전하자 에이치는 안도한 얼굴이 되었다.

〈뭔가 하면서 놀까. 카드 놀이할까?〉

에이치가 끄덕이고는 카드를 꺼내러 갔다.

벽장에서 나온 에이치 앞에 카드를 섞어서 한 장, 한 장 뒤집어서 늘어놓았다. 항상 하는 '짝 맞추기'다. 다 늘어놓고 가위, 바위, 보로 순서를 정했다. 에이치가 이겼다.

게임이 시작되었다. 에이치가 한 장 뒤집고, 또 한 장을 뒤집었다. 바로 다시 원래대로 뒤집었다. 다음은 아라이 순서다. 적당히 한 장을 뒤집고, 또 한 장. 아직 맞지 않는다. 다시 원래대로.

처음부터 상대가 되지 않는다는 것은 알고 있어서 아라이는 카드를 외울 생각이 없었다. 아니, 솔직히 말하면 마키코의 일로 카드를 외울 정신이 없었다.

그녀가 의심을 받는 이유는 무엇인가, 생각했다. 피해자를 알고 있으면서 모른다고 허위 진술을 했기 때문인가. 피해자의 시신에 기도를 하러 간 동료 여성? 마키코가 부탁했다고 미유키는 말했다.

왜 일부러 친구에게 부탁하면서까지 확인하러 가야 했을까. 미유키의 이야기를 들었을 때 느낀 위화감의 정체를 지금에서야 깨달았다. 그건 피해자가 정말 자신이 아는 인물인지 확신이 없었기 때문이리라.

—그렇다고 해도, 확실히 얼굴을 알 수 있는 것도 아니었지만.

그녀의 말에 거짓은 없었다. 그 시점에서는 사건의 피해자와 '자신의 지인'을 연결 짓지 않았을 것이다. 그랬다가 처음 연결시킨 계기가 몽타주였다.

미유키가 보여 준 피해자의 몽타주. 그것을 보고 비로소 마키코는 피해자가 '자신이 아는 사람'임을 깨달았다. 아니, 의심을 품었다. 그때 그녀의 표정. 멍해 보였던 그 표정은 에이치의 '증언'에 동요한 것이 아니라 '피해자의 얼굴'을 확실히 봤기 때문이었다. 아는 인물이라는 걸 처음 알았던 것이다.

그래서 마찬가지로 피해자를 아는 친구에게 부탁해서 확인했다. 경찰에 얼굴이 알려졌기 때문에 본인은 갈 수 없던 것이라는 미유키의 추측은 맞았다.

"그건 두 사람에게는 '장례식'이었던 거지."라는 말도 역시.

마키코와 일찍이 동료였다는 여성이 함께 아는 사람. 즉 병원에 근무하던 시절에 알았던 남자.

마키코는 그 시기에 에이치를 임신했고, 출산 때문에 병원을 그만뒀다. 그때까지 근무했던 현내의 큰 병원을. 현내에 큰 병원은 아주 많다. 그러나 아라이의 뇌리에는 하나의 이름이 떠올랐다.

—그거, 안 하시면 안 될까요?

에이치의 '증언'을 미유키가 검토한다고 했을 때, 절박하게 들렸던 마키코의 목소리, 그리고 표정. 그것은 단순히 아들을 사건에 끌어들이고 싶지 않은 엄마의 마음 하나만은 아니지 않을까? 마키코는 범인이 누구인지 알고 있고, 그 사실을 감추고 있지는 않을까? 또 그것이 마키코의 입장을 불리하게 하고 있는 것은 아닐까?

탁탁, 테이블을 치는 소리에 정신을 차렸다. 에이치가 이쪽을 보고 있었다. 아라이의 순서였다. "아아, 미안." 하고 카드를 뒤집었다. 또 한 장, 본 적이 있는 카드가 나왔다. 그러나 어디에 있는 카드였는지는 생각나지 않았다. 두 장 모두 다시 뒤집었다. 에이치는 주저하지 않고 손을 뻗어서 지금 나온 카드를 뒤집었다. 그리고 또 한 장. 같은 그림이었다. 에이치는 표정 하나 바뀌지 않고 두 장의 카드를 끌어당겼다.

항상 똑같지만, 감탄스러웠다. 뒤집은 카드의 모양을 전부 외우고 있는 것일까. 에이치의 이 능력을 마키코를 구하는 데 활용할 수는 없을까. 억울함을 증명하는 데 말이다.

문득 알리바이라는 단어가 떠올랐다.

마키코의 사건 당일 알리바이는 어떻게 될까. 지금쯤 경찰에서 그것에 대해 추궁을 받고 있을까. 평소 생활을 보면 아마 집에 있든가, 근처 슈퍼에 장을 보러 가는 것이 고작일 것이다. 알리바이를 증언할 수 있는 사람이 있을 법하지는 않았다.

에이치는 어떨까? 원래 친족의 증언은 증거 능력이 낮다고 알고 있다. 하지만 에이치가 그날의 일을 자세히 기억하고 있다면, 구체적인 알라바이로 이어지는 무언가가 나올지도 모른다.

우선은 사건이 발생했던 날을 특정해 보자. 사건 기사를 본 건 하야시베 재판 결과가 실렸던 바로 그 신문이었다. 미유키와 미와

셋이서 외출을 하려던 토요일 아침. 시신이 발견된 것은 그 전날. 그렇게 되면 사건 발생은 전전날인 10월 24일이다. 확실히 '저녁 무렵에 살해당했다.'고 뉴스에서 말했더랬다.

아라이는 카드를 뒤집기를 가만히 기다리고 있는 에이치를 향해 말했다.

"미안한데, 게임은 그만하고, 묻고 싶은 게 있어."

에이치가 '뭐?'라고 하듯 갸웃했다.

"벌써 한 달이나 전의 일인데, 10월 24일 저녁에 엄마가 집에 계셨는지 기억해?"

에이치는 잠시 생각하는 동작을 보인 후 〈아마도.〉 하고 자신 없는 얼굴로 대답했다.

'아마도'로는 증언이 될 수 없다. 역시 무리인가……. 아니, 무언가 계기가 있다면 더 확실히 생각나지 않을까. 기억을 끄집어낼 계기 같은 것. 에이치의 경우는…….

'만화영화다.' 생각이 떠올랐다. 매주 보는 「용을 다루는 소년」. 방송은 목요일 6시 30분. 사건이 있던 날도 목요일 저녁이었다.

아라이는 에이치에게 "잠깐 쓸게." 하고 마키코의 노트북을 열었다. 잠겨 있지는 않았다. 컴퓨터를 켜서 인터넷에 접속한 뒤 검색했다. 만화영화만이 아니라 현재 방송 중이거나, 혹은 과거의 방송 내용을 홈페이지에 게재하는 곳이 많다.

「용을 다루는 소년」홈페이지에도 예상대로 이제까지 방영된 회차의 줄거리가 실려 있었다. 사건이 있던 날, 10월 24일분에 대해서도 '드디어 결전, 류타 분노의 반격!'이라는 제목 하에 줄거리가 정리되어 있었다. 아라이는 그 앞부분을 에이치에게 전했다.

"······라는 내용, 기억해?"

에이치는 생각할 것도 없이, 확실히 끄덕였다.

〈주인공이〉〈나쁜 용한테 쓰러질 뻔했을 때〉〈죽었던 우리 편 용이 돌아와서〉〈주인공을 구했어.〉

소개되어 있는 줄거리의 뒷내용도 같았다.

"맞아, 잘 기억하고 있네."

에이치의 얼굴에 약간 의기양양한 표정이 떠올랐다. 문제는 지금부터였다.

"그날 만화 보고 있을 때 엄마는 집에 있었어?"

상세한 범행 시각에 대해서는 모르지만, 적어도 만화 방영 시간대에 집에 있었다는 것을 증명할 수 있을 터였다.

에이치는 고개를 갸웃거렸다. 오른손이 천천히 움직였다. 궁리를 하고 있는 것이리라.

역시 거기까지는 기억나지 않은 것일까, 하고 포기하려던 차에 에이치의 손이 움직였다.

〈엄마는〉〈없었어.〉

'뭐?'

"없었어? 정말?"

에이치는 분명하게 고개를 끄덕였다.

에이치가 만화영화를 보고 있을 때, 마키코는 집에 없었다. 알리바이를 확실하게 할 생각이었는데, 이래서는 반대 증언이 되어 버린다.

"어디 갔는지 알아?"

〈장 보러.〉

대답이 바로 나왔다. 그렇다, 에이치가 만화영화에 몰두해 있을 때가 오히려 마키코에게는 행동이 자유로운 시간이다.

"확실해?"

에이치는 끄덕였다. 그리고 〈그날은〉〈잘 기억하고 있으니까.〉 하고 덧붙였다.

"그날은 기억하고 있어? 왜?"

〈엄마가 없을 때〉〈무서운 일이 있었어.〉

"무서운 일이라니, 뭐?"

에이치의 움직임이 문득 멈췄다.

"왜 그래?"

얼굴에 두려움과 비슷한 것이 떠올랐다.

"무서운 일이 뭐야?"

묻고 난 뒤 '혹시.' 하고 생각했다.

"뭔가를 봤어? 무서운 거?"

예를 들면.

"혹시 맞은편 집에서."

에이치의 얼굴에 확실히 공포가 떠올랐다.

〈형이.〉

그렇게 움직인 손이 부들부들 떨렸다.

〈형이〉〈목을 졸렸어.〉

역시.

에이치가 언젠가 본 광경.

〈몽타주의 남자와 텔레비전에서 나온 남자가 싸우는 걸 봤어.〉

그건 사건이 있던 날의 일이었다. 그 무렵 에이치의 수화는 아직 서툴렀다. 말다툼, 싸움, 몸싸움. 어떤 광경을 봤다고 해도 양손 검지를 교차시키는(=싸우다, 싸움을 하다) 수화밖에 할 수 없었다. 하지만 지금은 훨씬 수화 실력이 향상됐다. 애매하게밖에 말할 수 없던 일을 지금은 정확하게 전달하고 있었다.

"목을 조른 사람은 텔레비전에서 본 남자였어? 얼굴 기억해?"

에이치에게서 대답은 돌아오지 않았다. 한 점을 응시하고 몸이 굳어 버렸다.

"왜 그래, 괜찮니?"

어깨를 흔들려다가 억지로 만지지 않는 편이 좋을지도 모른다는 생각에 주춤했다. 언젠가 읽은 전문서의 한 구절이 떠올랐다.

강한 압박을 느끼거나 욕구나 좌절이 축적되면 몸이 생각대로 움직이지 않는 '함동' 상태가 되는 아이도 있습니다.

그런 경우 무리하게 움직이거나 이야기를 하게 두지 않는 편이 좋다고 쓰여 있었다. 그에 따라 그대로 두기로 했다.

강한 압박이나 좌절 방금 나눈 대화가 원인이다. 아라이가 꺼낸 질문이 에이치 기억의 방아쇠를 당겨 버렸다.

살인 현장 목격.

자세하게 묻고 싶었지만 경직된 에이치의 모습을 보면 도저히 강요할 수 없었다. 필시 기억을 더욱 끄집어 내면 긴장과 불안, 아니, 강한 공포를 주게 되리라. 언젠가 마키코가 했던 말을 떠올렸다.

—에이치는 최근 들어 집에서도 전혀 말을 하지 않아서…… 지금은 완전 함묵증에 가까운 상태가 되었습니다.

더 캐물었다간 에이치의 증상은 더욱 악화될 것이다. 그러나 에이치의 증언이라면 마키코의 억울함을 밝힐 수 있다. 어떻게 하면…….

메일 착신음에 정신이 돌아왔다. 가타가이였다.

'도코로자와 서에 왔습니다. 마키코 씨는 이제 곧 풀려납니다. 마중 나오시겠습니까?'

아라이는 답장을 하기 전에 에이치를 봤다. 조금씩 표정이 안정을 찾아가는 듯 보였다.

이 이야기는 여기에서 멈춰야 했다.

"엄마 돌아온대. 함께 마중 갈까?"

에이치는 천천히 손을 들어, 검지와 엄지를 두 번 마주했다(=네).

7

아라이가 에이치를 데리고 도코로자와 서 정문에 들어선 것과 마키코가 가타가이와 나란히 계단을 내려오는 것은 거의 동시였다.

말을 걸기도 전에 마키코가 계단을 내려오다가 멈춰 섰다. 시선은 바로 아라이 옆에 있는 에이치를 향하고 있었다. 초췌해진 얼굴에 아주 살짝 빛이 내리쬐는 듯했다.

계단을 다 내려온 마키코는 두 사람 앞으로 와서 멈춰 선 뒤 에이치의 어깨에 손을 살짝 얹었다. 에이치는 가만히 그 자리에서 움직이지 않았다. 끌어안을 수 없는 모자 사이에 오가는 깊은 사랑이 옆에 있던 아라이에게도 전해졌다.

아라이는 가타가이를 향해 손가락을 모은 오른손을 옆으로 세우고 왼쪽 손등에 올린 뒤 위로 올렸다(=감사합니다).

《갑자기 연락드려 죄송했습니다. 정말 감사합니다.》

가타가이는 아니라고 손을 저은 다음 "*제가 도움이 된 것 같아서 다행입니다.*" 하고 음성일본어로 대답했다. 구화도 탁월한 가타가이 덕에 마키코나 수사관들의 커뮤니케이션에 지장은 없었을 것이다.

아라이는 마키코를 향해서 "밖에 택시를 잡아 뒀습니다. 잠시 차에서 기다려 주시겠습니까." 하고 말했다. 그녀는 아무 말 없이 고개를 끄덕이고 에이치와 함께 정문으로 향했다.

다시 가타가이를 향해 섰다.

《이걸로 완전히 풀려난 건가요?》

가타가이는 머리를 흔들었다.

《내일도 와야 합니다. 임의동행 조사라면 집에서 진행해 달라고 제가 요청을 해 두었습니다. 아이가 있어서 집을 비울 수 없다고.》

《경찰의 답변은요?》

《검토하겠다는 입장입니다. 어느 쪽이든 제가 동행하겠습니다.》

《감사합니다.》

한 박자 공백이 흘렀다. 역시 그 일을 묻지 않을 수 없었다.

《용의는 NPO직원이 살해당한 건이죠?》

《네.》

《체포될 가능성은 없습니까?》

《체포할 수 있을 정도의 증거는 없는 것 같습니다. 자백을 끌어내기 위한 임의동행이었어요.》

《왜 그녀가 의심을 받았는지는…….》

《이 이상은 저도 말할 수 없습니다. 본인에게 물어보세요.》

《알겠습니다. 그럼 내일 다시, 잘 부탁드립니다.》

《경찰에서 연락이 있으면 바로 알려 드리겠습니다.》

《감사합니다.》

가타가이는 마키코와의 관계에 대해서는 전혀 묻지 않았다. 아라이는 마지막으로 다시 한 번 머리를 숙였다.

《이러지 마세요. 아라이 씨답지 않아요.》

가타가이는 웃었다. 일부러 농담으로 분위기를 누그러뜨리려는 의도였다. 바쁜 와중일 텐데도 가타가이는 신속하고 적절한 대응을 해 주었다. 감사 인사를 해도 끝이 없었다.

발길을 돌리려는 그때, "*아라이 씨.*" 하고 가타가이가 불러 세웠다.

《마키코 씨네 앞일 말입니다만, 펠로십에 부탁하면 괜찮지 않을까요?》

《펠로십에요?》

《예. 아이도 그렇고요. 아라이 씨 혼자서는 아무래도 힘드시잖

아요. 상담할 수 있는 여성이 있는 편이 좋을지도 모릅니다.》

역시. 펠로십이 지원해 주면 상황은 분명 호전될 터였다. 애초에 그들의 활동 목적은 곤혹스러운 상황에 처한 사회적 약자를 지원하는 것이다. 억지스러운 부탁은 아닐지도 모른다.

《다들 바쁘신 것 같은데, 그럴 여유가 있을까요?》

《제가 루미 씨에게 부탁해 보겠습니다. 그 건도 나중에 연락할게요.》

《알겠습니다, 여러 가지로 감사합니다.》

역으로 향하는 가타가이와 헤어지고, 기다리고 있는 택시로 향했다.

"기다리게 해서 죄송합니다." 하고 조수석에 올라탔다. 차가 움직이기 시작했다. 택시 안에서는 누구도 말을 꺼내지 않았다.

집에 도착해서 마키코가 만든 저녁 식사를 먹었다. 이미 11시를 넘긴 시각이었다. 미와는 이미 자고 있을까 하는 생각이 문득 들었다. 이 시간까지 미유키에게 한 번도 연락을 하지 않았다. 그녀에게서도 메시지는 없었다. 오늘 밤은 늦는다고 미리 이야기한 탓인가, 아니면 이미 사정을 파악하고 있는 것인가.

식사를 끝내고 에이치를 재운 마키코가 다이닝룸으로 돌아왔다. 피곤할 테지만, 오늘 중에 이야기해 두고 싶었다.

"피곤하실 텐데 죄송합니다. 잠시 괜찮으실까요."

"……네."

마키코는 조용히 대답했다.

"무리하게 이야기해 달라고 하지는 않겠습니다. 대답할 수 있는 것만이라도."

그녀는 아무 말 없이 고개만 끄덕였다.

"마키코 씨는 피해자를 알고 있었죠? 예전부터, 사건 전부터 말입니다."

"네."

마키코는 고개를 숙인 채 대답했다.

많은 이야기를 하고 싶지 않은 마음은 잘 알았다. 아라이는 자신이 먼저 말하기로 했다.

"하지만 그 사람이 맞은편 아파트에 드나들었다는 것도, 설마 그 사건의 피해자인 것도 몰랐습니다. 몽타주를 볼 때까지는요. 맞나요?"

마키코는 가만히 고개를 끄덕였다. 여기까지는 상상한 그대로였다.

"경찰에는 그 이야기를 했나요?"

"했습니다."

"상대와 언제, 어디서 알게 되었는지도."

"……경찰은 이미 알고 있었습니다."

"경찰이 이미 피해자 신원을 파악했다는 말인가요?"

마키코는 고개를 끄덕였다.

아라이는 대답이 돌아오지 않을 것이라고 생각하면서 물었다.

"피해자는 누구입니까?"

역시 마키코는 대답하지 않았다.

그러나 경찰은 이미 피해자의 신원을 파악했다. 수사본부가 마키코에게 의심을 품게 된 계기는 허위 진술이나 '장례식'이었을지 모르지만, 임의동행은 피해자가 누구인지 안 다음에 요구했다. 주변인 수사 결과 '피해자의 과거 교우 관계' 중 마키코의 이름이 떠오른 것이다.

경찰이 사건 관계자 이름을 바로 공표하지 않는 사례는 여러 가지를 생각할 수 있는데, 가장 가능성이 큰 쪽은 영향력을 고려한 경우다. 예를 들면 저명인사, 혹은 정재계 인물, 사회적으로 중요한 지위에 있는 인물, 또는 그 최측근.

아라이는 그 조건에 해당하는 인물로 한 사람이 떠올랐다. 살아 있다면 지금쯤 피해자와 같은 30대 초반 정도가 되었을 터였다.

"마키코 씨가 근무했던 병원은." 아라이는 입을 열었다. "한노 시의 가지 병원이죠."

마키코의 목은 위로도, 옆으로도 움직이지 않았다.

"그곳에서 알게 된 남성도 가지 병원 관계자고요."

해외 유학 중이라며 8년 전부터 누구도 그 모습을 본 적이 없는 인물.

"가지 히데히코 씨의 장남 아닙니까?"

마키코가 처음으로 얼굴을 들었다. 놀란 듯 눈을 휘둥그레 있었다. 그리고 무언가를 말하려는지 입을 아주 조금 벌렸다.

그러나 바닥을 향하는 동시에 입도 굳게 닫혔다. 아마 오늘 안에 입이 열리는 일은 없을 것이다.

"피곤하실 텐데 죄송합니다." 아라이는 일어섰다. "오늘은 여기서 돌아가겠습니다. 내일부터는 가타가이 변호사가 힘이 되어 줄 것입니다."

마키코가 오늘 처음으로 아라이를 정면으로 바라봤다. 그리고 아무 말 없이 깊게 고개를 숙였다.

집에 돌아오니 미유키가 다이닝룸에서 기다리고 있었다.

"어서 와."

이쪽을 보지 않고 작은 목소리로 말했다.

"다녀왔어."

짧게 대답하고 지나치려고 했다.

"마키코 씨랑 있었어?"

그 말에 멈춰 섰다.

"알고 있었네."

"나도 조금 전에 들었어. 오늘은 정시 퇴근했으니까." 그러고는 어쩐지 힘없이 덧붙였다. "어차피 듣지 못했을 테지만."

"무슨 일 있었어?"

"수사본부에서 빠졌어."

"……왜?"

미유키가 둔한 동작으로 고개를 저었다.

"나도 '관계자'가 됐다는 거 아닐까."

수사 대상과 밀접한 관계가 있다는 말인가. 다시 말해, 자신의 탓인가.

아라이의 표정을 알아차렸는지 미유키가 "임의동행 요구를 하기 전에 알았어도 나는 반대했어."라고 말했다.

"왜?"

"단순히 사정을 듣기 위한 임의동행은 의미가 없어. 체포영장이 나올 정도의 증거가 나온다는 보증이 없고서는. 하지만 아직 그런 단계가 아니었어. 윗선의 의욕 과다지. 실제로 유효한 진술은 아무것도 얻지 못했어."

"그런 단계가 아니다." 아라이는 미유키의 말을 반복했다. "'그런 단계'가 올 거라고 생각해? 다시 한 번 물을게. 당신은 어떻게 생각하고 있는 거야? 정말 마키코 씨가 범인이라고 생각해?"

조금 시간을 둔 다음 "몰라." 하고 그녀가 고개를 저었다.

"다만 피해자의 오랜 지인이 사건 현장 바로 근처에 살고 있어. 우연이라고는 생각할 수 없어. 수사본부가 마키코 씨에게 집착하는 이유도 이해돼."

확실히 미유키의 말이 맞다. 피해자의 오랜 지인이 사건 현장 바로 근처에 살고 있었다. 우연이라고 생각하기는 힘들었다.

그러나 반대가 아닌가.

전에 미유키는 피해자가 다른 곳에 주거하는데도 "자기 짐을 가져다가 업무가 없는 날 대부분의 시간을 그 집에서 보냈나 봐."라고 말했었다.

즉 피해자 쪽에서 마키코에게 접근했던 거라면?

그건 왜인가.

"특별히 유력한 피의자는 없어." 미유키가 이어 갔다. "현재 상황에서는 마키코 씨의 혐의가 완전히 풀려나지 않을 거야. 억지로 체포영장을 청구하는 방법도 생각할 수 있어."

"정말 다른 유력 피의자는 없는 거야?"

미유키가 천천히 이쪽으로 시선을 향했다. 아라이는 말을 이었다.

"피해자와 싸운 인물을 봤다는 에이치의 증언을 수사본부에 전하지 않았어?"

"전했어. 그것도 피해자 신원 판단에 한몫했어."

그렇다. 수사본부는 증언의 진위 검토는 물론 혹시 몰라서 가지 히데히코를 조사했다. 그리고 가지 집안 장남의 소식이 묘연하다는 사실을 알아냈다.

"역시 죽은 '가미무라 하루오'는 가지 집안의 장남이었군."

미유키가 이상하다는 표정을 지었다.

"마키코 씨한테서 들은 게 아니야?"

아라이가 고개를 젓자, 미유키의 얼굴에 난처한 기색이 드러났다.

"어찌되었든 에이치의 말이 '증언'으로 인정되는 일은 없어. 그 정도는 당신도 알잖아."

어렵다는 것 정도는 알고 있다. 일반적으로 어린아이는 다른 사람의 말에 맞춰서 대답하기 쉽기 때문에 증언의 가치를 신중하게 판단해야 한다. 장애가 있다면 더욱 신중해질 것이다. 그러나 고작 그 이유만으로 증언 채용을 하지 않는다는 건 말이 안 된다. 마키코를 감싸기 위해 위증을 할 가능성이 있다는 것인가? 그러나.

"에이치의 증언은 마키코 씨가 의심받기 전의 일이야. 그건 당신도 알잖아. 아니, 지금도 에이치는 마키코 씨가 사건 피의자가 되었다는 사실조차 몰라."

"그건 그렇지만……."

어떻게 해야 에이치의 말을 믿어 줄 수 있을까? 그 아이의 기억력, 영상 인지 능력을. 마치 카메라로 찍은 듯 숫자와 기호를 암기해 버리는 그 능력을 말이다.

"정말 전혀 증거가 없어?" 카메라라는 단어에서 문득 생각이 떠올랐다. "예를 들어 방범 카메라는 어떤데? 현장 인근 카메라에 '누군가'가 찍혔다는 기록도 없어?"

"역 CCTV는 물론 검증을 끝냈어. 수상한 인물이 찍히지도 않았어. 당신이 생각하고 있는 사람도. 그렇다고 해도 현장 주택가에는 거의 CCTV가 설치되어 있지 않아서 차로 왔으면 알 수가 없지만."

차……. 그때 머릿속에 어떤 잔상이 지나갔다.

차, 에이치가 그린 차 그림. 에이치가 보여 줘서 몇몇 그림을 봤다. 차종과 번호까지도 적어 놓은 그림. 차에 대해 그다지 밝지 않은 아라이였지만 그중에 유일하게 알아본 차가 있었다.

일본 생산 차량 중 최고급 차량. 같은 종의 은색 차를 실제로 본 적이 있다. 게다가 최근 일이다.

은빛으로 빛나는 고급차. 병원과 인접해 있는 저택 주차 공간에 세워져 있었다.

아라이는 휴대전화를 꺼내 번호를 찾았다. 조금 뒤 수신음이 흘러나오더니 마키코가 받았다.

"쉬시는데 죄송합니다. 조금 중요한 일이라고 생각해서요. 에이치가 자동차 그림을 그리는 스케치북이 있지요? 예, 그렇습니다. 그걸 볼 수 있을까요? 예, 지금요. 죄송합니다만 부탁드리겠습니다."

미유키가 무슨 일인가 하고 이쪽을 보고 있었다. 아라이가 설명을 하기도 전에 "가지고 왔습니다." 하는 마키코의 목소리가 전화기 너머로 들렸다.

"넘겨 보시면서 도요타 렉서스라고 써진 그림이 있는지 봐 주세요. 네, 도요타 렉서스. 틀림없이 있을 겁니다. ……있습니까! 색은요? 은색이죠? 거기에 적힌 번호가 있을 겁니다. 예, 맞습니다. 불러 주세요."

아라이는 수화기를 손으로 막고, 미유키에게 소리쳤다.

"메모해 줘!"

"불러 드릴게요."

마키코의 목소리가 돌아왔다.

"네, 부탁드리겠습니다."

미유키가 서둘러 메모 용지를 준비하는 것이 시야에 들어왔다.

마키코가 말했다.

"도코로자와 328누29××."

아라이는 그 말을 반복했다.

"도코로자와 328누29××, 맞나요."

미유키 쪽을 봤다. 그녀가 끄덕였다.

"알겠습니다. 감사합니다. 늦은 밤에 죄송합니다."

전화를 끊고 미유키를 다시 마주했다.

"내일 그 차량 번호 조회해 줘. 아니."

그녀는 이미 수사본부에서 빠졌다.

"그 메모를 이즈모리 씨에게 전해 줘. 그 차량 소유자를 조회해 줬으면 좋겠다고."

"이즈모리 씨에게?" 미유키가 미간을 찌푸렸다. "무슨 일이야?"

"에이치가 그 번호의 차를 봤어. 그리고 그림으로 그렸어. 차종은 도요타 렉서스. 에이치는 최근 한 달 이상 거의 집에서 나오지 않았어. 그 차가 집 근처, 즉 사건 현장 근처에 정차해 있었던 게 틀림없어."

"이 차가 누구 건데?"

"조회해 보면 알 수 있어. 에이치가 한 말이 진실인지 아닌지."

미유키는 손에 든 메모를 다시 한 번 봤다.

"……전하는 것만 해 볼게. 상대를 해 줄지는 모르겠지만."

"부탁할게."

"……예전부터 그랬지만."

미유키는 등을 돌리면서 중얼거렸다.

"다른 사람 일이면 열심이네."

그렇게 뱉어 내듯 말하고 다이닝룸에서 나갔다.

다음 날 아침, 미유키는 평소와 같은 태도로 출근 준비를 하고 있었다. 그녀가 세면실로 사라진 모습을 보고는 미와가 조용히 다가왔다.

"엄마랑 화해한 거야?"

"왜?"

"오늘은 엄마가 방과 후 교실로 데리러 온대. 앞으로는 빨리 집에 올 거래. '아란찌한테 너무 부담을 주지 않도록 해야지.'라고 했어."

"……그래?"

수사본부에서 빠져서, 다시 평소의 근무 형태로 돌아왔을 것이다. 그건 괜찮다. 그러나. '아란찌한테 너무 부담을 주지 않도록'이라는 말에는 '화해'와 다른 의미가 담겨 있는 것 같았다.

"다시 에이치 집에 가도 된다고 해 줄까?"

미와가 살피듯 이쪽을 올려보았다.

"글쎄. 어쩌려나."

"갈 수 있으면 좋을 텐데……."

미와는 작게 중얼거렸다.

두 사람을 배웅하고 아라이 자신도 외출 준비를 했다. 이른 아침인데도 가타가이와 루미에게서 연달아 메시지가 와 있었다.

가타가이의 메시지는 마키코의 임의 청취가 계속되는 것, 하지만 가타가이의 요청이 받아들여져서 경찰서가 아닌 장소에서 이뤄진다는 것이었다. 그사이 에이치를 돕는 데 루미도 협력하기로 했다고 한다. 이어서 루미에게서는 '가타가이 씨와 함께 9시까지 우루시바라 씨 댁을 찾아뵙기로 했습니다. 그쪽에서 기다리고 있겠습니다.'라는 메시지가 와 있었다. 루미의 협력을 받게 된 것을 미유키에게 전달할 타이밍은 이미 놓쳐 버렸다.

걸어서 마키코의 집으로 향했다. 옛날과 비교하면 몰라보게 개발되고, 단독주택도, 아파트도 늘었다. 그렇다고 해도 교외 주택지와 별반 다르지 않아서, 도심이나 번화가처럼 편의점이나 체인 주차장은 없다. 미유키가 말했듯 인근에 방범 카메라는 보이지 않았다.

노크를 하자 문을 연 사람은 가타가이였다. 현관에는 마키코의 신발 외에 다른 작은 스니커즈가 나란히 놓여 있었다.

아라이의 모습을 보고 다이닝룸에 마주 앉은 마키코와 루미가 동시에 일어섰다. 아라이가 목례를 하는 데에 비해 두 사람은 허리를 숙여 응했다.

"오늘 절차 말인데요⋯⋯."

가타가이가 마키코도 알 수 있도록 음성일본어로 이야기했다. 루미의 소개는 이미 끝낸 것 같았다.

원래 수사관에게 자택으로 와 달라고 할 생각이었지만 청취 중에이치를 다른 공간으로 이동시키는 것이 어렵기 때문에 취조실보다는 정신적 압박이 덜한 장소를 가타가이 쪽에서 준비해 두고 그곳에서 청취를 진행하기로 경찰과 이야기를 끝냈다고 한다.

에이치의 모습은 보이지 않았다. 오늘도 '자기 방'에 틀어박혀 있는 것 같다.

이윽고 어제의 여성 수사관이 찾아와서 마키코, 가타가이와 함께 밖으로 나갔다. 루미와 둘만 남았다.

"주제넘은 행동으로 민폐를 끼친 것은 아닐까요?"

루미가 조심스러운 목소리를 냈다.

"천만에요. 정말 도와주셔서 감사해요."

"하지만…… 에이치도 저 안에 있기만 하고. 제가 있어서 그렇잖아요."

"아니요, 저건 에이치의 저항이라고 생각합니다."

"저항?"

"네. 어제에 이어서 오늘도 엄마가 억지로 어딘가로 끌려갔으니까요. 그 일에 저런 방식으로 자신이 할 수 있는 최대의 저항을 하고 있다고 생각합니다. 지금 에이치는 이렇게 할 수밖에 없습니다. 루미 씨 탓이 아닙니다. 와 주셔서 감사해요. 에이치는 조만간 스스로 나올 겁니다. 그때까지 기다리죠."

"네."

다시 침묵이 찾아왔다. 할 이야기가 많은 기분이었다. 그러나 어느 쪽도 입을 열지 않았다.

창문으로 다가가 레이스 커튼을 열었다. 어느 집에선가 아이 울음소리가 들려왔다. 내려다본 길에는 사람이 없었다. 오늘은 공터에 주차된 차도 없었다.

건너편 아파트로 시선을 옮겼다. 2층 정면에 창문이 보였다. 사건 현장이 된 집이 어디인지는 모르지만, 에이치가 무언가를 목격했다면 정면에 보이는 집이 틀림없다. 이 정도 거리라면 사람의 얼굴을 판별할 수도 있을 것이다.

문득 그 점에 생각이 다다랐다. 에이치가 무언가를, 누군가를 봤다면 그 누군가도 자신이 목격되었다는 사실을 알아차리지 않았을까? 에이치가 '현장'을 목격한 사실을 상대도 알고 있지는 않을까?

"왜 그러세요?"

루미의 목소리에 뒤돌았다.

"아, 아닙니다."

그러고 보니 그녀에게는 아직 '사건'에 대한 이야기를 자세히 하지 않았다. 협력을 받는 입장이니 제대로 설명을 하지 않으면 안 된다. 아라이는 다이닝룸으로 돌아와 루미의 앞에 앉았다.

"루미 씨는 이번 사건에 대해 알고 계십니까?"

"네."

"가타가이 씨에게 들으셨나요?"

"아니요, 사실은 예전부터 '두 개의 손'과는 인연이 있었습니다. 돌아가신 분을 만난 적은 없지만, 대표인 다케다 씨는 잘 알고 있어요. 그래서 뉴스를 보고 놀라서……."

"저, 죄송합니다. '두 개의 손'이 뭔가요?"

"아, 죄송해요. NPO 이름이에요. 사건 피해자가 근무했던."

"그런가요? 그 NPO와 인연이……."

생각해 보니 노숙자 지원을 했다는 NPO와 펠로십은 활동 내용이 겹치는 부분이 많다. 도쿄와 사이타마라는 지역 차이는 있지만 서로 알고 지냈다고 해도 이상할 것은 없었다.

적절한 타이밍 아닌가. 피해자를 직접적으로 알지 못해도 그를 아는 인물을 소개해 줄 수 있을 터였다.

휴대전화가 울렸다. 화면을 보자 기다리던 상대의 이름이 떠 있었다.

"실례합니다."

루미에게 양해를 구하고 통화 버튼을 눌렀다.

"나한테 차량 조회를 시키리라고는. 심부름꾼 취급이냐?"

언짢아하는 남자의 목소리가 귀에 울렸다.

미유키에게 부탁한 전언을 이즈모리가 어떻게 받아들일지, 아라이도 확신은 없었다. 기분이 나빴다고는 해도 전화를 걸었다는 건 아직 희망이 있다는 증거이다.

"소유자를 알아냈나요?"

아라이도 인사 없이 대꾸했다.

"그 전에 사정을 말해."

이즈모리의 말투는 더욱 난폭해졌다.

"차량 소유자는 누구였습니까?"

지지 않고 물었다.

"너에게 알려 줄 의무는 없어."

"그럼 이쪽도 대답할 수 없습니다."

전화 너머로 흠, 하고 콧소리가 들렸다.

"지금 어디 있어?"

"전에 우연히 만난 장소입니다."

한 박자 쉬고 대답이 돌아왔다.

"알았다. 밖에서 기다려."

아라이는 루미에게 "죄송합니다, 잠시 나갔다가 오겠습니다." 하고 전한 뒤 밖으로 나갔다. 언젠가 수사 차량이 정차하고 있던 공터 앞에서 기다렸다. 잠시 뒤 차 한 대가 도착했다. 정차한 곳에 가까이 다가가자 조수석 문이 열렸다. 운전석에는 무뚝뚝한 표정의 이즈모리가 앉아 있었다.

올라타자마자 굵은 목소리가 날아들었다.

"사정을 말해."

더 이상 화를 나게 해서는 득이 없다. 우선 기세를 꺾고 경위를 말했다.

사건 현장 근처에 사는 초등학교 2학년 남자아이가 차량 번호와 함께 자동차 그림을 그린 것. 그 아이는 한 달 이상 거의 집 주변에서 나가지 않았으며, 그 차가 소년의 집 근처, 즉 사건 현장 가까이에 정차한 사실은 틀림없다고.

"그래서?"

돌아온 대답은 냉랭한 반응이었다. 그렇다면 이쪽도 허세를 부릴 수밖에 없었다.

"그 차량 소유자에게 현장 근처에 갔던 적이 있는지 물어봐 주시기 바랍니다. 분명 없다고 대답할 겁니다."

이즈모리는 가만히 앞을 바라보고 있었다.

"그 말은 분면 거짓입니다. 지난 한 달 이내 현장 근처에 틀림없이 왔습니다. 그럼에도 왜 허위 대답을 할지 흥미가 없으신가요?"

다시 흥, 하고 콧소리를 내고 이즈모리가 입을 열었다.

"우선 그 남자아이가 이 번호의 차를 봤다는 증거가 어디에도 없어. 누군가가 이 차 번호를 적고, 알려 줬을지도 모르고. 며칠 전, 수상한 남자가 가지 집안 주위를 어슬렁거렸다는 보고가 있었다는데, 그놈 짓일 수도 있잖아?"

이즈모리가 의심의 눈길로 마주해 왔다. 병원을 보러 가는 겸해서 가지 가까지 발길을 옮겼을 때, 확실히 집에서 나온 여성이 아라이를 수상하게 여겼다.

실수했다는 생각에 입술을 깨물고 나서 문득 정신이 들었다. 이즈모리가 뭐라고 그랬지?

"그렇다는 말은 이 번호의 소유자가 가지 집안의 관계자라는 말이네요?"

이번에는 이즈모리가 벌레라도 씹은 얼굴이 되었다.

"만약 그렇다고 하면." 말투가 다소 모호해졌다. "그래서 뭐? 네가 하는 말이 진짜라도 그 남자가 차로 현장 가까이 온 적이 있다, 그것뿐이다. 수사에는 어떤 영향도 미치지 못해. 네 이야기는 그걸로 끝이냐."

"그 아이는 그것 말고도 중요한 증언을 했습니다."

"……어떤?"

"사건 현장에서 피해자와 어느 인물이 싸우고 있는 것을 봤다는군요."

"그 건이라면 들었어. 이봐, 아라이." 이즈모리는 처음으로 이쪽을 바라봤다. "너도 중요한 건 말 안 하고 있잖아."

"중요한 것?"

"그 애는 단순히 초등학교 2학년 남자아이가 아니야. 장애가 있어. 게다가 이 사건의 중요 참고인의 혈연이라고. 그 아이의 증언 능력을 인정할 수 있다고 생각해?"

"그것만이 이유입니까?"

"무슨 뜻이야?"

"형사소송법에서 증인에 대한 연령 제한은 없습니다. 재판에서 초등학생은커녕 유아의 증언 능력이 인정받은 사례도 있습니다. 어떠한 장애가 있더라도 진중하게 검토와 유의는 해야 하지만 문전 박대를 해서는 안 됩니다. 중요 참고인의 알리바이를 증언하려는 것도 아니니 집안 사람이라는 점도 관계없습니다. 그렇다면 진짜 이유가 무엇입니까?"

"진짜 이유?"

"대상 인물이 사회적 지위가 있는 사람이라서, 의도적으로 소년의 증언을 무시하고 있는 것은 아닙니까? 사이타마 현지사, 아니, 수상과도 친밀한 사이에 있는 인물이라서 건들지 말라는 지시가 내려온 게 아닙니까?"

이즈모리가 입을 다물었다.

"수사본부가 그런 식으로 일하는 건 이미 알고 있습니다. 하지만 이즈모리 씨도 그렇습니까? 당신도 이제 그런 '상부 사정'을 신경 쓰게 되었습니까?"

이즈모리가 아라이를 쏘아보았다. 그 눈에는 악질 범죄자도 움츠러들어 입을 열게 하는 강렬한 눈빛이 돌아와 있었다.

㋐. 조직 부적합자를 가리키는 그 낙인을 받고 경찰 조직에서 밀려나온 자. 그런 아라이가 의지할 사람은 이 남자밖에 없었다.

"한 가지 묻고 싶은데."

이즈모리가 억누른 목소리를 냈다.

"만약 증언 기회가 주어졌을 때, 그 아이는 어떻게 증언을 하지? 사람들 앞에서 말을 할 수 없잖아?"

"수화가 가능합니다."

"수화?"

그것까지는 미유키가 말하지 않은 것일까? 아니, 미유키도 몰랐으리라. 에이치가 지금 '사람 앞에서 이야기할 수 있다는 사실'을.

아라이는 확실히 말했다.

"지금의 에이치에게는 자신의 언어가 있습니다."

8

이즈모리와 헤어지고 마키코의 집으로 돌아왔다.

"다녀오셨어요."

다이닝룸에서 아라이를 맞은 루미의 옆에는 의외로 에이치의 모습이 있었다. 아라이는 놀란 마음을 드러내지 않고 〈안녕.〉 하고 수화로 대했다. 에이치는 이쪽으로는 얼굴을 돌리지 않은 채 수화로 〈안녕하세요.〉 하고 인사했다.

〈배고파?〉

에이치는 고개를 저었다.

〈화장실 가고 싶었지?〉 루미도 에이치를 향해 수화로 말을 걸었다. 〈그 뒤로 나랑 여태 수화로 이야기했지?〉

에이치는 고개를 숙인 채 대답하지 않았다.

"그랬습니까……?"

문득 테이블 위에 '용의 등에 탄 소년' 피규어가 놓여 있는 것을 알아차렸다.

"이건?"

"아아, 에이치가 가지고 나왔어요. 제게 보여 준다고."

"이야."

더욱 의외라고 생각하며 에이치를 쳐다봤다. 에이치는 여전히 고개를 아래로 향한 채 있었다.

루미에게 말했다.

"루미 씨가 상당히 마음에 들었나 보네요."

"그런가요?"

"네. 가장 아끼는 물건을 일부러 보여 주러 가지고 나온 걸보면 상당히."

루미는 "어머, 그런 건가요?" 하고 다시 피규어와 에이치를 번갈아 봤다.

에이치는 완전히 루미와 친해져서 두 사람끼리 있어도 문제가 없어 보였다. 아라이는 혼자 알아봐야 하는 용건이 있었다. 그 중에는 루미의 협력이 필요한 일도 있다.

"아까 이야기했던 '두 개의 손'이라는 NPO 말인데요."

"네."

"그 대표분을 아신다고 하셨는데, 괜찮다면 소개받을 수 있을까요? 묻고 싶은 것이 있습니다."

"물론이에요. 지금 연락을 해 볼까요?"

루미는 그 자리에서 휴대전화를 꺼내고 다케다라는 '두 개의 손' 대표에게 연락을 해 주었다. 오늘 오후 2시라면 시간이 가능하다고 했다.

순조로웠다. 그 전에 가고 싶은 곳이 있었다. 지금 시간이라면 만날 가능성이 있다.

"나갔다 오고 싶은데, 제가 없어도 괜찮으실까요?"

루미는 "그건 에이치에게 물어보세요." 하고 미소를 지어 보였다.

아라이는 에이치를 향해서 〈이 누나와 둘이서도 괜찮아?〉 하고 수화로 물었다.

이제까지 반응이 없던 에이치의 손이 올라갔다. 작은 움직임이었지만 오른손 엄지를 제외한 다른 손가락의 끝을 왼쪽 가슴에 대고 오른쪽으로 움직였다. 〈괜찮아.〉 에이치는 그렇게 말했다.

아파트에서 나온 아라이가 향한 곳은 한노 시였다. 상대와 약속은 잡지 않았다. 나타나길 기다리는 수밖에 없었지만 이 시간이라면 확률은 낮지 않다고 짐작했다.

한노 역에 도착해서 시노미야 학원행 버스로 환승한 뒤 가지 병원 앞 정류장에서 내렸다. 외래동에 들어서서 대기실을 둘러보았다. 오늘도 환자들로 혼잡했다.

그중 노인의 모습은 없었다. 시계를 봤다. 10시 30분. 전에 만났던 시간과 같은 시간이었다. 부디 와 달라고 기도했다. 오늘 만날 수 없다면 매일이라도 올 생각이었다.

조금 시간이 흐르자 입구에서 노인의 모습이 보였다. 노인은 전처럼 익숙한 동작으로 컴퓨터 화면을 보며 접수를 끝내고, 나온 대기표를 손에 들고 이쪽을 향해 걸어왔다.

아라이가 손을 들자 상대도 그를 알아차렸다. 점차 다가가자 그녀의 얼굴에 웃음이 피었다.

〈아이고. 결국 다니기로 했는가.〉

〈네. 몸은 어떠세요?〉

〈나야 이제 와서 어떻게 변하지 않아. 담당은 젊은 선생인가?〉

〈네.〉

거짓말을 하는 것이 마음에 걸렸지만 이야기를 맞출 수밖에 없다. 병원에 관한 대화를 조금 나눈 다음 아무렇지 않게 본론으로 들어갔다.

〈이쪽 병원에 오래 다니셨다고 하셨잖아요.〉

〈그렇지. 40년.〉

노인은 자랑스럽게 대답했다.

〈사실 이 병원을 알려 준 사람이 예전에 여기서 보조 간호사로 일하셨던 분이에요. 알고 계실까 싶어서.〉

〈호오, 그랬나? 누구?〉

〈근무했던 건 벌써 8년 전이지만, 우루시바라 마키코 씨라는 여자분이에요. 당시에는 20대 초반이었을 거예요.〉

〈아아, 알고 있어.〉

노인은 바로 대답했다.

〈진짜로요!〉

〈마키코지?〉

노인은 지문자로 '마' 자를 만들고 그것을 빙빙 말았다. '마키코'라는 이름을 나타내는 사인네임이다.

〈마키코는 잘 지내지?〉

〈네. 잘 지냅니다.〉

우선 무난한 대답을 했다.

〈그 아이는 팬이 많았어.〉 노인은 기분 좋게 말을 이었다. 〈그만 뒀을 때 모두가 아쉬워했지. 좋은 애였으니까. 확실히 '하나'와 사이가 좋았지.〉

노인은 '꽃*'을 나타내는 수화를 했다.

〈하나…… 하나코 씨 말인가요? 동료 간호사인가요?〉

전에 미유키에게서 들은 '전 동료'일지도 모른다. 피해자의 시신에 기도했다고 하는 여성.

〈그래, 나이는 하나가 훨씬 많았지만, 가장 사이가 좋았어.〉

〈그분은 아직 여기 다니시나요?〉

〈아니, 4년 정도 전이었나, 결혼해서 그만뒀어.〉

〈그렇습니까……. 마키코 씨는 왜 그만뒀나요? 사실 자세한 건 물어보지 못해서.〉

〈그건 나도 몰라. 다들 이상하다고 했어. 환자에게도 인기가 있었고 원장도 예뻐했는데 말이야.〉

〈원장이 말입니까? 이사장이 아니고?〉

〈이사장은 이름만 있고 병원 일에는 전혀 터치하지 않았어. 간호사는 잘 몰라.〉

---

* 일본어로 '하나'와 '꽃'은 동음이다.

그렇군. 여기에 온 이유 중 하나는 마키코와 가지 히데히코 사이에 무슨 관계가 있었는지 알고 싶었던 것이지만, 예상이 빗나갔다.

〈원장만이 아니라, 마키코를 나쁘게 말하는 사람은 없었어. 그래서 갑자기 그만둔다고 들었을 때는 놀랐지. 잘렸다고는 생각할 수도 없고 정식 간호사를 목표로 열심히 했었으니까.〉

그녀가 임신과 출산 때문에 그만뒀다는 사실은 적어도 환자에게 전해지지 않았던 모양이다. 병원 직원들은 알았을까.

마키코는 진짜 이유를 알리지 않고 그만둔 것은 아닐까? 그런 짐작이 들었다. 임신했다는 사실을 누구에게도 알리고 싶지 않았다. 그러나 적어도 알고 있는 인물은 두 사람 있을 터였다. 사이가 좋았던 동료. 그리고 아이의 아빠.

〈그 전에 얘기했던 '도모'라는 분 말인데요. 이사장, 원장 부부의 장남이라는.〉

아마 '도모'가 붙은 이름이라고 생각해서 사인네임으로 〈친구*〉라는 수화를 사용해 봤다.

〈장남? 아, 도모.〉

노인은 가슴 쪽을 문지르는 동작을 했다. 〈알다〉라는 의미의 수

---

* 친구의 일본어 발음은 도모다치로 앞 글자를 따온 사인네임이다.

화였다.*

〈아, 네. 마키코 씨는 그분과 알던 사이였습니까?〉

〈마키코가? 왜?〉

〈아니, 마키코 씨에게 그분 이야기를 들었던 기억이 나서요.〉

〈그래? 마키코가…….〉 노인은 잠시 생각하는 동작을 하더니 납득한 얼굴이 되었다. 〈아, 그런가, 봉사활동에서 알게 됐나 보군.〉

〈봉사활동이라면……?〉

〈도모는 그 시기에 아직 학생이었는데, 소아과에 입원한 아이들이나 진료를 보러 오는 노인 환자를 상대로 책을 읽어 주는 봉사활동을 자주 했었지. 그때 조수로 있던 아이가 마키코와 하나 아니었을까. 하나는 지금도 봉사활동으로 가끔 병원에 오니까.〉

이름이 다시 나와서 이때다 싶어 물었다.

〈그럼 하나 씨 연락처도 알고 계시나요?〉

〈연락처?〉

노인은 처음으로 이상하다는 듯이 아라이를 봤다.

〈왜 그렇게까지 물어봐? 진료를 받는데 그만둔 간호사가 무슨 상관이 있다고.〉

〈예, 사실은.〉 어느 정도 사실을 알리지 않으면 이 이상 이야기

---

* 일본 이름에서 사용하는 '알 지(知)'라는 한자는 도모라고 읽는다.

를 끌어내지 못할 것이라고 판단했다. 〈마키코 씨가 지금 조금 곤란한 상황에 처한지라 친구분과 연락을 해 볼까 생각했습니다. 마키코 씨를 도와주기 위해서.〉

〈곤란한 상황? 도와줘? 대체 뭔 소리야.〉

노인의 얼굴은 점점 수상쩍어하는 표정이 되었다. 그러나 이 이상 이야기할 수는 없었다. 지어낸 이야기도 한계가 있었다. 아라이는 솔직하게 머리를 숙였다.

〈죄송합니다. 자세하게는 말할 수 없습니다. 다만 마키코 씨가 직접 연락을 할 수 없는 상황이라. 그래서…… 어떻게든 하나 씨에게 이야기를 전할 수 없을까요? 연락처를 알려 달라고는 하지 않겠습니다. 저는 아라이라고 합니다. 제 이름과, 지금 휴대전화 번호를 쓸 테니 그분에게 이걸 전해 주실 수 없을까요? 제게 연락을 줄 수 없으신지.〉

통역용으로 가지고 다니던 메모지를 꺼내 번호를 적었다. 전달하려고 하자 노인이 의아한 시선으로 마주 봤다.

〈자네, 아라이라고 했나?〉

〈네.〉

메모지를 내민 채 끄덕였다.

〈양친이 모두 농인이라고.〉

〈그렇습니다만……〉

노인의 태도 변화에 이번에는 아라이가 의아한 얼굴이 될 차례
였다. 그녀는 아라이를 바라보며 말했다.

〈자네가 누군인지 알아.〉

〈아.〉 납득이 갔다. 〈현내에서 인정 통역을 하고 있습니다. 어딘
가에서 들으셨나요?〉

〈아니, 그게 아니야. 만난 적도 있어. 자네가 아직 작을 때.〉

작을 때?

〈미치요 씨는 건강한가?〉

미치요. 오랜만에 그 이름을 나타내는 수화를 봤다. 어머니의 이
름이었다.

〈어머니는 작년에 병으로 돌아가셨습니다.〉

아라이가 대답하자 노인은 놀란 얼굴을 한 뒤 〈그렇구나.〉 하고
풀이 죽은 듯 고개를 숙였다.

〈어머니와 아시는 사이셨나요?〉

〈뭐. 자네도 알고 있지. 우리 사회는 좁아. 같은 연배에, 같은 현
에 살면 모르는 게 더 이상하지.〉

그녀가 말한 대로였다. 데프 커뮤니티는 좁다. 자신이 긴 시간
동안 그곳과 거리를 두었을 뿐이었다.

〈수화, 아주 잘하잖아.〉

〈네?〉

〈미치요 씨가 자네는 수화를 싫어한다고 했어.〉

그녀는 웃었지만 아라이는 함께 웃지 못했다.

〈진료 순서가 온 것 같네.〉

노인이 전자 게시판 숫자를 언뜻 봤다. 시간이 다 되었나.

〈그거, 줘 보게.〉

노인은 아라이가 손에 든 전화번호를 쓴 메모를 가리켰다.

〈네.〉

메모를 받은 노인은 〈다음에 연락하지. 한번 향을 올리러 가게
해 주게.〉 하고 일어섰다.

〈마키코에게도 잘 전해 줘. 나가사와 할머니는 지금도 건강하게
병원 다니고 있다고.〉

아라이의 대답도 듣지 않고 나가사와 노인은 진료실로 향했다.

하나에게 전해 줄 거라고는 바라지 않았지만, 마키코와 도모,
즉 가지 집안의 장남과의 접점을 확실하게 알 수 있었다.

그래도 이해할 수 없는 것이 하나 있었다. 8년 전에는 학생으로
전도양양했을 도모가 어디서, 왜 노숙자 '가미무라 하루오'가 되었
을까.

그것을 알아내야 했는데, 다음에 향할 장소에 힌트가 있을 터였
다. 아라이는 병원을 나와서 '두 개의 손' 사무소가 있는 이루마로
향했다.

사무소는 역에서 도보로 5분 정도 거리에 있는 주상복합 빌딩 2층에 있었다. 벨을 누르자 핑크색 운동복을 입은 젊은 여성이 나왔다.

"죄송합니다, 다케다 대표님은 오전 업무가 늦어져서요……."

죄송하다는 듯 머리를 숙인 여성에게 "괜찮습니다. 무리하게 부탁한 쪽은 저였으니까요." 하고 안으로 들어갔다. 사무소는 10평 남짓의 좁은 곳으로 사무용 책상이 네 개 나란히 늘어서 있을 뿐이었다. 응접세트도 없이 차를 내온 그녀 외에 다른 직원도 보이지 않았다.

10분 정도 기다리자 "오래 기다리셨죠." 하고 다케다가 들어왔다. 나이는 마흔 정도 되어 보였는데, 청바지에 점퍼를 입은 편안한 차림이었다.

"바쁘신데 죄송합니다."

"아닙니다. 펠로십에게 여러 가지로 신세를 지고 있어서요. 데즈카 씨도 복귀하셔서 다행입니다."

다케다는 여성이 가지고 와 준 차를 바쁘게 입으로 가져가고 "그러니까 오늘은 돌아가신 가미무라 건이시죠."라며 이쪽으로 고쳐 앉았다.

"아, 원래는 가미무라 씨가 아니었지만요. 달리 마땅한 호칭이 없어서."

"네, 저도 일단은 가미무라 씨라고 부르겠습니다."

확인된 피해자 신분은 아직 경찰에게서 듣지 못한 듯했다.

"그 가미무라 하루오 씨는 어떤 경위로 이쪽에 근무하게 되었습니까?"

"아, 처음엔 말이죠, 우리 배식 봉사에 오신 분이었습니다. 미코가 처음 만났다고."

옆에 있던 트레이닝복 여성이 "네." 하고 웃으며 대답했다.

"그때, 이상했지? 미코, 말해 봐."

"네." 미코라고 불린 여성이 여전히 웃는 얼굴로 이야기하기 시작했다. "그날 식사 준비로 제가 제일 먼저 공원으로 갔어요. 텐트 앞에 종이를 붙이고 식사 준비를 하고 있었는데……"

준비를 하고 있던 미코는 조금 떨어진 곳에 멍하니 서 있는 남자가 있다는 사실을 알아차렸다. 배식을 받으러 온 거라면 붙여놓은 종이 앞에 서 달라고 해야 했지만, 아니라면 실례가 될지도 몰랐다. 그렇게 생각해서 말을 걸지 않고 있었다. 잠시 뒤에 또 한 사람이 왔다. 그 남자는 익숙한 듯 종이 앞에 섰다. 그러자 이제까지 줄을 설 기색이 전혀 없던 조금 전의 남자가 옆에 섰다.

그 뒤 배식이 시작되고 미코는 다른 직원과 교대했다. 부족한 건 없는지 둘러보다가, 조금 전의 남자가 우동과 주먹밥을 들고 앉아 있는 모습을 보고 미코는 "더 안 필요하세요?" 하고 말을 걸었다. "네." 하고 대답한 남자에게 그녀는 신경 쓰이던 점을 물었다.

왜 조금 전에 먼저 왔으면서 줄을 서지 않았는지.

그러자 남자는 이렇게 대답했다고 한다.

종이에 '두 줄로 서세요.'라고 적혀 있기 때문이었다. 혼자서는 두 줄로 설 수 없으니, 그래서 또 한 사람이 올 때를 기다렸다.

"그 남자분이 가미무라였어요."

미코는 이상하다는 듯 말했다.

"가미무라 씨에게는 그런 바보같이 정직하다고 해야 할까, 이상하게 융통성이 없는 부분이 있었습니다."

바보같이 정직하고 융통성이 없다. 같은 이야기를 병원 대기실에서 나가사와 노인에게서 들은 기억을 떠올렸다.

"그래서 직원으로 스카우트 하셨나요?"

"아니요, 그러고 나서 시간이 지나고 그가 이상한 무리에 붙잡힌 걸 보고…… 뭔가 해야 하지 않을까 생각해서 우선은 우리 쪽으로 주거를 확보했습니다."

"이상한 무리?"

"네, '울타리 집'이라는 무리를 알고 계시나요?"

"아니요."

"노숙자를 구제한다면서 생활 보호비를 가로채는 무리입니다."

다케다는 울타리 집에 대해 설명했다.

그들은 선의 단체 직원으로 위장하여 노숙자 앞에 나타난다. 그 중에는 실제로 NPO 인증을 받은 사람들도 있다고 한다. 그들은 노숙자를 거리 생활에서 빠져나오게 하기 위해서는 생활 보호가 필요하고, 이를 위해선 정해진 주거가 필요하다고 설명한다. 여기까지는 다케다 일행의 활동과 다르지 않다. 다른 부분은 지금부터다.

그들은 제안에 동의한 노숙자를 자신들이 운영하는 숙박소에 입소시킨다. 숙박소라고 해도 '문어방*'처럼 아주 심각한 환경인 곳도 있다. 도망치지 못하도록 감시 직원을 붙이기도 한다.

이렇게 노숙자들을 '가둔' 뒤에 직원이 그들과 동행하여 시청으로 가서 생활 보호 수급 수속을 한다. 지급된 생활 보호비는 직원의 손에서 다양한 명목으로 '경비'가 빠져 나가고, 실제로 본인에게 전해지는 돈은 한 달에 불과 1만 엔 정도라고 한다.

"이런 단체가 만연하는 요인으로는 행정 안전망의 취약함을 들 수 있습니다. 특히 우리 현에서는 노숙자를 받아들이는 제도가 정리되어 있지 않아서 그 점을 노리는 거죠."

다케다는 속상하다는 듯 말했다.

"가미무라 씨도 그 울타리 집에 잡혔던 건가요?"

"네, 잠시 문어방에서 생활했다고 합니다."

---

* 빚을 갚지 못한 사람들을 가두고 노동을 시키는 합숙소로 최소한의 침구만 제공되는 방.

"그렇습니까……."

조금 더 가미무라, '도모'라는 인물을 알고 싶었다.

"조금 전 가미무라 씨에 대해서 '바보같이 정직하고, 융통성이 없다.'고 말씀하셨는데, 사건에 휘말린 원인으로 뭔가 생각나시는 건 없습니까? 다른 사람과 트러블을 일으킨다거나, 원한을 샀다거나 하는 일은 없었나요?"

"아, 그 질문은 경찰도 했었는데, 그런 일은 별로 없었습니다. 그치, 미코?"

"네." 미코도 고개를 끄덕였다. "정말 온화한 분이었습니다. 조금 전 융통성이 없다고 한 것도 강하게 자기주장을 한 적도 없고 자기 안에서 정해진 규칙이 있을 뿐이었죠. 다른 사람과 싸우는 일은 없었어요."

"아, 한 번 있었네요." 다케다가 생각났다는 듯 말했다. "드물게 감정적인 가미무라 씨를 본 적이 있었어요."

"감정적, 말인가요?" 신경이 쓰였다. "어떤 식으로?"

"사무소 텔레비전을 보면서, '용서할 수 없어, 절대 용서 못 해.'라고 몇 번이나 말했어요. 그게, 무슨 뉴스를 보고 있을 때였지, 아마."

"어떤 뉴스였습니까?"

"글쎄." 다케다는 고개를 갸웃거렸다. "제가 그 모습을 봤을 때는 이미 뉴스가 끝나 있었으니까요."

"무엇 때문에 화가 났는지는 물어보시지 않았습니까?"

"저도 조금 바빴던지라. 그저 가미무라 씨가 화를 내는 건 무척 드물어서 기억합니다. 미코는 몰라? 올해 9월 정도였나?"

여성 쪽으로 고개를 돌렸다.

"뉴스는 모르겠지만……." 갸웃대던 미코가 생각났다는 듯 말했다. "어쩌면 그 신문 기사이려나."

"기사라는 건."

"그즈음, 가미무라 씨에게서 신문을 찾아 달라는 부탁을 받았어요. 9월 며칠자의 사이타마 신문. 조금 지나고 찾아 두었는데, 바빠서 전해 주는 걸 잊어버려서……."

"그거, 언제 신문이었는지 기억하십니까?"

"네, 그대로 뒀으니까요. 가져올까요?"

"네, 부탁드리겠습니다."

"잠시만 기다려 주세요."

미코가 안쪽 선반으로 향했다.

그녀가 신문을 찾는 사이, 신경이 쓰였던 일을 다케다에게 물었다.

"가미무라 씨는 30대 초반이었죠?"

"네."

"이름을 빌려준 진짜 가미무라 하루오 씨도 비슷한 나이었죠. 요즘은 그 정도의 젊은 사람들이 노숙자가 되는 경우도 있나요?"

"그렇습니다." 다케다는 눈썹을 찡그렸다. "요 몇 년, 노숙자 중 젊은 층이 눈에 띄게 늘었습니다. 특히 최근에는 병이나 장애도 없는 건강한 젊은이가 일도, 사는 곳도 없이 길거리나 PC방 등을 전전하는 사례가 많아서."

"역시 불황의 영향인가요?"

"물론 그것도 있습니다. 하지만 그게 다는 아니에요."

다케다의 말투는 열기를 머금어 갔다.

"가령 직장을 갖게 되더라도 그 일이 자신에게 맞지 않거나, 미래에 대해 희망적이지 못하거나…… 그런 마이너스 감정이 큰 스트레스가 되어서 우울증이나 정신질환이라는 형태로 나타나기도 하는데……. 그런 상태가 이어지면 일을 할 수 없어집니다. 장기적 실업이 되면 저금도 바닥을 찍고, 결국에는 노숙자로 전락해 버리죠. 그런 사례가 급속도로 늘어나고 있습니다."

"그렇습니까……."

큰 병원의 후임으로 장래를 촉망받았을 가지 집안의 장남이 도대체 어디서 어떻게 잘못되어 그런 길을 걷게 되었을까……. 한 가지 확실한 사실은 해외 유학이나 해외 거주라는 설명이 거짓이라는 것이었다.

"있어요. 이거예요."

미코가 한 장의 신문을 들고 돌아왔다.

재빨리 받아들었다. 올해 9월 10일자 《사이타마 신문》. 대강 눈으로 훑었다.

'세키야마 시에서 세 살 차남의 다리뼈를 부러뜨린 의심을 받은 아버지 체포', '현지사 제창 조례안에 비판 연이어', '고시가야 시에서 회사 중역 과로사 산재 인정'이라는 제목이 이어져 있었다.

가미무라 하루오가 관심을 가진 기사가 어느 기사였지 바로 알 수 있었다. 기사를 자세히 읽었다.

'발달장애는 부모의 애정 부족',

사이타마 현지사 제창 조례안에 비판 연이어

사이타마 현 다카시나 히데오 지사가 제정을 검토하고 있는 '육아 서포트 조례안'에 '발달장애는 부모의 애정 부족이 원인'이라는 기술이 있어, 발달장애 아동의 부모들로 이뤄진 현내 단체가 '편견을 조장한다.'는 의견으로 제정을 중지하도록 요구하는 요청서를 제출했다. 조례안에는 '발달장애, 문제 행동 등의 예방, 방지' 항목에 '유아기 시절 애착 형성 부족이 경도 발달장애 혹은 그와 비슷한 증상을 유발하는 큰 원인'으로 기입되어 있다. 다카시나 지사에 의하면 조례안의 문안은 '정육학'을 제창하는 교육가 가지 히데히코 씨에게 자료를 제공받았다고 한다. 다카시나 지사는 '조례안은 아직 원안'이라면서 보도진에게 '내년 4월 의회로 제출을 목표로 하고 있다.'고 의견을 표명했다.

아라이도 본 기억이 있었다. 정확하게는 신문기사가 아닌, 텔레비전 뉴스에서 봤지만.

가미무라 하루오, 아니, '도모'도 같은 뉴스를 보고 알았던 것이다.

8년 전에 간행되었을 때는 그다지 주목받지 못했던 『정육학』. 그것이 지금 각광을 받게 되었다는 것을.

8년의 시간을 거쳐, 망령이 되살아났다는 사실을.

9

저녁 무렵이 되어서 마키코의 집으로 돌아왔다. 현관에 노크를 하자 바로 문이 열고 "쉿." 하고 루미가 입술에 손가락을 대면서 맞이했다.

〈에이치, 자고 있어요.〉

집으로 들어가자 거실에 모포를 덮고 누워 있는 에이치의 모습이 보였다. 작게 숨소리를 내며 자고 있었다. 완전히 안심한 듯한 얼굴이었다.

"대단하다."

무심코 그런 말이 나오자 "뭐가요?" 하고 루미가 어리둥절한 얼굴을 했다. 불과 하루 만에 에이치가 이렇게까지 경계심을 풀 거라고는 생각 못 했다. 그러고 보니, 루미와 마키코는 어딘가 닮은 부분이 있었다. 연령이나 얼굴이 아닌, 자아내는 분위기에서 비슷한 무언가가 있다. 세심한 에이치는 그것을 느꼈을지도 모른다.

어찌되었든 어린 시절의 그녀와는 완전히 다른 사람이었다.

20년 가까이 지났으니 당연하겠지만 세련된 여성이 되었고, 그뿐 아니라 이렇게 온화한 표정을 지을 줄 아는 사람이 되었다. 친부모인 몬나 부부도 그렇겠지만, 아라이는 이제까지 루미를 키워낸 데즈카 부부의 공을 생각하지 않을 수 없었다.

〈뭐예요? 제 얼굴에 뭐라도 붙었어요?〉

루미가 수화로 말했다.

〈아무것도 아닙니다.〉

아라이도 수화로 답했다.

〈이상한 표정으로 저를 보고 있어서요.〉

〈이상한 표정 같은 건 짓지 않았습니다.〉

아라이는 쓴웃음으로 되받아쳤다.

어쩐지 대화에 틈이 생겼다. 루미를 쳐다보니 그 얼굴이 문득 심각해졌다.

〈아라이 씨에게는 언젠가는 사과해야 한다고 생각했습니다.〉

〈무슨 말씀이시죠?〉

〈한가이 씨 말이에요.〉

〈왜 저에게? 사과해야 하는 건 오히려 저입니다.〉

아라이가 그렇게 참견을 하지 않았다면 루미와 한가이의 결혼에 문제가 생기지도 않았다. 두 사람의 결혼 생활이 제대로 흘러가지 않았던 이유는 자신의 탓이었다. 두 사람의 이혼 소식을 듣고 나서 아라이는 계속 그렇게 생각했다.

〈아라이 씨 탓이 아니에요.〉 루미가 단호한 표정으로 고개를 저었다. 〈저희가 헤어진 것은 사건과는 관계없습니다. 한가이 씨 탓도 아니에요. 전부 제 탓이에요.〉

〈루미 씨.〉 아라이는 그녀의 말을 막았다. 〈무리하게 말씀하시지 않아도 괜찮습니다.〉

〈아니요, 아라이 씨에게는 확실하게 이야기하지 않으면 안 돼요. 분명 아라이 씨는 자신의 탓이고, 그 사건 탓이라고 생각하고 있을 테니까요. 그렇지 않다고 확실하게 제 입으로 설명해야 해요.〉

〈알겠습니다.〉 다시 루미를 마주 보았다. 〈어떻게 된 건지 말씀해 주시겠습니까?〉

루미는 단어를 선택하는 것처럼 천천히 손을 움직였다.

〈저는 결국, 한가이 씨와 '가족'이 되지 못했습니다. 저에게 처음부터 그 만한 각오가 없었던 것이 원인입니다.〉

〈그건 '정치가의 부인이 될 각오'라는 의미입니까?〉

〈그렇지 않아요.〉 루미는 고개를 저었다. 〈정치가의 아내가 되는 것이 어떤 의미인지는 어느 정도 알고 있었어요. 그게 싫다거나 무리한 적은 없었습니다. 한가이 씨의 부모님도 아주 좋은 분들이셨습니다. 사건에 대해서도 아무 말 없으셨고요. 게다가 아무것도 모르는 제게 하나부터 알려 주셔서, 지금도 정말 감사하게 생각하고 있습니다. 그렇지만.〉

루미의 움직임이 잠시 멈췄다. 시간을 두고 다시 움직이기 시작했다.

〈저는 그런 선의에 응할 수 없었습니다. 이제까지 타인이었던 사람과 '가족이 된다'는 것이 제게 어떤 일인지 알지 못했습니다. 하나부터, 아니, 0에서부터 '가족을 만든다'는 것이 어떤 의미인지. 제게 가족이란 처음부터 그곳에 있는 존재였거든요. '스스로 만들어 나가는 것'이 아니라 '가족은 처음부터 가족'인 거죠.〉

〈하지만 루미 씨는 한 번…….〉

말을 하던 도중 멈췄다. 그러나 그녀는 아라이가 하고자 했던 말을 알고 있었다.

〈맞아요, 저는 한 번 가족을 잃었습니다. 그리고 새로운 가족 안으로 들어갔습니다. 하지만 그것도 '처음부터 있던 것'이었어요. 저는 데즈카 집안의 아버지와 어머니가 만들어 가족 안에 단지 들어가기만 하면 됐습니다. 저에게 가족이란 몬나 집안의 아버지와 어머니, 언니, 그리고 양부모님뿐이었습니다. 그것으로 충분했습니다. 제게 그 이상의 가족은 필요하지 않았어요.〉

어떻게 대답해야 좋을지 몰랐다. 그래서는 너무나 한가이에게 미안한 이야기가 아닌가, 우선 그렇게 생각했다. 그런 생각을 가진 채 그와 결혼을 해서는 안 되었다.

그러나 그것은 그녀가 가장 잘 알고 있었다. 알고 있어도 어쩔 수 없었다. 한가이와 새로운 가족을 꾸려 나가려고 했다. 그렇게 해야 한다고 생각했다. 그러나 하지 못했다. 사람들은 애정이 부족했다고 말할 것이다. 어쩌면 그런 면이 있을지도 모른다. 그러나 과거에 크나큰 경험을 한 루미에게 가족이란 어떤 것이었을까. 그건 아무도 알 수 없다. 아라이마저도.

그때 아라이의 휴대전화에 메시지 착신음이 울렸다. 동시에 루미의 휴대전화도 울렸다. 서로 얼굴을 마주 봤다. 안 좋은 예감이 들었다. 아라이가 먼저 휴대전화를 열었다. 예상대로 가타가이였다.

'마키코 씨가 체포되었습니다. 자세한 일은 이제부터 돌아가서 말씀드리겠습니다. 앞으로의 일을 의논해 보죠.'

휴대전화 화면에서 얼굴을 들고 루미를 봤다. 그녀의 얼굴색도 바뀌었다.

"불리한 증거라도 발견된 걸까요?"

음성일본어로 말했다.

"모르겠습니다. 자세한 일은 가타가이 씨가 돌아오셔야······. 어찌되었든 마키코 씨가 가장 걱정하고 있는 부분은 에이치겠죠."

에이치의 잠든 얼굴을 내려다보았다. 아무것도 모른 채 조용히 고른 숨결을 내고 있었다.

"마키코 씨, 한동안 집에 오지 못하겠네요······."

루미가 골똘히 생각하는 표정을 지었다.

"그렇겠죠······."

'한동안'이란 어느 정도의 기간이 될 것인가. 체포되고 송검되면 구류로 이어진다. 구류 연장까지 하면 최대 20일. 만약 기소라도 되면 에이치는 어떻게 될까.

"제가 여기서 잘게요."

루미가 말했다.

"아니요, 그렇게 할 수는······."

"하지만 누군가가 에이치 옆에 있어야 하잖아요. 아라이 씨에게는 가족이 있으니까."

대답을 하지 못했다.

루미의 말대로 자신이 에이치 옆에 있을 수 없는 것은 사실이었다. 그녀에게 부탁하는 수밖에 없었다.

그로부터 약 한 시간 정도 지나고 가타가이가 왔다.

《그렇게까지 걱정할 필요는 없습니다. 결정적인 증거가 발견된

것은 아니니까요.》

두 사람을 안심시키려는 의도인지, 가타가이는 우선 그렇게 말했다.

《지금까지 원하는 방향의 진술을 끌어내지 못해서, 체포해서 천천히 청취를 할 생각일 겁니다. 마키코 씨의 입장은 이제까지와 별반 다르지 않습니다. 아무래도 경찰 윗선에서 사건을 빨리 끝내라는 압박을 하고 있는 것 같아요. 그래서 수사 지휘자가 초조해하는 것은 아닐까요.》

윗선의 압박. 미유키도 그렇게 말했다. 자백을 끌어낼 기대로 임의로 물고 늘어졌지만 시원스런 결과를 얻지 못해, 억지로 체포영장 청구까지 진행되었을 것이다. 체포되면 더욱 엄격하게 수사관이나 검찰관에게 질문을 받게 된다. 그녀는 견딜 수 있을까.

《보기보다 심지가 강인한 분이신 것 같더군요.》 가타가이는 그렇게 대답했다. 《에이치가 아주 걱정되지만 그 외에는 괜찮습니다. 아라이 씨나 루미 씨에게 죄송하다고 몇 번이나 말했습니다.》

《그건 괜찮지만, 빨리 해결이 되길 바라는 마음에, 하지도 않은 일을 했다고 말해 버리지는 않겠죠?》

《그건 괜찮을 겁니다. 진실만을 이야기할 것. 객관적으로 설명할 수 없는 점에 대해서는 대답하지 않도록 당부해 두었으니까요.》

역시 가타가이의 조언은 명확했다. 취조에서는 사소한 말실수나 착각을 잡아내서, 애매하게 대답하는 사이 조서에 본인의 의도와는 전혀 다른 내용이 적히는 경우도 있다. 그런 부분이 가장 걱정이었지만, 가타가이와 함께라면 괜찮을 것이다.

《저희는 만날 수 없죠?》

《네, 한동안은.》

체포된 뒤 경찰 유치장에서 구속되어 있는 동안은 원고 측 변호사밖에 접견이 불가능하다. 구류 후에는 가족이나 친구 등과 접견이 가능해지지만, 피의자가 용의를 인정하지 않거나 공범이 있는 사건의 경우에는 금지되기도 한다. 이제 만날 수 있을지는 가타가이도 정확하게 대답할 수 없을 것이다.

《초점은 피해자와의 관계겠죠. 마키코 씨는 어떻게 설명하고 있습니까?》

가타가이는 고민하는 얼굴이 되었다. 어디까지 이야기해도 되는지 생각하고 있을 것이다. 망설이면서 대답했다.

《분명 아는 사이이지만 그 정도로 친한 관계는 아니라, 병원을 그만둔 이후 사건 직전까지 포함해서 8년 동안 한 번도 만난 적이 없다는 게 그녀의 설명이었습니다. 이 이상은, 죄송하지만 아라이 씨에게도 대답할 수 없습니다.》

변호사로서 비밀 보장 의무가 있는 한, 어쩔 수 없었다. 그러나 마키코 본인과도 만날 수 없고 가타가이에게도 물어볼 수 없으니

도저히 방법이 없었다.

경찰은 마키코의 진술을 신용하지 않을 것이다. 최근에도 피해
자와 만났다가 무언가 트러블이 일어났다고 의심하고 있다. 역시
중요한 점은 마키코와 피해자의, 아니, 가지 집안과의 관계다. 그것
을 아는 사람은 한정되어 있다.

《가타가이 씨, 마키코 씨가 '하나'라는 글자가 이름에 들어간 지
인에 대한 이야기는 하지 않았습니까?》

《하나?》

《네, 하나코라든가, 혹은 무언가 꽃 이름이 있는 여성.》

가타가이는 고개를 저었다.

《아니요. 누구신가요?》

《아니, 이야기가 나오지 않았다면 됐습니다. 마키코 씨의 지인이
라고 생각했는데, 저의 착각일지도 모릅니다.》

의아해하는 가타가이였지만 더는 묻지 않았다.

마키코는 가타가이에게도 '전 동료'의 이름을 꺼내지 않았다. 변
호사 상대로도 모든 것을 이야기하지 않은 것이다. 그래서는 수사
관들에게 의심을 받는 것도 무리는 아니었는지도 모른다. 마키코
가 말하지 않은 부분을 아라이가 얘기할 수는 없었다. 아니, 아라
이도 정확한 내용을 파악하지 못한 상태였다.

마키코는 범인이 아니다. 그것만큼은 확신했다. 그러나 마키코

가 이 사건과 어떤 관계에 있는지, 아니, 어떻게 관련되지 않았던 것인지를 알지 못했다. 적어도 '하나' 씨와 이야기할 수만 있다면. 그러나 이미 그 방도를 찾을 수단도 없었다.

자택으로 돌아왔을 때는 10시를 넘긴 시간이었다. 집 안은 죽은 듯이 조용했다. 거실에는 아직 난방기가 남아 있어서, 싸늘한 바깥 공기를 쐬다가 들어온 몸에는 고마울 따름이었다. 거실 한편에 아라이를 위한 모포도 준비되어 있었다. 옷을 갈아입고 모포를 뒤집어썼다.

침실에서 아무런 소리도 들리지 않았다. 미유키는 이미 잠들었을까. 수사본부에서 원래 근무로 돌아간 그녀는 아마 마키코의 체포에 관해서 알지 못할 것이다. 정보를 듣고 와 달라고 부탁할 수도 없었다. 그녀는 아라이가 마키코의 집에 출입하는거나 에이치를 대신 보호하고 있는 일을 묵인해 주었다. 한번 마키코를 의심했다는 빛을 느끼고 있는지도 모른다. 수사본부를 떠난 지금, 미유키에게 마키코는 전처럼 '딸아이 친구의 모친'이라는 존재로 돌아갔을지도 모른다. 차량 번호를 이즈모리에게 전해 준 것도 그런 마음에서였을까.

그러고 보니 이즈모리는 무얼하고 있을까? 그 뒤로 아무런 연락이 없었다. '에이치는 수화가 가능하다.'고 전했을 때 이즈모리의 얼굴에 무언가 감정이 떠오른 기색이 있었다. 그러나 바로 원래의 무표정한 얼굴로 돌아간 뒤 가 버렸다. 반응이 있다고 느낀 것은 자신만의 착각이었을까. 마키코의 체포에 대해 이즈모리가 어떤 생각을 가지고 있는지 궁금했다.

혹시 몰라서 착신이 없는지 휴대전화를 체크해 봤다. 그러자 등록되지 않은 번호의 부재중 전화가 한 건 있었다. 익숙하지 않은 열한 개의 숫자가 화면에 나타났다. 착신 시간을 보면 바로 조금 전이었다. 전화가 온 것을 알아채지 못했다. 누구인지 예상하지 못한 상태에서 번호를 눌렀다.

몇 번의 신호가 있은 뒤 "네." 하고 조심스러운 여성의 목소리가 들렸다. 목소리도 익숙하지 않았다.

"늦은 시간에 죄송합니다." 우선 그렇게 말했다. "아라이라고 합니다. 부재중 번호가 떠서 전화 드렸습니다."

"아아." 상대의 목소리가 명료해졌다. "저, 하나야마 사토미라고 합니다. 마키코의 친구예요."

저도 모르게 숨을 삼켰다. 하나야마. '하나' 씨다. 설마 전화가 올 줄은 생각하지도 못했다.

"실례합니다. 연락이 되기를 바라고 있었지만…… 어느 분께 제 연락처를?"

"나가사와 할머니에게서 받았어요."

역시 그녀가. 아라이는 마음속으로 노인에게 감사를 표했다.

"하지만 아라이 씨의 이름은 마키코한테서 들었습니다. 에이치에게 수화를 가르쳐 주신다고."

"그러셨군요……."

"마키코에게 무슨 일이 있나요?" 하나야마 사토미의 목소리가 불안한 듯 들렸다. "오늘 계속 전화를 했지만 받지 않아서."

"그 건으로 드리고 싶은 이야기가 있습니다……. 혹시 직접 뵐 수는 없을까요? 가능한 빠른 시일 안에."

"그건……."

"저는 내일이라도 찾아뵐 수 있습니다만."

조금 생각하는 듯 침묵이 있고 대답이 왔다.

"가와고시까지 와 주실 수 있을까요?"

"네, 찾아뵙겠습니다."

"그럼…… 내일 오전 11시쯤에 뵙죠. 제가 점심부터는 일이 있어서요. 역 건물 3층에 '스타 커피'라는 카페가 있어요. 바로 아실 거예요. 거기서 11시에 어떠세요?"

"알겠습니다. 가와고시 역 건물에 있는 스타 커피요."

"……에이치는 지금 어떤가요?"

모두 신경 쓰는 부분은 같았다.

"믿을 수 있는 여성과 함께 있습니다. 걱정하지 않으셔도 됩니다."

"그런가요? 다행이다."

사토미는 처음으로 안도의 목소리를 냈다.

"그럼 내일 뵙겠습니다."

전화를 끊고 다시 모포를 뒤집어썼다. 하나야마 사토미와 만날 수 있게 된 것은 큰 수확이다. 불을 끄려던 순간, 테이블 위에 놓인 신문에 눈이 갔다. 1면 메인 기사 옆, 눈이 가는 헤드라인이 보였다. 끌어당겨 손에 들었다.

특별지원학교 신설, 수상 의향을 반영하나

사이타마 현 이루마 시의 학교 법인 시노미야 학원이 건설을 예정하고 있는 특별지원학교(가칭 '정육의 집')에 대해, 다카시나 히데오 현지사가 특별한 편의를 도모한다는 의혹이 나오고 있다.

중의원 의원 한가이 마사토에 의하면 '정육의 집'은 공사 협력 방식에 의해 사이타마 현과 시노미야 학원으로 구성된 협력 학교 법인이 설립 · 운영하는 것으로 지난달에 인가받았다. 설치와 관련해 사이타마 현이 학교 시설을 정비한 뒤, 무상 대여 형태 외에 운영 경비 적자 보전으로 기금을 제공하고 사무직원으로 공무원을 파견을 하기로 했다. 한가이 의원은 "현 출자나 지원에 제도상의 문제는 없지만, 아주 드문 이 방식을 이용하려면 엄격한 심사가 필요하다. 교육 내용 등에 대해서 자세히 조사되고 있는지, 해당 학교가 정말로 제도 취지에 부합하는지 의문이다. 학교 이사장과 긴밀한 관계에 있는 수상의 의향을 헤아린 현지사가 독단적으로 제정한 것은 아닌가."
라고 말했다.

아라이는 조용히 신문을 덮었다. 한가이가 움직이기 시작했다. 내일 신문에는 마키코의 체포 뉴스도 실릴 것이다. 그때는 피해자 신원도 게재될 것이 틀림없다.

자신도 역시 움직이지 않으면 안 된다. 아라이는 휴대전화를 꺼 내 들고 한 통의 메시지를 보냈다.

약속 시간에 맞춰서 카페 입구에 30대 중반 정도의 여성이 나 타났다. 수수한 인상의 마키코와는 달리, 이목구비가 크고 한눈에 봐도 화려한 인상을 주었다. 아라이가 일어서자, 가게 안을 둘러보 던 여성도 알아차리고 작게 목례로 맞이했다. 하나야마 사토미가 틀림없었다.

"바쁘실 텐데 죄송합니다."

가까이 다가온 사토미에게 인사를 건넸다.

"아니요, 저야말로 멀리까지 오시게 해서."

안고 있던 큰 가방을 의자에 걸고 사토미도 고개를 숙였다.

그녀가 음료 주문을 마쳤을 때 어린 아이를 안고 있던 젊은 여 성이 빠른 걸음으로 아라이가 앉아 있는 테이블 옆을 지나갔다. 그 뒤를 서너 살 정도의 남자아이가 "엄마, 기다려." 하며 따라갔다.

"엄마, 미안해, 미안해……."

그 말투가 재미있는지, 사토미는 잠시 모자의 뒷모습을 눈으로 좇았다.

아라이의 시선을 알아차린 사토미는 "죄송해요." 하고 시선을 마주했다.

"마키코 일, 알려 주세요."

"네."

아라이는 마키코가 체포된 경위를 간단하게 이야기했다. 사토미는 눈을 크게 뜨고 얼굴을 찡그리며 들었다. 그래도 가타가이나 루미 등, 협력자도 함께하고 있다고 설명하니 표정은 점차 안정을 찾아갔다.

"알겠습니다. 여러 가지로 감사해요. 왜 마키코는 제게 연락을 하지 않았을까요."

"더는 폐를 끼치고 싶지 않았을 겁니다. 이미 시신 확인만으로 사토미 씨도 경찰에 사정청취를 들으셨지요?"

사토미는 조금 놀란 표정이었다.

"알고 계시네요."

"네. 우선은 그 일에 대해서부터 알려 주시기 바랍니다. 시신 확인을 하러 갔던 건 마키코 씨가 부탁해서였지요?"

"맞아요."

"그때까지도 자주 연락을 하셨나요?"

"가끔씩이지만요. 연락은 반년 만이었을까요……."

평소처럼 서로 안부 이야기부터 대화를 시작했지만 마키코는 어딘가 건성이었고, 대화도 대충 넘기고는 '도코로자와에서 일어난 살인사건'을 아는지 물었다. 사토미는 그 사건을 알지 못했다. 마키코는 그 피해자가 '도모히코 씨 같다.'며 울먹거렸다…….

"가지 집안의 장남은 '도모히코' 씨라고 하는군요."

"네."

"'도모'는 '알 지知'자를 쓰나요?"

"맞아요."

가지 도모히코知彦.

나가사와가 〈알다〉라는 사인네임을 사용했을 때, 혹시나 하고 생각했더랬다.

에이치의 이름에 쓰인 '알 지知'는 부친의 글자에서 따온 것은 아닐까 하고.

"에이치의 아버지는 가지 도모히코 씨군요."

"그것도 알고 계셨나요?"

사토미가 놀란 얼굴로 쳐다봤다.

아라이는 질문을 이어 갔다.

"시신을 보고 바로 도모히코 씨라고 알았습니까?"

"네." 사토미는 끄덕였다. "오랫동안 만나지 않아서, 인상은 변했지만 틀림없었습니다."

"왜 경찰에 그 사실을 알리지 않았습니까?"

"마키코가 원하지 않았습니다. 도모히코 씨는 이름까지 바꿔서 과거의 자신을 지우려고 했으니 그의 의지를 존중해야 한다, 도모히코 씨의 이름을 꺼내면 안 된다면서. 자신도 도모히코 씨나 가지 병원과의 관계가 있다는 사실을 절대 경찰에 말하지 않을 거라면서 말이에요."

아라이는 자신이 큰 착각을 했다는 사실을 다시 깨달았다.

처음에는 마키코가 가지 히데히코를 감싸고 있다고 생각했다. 일찍이 근무했던 병원의 이사장인 가지 히데히코를. 아니, 다른 의심도 있었다. 가지 히데히코가 에이치의 아버지는 아닐까 하는 생각도 한순간 스쳤다. 그 때문에 히데히코를 감싸는 것 아닌가 하고.

그러나 마키코가 숨기려던 것, 아니, 지금도 입을 닫고 있는 이유는 범인을 감싸기 위해서가 아니다. 그녀가 그렇게 하고 있는 이유는 그것이 도모히코의 의지이기 때문이다. 고인의 생전 뜻이라고 해도 좋으리라.

도모히코는 자신의 신분을 감추고 있었다. 다른 사람의 호적을 사면서까지 자신의 과거를 지우려고 했다. 그것을 마키코도 존중했다. 그가 어떤 사람인지를 이야기해서는 안 되었다. 자신과 그의 관계에 대해서도. 아니, 그것이야말로 입 밖으로 꺼내서는 안 되었다. 그렇게 해서 그와 관계된 모든 것을 자신의 주변에서 지우려고 했다. 선반에 있던 가지 히데히코의 『정육학』을 없앤 것은 히데히코를 감싸기 위함이 아닌, 그 아들인 가지 도모히코와 연결되는 것을 두려워했기 때문이었다.

왜 그렇게까지 도모히코의 뜻을 존중하는 것일까. 그건 마키코에게, 아니, 마키코와 에이치에게 그가 그 정도로 소중한 존재이기 때문이다.

"도모히코 씨는 8년 정도 전에 해외로 유학을 떠나서 그대로 그쪽에 이주를 했다는 이야기를 들었습니다만."

"그건 아니에요."

"실제로는 어떻게 된 건가요?"

"도모히코 씨는 실종되었어요. 8년 전에."

"……어떻게 그런 일이?"

"도모히코 씨는 그 당시, 정신적으로 궁지에 몰렸어요. 아주 심하게."

아라이는 잠시 아무 말 없이 사토미의 이야기를 듣기로 했다.

"그 전부터 이사장에게서 학원 경영을 도와 달라는 말을 들었고, 원장에게서는 병원을 이어 달라는 부탁을 받아서 딜레마에 빠졌었죠. 일단 의대에 진학했지만 정말 자신에게 의사란 직업이 맞는지 고민했습니다. 노이로제에 걸려 식사도 제대로 하지 못하는가 하면, 반대로 거칠게 폭발하는 일도 있었다고 해요."

나가사와 노인도 말했다. 〈만약 병으로 죽었다면 신경 쪽 문제가 아닐까.〉 〈어릴 적부터 섬세한 아이였어. 도를 넘을 정도로 고지식하다고 해야 할지, 융통성이 좀 없었지.〉

사토미가 말을 이어 갔다.

"당시 도모히코 씨가 그런 상태가 되었다는 사실은 가족 말고는 마키코밖에 몰랐을 거예요."

"하지만 실종된 계기가 있을 텐데요."

사토미가 고개를 끄덕였다.

"마키코가 눈앞에서 모습을 감췄기 때문이에요."

"마키코 씨가……."

모습을 감춘 것은 마키코가 먼저였던 것인가.

"임신으로 병원을 그만뒀다는 이야기는 들었습니다. 하지만 단순히 그만두었던 것이 아니었군요."

"네. 아무에게도 말하지 않고 모습을 감췄어요. 저에게도 말하지 않았죠."

"이유가 무엇이었습니까?"

"임신 사실을 알았기 때문입니다."

"……도모히코 씨에게는 말하지 않았나요?"

"말할 수 없었다고 하더라고요. 나중에 들었을 때 저는 마키코를 나무랄 수 없었습니다. 그 아이의 마음을 뼈저리게 잘 알고 있었기 때문이죠."

"말했다가는 어떻게 되는지요?"

"말했다가는 낳을 수 없었겠죠. 원래 두 사람의 교제는 비밀이었어요. 아는 사람은 저뿐이었을 거예요. 당연히 이사장이나 원장도 몰랐어요. 임신을 알면 도모히코 씨도 말해야 했겠죠. 하지만 이사장이나 원장이 두 사람의 결혼을 받아 줄 리가 없었어요. 아이도. 무조건 헤어지라고는 말하지 않겠지만, 장래를 생각해서 지금은 아이를 낳지 말고 나중에 천천히 생각하면 어떻겠냐, 그런 말로 구슬리지 않았을까요. 어찌되었든 아이를 낳는 것을 용서하지 않았을 거예요. 낳으려면 누구에게도 말하지 않고 떠날 수밖에 없었던 거죠."

"도모히코 씨와 둘이서 떠나는 선택지는 없었을까요?"

사토미는 고개를 저었다.

"지금 생각해 보면 그게 가장 최선이었겠죠. 그래도 그때는 그렇지 않아도 부모와의 사이에서 괴로워하고 있는 도모히코 씨를 더 괴롭게 하는 선택지를 꺼낼 수는 없었어요. ……아니."

사토미는 말을 고쳤다.

"부모에게 자신의 의사를 명확하게 할 수 없던 도모히코 씨를 보며 답답함을 느꼈을지도 몰라요. 도모히코 씨의 다정함은 약함의 방증이기도 했어요. 마키코는 이미 도모히코 씨에게 기댈 수 없다고, 혼자 낳아 기르겠다고 결심했던 거죠."

마키코였다면 그랬을지도 모른다. 그런 생각이 들었다. '보기보다 심지가 강인한 사람이다.' 지난밤 가타가이의 말이었지만 아라이도 비슷한 느낌을 받았다.

"물론 도모히코 씨와의 미래를 전혀 생각하지 않은 것은 아니에요. 언젠가 말할 생각이었을 거예요. 무사히 아이를 낳고, 어느 정도 시간이 지난 다음 만나자고. 그때는 도모히코 씨도 조금은 강해졌을지도 모른다고. 이미 아이가 태어났다고 하면 이사장이나 원장의 생각도 바뀔지 모르니까. 그런 기대가 있었을 거예요. 설마 이런 결과가 될 거라고는 생각하지 못하고……."

"이런 결과라는 건……."

"도모히코 씨가 실종해 버린 거죠."

사토미는 괴로운 듯 말을 이어 갔다.

"마키코가 갑자기 모습을 감추자 도모히코 씨는 완전히 이상해져 버렸어요. 이제까지 고민하던 도모히코 씨의 버팀목은 마키코뿐이었으니까요. 그런 마키코가 갑자기 아무런 말도 없이 사라져서, 도모히코 씨의 마음이 완전히 무너져 버렸다고 생각해요."

"이사장이나 원장은 당연히 도모히코 씨의 행방을 찾았겠네요."

"네. 도모히코 씨의 친구, 지인, 기댈 만한 상대는 물론, 탐정을 고용해서 행방을 찾았죠."

"하지만 경찰에 도움을 요청하지는 않았군요."

"실종 사실을 그저 숨기기만 했으니까요. 병원 직원 중에도 진실을 아는 사람은 다섯 손가락 안에 꼽을 거예요. 저도 처음에는 해외로 유학을 갔다고 알고 있었거든요. 어느 날, 저와 도모히코 씨 사이를 의심했는지 원장이 '도모히코가 어디에 있는지 알고 있지?'라고 물었어요. 그래서 도모히코 씨가 실종했다는 사실을 알았죠."

"그럼 그때 사토미 씨는 마키코 씨와 연락을 하고 있었나요?"

"아니요." 사토미는 고개를 저었다. "마키코에게서 연락이 온 건 그 뒤로 1년 가까이 지났을 무렵이었어요. 도모히코 씨는 행방불명이 된 후였고요. 오랜만에 만난 마키코는 작고 귀여운 아이를 안고 있었어요."

에이치인가.

"정말 귀여웠어요."

눈웃음을 지었다. 조금 전 그녀가 모자의 모습을 눈으로 좇던 모습이 떠올랐다. 아이를 좋아하는 듯했다.

"아라이 씨는 딸이 있다고 하셨죠."

갑작스런 질문에 순간 대답이 나오지 않았다.

"마키코에게 들었어요." 사토미가 말을 이어 갔다. "에이치의 동급생이죠? 에이치에게 아주 마음을 써 준다고, 착한 아가씨라고."

"······네." 아라이는 끄덕였다. "아주 착한 아이예요."

진심이었다.

사토미의 얼굴에 활짝 미소가 떠올랐다.

"아라이 씨, 아빠다운 얼굴을 하고 계시네요."

자신이 생각보다 훨씬 그 말에 당황했음을 알아차렸다. 얼버무리려고 "하나야마 씨는 아이가."라고 입을 뗐다. 몇 명인지, 몇 살인지라는 의미로 던진 질문이었다.

그러나 그녀는 고개를 저었다.

"아이는 없어요."

"······그렇습니까?"

실언이었다. 4년 전에 결혼했다는 나가사와의 말 때문이었을까. 다루고 싶지 않은 주제였을지도 모른다.

아라이의 표정에 눈치를 챘는지 "신경 쓰시지 않아도 돼요." 하고 사토미는 말했다.

"생기지 않은 것이 아니라, 갖지 않은 거예요. 그렇게 정했어요. 지금 남편과, 그걸 전제로 결혼했으니까요."

"······그렇군요."

그것도 의외의 대답이었다.

"그래도 다른 사람의 아이는 예뻐요. 책임이 없어서 그렇겠죠. 에이치도 정말 귀엽고요. 엄마 입장에서는 나름의 고생이 있겠지만요……."

사토미는 잠시 먼 곳을 응시하듯 생각하는 표정을 보이더니 이야기로 돌아왔다.

"죄송해요. 어디까지 얘기했죠?"

"마키코 씨와 오랜만에 만났을 때 이야기입니다. 에이치를 안고 왔다고."

"아, 그랬죠."

아라이도 질문을 처음부터 다시 했다.

"마키코 씨는 그때, 도모히코 씨가 실종했다는 사실을 알고 있었습니까?"

"아니요, 몰랐어요. 마키코도 아주 놀랐어요. 설마 자신의 행동이 그런 결과를 불러오리라고는 생각하지 못했을 거예요. 그래도 아이를 낳기 위해서 그때는 그럴 수밖에 없었다고, 후회는 하지 않은 모양이었어요."

도모히코는 어떻게 된 것일까.

마키코가 아무 말 없이 모습을 감춘 일에 절망해서 집을 나왔다. 정말 그랬던 것일까.

도모히코는 '자립'을 위해 집을 나온 것이 아닐까? 한심스러운 자신을 책망하고 집을 나와 일을 찾고, 자신의 힘으로 살아가면서 마키코의 행방을 찾겠다고.

그러나 온실 속 화초인 그에게 그런 생활은 맞지 않았을 터였다. 그의 정신 상태는 원래도 좋지 못했다. '두 개의 손'의 다케다가 말해 준 이야기가 그에게도 일어난 것은 아닐까.

—가령 직장을 갖게 되더라도 그 일이 자신에게 맞지 않거나, 미래에 대해 희망적이지 못하거나…… 그런 마이너스 감정이 큰 스트레스가 되어서 우울증이나 정신질환이라는 형태로 나타나기도 하는데…….

어린 시절부터 세심하고, 다정다감한 아이였던 도모히코. 질릴 정도로 고지식하고 좋든 싫든 융통성이 없는 성격이었다.

—그런 상태가 이어지면 일을 할 수 없어집니다. 장기적 실업이 되면 저금도 바닥을 찍고, 결국에는 노숙자로 전락해 버리죠…….

도모히코는 그러던 중 가미무라 하루오라는 노숙자 동료를 알게 되었을 것이다. 얼마 되지 않는 저축을 털어 호적을 샀다. 그렇게까지 해서 가지 도모히코라는 이름을 버리고 싶었다. 가지 일가와 이어지는 모든 것을 끊어 내고 싶었다.

그리고 다른 사람이 되어 '두 개의 손'에 들어갔다. NPO에 근무하게 되고 관리하는 집을 방문했을 때 건너편 아파트에 사는 마키코와 에이치를 봤다.

아니, 알아냈다. 8년이라는 세월이 걸려서. 사랑하는 사람의 거처를.

그녀에게 아이가 있는 것을 도모히코가 언제 알았는지는 알 수 없다. 몰랐다고 해도 한눈에 보면 알 수 있었을 것이다.

에이치가 자신의 아이라는 사실을.

도모히코는 건너편 빈 방을 가끔 방문해서, 어쩌면 멋대로 살기 시작해서 마키코와 에이치 모자를 바라봤던 것이다. 지켜보았다.

마키코는 알지 못했다. 물론 에이치도. 사건이 일어나기까지는.

이야기를 마친 사토미는 "제가 할 수 있는 일이 있다면 언제든 말해 주세요. 에이치의 일도." 그렇게 말을 남기고 자리를 떠났다.

그녀가 돌아가고 빈 자리 너머에 구겨진 정장의 뒷모습이 있었다. 적당한 시기를 가늠하듯 그 사람이 천천히 뒤를 돌아보았다.

"……그래서?"

이즈모리가 여전히 무뚝뚝한 얼굴로 물어왔다.

"나를 불러서 일부러 이런 이야기를 듣게 하는, 네 목적이 뭐지?"

"이 사건의 동기를 알았습니다."

"동기? 지금 체포된 여자에 관한 건가?"

아라이는 고개를 저었다.

"이즈모리 씨도 알잖아요. 제 말은, 실종된 장남을 8년이나 지난 지금 왜 살해해야만 했는지, 그 이유입니다."

"호오." 이즈모리가 눈을 가늘게 떴다. "의견까지 들려줄 셈이군."

"가족이라는 속박입니다."

"뭐?"

이즈모리는 눈썹을 찡그렸다.

"'올바른 육아'라는 망령에 의한 속박이죠. 이 속박에 괴로워하고 집까지 나간 그는 그 망령이 되살아나는 걸 견딜 수 없었습니다. 그 생각이 한 걸음, 한 걸음 이 세계에 투영되어 어딘가의 가족을, 어딘가의 부모와 자식을 괴롭게 하는 것이 견디기 힘들었습니다. 그래서 멈추려고 했습니다."

"어떻게."

"아마 협박을 했을 것입니다. 부모를 말입니다. 가지 이사장과 원장 부부를. 조례를, 법안을 멈추라고요. 그렇지 않으면 세상에 자신을 드러내겠다고. 그렇게 협박을 한 겁니다."

"자신을 드러낸다고? 그걸로 멈추게 할 수 있다고?"

"그는 실패작이니까요."

이즈모리의 미간에 주름이 잡혔다. 아라이는 말을 이어 갔다.

"적어도 도모히코 자신은 그렇게 생각한 것은 아닐까요? 자신이 직접, '올바른 육아'라는 생각이 가짜에 지나지 않는다는 걸 증명할 수 있다고."

10

이즈모리가 아라이의 말을 어떻게 받아들였는지는, 다음 날이 되어서야 알 수 있었다.

"네가 말한 남자아이에게 '목격자 대질'을 신청하지."

이즈모리가 퉁명스럽게 말했다. 목격자 대질이란 사건 목격자로 하여금 여러 사진 속에서 해당 인물이 있는지 선별하게 하는 작업이다.

"어디까지나 비공식이지만 그 결과에 따라 정식 대질을 할 가능성도 있다. 네가 말한 인물로."

드디어 에이치의 '증언'이 받아들여졌다.

에이치의 '대질'은 먼저 마키코의 승인을 받아야 했다.

가타가이에게 말하고 마키코의 구류 후에 에이치와 함께 구치소로 면회를 가기로 했다. 아라이는 에이치의 통역이라는 입장에서 동석을 허가받았다.

예상한 대로 대질 이야기를 미리 들은 마키코는 "그럴 수 없습니다." 하고 말했다.

"저 때문에 에이치에게 그런 중압감과 스트레스를 주는 일은 시키지 마세요."

"마키코 씨만을 위한 건, 아닙니다." 아라이가 말했다. "에이치에게는 제대로 설명했습니다. 몽타주의 형에게 나쁜 행동을 한 사람을 찾아야 한다. 그렇지 않으면 그 형이 불쌍하다. 그리고 그 나쁜 행동을 한 사람을 찾으면 에이치의 엄마도 돌아온다고요."

그래도 승낙하지 않는 마키코에게 아라이는 덧붙였다.

"경찰 쪽 사람이 오면 그 앞에서 에이치가 본 남자의 사진을 골라야 한다는 이야기도 했습니다. 싫은 기억을 떠올려야 될지도 모른다. 무서웠던 일이 생각날지도 모른다. '그래도 할 수 있겠니?'라고도요."

"……에이치는, 뭐라고 하던가요?"

마키코의 시선은 아라이의 옆에 앉은 자신의 아이를 향해 있었다.

"에이치, 뭐라고 대답했지? 엄마한테도 알려 줘."

에이치가 엄마를 봤다. 오른손이 천천히 움직였다.

엄지손가락을 제외한 다른 손가락의 끝을 왼쪽 가슴에 대고 오른쪽으로 이동했다(=할 수 있어). 그리고 이어 갔다.

〈나〉 〈무섭지 않아.〉

아라이의 통역을 들어도 마키코는 "하지만, 에이치." 하고 설득하려고 했다.

그러나 에이치는 이어서 손을 움직였다.

〈엄마〉 〈나 말이야.〉

아라이가 통역했다.

〈나는〉〈강해.〉

에이치는 수화로 계속 이어 갔다.

〈지금〉〈나는 말이야.〉

검지와 엄지를 마주한 양손을 코 아래에서 파도를 치듯 좌우로 넓히고 자신의 귀를 가리켰다. 그리고 벌린 손을 자신의 가슴에 댔다.

〈나는, 용의 귀를 가지고 있어.〉

마지막에는 마키코도 "여러분에게 맡길게요." 하고 머리를 숙였다. 그렇게 해서 에이치의 '대질'이 진행되었다.

장소는 에이치의 불안이나 긴장을 조금이라도 완화시키기 위해 집으로 정해졌다. 당일, 이즈모리는 또 한 명의 경찰을 데리고 온다고 했다. 가타가이도 물론 동석한다. 에이치의 대답은 수화여도 상관없지만 객관성을 갖기 위해 아라이 외에 통역을 준비하도록 지시를 받았다. 아라이는 루미에게 그 역할을 부탁했다.

이즈모리가 당일 동반한 사람은 너무나도 고급스러워 보이는 정장을 한 치의 빈틈도 없이 차려 입은 남자였다. 아직 30대로 보였지만 이즈모리가 경어를 사용하는 점으로 보아서, 계급은 높은 것 같았다. 표정이 없는 얼굴로 무슨 생각을 하고 있는지 파악할 수 없었다.

대질에는 '대질 대장'이라고 불리는 작은 앨범이 이용된다. 가타가이가 말하기로는 대상 인물과 비슷한 연령대의 남성 사진이 몇 장인가 끼워져 있다고 했다. 선택하는 사람에게는 '대상 인물은 포함되어 있지 않을 수도 있다.'고 미리 알려 둔다고 한다. 반드시 그 안에서 선택해야 한다는 선입관을 없애기 위한 것이다.

먼저 말을 꺼내기는 했지만 그래도 아라이는 불안했다. 비슷한 남자들 중에서 정말 에이치는 자신이 본 인물을 알아낼 수 있을까? 발달장애에 관한 책의 내용 중에 '발달장애를 가진 사람 가운데 얼굴을 기억하는 것이 힘든 사람도 있다.'라는 기술이 있었다.

그러나 그 점에 대해서 가타가이를 통해 마키코에게 확인해 본 결과, "에이치라면 괜찮을 거예요."라는 대답이 돌아왔다.

"전체상을 구분해 내는 것은 분명 어려울지도 모르겠지만, 에이치는 그 사람의 얼굴 세세한 부분을 보고 기억할 수 있을 겁니다."

실제로 '얼굴 찾기'라는 항목을 포함한 K-ABC라는 발달검사에서 순차 처리 능력이 우수하다고, 특히 시각적 모델에 의한 기억 재현 능력에 강한 자신감이 있다는 판정을 받았다고 한다.

"이번처럼 실제로 사람을 보는 것이 아닌 사진을 이용하는 방법이 이점으로 작용할 거예요."

움직이는 사람은 표정이 미묘하게 바뀐다. 얼굴 생김새 외에 표정에 시선이 가 버리는 경우도 있다. 그러나 사진이나 그림의 경우 표정이 없는 만큼 모호함이 배제되어 특정을 짓기 쉽다고 한다.

아라이의 불안은 말끔히 사라졌다. 남은 것은 에이치가 이 자리의 분위기에 잠식되어 버리지는 않을까 하는 걱정이었다.

좁은 거실에서 에이치와 이즈모리가 마주 앉았다.

루미는 통역을 위해 이즈모리의 옆에 앉고, 아라이와 가타가이, 경찰 간부 같은 정장 입은 남자가 그 주위에 서 있었다.

"헤드폰을 쓰고 있어서 들리겠어?"

간부처럼 보이는 남자가 의심스러운 눈으로 쳐다봤다. 에이치는 작업에 집중하기 위해 이어머프를 하고 있었다.

"문제없습니다."

아라이가 대답했다.

어른들에게 둘러싸여 본 적은 여태까지 한 번도 없었을 것이다. '용의 등에 탄 소년' 피규어를 쥔 에이치의 손은 조금 떨리고 있었다. '힘내.' 그렇게 마음속으로 기도하는 수밖에 없었다.

이즈모리가 대질 대장을 에이치 쪽으로 열어서 보여 주었다.

"10월 24일, 오후 7시 30분경, 네가 본 몽타주의 형과 싸우고 있는 사람은 어떤 사람이니?"

이즈모리의 질문에 에이치의 눈이 움직였다. 바로 한 장의 사진을 가리켰다.

아라이의 위치에서도 얼굴이 보였다. 가지 히데히코였다. 비슷한 연령대의 남자들 중에서 확실히 그 사진을 가리키고 있었다.

이즈모리는 계속해서 물었다.

"싸우고 나서 몽타주의 형은 어떻게 됐지?"

에이치가 고개를 갸웃거렸다.

"이즈모리 씨." 아라이가 조언했다. "'어떻게 되었다'는 모호한 질문이 아니라 구체적으로 물어 주세요, 가능하면 '예, 아니요'로 대답할 수 있게."

이즈모리는 "알았다." 하고 고개를 끄덕인 뒤 질문을 바꿨다.

"이 사진의 사람이 몽타주 형을 때렸니?"

에이치는 고개를 저었다.

"그럼 목을 졸랐니?"

에이치는 다시 고개를 옆으로 흔들었다.

"아닌가?"

이즈모리가 아라이를 쳐다봤다. 그럴 리가 없다.

루미가 옆에서 "다시 한 번 같은 말을 제가 수화로 물어봐도 될까요?" 하고 말했다.

"그러십시오."

이즈모리 대신 루미가 에이치를 향해 손과 표정을 움직였다.

〈이 사진의 사람이 몽타주의 형의 목을 졸랐어?〉

에이치는 수화로 〈아니야.〉라고 대답했다.

그럴 리가 없다.

전에 물었을 때는 겁에 질린 채 〈형의 목을 졸랐어.〉라고 확실하게 말하지 않았는가.

다시 한 번 루미가 처음 질문을 했다.

〈이 사진의 남자가 몽타주의 형과 싸웠어?〉

이번에는 에이치는 〈네.〉 하고 대답했다. 그리고 이어 갔다.

〈이 사람은〉 〈형과 싸웠어.〉 〈그런데 목을 조르지는 않았어.〉

전에 말했던 것과 다르다. 어찌된 일인가.

"이제 됐죠?" 이즈모리 뒤에 있던 남자가 차가운 목소리로 말했다. "그러니까 내가 그랬잖습니까. 애들 말을 진심으로 받아들이다니, 무슨 생각인지."

그러나 이즈모리는 대장을 닫으려고 하지 않았다.

"이즈모리 씨?"

간부 같은 남자가 초조한 목소리를 냈다.

그때, 루미가 "질문 방법을 바꿔도 될까요?"라고 말했다.

"몇 번을 물어도 똑같아요."

남자는 쌀쌀맞게 말했다.

"질문 방법을 바꿔 보고 싶어요."

"제 질문이 틀렸다는 말입니까?"

그러자 루미는 물고 늘어졌다.

"에이치와 같은 특성을 지닌 아이에게는 질문 방법에도 생각이 필요해요."

남자와 이즈모리가 눈을 마주쳤다.

"해 봐요."

이즈모리가 무뚝뚝하게 말했다.

루미가 에이치를 향해 고쳐 앉았다. 다시 수화로 물었다.

〈사진의 아저씨가 형과 싸우는 걸 봤어?〉

아라이가 다른 사람들을 위해 통역했다.

에이치가 끄덕였다.

〈그런데 목을 조른 사람은 사진의 아저씨가 아니야?〉

에이치는 다시 고개를 끄덕였다.

〈형이 누군가한테 목을 졸린 건 봤어?〉

에이치는 확실하게 끄덕였다.

그렇군, 알았다.

"또 한 사람, 있었군."

이즈모리가 소리 내어 말했다. 에이치 쪽으로 몸을 내밀고 직접 물었다.

"사진의 아저씨와 다른 사람이 몽타주의 형 목을 조르는 걸 본 거냐?"

에이치는 끄덕였다.

"그게 누구야!"

에이치가 화들짝 놀랐다.

"이즈모리 씨."

"미안……." 이즈모리는 작게 머리를 숙이고 다시 물었다. "남자였냐?"

에이치는 끄덕였다.

"몇 살 정도였지?"

에이치는 고개를 갸웃거렸다.

이즈모리가 질문을 바꿨다.

"아저씨보다 나이가 많아 보였니?"

에이치는 고개를 저었다.

"아저씨보다 어려 보였어?"

끄덕였다.

"……잠깐, 기다려 봐."

이즈모리가 앨범 사진을 정리하기 시작했다. 다른 장소에서 몇 장인가 사진을 꺼내고 다시 넣었다. 간부 같은 남자도 가만히 그 작업을 보고 있었다.

"다시 한 번만."

이즈모리는 다시 대장을 에이치 쪽으로 내밀어서 보여 주었다.

"이 안에 몽타주 형의 목을 조른 사람이 있니?"

에이치가 앨범에 시선을 보냈다.

그 순간, 에이치의 태도가 급변했다. 몸이 경직되고 경련을 일으킬 것만 같았다. '함동' 상태에 빠졌다.

"무슨 일이야!?"

"에이치!?"

에이치는 필사적으로 이를 물고 피규어를 꽉 쥐었다. 그리고 떨면서도 손가락을 뻗어 한 장의 사진을 가리켰다. 그리고 힘껏 손을 움직였다.

〈형의〉〈목을 조른 사람은〉〈이 남자.〉

아라이에게도 사진은 보였다. 복수의 동년배 남자들 사진 속에서 에이치가 선택한 사람은.

가지 가즈토의 사진이었다.

"형의 목을 조른 사람은 이 남자."

루미가 통역했다.

"알았다." 이즈모리는 대질 대장을 대충 정리했다. "잘했어."

"가죠."

간부 남자가 일어섰다. 이어서 일어난 이즈모리에게 아라이는 의외라는 생각에서 질문을 던졌다.

"처음부터 가지 가즈토의 사진도 준비해 두셨습니까?"

이즈모리가 아무것도 아니라는 식으로 대답했다.

"언젠가 네가 조회하라고 했던 그 차량 번호, 소유자가 가지 히데히코가 아니었어. 아들인 가즈토였다."

순간 말문이 막혔다. 이즈모리가 말을 이었다.

"이 아이가 가지 히데히코를 계속 가리켰다면 믿지 못했을 거다. 네가 말한 대로야. 이 아이는 제대로 자기가 본 것을 말할 수 있었다. 자신의 언어로."

가지 가즈토는 가지 도모히코를 살해한 용의에 대한 중요 참고인으로 그날 임의동행에 나섰다고 한다.

　12월도 중순이 다가오자, 거리는 이미 크리스마스 분위기가 넘쳐났다. 아라이가 사는 교외 주택가도 예외는 아니어서 근처 집들 중 몇몇 가구는 밤만 되면 반짝거리는 전구들로 가득했고, 슈퍼에는 점원 여성들이 산타 모자를 쓰고 있었다.

　오랜만에 다 같이 식탁에 마주 앉자며 미유키는 전날부터 만찬에 어울릴 만한 식재료를 사 와서 준비를 하고 있었다. 미와도 아침부터 팔을 걷어붙이고 도왔다. 에이치가 먹을 수 있는 음식은 정해져 있기에 마키코에게 들은 레시피를 참고하여, 로스트 치킨과 두껍게 썬 감자튀김, 빨갛고 노란색의 신선한 야채가 산처럼 쌓인 샐러드를 차례차례 완성해 갔다.

모두가 모여서 에이치의 집을 방문하는 건 한 달 만일까. 물론 마키코가 석방되고 나서 처음이었다. 미와는 집을 나서기 전부터 들떠 있었고, 비즈로 만든 팔찌를 에이치에게 줄지 말지 미유키와 아라이에게 몇 번이나 물었다.

가지 가즈토의 체포 소식은 마키코가 석방된 다음 날 저녁 뉴스를 통해 알았다. 임의동행되고 반나절도 되지 않아서 일어난 빠른 일 처리에 아라이도 의외라고 생각했다. 자백에 이르기까지의 경위는 나중에 이즈모리가 알려 주었다.

"처음에는 모르쇠로 일관했지만."

맨션 근처 주차장에 세운 차 안에서 이즈모리는 이야기를 꺼냈다.

"'현장을 목격한 사람이 있다.'는 취조관의 말에 '그런 꼬맹이가 한 말을 믿는 거냐?'라고 자기가 먼저 말을 흘려서 본색을 드러냈지."

이즈모리는 입가를 찡그렸다.

"아이가 누구냐, 왜 목격자가 아이라고 생각했냐 추궁하니까 중간부터 동요하기 시작했나 보더군."

역시 가즈토도 에이치의 목격 사실을 알고 있었다.

"녀석은 혹시 몰라서 아이에 대해서 조사했나 보더군. 장애를 알고 안심했고. 도모히코와 그 모자 관계까지는 알지 못한 것 같지만. 원래 우루시바라 마키코라는 보조 간호사가 자신의 병원에 있었다는 것조차 몰랐을 거야. 알았다면 그 아이도 위험했을지도 몰라……."

알았다면 에이치에게도 위험을 가했을 가능성이 있었다. 마키코가 철저하게 가지 도모히코와의 관계를 숨긴 건 그 점을 두려워했기 때문일지도 모른다.

살해 동기는 말하자면 '형제간의 불화'였다. 그것도 가즈토의 일방적인.

"원래 가즈토는 어린 시절부터 형 도모히코에게 강한 콤플렉스를 안고 있었다. 도모히코가 태어난 순간부터 부모는 정육학 실천을 시작했지. 자신들의 주장대로 충분한 애정을 쏟아 부었어. 그러나 그 후에 태어난 가즈토에게는 장남과 완전히 똑같지 않았을 거다. 부모는 물론 구분하지 않을 터였어도, 당사자는 민감하게 느꼈던 거지. 그런데 형은 어린 시절부터 모두에게 사랑받는 성격인 데 비해 동생은 음침한 구석이 있어서 자연스럽게 주위의 반응도 달라졌을 거야."

그러나 8년 전 도모히코의 실종이 그 위치를 역전시켰다.

가지 도모히코의 실종 후, 가즈토가 병원의 후계자가 되었다. 그러나 사실 가즈토는 아버지 곁에서 학원 경영을 돕고 싶었다고 한다. 아버지가 지금도 '언젠가 도모히코가 돌아왔을 때를 대비하여' 부이사장 자리를 공석으로 해 두었다는 사실을 최근에 알았다. 그뿐 아니라 어머니인 교코 역시, 아니, 병원과 학원의 직원 중에도 '도모히코가 있다면', '도모히코 씨가 돌아와 준다면'이라는 기대가 남아 있다는 사실을 싫을 정도로 느꼈다. 실종하고 난 뒤에도 다시 모두가 형의 그림자를 좇고 있음에 가즈토는 갈 곳을 잃은 분노를 느꼈던 것이다.

그때, 도모히코의 생존 소식을 알았다.

연락을 해 온 사람은 도모히코였다고 한다. 아라이의 예상대로 계기는 육아 서포트 조례였다. 도모히코는 히데히코와 교코에게 조례를 지금 당장 철회해 달라고 요청했다. 이제 와 나타나서 무슨 소리냐며 분개하는 가즈토와는 반대로, 부모는 어찌되었든 도모히코가 살아 있고, 또 건강하다는 것에 기뻐했다. 그리고 한발 더 나가서 집으로 돌아오라는 말까지 꺼냈다.

"물론 도모히코는 돌아갈 생각이 전혀 없었어."

난방도 틀지 않은 차의 창문에 이즈모리가 내뱉는 숨으로 하얗게 김이 서렸다.

"'조례를 멈추지 않으면 나도 생각이 있다.'고 협박했다고 해. 그것이 어떤 '생각'이었는지는 지금은 알 길이 없지만. 네가 말했듯이 세상에 나와서 정육학의 잘못을 고치려고 했는지, 가즈토가 멋대로 해석한, 아버지와 권력자의 유착을 폭로한다는 것이었는지……."

가즈토는 그렇게 생각했다. 구체적으로 어떤 증거를 가지고 있는지는 알지 못했어도 가족인 도모히코라면 아버지와 현지사, 아니, 수상과의 사이에서 이뤄진 부정 거래에 대해서 무언가를 알고 있어도 이상하지 않을 일이었다. 매스컴에 폭로라도 되면 조례나 법안의 폐지는 물론 현지사나 수상의 진퇴까지 영향을 미칠 수밖에 없다. 무엇보다 가지 집안은 어떻게 되는 것인가.

'절대 그렇게 흘러가게 둬서는 안 된다.' 가즈토는 몇 번이나 부모에게 그렇게 말했다고 한다. 그러나 히데히코와 교코의 반응은 미지근했다. 가즈토의 불안은 점점 커졌고, 자신이 무슨 조치라도 취해야 한다는 생각에 이르렀다.

사건이 일어난 그날, 히데히코는 도모히코와의 '마지막 대화'를 위해 지정된 아파트를 방문했다.

"왜 히데히코와 대화할 장소로 도모히코가 그 집을 지정했는지는 알 수 없지만……."

이즈모리는 의문인 듯했지만 아라이는 왠지 이유를 알 것 같았다. 도모히코는 마키코와 에이치 모자와 아주 가까운 거리 있는 그 집에서 부모에 대해 오랫동안 가져온 생각에 결착을 짓고 싶었던 것은 아니었을까.

아버지 혼자 교섭에 나선 것이 불안했던 가즈토는 조용히 자신의 차로 뒤를 밟았다. 아니나 다를까, 도모히코에게 양보한 히데히코는 조례를 내리는 조건을 승인할 뿐 아니라 "말한 대로 할 테니 집으로 들어와라."라고까지 말했다.

가즈토는 분노로 이성을 잃었다. 먼저 자리를 떠난 히데히코의 뒤를 이어서 집에 들어선 뒤 도모히코를 매도했다. 그곳에서 어떤 대화가 오고 갔는지까지는 알지 못한다. 말싸움 끝에 오랜 시간 쌓여 온 원한이 폭발한 가즈토는 가까이에 있던 전원 케이블선으로 도모히코의 목을 졸랐다.

"그런데 어떻게 거기까지 자백을 했네요."

에이치의 증언이 있었다고 해도 물질적 증거는 없었다. 자백에 의한 직접증거를 얻지 못하면 체포까지 이르지 못할 가능성에 아라이는 염려했다.

"완전히 자백을 한 건 히데히코와 교코의 진술을 듣고 난 다음이었어."

경찰은 가즈토의 청취와 병행해서 히데히코와 교코와도 사정 청취를 했다고 한다.

"가즈토는 자신이 한 일을 누구에게도 알리지 않았다고는 하지만, 두 사람은 녀석이 저지른 일을 알았을 거다. 부모로서 가즈토의 범행이 드러나지 않도록 감쌌지만……."

그 이상으로 두 사람 모두 도모히코의 죽음에 깊은 슬픔을 느꼈다. 히데히코와 교코 두 사람 모두 몸이 안 좋아져서 밖에 잘 나오지 않게 된 것도 그 탓이었다. 청취 자리에서 도모히코를 구하지 못한 것을 괴로워하며 두 사람 모두 울면서 무너졌다고 한다.

"그 말을 듣고 가즈토도 무너지고 말았지."

'나는 가지 집안을 위해, 부모님을 지키기 위해서 한 건데……!'

가즈토는 격분하며 모든 것을 자백했다고 한다.

현장에 남아 있던 작은 옷 조각이 가즈토의 옷과 일치하고 흉기가 된 전원 케이블선의 위치도 진술과 맞아떨어졌다.

가지 가즈토는 형, 가지 도모히코에 대한 살인죄로 기소되었다고 한다.

뉴스는 신문, 텔레비전, 주간지 등에서 대대적으로 보도되었다. 신원 불명이던 피해자가 실종한 가지 집안의 장남일 뿐 아니라, 피의자가 동생으로 가지 병원의 후계자인 엘리트 의사였다는 사실이 선정적으로 다뤄졌다.

사건 진상이 보도되자, 가지 히데히코가 제창한 정육학에도 세간의 주목이 쏟아졌다. '올바른 육아'를 주장하였으나 두 아들이 살인사건의 피해자와 피의자가 된 지금, 이제 그 '올바름'을 신용할 이유가 없어졌다.

국회에서 추궁받던 시노미야 학원의 특별지원학교 설립을 둘러싼 의혹에도 불똥이 튀었다. 집중 심의에서 수상을 향해 질문할 때 한가이는 당연히 그 건을 다뤘다. 수상이 직접 사건에 관여한 것은 아니었지만, 이제까지는 우물쩍 피하던 답변도 조용하게 넘어가지 못하게 되었다.

정육의 집 교육 방침은 다시 사이타마 의회에서 화두에 올랐다. 인가 자체를 취소할 수는 없지만 시노미야 학원이 건설 중인 초등학교와 특별지원학교의 설립 중지가 전해졌다. 마찬가지로 정육학을 기본으로 하는 사이타마 현의 육아 서포트 조례나 수상 측근이 차기 국회에 제출을 꾀하던 가정 교육 기본법도 문제시되었다.

경제나 외교 방면의 수완을 높이 평가받고, 압도적인 지지율을 배경으로 자신이 내세웠던 공약을 차례차례 실현해 왔던 수상이었지만, 차츰 비판 여론이 높아지며 지지율은 떨어져 갔다. 사건과의 관계에 대해서는 언급되지 않았지만, 육아 서포트 조례는 폐안되고 가정 교육 기본법도 백지화되었다고 발표했다.

한편 정육의 집의 기숙사 수용 이야기가 수포로 돌아가서 신생 해마의 집의 미래가 위태로워졌지만, 보도 덕에 많은 사람에게 알려져 기부 신청이 이어졌다. 그중에는 거액의 의연금을 내놓은 익명의 독지가도 있어서 신생 해마의 집은 무사히 설립 목표가 세워졌다. 아라이는 데즈카 소이치로와 미도리 부부라고 추측했지만 굳이 루미에게 묻지는 않았다.

새로운 농아시설의 이름은 '용의 아이의 집'으로 정해졌고 직원은 일본수화를 사용할 수 있는 사람으로 한정한다는 채용 방침이 정해졌다. 펠로십의 지원도 있어서 '용의 아이의 집'에서는 외부의 농아도 자유롭게 참가할 수 있는, 일본수화에 의해 일본수화를 배우는 장소가 설치되게 되었다.

마키코와 에이치네 집을 방문한 날은 이번 겨울 첫 가랑눈이 흩날리는 추운 날이었다.

빨간 코트에 흰 양말 차림을 한 미와를 가운데에 두고 세 사람이 손을 잡고 에이치의 집으로 걸어갔다. 아라이에게는 익숙한 길이었지만 아라이도 마키코와 에이치를 만나는 건 가타가이와 루미와 함께, 구금에서 풀려난 마키코를 도코로자와 서까지 마중하러 간 날 이후 처음이었다. 그때도 아파트까지는 함께 갔지만 "이제부터는 두 사람만 있게 해 주죠."라는 루미의 말에 바로 물러났다. 엄마가 부재한 사이에 일어난 일을 에이치가 수화로 밤새 새벽까지 이야기했다는 것은 나중에 가타가이에게 간접적으로 들었다.

미유키와도 그 이후 사건에 관련된 이야기를 나눌 기회는 없었다. 그녀가 형사과로 옮기는 걸 포기했는지, 앞으로의 생활에 대해서는 어떤 생각을 하고 있는지, 여전히 알지 못한 그대로였다.

현관을 노크하자, 문을 연 사람은 에이치였다.

"에이치!"

미와가 기쁜 얼굴로 소리쳤다. 바로 집 안으로 들어가 버린 소년을 쫓아서 "오랜만이야, 잘 지냈어." 하고 미와도 집 안으로 들어갔다. "실례합니다." 하고 아라이와 미유키도 그 뒤를 따랐다.

"어서 오세요."

주방에서 얼굴을 내민 마키코의 표정에서는 걱정을 느낄 수 없었다. 미유키도 "초대해 줘서 고마워요." 하고 산뜻한 인사를 건넸다.

미유키와 미와의 공동 작업으로 만들어진 요리가 더해졌고, 마키코가 만든 야채를 듬뿍 넣은 특제 닭고기 완자 수프와 식후에는 조금 이른 크리스마스 케이크도 마련되어 있었다. 수다는 오로지 미와의 역할이었지만 아주 자연스러운 단란한 자리였다.

디저트 뒤에는 미와의 제안으로 카드놀이가 열렸고 모두 '짝 맞추기'를 했지만 이번에도 역시 에이치에게 적수가 되지 못했다.

"정말 에이치 대단해. 전부 외우고 있잖아."

미와는 줄곧 감탄했다. 고민 끝에 선물한 수제 팔찌는 '용의 등에 탄 소년' 피규어에 장식되었다. 팔에 차지 않은 것은 조금 안타까울지도 모르지만 에이치로서는 최대한의 '마음에 드는 표현'임이 미와에게도 전해졌다.

놀이는 아이들에게 맡기고 어른 세 사람은 주방으로 돌아와 마키코가 내온 홍차를 마셨다. 그때 마키코의 입에서 에이치가 신학기부터 '통합 교육 학급'에 다니게 되었다는 말이 나왔다.

통합 교육 학급이란 '통합 교육 지도 교실'이라고도 불리는데, 가벼운 장애를 가진 아이가 개별 지도를 받을 수 있는 학급을 말한다. 주된 교과 학습이나 급식은 소속된 학급에서 받고, 통합 교육 시간만 이동한다. 미와가 다니는 학교에는 통합 교육 제도가 없어서 근처의 통합 교육 학급으로 전학하여 다니기로 했다고 한다.

마키코는 에이치와 함께 견학을 갔다고 했다. 그곳에서는 같은 특성을 가진 네 학생이 한 조가 되어 개별 지도를 받는다. 교실 내에서는 각각의 특성에 맞게 배속되는데, 예를 들어 시각적인 자극에 민감한 아이여도 수업에 집중할 수 있도록 게시물을 줄이거나 종이나 천으로 게시물을 덮고, 교사가 정보를 전달할 때는 구두 설명과 함께 문자나 그림으로 시각적인 자료도 함께 보여 줘서 이해하기 쉽도록 하는 방안을 취하고 있다.

전에 슬쩍 엿본 게이세이 학원의 수업이 떠올랐다. 들리지 않거나 듣기 힘든 아이들이 배우는 교실은 벽 한 면이 낮은 위치까지 화이트보드가 설치되어 있고 학생이 원하는 만큼 문자를 쓰거나 지우거나 할 수 있게 만들어 놓았다. 수업 시작이나 종료는 램프의 점등으로 알리고, 쉬는 시간에는 작은 손이 여기저기에서 팔랑거리며 즐거운 듯 춤추었다.

"수업에서도 과제가 생기면 반드시 칭찬을 해서 스스로 자신감을 가질 수 있도록 하고, 혼나는 경우는 다른 친구나 본인에게 위험한 행동을 했을 뿐이래요. 그럴 때도 반드시 '왜 이런 행동이 나쁜지', '그럼 어떻게 하면 좋은지' 설명한다고 해요."

마키코가 기쁜 얼굴로 말했다.

"그런 수업을 모두가 함께 받게 되면 좋은 텐데." 미유키가 말했다. "그게 특별한 게 아닌데 말이지."

"사실 그렇긴 해요……." 맞장구를 치고 나서 마키코는 중얼거리듯 말했다. "특성 자체는 변하지 않더라도 생활하는 데 지장을 느끼지 않는다면 그걸 '장애'라고 말하지 않는…… 언젠가 그런 날이 오면 좋을 텐데요……."

문득 마주 앉은 마키코의 시선을 미유키가, 아라이가 따라갔다.

그곳에는 어떤 걱정도 없이 놀이에 빠져 있는 에이치와 미와의 모습이 있었다.

홍차를 다 마실 무렵 "미와, 이제 집에 가자." 하고 미유키가 일어났다.

"어? 아, 조금만 더."

에이치와 아직 카드놀이를 하고 있던 미와가 불만 가득한 얼굴로 이쪽을 바라봤다.

"가다가 장 봐야 해. 같이 가자."

그렇게 말한 뒤 아라이 쪽으로 시선을 옮기고 "가지고 온 접시 설거지해서 챙겨 줄래?" 하고 말했다.

"아니요, 설거지라뇨."

마키코가 거절했지만 "괜찮아. 오늘은 그런 역할이니까." 하고 미유키는 웃으면서 대답했다.

"알았어."

아라이가 대답하자, 미유키는 "자, 미와, 준비해." 하고 목소리 톤을 높였다.

"네에."

미와가 마지못해 일어나서는 에이치를 보며 손을 움직였다.

뻗은 검지와 중지를 모와 얼굴 앞에서 슉 내리고(=또), 세운 오른손 검지와 왼손 검지를 먼 곳에서부터 가깝게 모았다(=만나자).

언젠가 마스오카가 헤어질 때 보여 준 수화였다.

에이치도 끄덕이고 같은 수화로 대답했다.

〈응.〉 〈또〉 〈만나자.〉

미와는 만족한 듯 큰 미소를 띠며 엄마와 함께 "안녀엉." 하고 돌아갔다.

아라이는 더러워진 접시를 주방으로 옮기고 물을 틀었다.

"죄송해요. 그럼 제가 헹굴 테니 물기를 닦아 주세요."

자리를 바꿔서 마키코와 나란히 설거지를 했다.

마키코가 건넨 접시를 천으로 닦으면서 아라이는 입을 열었다.

"하나만 여쭤 봐도 될까요?"

에이치는 아직 거실에서 혼자 카드놀이를 하고 있었다.

"네."

마키코가 대답했다.

"도모히코 씨도 에이치와 같은 장애가 있었나요?"

마키코는 접시를 닦는 손을 멈추지 않았다. 대답하고 싶지 않다면 그걸로 됐다고 생각할 때, 마키코가 입을 열었다.

"모르겠어요. 확실히 조금 다른 부분도 있었지만……"

접시를 닦으면서 "딱 한 번." 하고 툭 말을 뱉었다.

"그 사람에게서 연락이 왔었어요."

이제는 닦을 접시가 남아 있지 않았지만 마키코는 물을 잠그지 않았다.

"반년 정도 전의 일이었어요. 주소를 어떻게 알았는지 편지가 왔죠."

그 무렵 도모히코는 마키코와 에이치가 사는 장소를 찾아냈다. '두 개의 손'에 고용되었을 시기였을지도 모른다.

"딱 한 문장. '만나러 가도 될까요?' 그렇게 쓰여 있었어요. 답장용 봉투도 같이 들어 있었고요. 우표도 제대로 붙어 있었고 자신의 주소와 이름도 써져 있었죠. 이상하죠?"

마키코는 그렇게 말하고 살짝 웃었다. 그러고 나서 다시 진지한 얼굴로 돌아왔다.

"고민했지만 저는 '지금은 오지 마세요.' 하고 답장을 보냈어요. 갑자기 아빠가 나타나서 에이치가 어떻게 반응할지 무서웠어요.

그래서 그렇게 썼어요. '우리가 만나러 갈 때까지 어딘가 가까운 곳에서 지켜봐 주세요.'라고. 주소는 메모해 뒀어요. 무사시후지사와 와서 만나려면 언제든 만날 수 있다고 생각했거든요."

마키코는 겨우 수돗물을 잠갔다. 주위가 갑자기 조용해졌다.

"그리고 두 번 다시 연락이 없었죠."

도가 지나칠 정도로 정직하고 성실했던 가지 도모히코. 그는 마키코의 말을 충실하게 지켰다.

시간이 비거나 일이 없는 날, 반드시 그는 저 집을 방문했다. 저 아파트 한편에서 맞은편 집의 전등을 바라봤을 것이다.

그곳에 마키코와 에이치가 살고 있다. 그 안으로 들어갈 수는 없지만 느낄 수 있다.

도모히코의 '가족'이 그곳에 있었다. 닿을 것 같지만 닿지 않는. 대화를 할 수도, 얼굴을 마주할 수도 없는.

그래도 그 공간은 그에게 '가정'이었다.

그곳에서 지내는 시간은 가지 도모히코에게 '단란한 가족'의 시간이었을 것이다.

마키코가 말했다.

"그 사람, 정말, 정말 가까운 곳에서 지켜봐 주고 있더군요."

그녀의 볼을 타고 눈물 한 줄기가 흘러내렸다.

물기까지 전부 닦은 접시를 가지고 온 보자기에 싸서 현관으로 향했다. 에이치도 엄마와 함께 배웅을 하러 나왔다.

이번에는 에이치가 인사를 먼저 했다. 편 검지와 중지를 모아서 얼굴 아래로 슉 내리고(=또), 세운 양손 검지를 먼 곳에서부터 가까이 모았다(=만나자).

아라이도 같은 수화로 대답했다.

〈응, 또 만나자.〉

그리고 마키코에게도 인사를 했다.

"부디 건강하세요."

"네." 마키코는 웃는 얼굴로 대답했다. "아라이 씨도요."

고개를 살짝 숙이고 아라이는 현관을 나왔다. 아마 이 집을 찾아오는 일은 다시 없을 것이다.

수화 수업이 없어진 것을 에이치는 아쉽게 생각할까. 그러나 그들에게 이제 자신은 필요 없다. 에이치가 수화를 더 잘하고 싶다면 정식으로 수화 교실을 다니면 된다. 만약 수화를 사용할 필요가 없어진다면 그것대로 좋은 일이다. 어느 쪽이든 변화는 없다.

에이치에게 '용의 귀'가 있다는 사실에.

주택가를 빠져나와 큰 슈퍼 간판을 표시 삼아 걷다 보면 건물이 보였다. 2층 끝 쪽에 위치한 집. 커튼 너머로 어렴풋이 방의 모습이 보였다.

언젠가 루미가 한 말이 생각났다.

—아라이 씨에게는 가족이 있으니까요.

어린 시절부터 계속 가족과 함께 있어도 자신만 '다른 장소'에 있는 듯한 기분이 들었다. 집을 나온 이후, 기를 쓰고 가족의 곁으로 가지 않았다. 그런 자신이 새로운 가족을 만들 수 있을지 확신을 갖지 못했다. 루미와는 또 다른 의미에서 자신도 가족을 만들 수 없는 인간일지도 모른다고 생각했다.

지금도 그 생각에는 변함이 없다.

그렇지만.

만약 아직 괜찮다면.

미유키가 용서해 준다면.

미와가 받아 준다면.

두 사람이 만든 '가족' 안에 자신도 머물 수 있게 해 준다면······.

어느새인가 눈이 그치고 두꺼운 구름 사이로 빛이 내리쬐었다. 베란다에 미와의 모습이 보였다. 아라이를 발견했나 보다.

아란찌! 희미하게 목소리가 들렸다.

"추워."

아라이는 대답했다. 미와가 '뭐라고?'라는 듯한 동작을 보였다. '안 들려.'라고 말하고 있다. 미유키도 나왔다. 두 사람이 무언가 이야기를 나누었다. 아라이에게는 들리지 않았다. 이윽고 이쪽을 향해 두 사람이 같이 손을 움직였다.

엄지를 제외한 나머지 손가락을 모운 손을 앞에서 가슴을 향해 사선으로 당기면서 엄지와 함께 손가락 끝을 마주했다. 이어서 주먹을 쥔 오른손으로 마찬가지로 주먹을 쥔 왼손 손목의 등 부분을 통통 쳤다.

〈어서 와.〉

두 사람은 그렇게 말하고 있었다.

전작 『데프 보이스』 간행 당시에는 속편을 쓸 생각이 전혀 없었다. 주인공 아라이 나오토는 원래 경찰 사무직원이라는 설정이라서, 형사도 탐정도 아니다. 그곳에서 그려진 사건은 아라이 자신의 성장이나 내력의 관계에 의해, 좋든 싫든 휘말려 가는 이야기였고 일생에 단 한 번 생긴 일이라고 생각했다.

그러나 작중에서 나온 이즈모리라는 경찰관에게는 애착이 있고 몇 안 되는 독자 중에도 '팬'이 꽤 있어서 그를 주인공으로 한 '이즈모리 형사의 사건부'라는 단편 연작이라면 쓸 수 있지 않을까 생각을 하기도 하고, 앞으로 쓸 작품에 형사가 나온다면 그를 이즈모리라 할까 생각도 하고 있었다. 내 두 번째 소설인 『표류하는 아이』안에 거의 억지로(현을 뛰어넘는 파견근무가 통상은 일어나지 않는 일임을 알고 있음에도) 등장시킨 것은 그 때문이다.『데프 보이스』의 속편을 생각했다면 그런 식의 등장은 하지 않았을 것이다.

생각이 바뀐 계기는 전작이『데프 보이스―법정의 수화 통역사』라고 부제를 붙여 문고판으로 간행되고, 단행본과는 비교되지 않을 정도의 많은 사람이 읽어 준 것이었다. 속편을 원하는 목소리가 생각지도 못하게 많이 들려왔고, 내 안에서도 아라이를 다시 한 번 쓰고 싶다는 마음이 송송 솟아났다. 전작을 집필하면서 알게 된 많은 사람으로부터 새로운 식견을 얻은 것도 큰 영향을 끼쳤다.

그런 시기, 도쿄소겐샤의 편집자로부터 '아라이를 주인공으로 한 수화 통역사 사건부'와 같은 단편 연작 제안을 받았다. 그때 머릿속에 있던 줄거리는 제3장의 에피소드밖에 없었다. 장편으로 할 수 있을 것이라고는 생각하지 못하고 단념하고 있었지만, 단편이라면 쓸 수 있을 것 같았다. 그러나 연작이라서 하나만으로 끝나서는 안 되었다. 그때까지 머릿속 한구석에 걸려 있던, 농인이나 난청자, 중도실청자, 그리고 코다 분들에게 직접 들은, 마음이 끌리는 에피소드를 형태로 만들 수는 없을까 고민한 결과 제1장과 제2장이 태어났다. 전작으로부터 7년이 걸린 속편이라는 것도 독특한 경우일지도 모르지만, 독자들께 받은 격려와 당사자와의 인연,

편집자의 제안이 없었다면 탄생하지 못했을 작품이기에 그만큼의 시간이 필요했던 것은 아니었을까 생각도 한다.

집필에 즈음해서 많은 문헌을 참고했지만 그 이상으로 다양한 분들에게서 직접적인 가르침을 받았다.

농인학교의 청각구화법은 림 모하메드Reem Mohamed 씨의 칼럼 (https://deaflife-bridge.themedia.jp/posts/519738?categoryIds=59695) 을 참조했고, 허락을 받은 뒤에 일부 인용했다. 법정 장면 등, 법률 관계는 변호사 구보 유키코 씨에게, 농문화나 수화 표현에 대해서는 현재 내가 다니고 있는 수화 교실의 오구라 유키코 선생님(농인), 지인인 수화 통역사 니키 미토리 씨, 다카하시 나쓰코 씨, 오누키 미나 씨에게 지도를 받았다. 이 자리를 빌려 모든 분들에게 감사의 말을 전함과 동시에 잘못된 부분에 대한 책임은 모두 저자에게 있으니 미리 양해를 구합니다.

또 코다인 영화 「반짝이는 박수 소리」의 감독 이길보라 씨는 자신의 소중한 기억을 주인공 아라이 나오토의 에피소드로 사용할 수 있도록 허가해 주셨다. 감사합니다.

또한 2장에 나오는 '전농인 음악가'는 사무라고치 마모루 씨를 둘러싼 사건을 모티브로 하고 있지만 어디까지나 가공의 설정이고, 시제도 현실과 일치하지 않는 점을 양해해 주시기 바랍니다.

작중의 게이세이 학원 설립 경위는 실제로 존재하는 사립 특별지원학교(농인학교) '메이세이 학원'(도쿄 부 시나가와 구 소재)을 모델로 했고 학교 관계자의 각종 인터뷰 기사를 참고하였습니다.

그 외의 인물, 단체, 사건 등에 대해서는 모두 가공의 것으로 현실과는 관계가 없습니다.

용은 뿔로 소리를 감지하기 때문에 귀가 필요 없다.

쓸모가 없어진 귀는 바다로 떨어져 해마가 되었다.

전작 『데프 보이스—법정수화통역사』는 주인공 아라이가 과거에 겪은 일을 통해 사건에 휘말려 가는 데 비해, 이번 『용의 귀를 너에게』는 아라이의 주변 사람들로 하여금 아라이가 사건에 적극적으로 참여하는 내용이다.

전작에서의 아라이는 농인 사회와 청인 사회 사이에서 갈등하며 농인 사회를 외면하려고 애썼고 어디에도 자신의 자리를 찾지 못 한 채 그저 오도카니 홀로 서 있었다. 어떤 일에도 적극적으로 자신을 드러내는 일이 없었다. 그러나 이번 작품에서의 아라이는 데프 커뮤니티 안에 완전히 자리 잡았다. 당당하게 스스로를 농인으로 인정하고 농인으로서 자신의 목소리를 '외부'로 내보내기 위해 움직였다. 수화 통역인의 마음가짐이나 자세에 대해 진지하게 고민하고 걱정했다. 새로운 농아 시설의 설립에 관해 깊은 관심을 드러냈다. 그는 완벽한 농인이 되었다.

농인.
코다.
용의 귀를 가진 자.

그는 독자적인 문법을 가진, 농인의 언어인 일본수화가 사라져 가는 사회적 분위기에 한 줄기 쓸쓸함을 느끼고, 농인의 정보가 보호되지 못하는 현실에 분노했다. 불과 몇 년 전까지만 해도 농인 사회를 외면해 온 그가 말이다.

그런 그의 앞에 선택적 함묵증 아동이 나타난다. 그는 말하지 못하는 소년에게 수화를 가르쳐 주었고, 소년은 수화를 '자신의 언어'로 받아들이면서 사회와 소통하기 시작하며, 조금씩 앞으로 나가는 법을 배운다. 소년의 손에 아라이는 '용의 귀'를 쥐어 주었다.

유일하게 의지하는 자신의 엄마가 누군가에 의해 집을 떠나야

할 때, 아무 말도 하지 못한 채 '자기 방'에서 불안함과 두려움을 억눌러야만 했던 소년. 그 소년이 수화로, 자신의 언어로, 하고 싶은 말, 해야 하는 말을 할 수 있게 되고, 용의 귀를 가져서 이제는 자신이 강하다고 당당하게 말한다. 그런 소년의 모습에서 나도 모르게 뭉클했다.

『용의 귀를 너에게』에서 그려진 아라이는 누구보다 농인으로서 당당하게 행동하고, 농인의 아픔에 함께 아파하고, 절절히 공감했다. 그러나 여전히 '가족'이라는 울타리 안에 들어가길 망설였다. 그는 가족 모두 모여 있던 작은 방에서 혼자 동떨어진 느낌을 받던 어린 시절에서 조금도 나아가질 못했다. 모두가 '듣지 못하는 상황' 속에서 홀로 '들을 수 있는' 외톨이였고, 여전히 자신이 겪은 외로움에서 벗어나지 못한 채 제자리걸음만 반복했다. 어느 곳에서도 안정을 취하지 못하는 자신이, 지독한 외로움을 벗어나지 못한 자신이 가정을 꾸릴 수 있을지에 대한 의문을 가지고 있었다. 그런 그에게 지쳐갔는지, 그의 옆을 묵묵히 지켜오던 미유키와의 관계도 조금씩 흔들린다. 아라이는 자신의 가정을 꾸릴 수 있게 될까?

전작과 마찬가지로 저자는 이번 작품에서도 사회적 약자의 목소리에 집중했다. 전작은 '들리지 않는' 농인이라는 사회적 약자였다면, 이번에는 조금 더 작은 범주의 '발달장애 아동'이 그에 해당한다. 번역을 하는 내내 '우리나라의 발달장애에 대해서 얼마나 많은 사람들이 알고 있을까?'라는 생각이 머릿속에서 맴돌았다. 부끄럽게도 역자인 나 역시 자폐스펙트럼 장애나 함묵증에 관해서는 무지하다. 실제로 이번 번역을 통해 선택적 함묵증을 알게 되었다. 이제야 발달장애에 대한 관심을 가지게 되었다는 사실에 스스로 많이 반성했다. 전작이 들리지 않는 사람들이 수화를 이해하는 하나의 입구가 되길 바란다는 저자의 말처럼 이번 작품도 많은 사람에게 발달장애에 대한 관심을 갖게 되는 계기가 되길 바란다. 내가 그랬던 것처럼 말이다.

옮긴이 최은지

용의 귀를 당신에게

이길보라

(영화감독, 작가)

2017년 4월, 딸이자 감독의 시선으로 농인 부모의 반짝이는 세상을 담은 다큐멘터리 영화 「반짝이는 박수 소리」의 일본 개봉을 맞아 도쿄에서 언론 시사회를 하던 날이었다. 한 남성이 일본 수어로 말을 걸어 왔다. 한국 수어와 일본 수어는 비슷하지만 다르기도 해 무슨 말인지 완전히 이해할 수 없었지만 그가 농인이 아니라는 건 어색한 수어를 보고 알 수 있었다. 농인이 아닌데 왜 수어로 말을 걸까 궁금해하던 차에 그가 책 『데프 보이스-법정의 수화 통역사』 한국어판을 꺼냈다. 저자 마루야마 마사키였다. 그는 영화 재밌게 봤다며 더듬더듬 손을 움직였다. 전작을 집필하면서부터 조금씩 배운 수어라고 했다. 나는 궁금했던 점을 속사포처럼 쏟아 내었다.

"저는 정말로 작가가 코다인 줄 알았어요. 코다가 마주해야 하는 상황과 그때의 감정들을 너무나 잘 담아 내서요. 코다가 아니라면 농인일 거라고 생각했어요."

"아니요, 전작을 쓰기 전에는 한 번도 코다를 만나 본 적이 없어요. 관련된 자료를 읽고 기초적인 수어를 배우기는 했지만요."

놀라웠다. 일본에는 코다와 농인, 농문화에 대한 긍정적 인식이 보다 널리 퍼져 있고 코다 단체도 있다고 들었지만 농사회와 관련이 없는 '아'(수화 구형. 벌린 입 앞에서 조금 구부린 다섯 손가락을 원형으로 돌린다. 말을 하는 '청인'이라는 뜻이다.)가 코다와 농인을 등장인물로 하는 이 정도의 소설을 쓸 수 있다니.

"코다와 관련한 자료를 읽고 상상해 봤어요. 코다는 두 세상, 농사회와 청사회 사이에서 어떤 기분이었을까. 내가 만약 이 소설의 주인공, 아라이라면 어떨까 말이에요."

아무리 상상력이 풍부하다 해도 어떻게 그리 정확하게 코다의 마음을 그려 낼 수 있었을까. 풀리지 않았던 의문은 영화 개봉 후 지체 장애가 있는 아내의 휠체어를 밀고 극장에 찾아온 그를 보고 조금의 실마리를 찾을 수 있었다.

나만이 알 수 있는 엄마의 목소리, 데프 보이스

극장은 다양한 관객들로 가득 찼다. 영화 상영 이후 감독과 함께 하는 무대 행사가 이어졌고, 단상 위에는 배급사 대표와 나, 한국음성언어–일본음성언어 통역사, 일본음성언어–일본수어 통역사가 있었다. 관객 중 한 명이 어렸을 적 엄마의 언어를 어떻게 생각했냐고 물었다. 엄마의 목소리가 떠올랐다.

초등학교에 다닐 때였다. 엄마와 아빠는 대학가에서 와플과 풀빵을 구워 파는 일을 했다. 둘은 보통 함께 일했지만 그렇지 않은 날들도 있었다. 집에서 텔레비전을 보고 있는데 전화가 걸려 왔다. 팩스 옆에 딸린 전화기라 두 번의 따르릉 신호 전에 전화를 받지 않으면 자동으로 팩스로 넘어가는 시스템이었다. 신호를 놓칠 새라 서둘러 전화를 받았다. 수화기를 귀에 대고 여보세요, 하고 말하기도 전에 계속해서 무언가 말하는 소리가 들렸다. 익숙한 목소리였다. 엄마였다. 엄마가 문자를 보내고 받는 용으로만 사용하던 핸드폰에 집 전화번호를 누른 후 통화 버튼을 눌러 전화를 건 것이었다. 당시 나는 핸드폰이 없었기 때문에 엄마가 집에 있는 내게 무언가를 말하려면 그것이 유일한 방법이었다. 엄마는 계속해서 말했다.

"보아, 팝, 가서 오아!"

'보라, 밥, 가져와.'라는 뜻이었다. 엄마는 각각의 단어를 끊어 명료하게 반복하여 발음했다. 내게는 아주 익숙한 소리였다. 세상에서 나만 알아들을 수 있는 엄마의 목소리, 데프 보이스. 그러나 그건 일방적인 의사소통이었다. 엄마는 전화로 내게 메시지를 전할 수 있었지만 나는 그럴 수 없었다. "어, 알았어. 가져갈게. 가져간다고." 아무리 대답해도 엄마는 자신의 목소리가 제대로 전달되었는지, 딸이 뭐라 대답하는지 알 수 없었다. 수화기를 잡은 채 한참을 머물렀다. 배가 고파 무언가 먹고 싶은데 노점을 비울 수 없는 상황. 집에 있는 딸이 생각났지만 주변에 전화 통화를 부탁할 청인이 없는 곳에서 당신이 할 수 있는 건 집 전화번호를 눌러 딸이 전화를 받았는지 받지 않았는지도 모른 채 그저 '보라야' 하고 계속해서 부르는 것이었으리라. 나는 수화기에 대고 알았다고, 가져갈 테니 이제 그만 끊어도 된다고 말했지만 엄마는 계속해서 같은 문장을 반복했다. 세상에서는 언어가 되지 않지만 나에게는 '목소리'가 되고 '언어'가 되는 당신의 소리를 말이다.

과거를 회상하는데 목이 메었다. 사실 엄마가 전화를 끊지 않아 알았다며 살짝 짜증을 내기도 했다며 웃었지만 먹먹한 마음은 어쩔 수 없었다. 그때 작가 마루야마가 물었다. 이 이야기를 지금 쓰고 있는 소설에 인용해도 괜찮겠냐고. 그렇게 엄마의 데프 보이스는 소설 『용의 귀를 너에게』의 한 에피소드가 되었다.

알아, 나도 같으니까

소설 『데프 보이스』의 후속편인 이 소설은 용의 귀를 가진 사람들, 농인의 이야기를 두 세계를 넘나드는 코다 아라이의 시선에서 그려 낸다. 보다 확고한 코다 정체성을 가지게 된 아라이는 통역사로서 일하며 선택적 함묵증을 갖고 있는 아동과 만난다. 말을 하지 않기를 택한 아이는 음성언어 대신 수어를 자신의 언어로 택한다. 농인의 언어인 수어는 그렇게 코다의, 발달장애 아동의 '귀'가 된다.

이번 작품에서 놀라웠던 것은 작가가 코다뿐 아니라, 구화인의 위치와 마음을 섬세하게 짚고 드러낸다는 것이었다. 농인이지만 청각구화법 훈련을 통해 상대방의 입술을 읽어 소통하는 구화인 신카이와 코다 아라이가 마주하는 장면에서 아라이는 내 안에도 바람의 소리가 불고 있다고 말한다.

〈알아. 나도 같으니까. 농인과 청인 사이에서 계속 혼자 서 있었어. 나도 계속 혼자…….〉

입술을 움직여 말하지만 결코 청인의 무리에 속할 수 없고 그렇다고 완전한 농인이 되기를 택하지도 않은 신카이. 같은 구화인을 만나더라도 상대방의 음성언어를 완전히 알아들을 수 없어 소통의 벽에 부딪히는 그들. 청인 부모 아래서 태어나 수어가 아닌 음성언어를 배워 왔던 구화인들은 자신의 경험이 농사회와 청사회, 두 세상 사이에 있는 코다의 그것과 비슷하다고 말한다. 코다 관련 행사를 열 때마다 여러 구화인들이 찾아와 자신의 이야기를 듣는 것 같았다며 너무나 공감한다고 말하는 걸 보면 알 수 있다. 코다는 신카이의 바람의 소리를, 그 몫의 외로움을 그 누구보다도 잘 아는 이였던 것이다.

이 작품은 코다의 시선으로 농사회에서 벌어지는 이야기를 다루지만 그 저변을 발달장애 아동과 청인으로까지 넓혀 나간다. 사건을 마치고 집으로 돌아온 주인공을 반기는 건 농인 엄마가 아닌, 청인 가족들이다. 그러나 그 가족들은 '용의 귀'를 가지고 손으로 말한다.

"수고했어, 어서 와."

아라이의 모어母語는 그렇게 같고도 다른 모습으로 저변을 넓힌다.

옮긴이 | 최은지

대학에서 일본어를 공부하고 다양한 분야를 거쳐 오랜 꿈인 번역가가 되었다. 저자의 목소리를 독자에게 온전히 전하고자 오늘도 노력하고 있다. 글밥아카데미를 수료하였으며 현재 외서 기획과 번역가로서 활발히 활동 중이다. 역서로 『부자는 왜 필사적으로 교양을 배우는가』, 『데프 보이스』, 『상대의 마음을 움직이는 힘』, 『행복을 연기하지 말아요』 등이 있다.

해설 | 이길보라

농인 부모로부터 태어난 것이 이야기꾼의 선천적인 자질이라고 믿고, 글을 쓰고 다큐멘터리 영화를 찍는다. 18살에 다니던 고등학교를 그만두고 동남아시아를 홀로 여행하며 겪은 이야기를 책 『길은 학교다』와 『로드스쿨러』로 펴냈다. 영화 「로드스쿨러」와 청각장애 부모의 반짝이는 세상을 딸이자 감독의 시선으로 다룬 영화 「반짝이는 박수 소리」를 찍고 동명의 책 『반짝이는 박수 소리』를 펴냈다. 베트남전 당시 한국군에 의한 민간인 학살에 대한 서로 다른 기억을 다룬 영화 「기억의 전쟁」은 부산국제영화제 와이드앵글경쟁부문에서 심사위원 특별언급을 받았다.

용의 귀를 너에게

1판 1쇄 찍음 2019년 3월 21일
1판 1쇄 펴냄 2019년 3월 28일

지은이 | 마루야마 마사키
옮긴이 | 최은지
발행인 | 박근섭
편집인 | 김준혁
책임편집 | 장은진
펴낸곳 | 황금가지

출판등록 2009. 10. 8 (제2009-000273호)
주소 | 06027 서울 강남구 도산대로 1길 62 강남출판문화센터 5층
전화 | 영업부 515-2000 **편집부** 3446-8774 **팩시밀리** 515-2007
홈페이지 | www.goldenbough.co.kr

한국어판 ⓒ ㈜민음인, 2019. Printed in Seoul, Korea
ISBN 979-11-5888-507-6 04830
     979-11-5888-514-4(세트)

㈜민음인은 민음사 출판 그룹의 자회사입니다.
황금가지는 ㈜민음인의 픽션 전문 출간 브랜드입니다.

"아저씨는 우리 편? 아니면 적?"

데프 보이스
법정의 수화 통역사

마루야마 마사키 | 최은지 옮김

아라이 나오토는 코다이다. 오랫동안 근무하던 경찰서 사무직을 그만둔 그는 구직 끝에 자신이 가진 기술을 살리기로 한다. 실력 있는 수화 통역사로 호평이 이어지던 어느 날, 피의자 신분에 선 농인을 대변해 달라는 법정 통역 의뢰가 들어온다. 과거에 경험했던 아픈 기억 때문에 무거운 마음을 안은 채로 아라이가 의뢰받은 일을 수행한 지 얼마 지나지 않아, 비영리 단체의 펠로십의 대표 데즈카 루미가 그에게 접근한다. 이 만남을 계기로 한 농아시설에서 17년의 간격을 두고 벌어진 두 사건이 교차하기 시작하는데…….

청인은 절대 알지 못할 그 아름다운 목소리, '데프 보이스'를 알고 있는 사람들. 그 한없이 반짝이는 세계로 당신을 초대한다.

— 이길보라(「반짝이는 박수 소리」 감독)